SOLOTHURN BLICKT IN DEN ABGRUND

AF198139

CHRISTOF GASSER

SOLOTHURN BLICKT IN DEN ABGRUND

Kriminalroman

emons:

Bibliografische Information der Deutschen Nationalbibliothek
Die Deutsche Nationalbibliothek verzeichnet diese Publikation
in der Deutschen Nationalbibliografie; detaillierte bibliografische
Daten sind im Internet über http://dnb.d-nb.de abrufbar.

© Emons Verlag GmbH
Alle Rechte vorbehalten
Umschlagmotiv: Montage aus picture alliance/Werner Thoma,
shutterstock.com/kuzmaphoto
Umschlaggestaltung: Nina Schäfer, nach einem Konzept
von Leonardo Magrelli und Nina Schäfer
Umsetzung: Tobias Doetsch
Gestaltung Innenteil: DÜDE Satz und Grafik, Odenthal
Druck und Bindung: CPI – Clausen & Bosse, Leck
Printed in Germany 2022
ISBN 978-3-7408-1395-6
Originalausgabe

Unser Newsletter informiert Sie
regelmäßig über Neues von emons:
Kostenlos bestellen unter
www.emons-verlag.de

Dieser Roman wurde vermittelt durch die Agentur Editio Dialog,
Dr. Michael Wenzel (www.editio-dialog.com).

Im Gedenken an
Toni Bally
Chef, Mentor, Freund
und
Mensch

Tho' much is taken, much abides;
and though we are not now that strength
which in old days moved earth and heaven;
that which we are, we are;
one equal temper of heroic hearts,
made weak by time and fate,
but strong in will to strive, to seek, to find.
And not to yield.

Sind wir auch länger nicht die Kraft,
die Erd' und Himmel einst bewegte,
so sind wir dennoch was wir sind;
Helden mit Herzen von gleichem Schlag,
geschwächt von Zeit
und von dem Schicksal;
doch stark im Willen
zu ringen, zu suchen, zu finden.
Und nie zu weichen.

Alfred Lord Tennyson, »Ulysses«

Es ist Unsinn
sagt die Vernunft
Es ist was es ist
sagt die Liebe

Erich Fried, »Was es ist«

Prolog

In der klimatisierten, mit Tropenhölzern ausgekleideten Passagierkabine wischte er sich erleichtert den Schweiß von der Stirn. Die Hitze lag wie ein feuchtheißes Laken über dem Flughafen. Trockener Wüstenhauch hatte sich mit kühleren Luftströmungen des Golfes von Oman vereinigt. Allein die paar Schritte von der Limousine zum Privatjet hatten sein Hemd am Körper kleben lassen. Die Flugbegleiterin hatte ihn am Fuß der Gangway willkommen geheißen und zu seinem Platz begleitet. Sie trug eine dunkelblaue, eng geschnittene Uniform. Obwohl ihre strohblonden Haare und die blauen Augen auf das Gegenteil schließen lassen müssten, machte ihr die Hitze offensichtlich nichts aus. Ihr dezentes Make-up war tadellos. Angesichts des kleinen Vermögens, das seine Firma für den Privatjet hingeblättert hatte, war ein vorzüglicher Zustand des Fluggerätes und erstklassiges Personal das Mindeste, was man erwarten durfte. Er zögerte, bevor er ihr den Rollkoffer überließ, damit sie ihn in der Gepäckablage verstauen konnte. Die Aktenmappe behielt er bei sich. Entspannt ließ er sich im komfortablen Ledersessel nieder und schnallte sich an. Ein Blick auf seine Uhr verhieß einen pünktlichen Start in einer Viertelstunde. Azravi, sein Begleiter, war noch nicht eingetroffen. Sie hatten am Abend zuvor miteinander telefoniert. Azravi hatte den kürzeren Weg von seinem Zuhause zum Flughafen und den schnelleren. Er wurde stets von einer Motorradeskorte begleitet, die dafür sorgte, dass die Straßen für ihn vom Verkehr befreit waren.

Er selbst hatte sich während seines Aufenthaltes mit einem vorausfahrenden Polizeiwagen mit Blaulicht und Sirene begnügen müssen. Es hatte ausgereicht. Die Einheimischen waren diszipliniert, eher aus Angst vor dem drakonischen Regime als dem eigenen Antrieb geschuldet.

Die Flugbegleiterin, die sich ihm als Gabrielle vorgestellt

hatte, reichte ihm ein gekühltes Frotteetüchlein und ein Glas Champagner.

»Wann heben wir ab?«, fragte er.

»Der Tower hat soeben die Rollerlaubnis zur Startpiste erteilt. Wir starten in weniger als zehn Minuten.« Ihr Englisch hatte eine französische Klangfärbung. Er war versucht, ihr auf Französisch zu antworten, aber ihr Akzent war zu charmant.

»Dr. Azravi muss sich beeilen, sonst fliegen wir ohne ihn.«

Ein Stirnrunzeln löste Gabrielles Lächeln ab. »Hat man Ihnen das nicht mitgeteilt? Dr. Azravi fliegt nicht mit uns. Er wurde heute Morgen in einer dringenden Angelegenheit in den Palast gerufen. Er kommt am Abend mit dem Linienflug nach.«

Weshalb hatte man ihn nicht darüber informiert? Während des Fluges wollten sie die nächsten Schritte besprechen. Er schluckte den Ärger hinunter. »In diesem Fall werden wir uns gegenseitig Gesellschaft leisten müssen.«

»Selbstverständlich, Sir.« Ihr Mund verzog sich zum Anflug eines Lächelns.

»Wie lange sind wir unterwegs?«

»Die Gesamtflugzeit beträgt rund acht Stunden und dreißig Minuten, einschließlich eines Zwischenstopps. Wegen der Wetterverhältnisse über Südosteuropa werden wir in Istanbul Treibstoff aufnehmen. Ungefähr um achtzehn Uhr dreißig Ortszeit sollten wir am Grenchen Airport aufsetzen.«

Während Gabrielle die Flugroute rekapitulierte, rollte die Maschine zur Startbahn. Er warf einen Blick auf seine Rolex. Kurz vor zwölf Uhr. Wenn alles gut ging, würde er mit seiner Familie zu Abend essen.

Sie nahm ihm das leere Champagnerglas ab. »Ich muss auf meine Position. Sobald wir die Reiseflughöhe erreicht haben, serviere ich die Vorspeise.«

Er lehnte sich zurück. Das Klima hatte ihm dieses Mal mehr zu schaffen gemacht als bei seinen früheren Besuchen. Oder waren es die Bilder, die sich in sein Gedächtnis gebrannt hatten? Die Unterlagen allein durchzugehen würde ihn Überwindung kosten.

Das Anschnallzeichen leuchtete auf. Der Schub presste seinen Körper in den Sitz. In einigen Minuten würde der Bombardier Learjet die Reiseflughöhe erreichen. Entspannt schloss er die Augen.

Dutzende Menschen bildeten ein Spalier entlang der Straße: Frauen, Männer, Kinder. Er sah sie nicht, sein Blick war auf den Boden geheftet. Als er es endlich wagte, den Kopf zu heben, war das Spalier verschwunden. Menschen lagen am Straßenrand, leblos, mit verzerrten Gesichtern, mitten unter ihnen ein kleiner Körper, ein Mädchen. Im Gegensatz zu den anderen machte es den Anschein, friedlich zu schlafen. Es umklammerte seine verschleierte Puppe, deren Gesicht seine kleine Hand bedeckte. Er beugte sich über das Kind. Nur wenige Zentimeter trennten ihre Gesichter voneinander.

Es schlug die Augen auf.

Er fuhr mit einem Aufschrei hoch.

»Entschuldigen Sie, Sir. Ich wollte Sie nicht erschrecken.« Die Flugbegleiterin sah ihn besorgt an. »Fühlen Sie sich nicht gut?«

»Nein, es ist nichts. Ich muss eingenickt sein.«

»Darf ich Ihnen die Vorspeise servieren, ein Lachstatar?« Sie reichte ihm ein erwärmtes, parfümiertes Erfrischungstuch.

Das mit Rosenduft durchsetzte Baumwollfrottee kühlte wohltuend. »Auf jeden Fall, ich habe einen Bärenhunger. Wenn etwas von dem vorzüglichen Champagner übrig ist, nehme ich gern noch ein Glas.«

Gabrielle war ehrlich froh, dass es ihm besser ging. Sie erinnerte ihn an die Tochter, die er sich sehnlichst gewünscht und die Vorsehung ihm nie vergönnt hatte.

»Kommt sofort«, sagte sie und entfernte sich in die kleine Kombüse hinter der Pilotenkanzel.

Wenig später stellte sie einen sorgfältig arrangierten Teller vor ihm hin, dessen Duft ihm das Wasser im Mund zusammenlaufen ließ.

Der stechende Schmerz kam von der Injektionsspritze, die in seinen Nacken gerammt wurde, und ging sofort vorüber. Bevor er realisierte, was es für ihn bedeutete, lösten sich seine Gedanken in nichts auf.

✳✳✳

Gabrielle zog die Spritze aus dem Nacken der Zielperson und entsorgte sie im Abfallkübel der Kombüse. Das Notebook befand sich in seiner Aktenmappe. Aus dem Schrankfach für die Crew nahm sie eine externe Festplatte. Während sämtliche Daten des Notebooks auf die Festplatte kopiert wurden, tauschte sie ihre Uniform mit einem schwarzen Druckanzug. Sie steckte die Festplatte in eine gefütterte Innentasche und klopfte dreimal kurz, zweimal lang, zweimal kurz an die Tür des Cockpits. Die beiden Piloten traten heraus. Sie trugen bereits ihre Druckanzüge.

»Everything alright?«, fragte der Captain mit einem rollenden Akzent.

»Oui.« Gabrielle deutete auf den zusammengesunkenen Körper im Flugsessel. »Er wird nichts merken.«

»Let's go then!«

Gabrielle öffnete die Gepäckablage. Neben dem Rollkoffer lagen drei Fallschirme und drei Helme. Nachdem sie die Ausrüstung angelegt und den Sitz gegenseitig geprüft hatten, nahm sie zwei Sprengsätze mit Zeitschaltung aus ihrer Tasche.

Sie befestigte die Haftladungen in der Kabinenmitte auf der Höhe der Flügel und hinten.

»Trente secondes!«, rief sie.

Der Kapitän löste die Kabinentür aus.

Sie sprangen hintereinander, Gabrielle als Letzte. Sie legte die Arme an ihren Körper und ging auf Tauchflug, wie sie es vor dem Einsatz zigmal geübt hatte.

Der wolkenlose Himmel leuchtete in einer helleren Nuance als das Meer unter ihr. Ein einzelnes, aus ihrer Perspektive fast mikroskopisch kleines Schiff durchpflügte die Wassermasse. Es hatte das gleiche Ziel wie sie: »LZ UNO«, ihr Landegebiet mitten im Golf, wo es sie aufnehmen sollte, bevor ein streunendes Boot der iranischen Küstenwache oder Marine ihrer gewahr wurde.

Die Explosion und den Blitz schräg über ihr nahm sie aus den Augenwinkeln wahr.

Phase eins der Mission war erfüllt.

1

Sechs Wochen später

Der Donner riss Anastasia Tomaso aus ihren Gedanken. Sie war dermaßen in den Bericht vertieft gewesen, dass sie den Wetterumschlag nicht mitbekommen hatte. Bereits den ganzen Tag lag die für Mitte August ungewöhnlich schwüle Hitze wie ein Deckel über dem Talkessel von Olten. Allein die zwei Minuten Fußweg vom Zug bis zum Büro am Morgen waren schweißtreibend gewesen.

Sie stellte den Tischventilator ab, mit dem sie mehr schlecht als recht versucht hatte, die Raumluft in Bewegung zu halten. Das Geräusch, welches das Gerät von sich gab, klang wie ein Seufzer der Erleichterung.

»EmmaWatch« hatte seine Büros im Erdgeschoss neben dem Eingang in einem mehrstöckigen Gebäude. Kein Lufthauch erreichte den Grund der Häuserschlucht in der Martin-Disteli-Straße hinter dem Bahnhof. Die Mittagspause hatte Tomaso zusammen mit ihren Kolleginnen an der Aare verbracht, die den östlichen Stadtteil von der Altstadt trennt. Am Fluss hatte ihnen ein schwacher, lauwarmer Wind ein Mindestmaß an Abkühlung verschafft.

Ein Blitz erhellte das dämmrige Zwielicht draußen, kurz darauf folgte ein weiterer, schärferer Donnerschlag. Das Gewitter war nah. Möge es diesmal das Bifangquartier mit einer wirklichen Abkühlung beglücken, nicht wie vorgestern Montag, als es sich nach ein paar verirrten Regentropfen südlich des Borns Richtung Wiggertal und Zentralschweiz verzogen hatte.

Die Wanduhr zeigte kurz vor Viertel vor acht. Feierabend, schon lange eigentlich. Nicht für sie, solange sie mit den Akten nicht durch war. Sie hatte noch Zeit. Der letzte Intercity nach Solothurn würde Olten zwanzig Minuten vor Mitternacht verlassen. Danach fuhren nur noch Regionalzüge – mit Halt an jedem Misthaufen.

Zudem hatte sie im Bummelzug schon zweimal der gleiche Typ im Hoodie komisch angestarrt. Sie war sich einiges gewohnt und nicht leicht zu verunsichern. Für Extremsituationen hatte sie einen Pfefferspray in ihrem Rucksack. Sie hatte es Gerda erzählt. Die hatte gefragt, ob es ein Ausländer gewesen sei, und sich gleich für die stereotype Frage entschuldigt. Manchmal waren Frauenrechtlerinnen so wenig davor gefeit wie Normalsterbliche. Was das betraf, hatte Tomaso Entwarnung gegeben. Der Mann war eindeutig einheimisch gewesen. Als er eingestiegen war, hatte er telefoniert, mit echtem Niederämter Zungenschlag.

Ein scharfer Knall hinter ihr ließ sie herumfahren. Das war kein Donner gewesen.

»Ups!« Gerda kam mit belämmerter Miene aus der Toilette. »Sorry, Nasti, die Tür ist mir aus der Hand gerutscht.«

»Mann«, stieß Tomaso hervor. »Ich dachte, du seist gegangen. Was treibst du noch hier?«

»Was raus muss, muss raus. Das Gleiche könnte ich dich fragen. Ich mach mich auf den Weg. Kommst du auch? Sundowner im Aarebistro?«

Tomaso deutete auf den Stapel vor ihr. »Netter Versuch, aber nein danke, ich muss den unbedingt abbauen. Bis zu den Ferien will ich sauberen Tisch machen. Außerdem, hast du mal rausgeschaut?« Die Hauswände reflektierten die Blitze. »Da geht's gleich ab.«

Gerda zuckte mit den Achseln. »Dann halt ein andermal.« Sie umarmte ihre Kollegin. »Vergiss diesmal nicht, die Alarmanlage einzuschalten, wenn du einen Abgang machst. Ciao, Bella.«

»Versprochen.« Tomaso hob die Hand zu einem knappen Abschiedsgruß, bevor sie sich erneut den Akten zuwandte. Heftiges Prasseln drang von außen an ihre Ohren. Sie warf einen Blick aus dem Fenster. Die ersten schweren Tropfen verdampften auf der Straßenoberfläche. Durch die schräg geöffneten Fenster drang der Geruch von feuchtheißem Asphalt herein und kitzelte ihre Nase. Eine teerig-metallene Mischung, die sie seit ihrer Kindheit mit dem Sommer verband. Die Erinnerung rief Bilder sonniger Ferientage im Juli auf, die sie während der ersten Schuljahre in ihrem kleinen Elternhaus in Solothurn verbracht hatte. Die Eltern hatten sich lange Zeit keine Ferien in den Bergen oder am Meer leisten können. Das größte Vergnügen war es, mit ihrem kleinen Bruder im aufblasbaren Badebecken zu planschen. Brunos verzücktes Kreischen, als sie ihn nass spritzte, klang in ihr nach.

Tomaso fuhr hoch und sah sich verwirrt um. Sie musste eingenickt sein. Na toll, so kam sie nirgendshin. Sie stand auf und streckte sich. Sie brauchte unbedingt Koffein, auf das Risiko hin, nachher nicht einschlafen zu können. In der Küchennische stand ein funkelnagelneuer Jura-Vollautomat, das Geschenk der dankbaren Mutter einer Klientin. Erleichtert stellte sie fest, dass er betriebsbereit war, allerdings mit leerem Bohnenfach. Die Nachfüllung wäre heute Gerdas Job gewesen. »Danke, Schatz.«

Schon der Geruch des frischen Kaffees, der in ihre Tasse einlief, weckte ihre Lebensgeister.

Es klingelte. Die Eingangstür wurde geöffnet. Sie sollte doch abgeschlossen sein. War Gerda zurückgekommen?

»Wieder was vergessen?«, rief Tomaso. Gerda war ein Musterfall von Zerstreutheit. Mindestens ein- oder zweimal pro Woche musste sie auf halber Strecke nach Hause oder zur Arbeit kehrtmachen, weil sie entweder ihre Hausschlüssel oder ihren Geldbeutel nicht eingesteckt hatte. Was war es diesmal, ein Schirm? Mittlerweile ging ein richtiger Wolkenbruch über der Stadt nieder.

Tomaso stutzte. Warum antwortete ihre sonst so redselige Kollegin nicht?

»Gerda?«

Keine Antwort, bis sie rasche, schwere Schritte und das Quietschen der Schublade eines ganz bestimmten Aktenschrankes vernahm. Dort war ganz sicher kein Schirm drin.

»Gerda, was ist los?«

Mit der dampfenden Tasse in der Hand ging sie hinaus in den Büroraum.

Sie blieb wie gelähmt stehen.

Sie erkannte den Hoodie sofort. Den Kerl darunter auch, das heißt, sie glaubte, ihn zu erkennen. Die untere Hälfte seines Gesichtes war mit einem schwarzen Schal bedeckt.

Hinter ihm tauchte eine zweite vermummte Gestalt auf. Kein Hoodie, sondern eine schwarze Roger-Staub-Mütze. Ein schmaler Schlitz gab ein dunkles Augenpaar frei.

»Sie ... Was wollt ihr hier?«

Hoodies Augen blinzelten unsicher.

»Verschwindet oder ich rufe die Polizei.« Tomaso schielte zu ihrem Handy. Es lag auf ihrem Pult, außer Reichweite.

»Worauf wartest du?«, zischte die Roger-Staub-Mütze den Hoodie an. »Kümmere dich um die Schlampe, bevor sie die Nachbarschaft zusammentrommelt.«

Hoodie kam auf Tomaso zu. Sie schüttete ihm den Kaffee an den Kopf. Aufschreiend schlug er die Hände vors Gesicht.

Die Roger-Staub-Mütze reagierte schneller. Er ging auf Tomaso los und versetzte ihr einen Faustschlag ins Gesicht. Tomaso ging zu Boden. Sie schlug hart mit dem Hinterkopf auf. Sie blieb bei Bewusstsein, wollte sich aufrichten. Das Letzte, was sie sah, waren Hoodie und ein Schlagstock, der auf sie zuraste.

**

Die Dunkelheit. Das Zimmer. Das Mondlicht bahnte sich einen Weg durch einen Spalt des zugezogenen Vorhangs. Wie ein silbernes Schwert teilte es die Dunkelheit. Es leuchtete auf die schlafende, nackte Frau neben ihm. Sie war von außerirdischer Schönheit. Ihr Gesicht strahlte im Dunkeln, umkränzt von schwarzen Locken.

Jana.

Sein Leben, seine Liebe. Sie war so nah. Nichts konnte sie auseinanderbringen, nicht einmal der Tod. Er streckte seine Hand aus. Er wollte sie fühlen, die Weichheit ihrer Lippen, ihre Wärme, die seidige Sanftheit ihrer glatten Haut, die narbige Verhärtung ihrer Wunde, wo sie Vukovics Kugel in die Brust getroffen hatte.

Jana.

Sie verlangte nach der Berührung. Seine Hand erreichte ihre Aura, den Strahlenkranz ihres Körpers. Sein Leib erzitterte. Ihre Vibration übertrug sich auf ihn.

Jana.

Ihr Körper wich von ihm zurück. Die Distanz betrug nur wenige Zentimeter, und doch blieb sie unerreichbar. Er setzte sich auf, beugte sich über sie. Eine transparente Wand hinderte ihn daran. Sie ließ alles durch, nur ihn nicht. Je mehr er vordrang, desto mehr wich sie zurück.

»Jana!« Seine Stimme, er hörte sie, weit entfernt.

»Jana!« Noch einmal.

Sie öffnete die Augen.

Die Wand war nicht mehr da. Nichts stand mehr zwischen ihnen. Ihr Mund öffnete sich. Ihre Lippen berührten sich – fast. Er konnte sie spüren, ihren Atem riechen und schmecken – Pfefferminze.

Er wollte sich erneut über sie beugen. Eine Hand an seiner Schulter hielt ihn zurück.

Janas Gesicht verzerrte sich, wurde zu einer Fratze. Ihr Angstschrei zerriss die Stille, drang in ihn hinein. Die Hand riss an seiner Schulter.

»Paps?« Pia rüttelte sanft an seiner Schulter.

»Was?« Janas Schrei klang in seinen Ohren nach.

»Hast du geträumt?« Ihr Blick belustigt, gleichzeitig leicht irritiert.

»Nein, ja, was Verrücktes.«

»Was denn?« Definitiv belustigt.

»Es war …« Warum sollte er ihr das erzählen? Alte Wunden aufreißen, die gerade erst vernarbt waren. »Keine Ahnung, hab's vergessen.«

»Aha. Und warum ist er nicht im Bett?«

Dornach folgte ihrem Blick zum hölzernen Laufgitter vor dem Cheminée, in dem er als Baby schon Stunden verbracht hatte. Hinter den Stäben schichtete Mirio stillvergnügt bunte Bauklötze aufeinander.

Erwischt. Großvaterleistung des heutigen Abends für Dominik Dornach: mangelhaft.

Wo waren die Ausreden, wenn man mal eine brauchte? »Er spielte friedlich mit seinen Klötzen, da brachte ich es nicht übers Herz. Du weißt, wie er tobt, wenn man ihn von etwas losreißt, in das er sich vertieft hat. Genau wie –«

»Wie ich in seinem Alter, schon klar. Hast du mal auf die Uhr gesehen? Fast halb elf. Morgen wird seine Laune unterirdisch sein. Von wem er das wohl hat?«

»Schon gut, mein Fehler.«

»Bist mir ein schöner Babysitter.« Sie hob die Flasche Rotwein vom Beistelltisch. Leer. »Sag nicht, du hast die ganz allein getrunken.« Es klang besorgt. Seit Janas Tod hatte sie ihn in Verdacht, mehr zu trinken.

»Was du übriggelassen hast, reichte für wenig mehr als ein Glas.« Mehr lag nicht drin. Er war an diesem Abend Pikettoffizier. »Habe den Rest Mirio gegeben. Wollte ihm aber nicht so recht schmecken.«

»Du hast was?«

»Kleiner Scherz, du solltest dein Gesicht sehen.«

»Witzig, Paps.« Pia hob ihren Sohn aus dem Laufgitter. »Zeit zum Dodomachen. Auf Großpapi ist kein Verlass.«

»Dodo nei, nei Dodo«, quengelte Mirio, bis er seinen Kopf in ihre Halsbeuge legte. Ein sicheres Zeichen, dass er demnächst einschlafen würde.

»Ich bringe ihn zu Bett«, bot Dornach an. Pias Bemerkung hatte seinen großväterlichen Stolz angekratzt.

»Lass nur.« Sie roch an Mirios Windel und rümpfte die Nase. »Ich mache das schon. Hol du mal eine neue Flasche Wein, ich habe auch Lust auf ein Glas.«

»Wo hast du den Rest eures ›Trio infernal‹ gelassen?«

»Nadal und Rana sind im ›Solheure‹ hängen geblieben.« Sie

ging mit Mirio nach oben. Die Mutterschaft hatte die verbliebenen Ecken und Kanten des Teenagers wegradiert. Sie war voller geworden. Die großen dunklen Augen, ein Vermächtnis ihrer Mutter, hatten ihren inquisitiven Ausdruck und das Feuer behalten. Es loderte verhaltener, es sei denn, etwas lief ihr zuwider. Die eine oder andere Stichflamme ließ dann nicht lange auf sich warten.

Trotz allem, was Pia während der frühen Wochen ihrer Schwangerschaft durchgemacht hatte, war diese ohne Komplikationen verlaufen. Erst Monate nach Mirios Geburt hatte sie eine tiefe Depression durchlaufen. Das tragische Schicksal von Mirios Vater Rafik im Irak und Janas Tod hatten ein tiefes Gefühl von Verlassenheit ausgelöst. Es ging so weit, dass sie ihren Sohn nicht mehr sehen wollte. Nachdem Dornach dem Ganzen eine Zeit lang zugesehen hatte, hatte er zum Telefon gegriffen und die einzige Person angerufen, die Pia früher immer wieder aus ihren selbst gezimmerten kleinen Höllen zu befreien vermochte.

Manu Bürki, Pias beste Freundin aus Teenagerzeiten, hatte sich nicht lange bitten lassen. Sie organisierte ihren Mann und ihre beiden Mädchen. Dann stieg sie in den nächsten Flieger in ihrer neuen Heimat Kalifornien. Wenige Tage später hatte Pia zum ersten Mal nach langer Zeit gelacht. Zwei Wochen später war sie wieder auf dem Damm.

Das Klingeln seines Handys unterbrach ihn. Dornach sah auf das Display und seufzte. Pia würde das Glas Wein ohne seine Gesellschaft trinken müssen.

Er antwortete.

2

Angela Casagrande zündete sich eine Zigarillo an. Die Luft war durchsetzt vom Gestank verbrannter Kunststoffe. Auf dem glitzernden Asphalt vermischte sich Regenwasser mit Löschschaum.

Jenseits der Absperrungen war eine beträchtliche Anzahl Schaulustiger zusammengekommen. Auf ihr Geheiß war die Martin-Disteli-Straße ab der Personenunterführung beim Bahnhof bis zur Verzweigung Neuhardstraße für den Publikumsverkehr gesperrt worden. Zwei Polizisten beobachteten die Gaffer und schossen Fotos von ihnen. Sollte es sich um Brandstiftung handeln, wie sie vermutete, befand sich möglicherweise der Täter darunter, um sich an seinem Werk zu ergötzen.

Wo blieb Dornach?

Wie auf Stichwort bog ein dunkler Volvo XC40 mit blinkendem Blaulicht um die Ecke. Einer der Polizisten hob das Absperrband an und ließ ihn passieren. Der Volvo stoppte neben Casagrande. Sie zog noch einmal an der Zigarillo und drückte sie auf einem Mauervorsprung aus. Den Stummel steckte sie in die kleine Blechschachtel, die sie in ihrem Jackett verschwinden ließ. Öffentliche Aschenbecher waren Mangelware geworden.

Sie hatten sich seit über einer Woche nicht mehr gesehen.

»Angie? Ich habe dich erst am Montag erwartet. Wie war's in der Toskana?« Sie umarmten sich. Auf die traditionellen drei Freundschaftsküsse verzichteten sie in der Öffentlichkeit.

»Eine Woche Nichtstun im Haus meiner Eltern hat mir mehr als gereicht. Was geht an der Großvaterfront?«

»Pia meint, ich lasse dem Kleinen zu viel durchgehen.« Casagrande lachte. »*Nonno*-Privileg. Da muss sie durch.«

Dornach deutete auf das Gebäude mit den Brandspuren.

»Was war da los?«

»Brand im Büro im Erdgeschoss. Ein Anwohner hat zum

Glück frühzeitig die Feuerwehr alarmiert. Sonst wär's zu spät gewesen.«

»Zu spät wofür?«

»Für die Frau, die sie drinnen bewusstlos vorgefunden haben. Schweres Schädeltrauma. Du hast gerade die Ambulanz verpasst.«

»Kantonsspital?«

Sie nickte. »Der Zustand der Frau ist kritisch. Der Notarzt meinte, man müsse abwarten, wie sie die Nacht übersteht.«

Ein Feuerwehrmann trat zum Gebäude heraus und gab ihnen das Zeichen, dass es sicher war, einzutreten.

»Was ist da drin?«, fragte Dornach.

»Das Regionalbüro Solothurn der ›EmmaWatch‹.«

»Die Frauenrechtsorganisation? Ein neuer Anschlag?«

Casagrande zuckte mit den Schultern. »Müssen wir zum jetzigen Zeitpunkt mit in Erwägung ziehen. Hast du die Spusi mitgebracht?«

»Sebi ist unterwegs, Maja und Karin auch.«

»Macht Karin wieder Außendienst?«

»Sie meint, sie sei fit. Die Psychologin hat keine Bedenken, es zu versuchen. Schauen wir mal.«

Ein Feuerwehroffizier wartete im ausgebrannten Büro auf sie. »Hauptmann Brändli, freut mich.«

Casagrande bemühte sich, kein belustigtes Gesicht zu machen, als sie den Namen hörte. Sie wusste nicht, ob er ihre zuckenden Lippen bemerkte, als sie seine Hand schüttelte. Jedenfalls ließ sich Brändli nichts anmerken. »Ich muss Ihnen etwas zeigen.«

Der Geruch war schier unerträglich. Casagrande hielt sich die Hand vor den Mund, bis Dornach ihr ein Papiertaschentuch reichte. Parfümierte Hygieneartikel waren nicht so ihres. Diesmal ließ sie zu, dass sich das Menthol in ihrer Nasenhöhle ausbreitete.

Hauptmann Brändli führte sie durch das Büro. Der Grad der Verwüstung war beträchtlich. Alles Brennbare war mehr oder weniger Opfer der Flammen geworden, einschließlich der

vertikalen Stoffjalousien und der Papiere, die auf den Arbeits-
flächen herumgelegen hatten.

Brändli deutete auf verschiedene Stellen am Boden und
an den Arbeitstischen. »Da, da und da haben wir Spuren von
Brandbeschleuniger gefunden.«

»Also eindeutig Brandstiftung«, sagte Dornach.

»Das müssen eure Brandermittler abschließend feststellen,
aber ich würde sagen, ja.«

Dornachs Blick wanderte zum hinteren Teil. »Was befindet
sich dort?«

»Ein Aufenthaltsraum mit Küchenabteil, ein Besprechungszimmer und ein Materiallager. Dieser Teil wurde weitgehend
vom Feuer verschont.«

»Ist es möglich, dass die verletzte Frau das Feuer gelegt hat?«,
fragte Casagrande.

»Denkbar, sie kann gestolpert oder gestürzt sein und sich
dabei den Kopf aufgeschlagen haben«, sagte Dornach. »Wer
ist die Frau?«

Casagrande zog ein Notizbuch aus ihrer Jacketttasche. »Tomaso, Anastasia. Sie ist eine der Co-Leiterinnen.«

»War sie zum Zeitpunkt des Brandausbruchs allein hier?«

»Scheint so«, sagte Brändli. »Ein Anwohner von gegenüber
hat uns kurz nach halb zehn alarmiert, weil er ein Flackern
hinter den Fenstern des Büros gesehen hat. Das war Glück im
Unglück. Ein paar Minuten später, und die Flammen hätten auf
das übrige Gebäude übergegriffen.«

»Glück vor allem auch für Frau Tomaso«, sagte Dornach.
Er zeigte auf die eine Stelle im hinteren Teil des Büroraumes,
nahe dem Küchenabteil. Blutflecken auf dem Boden boten einen
empörenden Kontrast zum verrußten Umfeld. »Frau Tomaso
lag dort, nicht wahr?«

Brändli bejahte.

»Können wir sie befragen?«

»Das müssen die Ärzte entscheiden«, sagte Casagrande. »Ich
schätze, das wird nicht so schnell möglich sein. Ich habe veranlasst, dass sie rechtsmedizinisch untersucht wird.«

»Gibt es weitere Augenzeugen?«

»Bis jetzt hat sich niemand gemeldet. Die Schaulustigen werden gerade befragt. Vielleicht bringt das was.«

»Überwachungskameras?«

Casagrande zeigte auf ein verrußtes Teil über dem Eingang. »Die Frage ist, wie wir an die Daten kommen. Die Rechner hier drin dürften unbrauchbar sein.«

»Überlassen wir das Google und Karin.« Dornach schritt die Arbeitsplätze ab. Er beleuchtete jede Kante und jedes Tischbein mit seiner Taschenlampe. »Fehlanzeige bei den Blutspuren, soweit ich das sehen kann. Sebi wird sich das genauer ansehen müssen.«

»Entschuldigung? Wer sind Sie? Was ist hier passiert?«

Casagrande und Dornach wandten sich um.

Eine mittelgroße blonde Frau in den Dreißigern in leichter Regenjacke stand verstört im Eingang, hinter ihr der Polizist, der sie offensichtlich durchgelassen hatte.

Dornach stellte sich und Casagrande vor und frage dann: »Sie sind?«

»Gerda«, sagte sie. »Gerda Büttiker. Ich bin die Co-Leiterin von ›EmmaWatch‹. Eine Bekannte, die in der Nähe wohnt, hat mich angerufen und gesagt, dass es hier gebrannt hat. Wo ist Nasti? Geht's ihr gut?«

»Wer?«

»Anastasia Tomaso, meine Kollegin in der Leitung.«

»Wann war das?«

»So gegen acht oder kurz danach. Nasti, also Frau Tomaso, wollte ein paar Dokumente durchgehen, bevor sie auf den Zug nach Solothurn ging.«

»Sie wohnt in Solothurn selbst?«

Büttiker nickte. »In ihrem Elternhaus in der Ziegelmatt.«

»Verheiratet, Familie? Hat sie einen Freund?«

Büttiker schüttelte den Kopf. »Ledig und single, jedenfalls kein Freund, von dem ich wüsste.« Sie sah Dornach und Casagrande ängstlich an. »Sagen Sie mir endlich, wo Nasti ist. Ist sie … wurde sie …« Ihre Stimme bebte.

»Es tut mir leid, Ihre Kollegin wurde schwer verletzt«, sagte Dornach. »Sie wurde ins Kantonsspital gebracht.«

»Was ... was heißt schwer verletzt?«

»Mehr können wir Ihnen zu diesem Zeitpunkt noch nicht sagen.«

Büttiker schlug die Hände vors Gesicht. »Wäre ich nur bei ihr geblieben.«

»Wie ist die Täterschaft hier hereingekommen? Schließen Sie abends nicht ab?«

»Normalerweise schon, immer diejenige, die bleibt, schließt ab. Nasti war da etwas nachlässig.«

»Haben Sie offizielle Öffnungszeiten?«

»Sicher, von halb neun bis fünf. Aber wenn wir gebraucht werden, sind wir da, Tag und Nacht, sieben Tage die Woche.«

Büttiker wischte sich die Tränen aus den Augen. »Das war sicher dieser Kerl.«

»Welcher Kerl?« Dornach und Casagrande im Chor.

Neue Tränen füllten Büttikers Augen. »Es ist meine Schuld. Ich hätte sie zwingen müssen, mit ins Aarebistro zu kommen. Dann wäre das nicht passiert.«

Casagrande nahm sie beim Arm. »Kommen Sie, Frau Büttiker, wir gehen raus, und Sie erzählen mir genau, was Sie wissen. Wo kann man um diese Zeit was trinken?«

»Wir können es in der ›Galicia Bar‹ versuchen.«

Casagrande bedeutete Dornach, in ein paar Minuten nachzukommen. Auf dem Weg nach draußen kreuzten sie den Chef der Kriminaltechnik Sebi Tschanz und seine Leute. Maja Hartmann und Karin Jäggi stiegen aus einem zivilen Dienstwagen. Casagrande sagte ihnen, wo sie ihren Chef finden würden, bevor Büttiker und sie den Weg zur Bar unter die Füße nahmen.

✳✳✳

Dornach nippte an einem alkoholfreien Bier. Er musste den Brandgestank hinunterspülen. Seine Wagenschlüssel hatte er Maja übergeben, er wollte mit Casagrande zurück nach Solothurn fahren. »Frau Büttiker ist sich sicher, dass Frau Tomaso gestalkt wurde?«

Casagrande hatte die Frauenrechtlerin von einer Patrouille nach Hause fahren lassen, bevor er dazugekommen war.

»Sie vertritt die Annahme rigoros«, sagte sie.

»Und stützt sich dabei auf das, was sie von ihrer Kollegin über ihn weiß? Selbst hat sie ihn nie gesehen?«

»Scheint so. Wir müssen abwarten, bis wir mit Frau Tomaso sprechen können.«

»Oder einen Blick in ihr Handy werfen können. Vielleicht hat sie ein Foto von dem Kerl gemacht.«

»Warum sollte sie ihn fotografiert haben?«

»Spekulation. Pia macht das auch, wenn sie komisch angemacht wird. Frau Tomaso ist Frauenrechtsaktivistin. Auffällige Männer fotografieren ist für sie ein natürlicher Reflex.«

»Nicht schlecht kombiniert, Sherlock«, sagte Casagrande beeindruckt.

»Danke, Watson.«

»Habt ihr das Handy?«

Dornach schüttelte den Kopf. »Sebi hat es nicht gefunden. Es befindet sich auch nicht unter ihren persönlichen Effekten im Spital. Kann sein, dass der oder die Täter es mitgenommen haben.«

»Weshalb sollten sie das tun?«

»Weiß nicht, vielleicht eben gerade weil Frau Tomaso einen von ihnen fotografiert haben könnte.«

Casagrande leerte ihr Glas Mineralwasser. »Du glaubst, der Anschlag galt Frau Tomaso, weil sie ein Foto von einem Mann gemacht hat?«

»Anastasia Tomaso ist führende Aktivistin in einer Frauenrechtsorganisation, die ihren Gegnern ein paar empfindliche politische und juristische Niederlagen beigebracht hat.«

»Eine politische Aktion von Frauenhassern?«

»Nach dem, was in den vergangenen Wochen passiert ist, sollten wir das nicht ausschließen.«

»Du sprichst die Sprengstoffanschläge auf die Linken-Politikerinnen an? Bei denen hatte es die Täterschaft bisher nur auf ihre Briefkästen abgesehen.«

»Kann sein, dass sie gerade einen Gang hochgeschaltet haben.«

»Lässt sich nicht ganz von der Hand weisen. Weiß man schon, ob die Täter etwas haben mitlaufen lassen?«

Dornach schürzte die Lippen. »Es bleibt uns nichts anderes übrig, als abzuwarten, bis Frau Büttiker ein Inventar gemacht hat.«

Casagrande sah auf ihre Armbanduhr. »Heute passiert eh nicht mehr viel. Wollen wir?«

»Gerne, es sei denn, du willst vor mir Ruhe haben.«

»Hatte ich gerade, eine ganze Woche lang.«

3

Dornachs neue Chefin belegte den Rapportraum für ein Meeting mit den Kripochefs der Konkordatskantone. Deshalb würde der Teamrapport in seinem Büro stattfinden. Heute war er früher dran. Beim Betreten seines Büros schlug ihm der aromatische Geruch seines italienischen Bohnenkaffees entgegen. Vor Jahren hatte er eine eigene Maschine angeschafft. Das Automatengebräu verursachte bei ihm Magenbrennen. Mittlerweile hatten viele seiner Kaderkolleginnen und -kollegen Kapselmaschinen in ihren Büros stehen. Dornach war seiner italienischen Bezzera-Kolbenmaschine treu geblieben, wovon er ein weiteres Exemplar zu Hause stehen hatte.

Karin Jäggi machte sich mit dem Rücken zu ihm an der Bezzera zu schaffen.

»Kaffee kommt gleich, Maja.« Mit einer vollen Espressotasse in der Hand drehte sie sich um. »Dominik! Du bist's. Ich dachte, Maja …«

»Morgen, Karin.« Er zeigte auf die Tasse. »Kann ich den haben, oder willst du ihn für Maja aufheben?«

Sie sah ihn an, als wäre er von einem anderen Stern. »Was? Ach so.« Sie hielt ihm die Tasse hin. »Entschuldige, ich …«

»Kein Problem. Danke. Wurde es gestern spät in Olten?«

»Wir sind eine Stunde nach euch gegangen.«

»Ihr habt nicht zufällig ein Handy gefunden?«

»Dasjenige von Frau Tomaso? Fehlanzeige. Dafür haben wir interessante Hinweise bei den Passantenbefragungen bekommen.«

»Aha?«

»Zum Zeitpunkt des Anschlags ging ein Gewitter mit heftigem Regen über dem Gebiet nieder. Ein Passant hatte bei einem Hauseingang auf der gegenüberliegenden Straßenseite Schutz gesucht. Von dort aus hat er gesehen, wie zwei Gestalten in dunkler Kleidung und mit Rucksäcken das Gebäude von

›EmmaWatch‹ betraten. Einer trug einen Hoodie, der andere eine Roger-Staub-Mütze.«
»Haben wir eine Beschreibung?«
»Sorry.« Karin deutete leere Hosentaschen an. »Die Gaffer-Fotos haben auch nichts gebracht. Kein Hoodie oder Roger Staub. Nach unserer Rückkehr hat sich Google hinter die Festplatte mit den Daten der Überwachungskamera geklemmt. Sieht übel aus, aber er ist zuversichtlich. Ich gehe mal rüber zu ihm.«
Karin sah Dornach unsicher an. Wollte sie seine Erlaubnis? Ihre alte Unsicherheit schien zurück zu sein.
»Mach das. Bis gleich.«
»Ja ... ähm ... klar.« Sie verließ den Raum fast fluchtartig.

***

»Angela, hast du einen Moment?«
Sie stand im Innenhof des ehemaligen Franziskanerklosters, welches heute die Solothurner Staatsanwaltschaft beherbergte. Im Grunde war sie schon zu spät dran. »Wenn's nicht lange dauert, Kurt. Ich werde in der Schanzmühle erwartet.«
»Nur ganz kurz. Hattest du im Urlaub Zeit, darüber nachzudenken, was wir zuvor besprochen hatten?«
Natürlich hatte sie, ohne Ergebnis. Jetzt einfach Zeit gewinnen. »Worüber?«
»Du weißt schon, man erwartet eine Antwort von mir.«
»Erst nächste Woche, habe ich gedacht.«
»Stimmt, aber du wolltest vorher mit –«
»Bin nicht dazu gekommen. War zu viel los gestern Abend.«
Mit der Schuhspitze verschob Oberstaatsanwalt Kurt Mosimann ein imaginäres Steinchen auf dem Pflaster. »Ich will dich nicht drängen, aber kannst du das dieses Wochenende erledigen? Es wäre schade, wenn du die Gelegenheit verpassen würdest, wegen dir, nicht wegen der Staatsanwaltschaft Solothurn.«
»Mach ich.«
»Gut, und sonst? Gibt's erste Erkenntnisse zum Brandanschlag in Olten?«

»Nur vage Indizien. Wir hoffen, die eine oder andere konkrete Spur herauszufiltern, bevor ich den Fall an den Kollegen in Olten abgebe.«

»Daraus wird nichts. Du wirst den Fall definitiv übernehmen müssen.«

»Weshalb? Olten liegt nicht in meiner Zuständigkeit. Ich war gestern nur dort, weil ich das Pikett mit einem Kollegen getauscht hatte.«

»Die Oltner sind momentan komplett überlastet.«

Und die Solothurner leisteten sich derweil einen lauen Lenz, oder was? Casagrande schluckte die Bemerkung hinunter.

»Nach den Vorkommnissen der letzten Wochen hier ist es besser, du befasst dich mit dem Dossier. Du weißt, warum«, sagte Mosimann.

»Die Anschläge auf die Briefkästen unserer Politikerinnen, ja.« Eben gerade deshalb litt sie nicht unter Arbeitsmangel. »Alles klar, jetzt muss ich aber los. Halte dich auf dem Laufenden. Schönen Tag noch.«

Zumindest einen kannte sie, der nicht unglücklich darüber sein würde, dass der Fall bei ihr blieb. Vielleicht bot sich ein Moment, mit ihm über ihre Zukunftspläne zu reden.

***

Kaum hatte Dornach sich hinter seinen Arbeitstisch gesetzt und den Computer hochgefahren, öffnete sich seine Tür erneut, ohne dass vorher geklopft wurde.

»Karin, hast du –« Maja blieb wie angegossen stehen. »Dominik, du bist schon da?«

»Was ist denn heute los? Ihr tut so, als sei ich ständig der Letzte.«

»Sorry, Chef. Ich dachte nur, weil es sicher spät wurde bei dir und Angela.«

»Nicht später als bei euch. Wo sind die anderen?«

»Karin ist bei Google. Sebi überprüft was und kommt später. Was ist mit Angela?«

»Schon da.« Casagrande tauchte hinter Majas Rücken auf.
»Habe ich was verpasst?«

»Nicht der Rede wert«, sagte Dornach. »Kaffee?«

»Ich kümmere mich drum.« Maja trat an die Maschine.

Casagrande legte eine Tüte Croissants auf den Besprechungstisch. »Wissen wir, ob bei ›EmmaWatch‹ etwas weggekommen ist?«

»Ich habe einen Kollegen der Regionalpolizei Olten gebeten, das mit Frau Büttiker zu klären«, sagte Maja. »Sie geben uns Bescheid, sobald sie durch sind.«

»Gibt's was Neues von Frau Tomaso?«

»Ich habe mit dem Arzt gesprochen«, sagte Dornach. »Ihr Zustand ist nach wie vor kritisch, aber stabil. Heute werden wir sie nicht befragen können.«

»Schade, sie ist die einzige Zeugin, die präzisere Hinweise zur Täterschaft geben könnte.«

»Weißt du schon, wer sich bei der Staatsanwaltschaft Olten um den Fall kümmert?«, fragte Dornach.

»Niemand. Die sind angeblich überlastet. Mosimann hat mir den Fall übertragen. Wegen möglicher Parallelen zu den Vorfällen bei uns in Solothurn.«

Dornach machte eine mentale Notiz, den Oberstaatsanwalt demnächst auf ein Bier einzuladen.

»Die Briefkastenbomben bei den Kantonsrätinnen der Grünen und Sozialdemokraten?«, fragte Maja. »Glaubt er, die Fälle hängen mit dem Brand von gestern zusammen?«

»Völlig von der Hand weisen können wir es nicht«, sagte Casagrande. »Wer engagierten Politikerinnen Bomben in den Briefkasten legen kann, ist auch in der Lage, das Büro einer Frauenrechtsorganisation in Brand zu setzen. Die mentale Disposition für das eine wie das andere dürfte die gleiche sein.«

»Ich weiß nicht«, sagte Maja. »Die Tatmuster stimmen nicht überein. Weshalb sollten sie in Olten in ein Büro eindringen und es in Brand setzen? Das Risiko ist größer. Außerdem wurde bei den Briefkastenbomben bisher niemand verletzt.«

»Hat wohl eher mit mehr Glück als Verstand zu tun«, wandte

Dornach ein. »Die betroffenen Frauen erlitten immerhin einen schweren Schock.«

»Mittlerweile sollten die im Umgang mit Kerlen in der Politik einiges gewohnt sein. Eine von ihnen ist die Präsidentin der SP-Kantonalpartei.«

»Komm schon, Maja«, sagte Casagrande. »Das hat nichts damit zu tun. Dir ist schon klar, in welchem Maß Bedrohungen gegen Politiker und Politikerinnen bei uns in jüngster Zeit zugenommen haben, gerade auch Morddrohungen.«

»Ja, sorry, kommt davon, wenn man Idioten wie die von der Fortschrittspartei in die Parlamente wählt. Die haben mittlerweile fast zwanzig Prozent Wähleranteil.«

»Mag ja sein. Trotzdem, nicht alle von ihnen sind Idioten.« Maja schnaubte. »Ein paar wenige genügen schon. Man hätte erwarten dürfen, dass nach dem Kapitel mit dem Ex-Präsidenten Schubiger selig was Besseres nachkommt. Aber nein, stattdessen heben sie den Emporkömmling Urner auf den Thron, der extra deswegen von der SVP desertierte. Deren Politik war ihm angeblich zu brav.«

»Andere würden sagen ›vergleichsweise vernünftig‹«, schaltete sich Dornach ein. »Das ist nicht der Punkt. Gibt es bei den Briefkastenbomben konkrete Anknüpfungspunkte zum Anschlag bei ›EmmaWatch‹?«

»Misogynie«, sagte Casagrande wie aus der Pistole geschossen.

»Hä?«, fragte Maja.

»Frauenfeindlichkeit.«

»Das engt die Täterschaft nicht zwingend ein«, bemerkte Dornach.

»Es ist ein Anhaltspunkt.«

Nach kurzem Klopfen an der Tür kam Sebi Tschanz herein. »Entschuldigt meine Verspätung, Kollegen. Ich habe mich mit der Rechtsmedizin in Bern unterhalten.«

»Unterhalten?«, fragte Dornach. »Habt ihr auch über den Fall gesprochen?«

»Ausschließlich Letzteres.« Tschanz entlockte der Kaffeemaschine einen doppelten Espresso. »Wir sind uns über die Tatwaffe einig geworden.«

»Für welche Tat? Den Brand oder Frau Tomasos Verletzungen?«

»Ebenfalls Letzteres.« Tschanz nahm sich ein Gipfeli aus der Tüte. »Der Kollege vom IRM und ich sind uns einig: harter, länglicher Gegenstand aus Metall oder so ähnlich.«

»Ein Baseballschläger?«, fragte Casagrande.

»Eher weniger massiv. Diese Waffe war schmaler und ist nach oben verjüngt. Ich tippe auf einen Teleskopschlagstock.«

»Das macht Sinn«, sagte Maja. »Ausziehbare Schlagstöcke kann man praktisch und unauffällig in einem Rucksack verstauen.«

»Der Täter oder die Täterin hat dreimal zugeschlagen«, fuhr Tschanz fort. »Ein Schlag traf Frau Tomaso an der Schulter. Die anderen beiden waren Volltreffer am Hinterkopf. Sie kann von Glück sagen, wenn sie den Überfall überlebt.«

»Da scheint eine gehörige Portion Wut dahinterzustecken. Hinweise auf sexuellen Missbrauch?«

»Nichts dergleichen.«

»Könnte eine Beziehungstat sein«, sagte Maja.

»Oder eine extreme Ausprägung von Angelas Vermutung.«

»Wie kommt man an Waffen wie Teleskopschlagstöcke?«, fragte Casagrande.

»Internet«, sagte Dornach. »Ohne Angaben über Marke und Typ bringt uns das nicht weiter. Die Intensität des Angriffs legt nahe, dass Frau Tomaso kein Zufallsopfer war. Wir brauchen mehr Informationen über sie und die Fälle, die sie betreute.«

Es klopfte an der Tür. Karin steckte den Kopf herein. »Stören wir?«

Dornach winkte sie heran. Karin und Google traten ein. Die Kollegen öffneten den Kreis, sodass die beiden die Besucherstühle von Dornachs Schreibtisch nehmen und sich dazusetzen konnten.

»Wir haben etwas«, sagte Karin.

»Womit man hoffentlich was anfangen kann«, bemerkte Maja spitz.

»Wie wäre es mit den Tätern?« Google drehte sein Notebook so, dass alle auf den Bildschirm sehen konnten. Das Gesicht stellte nicht viel mehr dar als einen Fleck vor grauem Hintergrund. Die Kapuze des Hoodies umgab es wie ein schwarzer Heiligenschein.

Zuweilen machte Google es zu spannend.

Dornach schielte zu Maja hinüber, die demonstrativ ein Gähnen unterdrückte. Es konnte auch am Schlafmanko der vergangenen Nacht liegen.

»Woher stammt die Aufnahme?«, fragte Dornach.

»Gebäudeeingang«, erwiderte Google. »Die Hausverwaltung hatte eine Kamera installieren lassen. Sie hatte die Nase voll von betrunkenen Nachtschwärmern, die den Eingang als Pissoir benutzten.«

»Und, hat's sich gebessert?« Maja wurde langsam wach.

Google zuckte mit den Achseln. »Ich kann gern nachfragen, wenn du's wirklich wissen willst.«

»Danke, was genau soll man darauf erkennen? Einen Kerl, der *nicht* in den Hauseingang pinkelt? Mehr sehe ich nämlich nicht.«

»Gemach, Kollegin. Ich gebe zu, das Budget der Hausverwaltung dürfte zu nicht mehr als einer Spielzeugkamera gereicht haben. Aber nicht verzagen, Google fragen.«

»Oh Mann.« Maja verdrehte die Augen.

Die folgende Aufnahme war schärfer.

Dornach kniff die Augen zusammen. Der Mann sah direkt in die Kamera. Das Bild war immer noch zu unscharf. »Schon besser, aber erkennen kann man trotzdem nichts. Kannst du nicht –«

Bevor er den Satz beendet hatte, klickte Google erneut. »Musste einen Spezialkniff anwenden. Besser so?«

»Gut, haben wir darüber geredet«, murrte Maja.

Das trug ihr einen Seitenhieb von Karin ein.

Googles Bildbearbeitung verlieh dem Mann Konturen. Er war jung, zwischen Mitte zwanzig und Anfang dreißig, nicht unattraktiv. Was musste im Leben eines Mannes schieflaufen, welche falsche Abzweigung hatte er genommen, um eine wehrlose Frau einfach so halb totzuschlagen?

Der Mann sah direkt in die Kamera, Augen aufgerissen, Mund halb geöffnet.

»Er scheint überrascht zu sein, eine Kamera zu sehen«, sagte Dornach.

»Sieht so aus«, sagte Google. »Auf dem Filmausschnitt dreht er den Kopf gleich weg. War schwer, das Stillfoto so hinzukriegen.«

»Depp«, sagte Maja. »Wenn ich so einen Überfall vom Stapel lassen will, finde ich als Erstes heraus, ob es Kameras hat und wo sie sind.«

»Vielleicht war es doch eine Tat im Affekt«, sagte Karin, »und er wollte Frau Tomaso gar nicht niederschlagen.«

»Ja sicher, sie waren zu Tee und Kuchen verabredet. Ist halt ein wenig aus dem Ruder gelaufen.«

»Davon sollten wir nicht ausgehen«, meldete sich Casagrande zum ersten Mal zu Wort. »Frau Büttiker wusste von nichts. Frau Tomaso würde sich nie mit jemandem allein an ihrem Arbeitsplatz verabreden. Erst recht nicht um diese Uhrzeit.«

»Na also«, sagte Maja. »Die beiden stürmen herein, schlagen Frau Tomaso zusammen und hauen ab. Zum Glück für uns ist einer von den beiden so dumm, sich dabei filmen zu lassen.«

»Wissen wir, wer der Kerl ist?« Dornachs Frage richtete sich an Karin.

»Das tun wir. Er ist kein Unbekannter.« Auf ein Zeichen von ihr tauschte Google den Still mit einer erkennungsdienstlichen Aufnahme. »Grüniger, Leo, Jahrgang 95, vorbestraft wegen Sachbeschädigung, schwerer Körperverletzung und Autodiebstahl.«

»Meldeadresse?«

»Quaistraße 37 in Trimbach. Er wohnt dort zur Untermiete bei einer Frau Surbeck. Ein Team der Oltner Kollegen ist unterwegs, ihn festzusetzen und zur Befragung auf den Regionenposten zu bringen.«

»Laut Zeugen waren es zwei Männer. Haben wir was über den anderen?«

»Nichts außer Rücken und Hinterkopf«, sagte Google. »Letzterer steckt in einer Wollkappe, vermutlich eine Roger-Staub-Mütze.«

»Was wissen wir sonst über Grüniger?«

»Die Kollegen, die ein Auge auf die rechtsextreme Szene werfen, und die Bundeskriminalpolizei haben ihn im Visier«, sagte Karin.

»Weswegen?«

»Grüniger ist Mitglied der ›Helvetischen Wacht‹.«

»Schau, schau«, sagte Maja.

Casagrande spitzte die Lippen. Dornach zog die Augenbrauen hoch.

»Kennt ihr die?«, fragte Karin. »Mir sagt das auf Anhieb nichts.«

»Kann es auch nicht.« Maja legte die Hand auf die Schulter ihrer Kollegin. »Du warst in Rekonvaleszenz, als die Truppe aufgetaucht ist. An die ›Schutzfront CH‹ erinnerst du dich aber noch, oder?«

»Die ehemalige Sicherheitstruppe der Fortschrittspartei?«

»Korrekt«, sagte Dornach. »Schubigers Nachfolger hat sie nach dessen Tod aufgelöst.«

»Und sie nach ein paar Monaten mit anderem Namen mit den genau gleichen Verbrechervisagen neu aufgestellt«, ergänzte Maja.

»›Helvetische Wacht‹. Klingt ungeheuer patriotisch«, sagte Karin.

»Die sind so patriotisch wie Wilhelm Tell auf Ecstasy. Die Truppe ist nichts anderes als eine neonazistische Schlägerbande und Urners Privatarmee.«

»Offiziell sorgt die ›Helvetische Wacht‹ für Sicherheit und Personenschutz an politischen Anlässen. Ihr Hauptauftraggeber ist, wenig überraschend, die Fortschrittspartei«, erklärte Dornach.

»Müssen wir davon ausgehen, dass die hinter dem Anschlag auf ›EmmaWatch‹ steht?«, fragte Karin.

»So sicher wie das Amen in der Kirche«, sagte Maja. »Urner hat oft genug öffentlich gegen Aktivistinnen gewettert, die vor allem Ausländerinnen aus islamischen Ländern den Weg in die Schweiz ebnen. Tomaso und er sind sich bei einer Kundgebung mal in die Haare geraten.«

»Wobei erwiesen ist, dass Tomaso Urner zuerst tätlich angegriffen hatte«, bemerkte Casagrande. »Sie wurde gebüßt.«

»Scheint nicht gereicht zu haben. Urner wollte sich richtig revanchieren.«

»Das ist Spekulation, Maja«, entgegnete Casagrande. »Die Aufnahmen von Grüniger beweisen erst mal nur, dass er am Tatort war. Eine Verbindung zwischen dem Anschlag, der ›Helvetischen Wacht‹ und Nationalrat Urner müssen wir nachweisen können.«

»Werden wir, sobald wir Grüniger haben.«

»Stell dir das nicht zu einfach vor. Urner wird Grüniger seine Anwälte zur Seite stellen. Die werden unsere Indizien so lange löchern, bis sie nicht mal mehr zum Emmentaler Käse taugen.«

Karins Handy klingelte. Sie antwortete und hörte eine Weile zu. »Okay, danke euch«, sagte sie schließlich und beendete den Anruf. »Grüniger ist an seiner Wohnadresse nicht auffindbar. Laut der Vermieterin war er seit Tagen nicht zu Hause.«

* * *

Beat Urner zog genüsslich an seiner Zigarre. Zu gern hätte er sich ein Glas des hervorragenden Rums dazu genehmigt, den ihm ein Parteifreund von einer Karibikreise mitgebracht hatte. Es war zu früh. Er wollte für die Sitzung der Außenwirtschaftskommission des Nationalrates fit sein. Den Rum konnte er trinken, wenn seine Fraktion das anstehende Geschäft nach ihrem Gusto durchgebracht hatte und bereit für die kommende Parlamentsdebatte war. Dann würde sogar mehr als ein Glas drinliegen.

Der Blick von der Terrasse seines Hauses in Hessigkofen über das Aaretal und die gegenüberliegenden Jurahöhen war bis auf ein paar Schleierwolken ungetrübt. Möglich, dass sich die harmlos aussehenden Striemen am Himmel bis zum Abend zu dräuenden Gewitterwolken verdichteten. Er hatte Fraktionskollegen sowie ein paar ihm wohlgesinnte Liberale zu einem Grillabend eingeladen. Man wollte die Kontroverse mit der Ratslinken um die vorgesehene Verschärfung des Exportgesetzes für Kriegsmaterial diskutieren und eine Gegenstrategie entwickeln. Es musste einen Weg geben, gegen die Phalanx rot-grüner Gutmenschen anzukommen. Seine Freunde in der Rüstungsindustrie und ihre Lobbyisten saßen ihm im Nacken. Es galt, um jeden Preis zu verhindern, dass die Freigabekompetenz für große Rüstungsverkäufe ins Ausland sich vom Bundesrat zum Stimmvolk verschob.

Pest und Cholera allen Grünen und Roten. Die hatten keine Ahnung, wie Realpolitik heutzutage ablief, nicht einmal, wenn sie ihnen so anschaulich demonstriert wurde wie gegenwärtig in Osteuropa, einen Steinwurf von der Schweiz entfernt.

Er tat einen tiefen Zug an der Zigarre, als könne er damit das Ziehen in seiner Brustgegend zum Verschwinden bringen. Sein Arzt hatte aufgegeben, ihn vor den Sargnägeln zu warnen. Für Urner und das Land war der politische Gegner tödlicher als Tabak und Alkohol.

Noch war seine Fortschrittspartei eine der stärksten politischen Kräfte auf dem nationalen Parkett. Doch ihr Fundament war sumpfig. Während ein paar Jahren hatten sie zulegen können, doch jetzt begann sie die Vergangenheit mit dem Debakel um seinen Vorgänger und dem Skandal um dieses vermaledeite katholische Mädcheninstitut im Unterengadin einzuholen. Er brauchte einen Erfolg, vor allem aber ein Thema, mit dem sie verlorene und zusätzliche Wählerstimmen auf ihre Seite ziehen konnten. Er und seine Partei standen für eine starke Schweiz inmitten einer fragilen geopolitischen Lage, besonders in Europa. Was es brauchte, waren militärische Stärke und Autarkie, nicht das Gedöns von wegen EU-Rahmenabkommen und Mitgliedschaft im UN-Sicherheitsrat. Das setzte eine starke nationale

Rüstungsindustrie voraus, die weltweit vorne mitspielte. Vor allem neue Verbündete waren vonnöten, was man allerdings nicht laut sagen durfte. Schließlich war die Schweiz neutral. Glücklicherweise ließ sich der Begriff dehnbar interpretieren. Das Ziehen in der Brust beruhigte sich tatsächlich. Ob er sich nicht doch ein kleines Glas Rum mit dem Rest seiner Zigarre gönnen sollte?

Ein Geräusch ließ ihn herumfahren. Die Gestalt im schwarzen Hoodie hatte ihn im wahrsten Sinn des Wortes beinahe zu Tode erschreckt. »Leo, warum zum Henker schleichst du dich an. Was willst du hier?«

»Die Tschuggerei ist hinter mir her.«

»Weshalb?«

Grüniger machte Anstalten, sich zu setzen.

»Du bleibst gefälligst stehen, bis ich dir was anderes sage. Mach den Mund auf! Was will die Polizei von dir?«

Grüniger, ein Baum von einem Mann, schrumpfte buchstäblich vor Urner. »Gestern in Olten ist was schiefgelaufen.«

Urner schwante etwas. Er griff zu seinem Handy. An diesem Morgen hatte er die Schlagzeilen der Pushnachrichten nur überflogen. Der Brand bei »EmmaWatch« kam an dritter Stelle. Er zeigte Grüniger die Nachricht auf dem Display. »Eine Frau wurde verletzt. Du hast mir gesagt, es sei niemand dort.«

Grüniger wand sich. »Das dachten wir auch. Dann ist die Tusse plötzlich aufgetaucht. Sie hat sich gewehrt und da … Das Ganze ist aus dem Ruder gelaufen.«

»Ihr Deppen habt sie halb totgeschlagen? Was habe ich dir gesagt?«

»Keine Alleingänge.«

»Und?«

»Wir sollen den Ball flach halten.«

Urner warf das Handy auf den Tisch. »Das nennst du den Ball flach halten? Wie ist die Polizei so schnell auf dich gekommen?«

»Keine Ahnung.«

»Was heißt keine Ahnung?«

»Wir haben gar nicht …« Grünigers Stimme ging in ein unverständliches Murmeln über.

»Ihr seid in eine Kamera geraten. Ihr Idioten habt nicht mal gecheckt, ob die Videoüberwachung haben.« Das Ziehen in Urners Brust machte sich erneut bemerkbar. »Du bist wirklich der Hinterletzte. Wer war dabei?«

»Stefano, aber der hat sich schon nach Italien zu seiner Schwester abgesetzt.«

Wenigstens einer aus der Schusslinie. »Was erwartest du von mir?«

»Weiß auch nicht, könnten Sie mich nicht hier –«

»Hat's dir ins Hirn geschissen? Wo, glaubst du, sucht die Polizei als Nächstes, wenn sie mal herausgefunden hat, dass du in der ›Wacht‹ bist?«

»Sie meinen …?«

»Ja, ich meine, vielleicht sind sie schon auf dem Weg hierher.« Grüniger blickte wie ein gehetztes Tier um sich. »Sie müssen mir helfen, sonst …«

»Sonst was?«

Es war ihm anzusehen, dass er seinen ganzen Mut zusammennahm. »Sie hängen mit drin. Ich weiß Dinge, die –«

Obschon Urner fast einen Kopf kleiner war, baute er sich vor Grüniger auf. »Willst du Würstchen mich etwa erpressen?«

»Nein, nein. Ich meine nur, Sie haben mich immer unterstützt. Wenn Sie mir Geld geben, damit ich weg von hier kann, vielleicht auch nach Italien.«

Urner sah ihn kalt an. »Ich überlege mir was und rufe dich an. Hast du dein Prepaidhandy?«

»Ja, aber –«

»Ich habe gesagt, ich melde mich. Mach, dass du wegkommst.«

Grüniger ging zur Tür.

»Nicht da durch, Idiot! Hintenraus, über die Wiese und durch den Wald.«

✳✳✳

Rebekka Muntwyler stoppte den Streifenwagen vor dem unscheinbaren Wohnblock mit der Hausnummer 37 in der Quaistraße in Trimbach. Sie warf ihrem Partner Rolf Brotschi einen unsicheren Blick zu. Sie arbeitete erst seit Anfang des Monats bei der Regionalpolizei Olten. Das war ihr erster richtiger Einsatz. Eine korpulente Frau, etwa Mitte sechzig, graue Kurzhaarfrisur, stand vor dem Hauseingang. Sie schaute nervös zu ihnen herüber.

»Dann wollen wir mal«, sagte Muntwylers älterer Kollege Brotschi.

»Was soll ich machen?«

»Hinter mir bleiben, zuschauen und zuhören.« Brotschi öffnete die Wagentür.

Die sichtlich verstörte ältere Frau kam auf sie zu.

»Frau Surbeck?«, fragte Brotschi. »Sie haben den Notruf gewählt?«

»Ja, hier bitte.« Sie zeigte den beiden Polizisten unaufgefordert ihre ID-Karte.

Brotschi stellte sich und Muntwyler vor. »Unsere Kollegen waren heute Morgen schon bei Ihnen, nicht wahr?«

»Stimmt, sie wollten zu meinem Untermieter, Leo, Herr Grüniger. Den habe ich seit Tagen nicht mehr gesehen.«

»Was ist genau passiert?«

»Wie ich schon am Telefon gesagt habe, bin ich vom Einkaufen nach Hause gekommen und wollte in meine Wohnung.« Frau Surbeck zeigte auf zwei Einkaufstaschen, die bei der Eingangstür standen. »Da habe ich gesehen, dass die Tür einen Spalt offen war.«

»Haben Sie –«

»Natürlich hatte ich abgeschlossen. Ich drehe den Schlüssel immer zweimal um.«

»Gut, und weiter?«

»Ich hörte Geräusche aus der Wohnung und habe es mit der Angst zu tun gekriegt. Die Sache mit Leo und die Polizisten, die vorher hier waren. Das war mir unheimlich. Da bin ich runtergerannt und habe den Notruf gewählt.«

»Wohnt außer Herrn Grüniger sonst jemand bei Ihnen?«

»Niemand, nur Leo.«

»Sie glauben, der oder die Eindringlinge sind noch in der Wohnung?«

Frau Surbeck zuckte mit den Achseln. »Seit ich hier stehe, ist jedenfalls niemand die Treppe heruntergekommen.«

»Ist das der einzige Zugang zum Haus?«

Frau Surbeck nickte.

Brotschi ließ den Blick über die Fassade schweifen. »Wo wohnen Sie genau?«

»Im zweiten Stock. Linker Eingang, wenn Sie hochkommen.«

Brotschi nickte seiner jungen Kollegin zu. »Wir gehen rein. Frau Surbeck, Sie bleiben hier und warten, bis die Verstärkung da ist. Auf keinen Fall kommen Sie nach oben, bevor wir es Ihnen sagen, klar?«

Die Frau versprach es.

Die Polizisten betraten das Haus. Bevor sie die Treppe zum zweiten Stock in Angriff nahmen, drehte Brotschi sich zu Muntwyler um. »Schon mal eine Wohnung oder einen Raum gesichert?«

»Nur geübt«, sagte sie.

»In dem Fall ist das deine Feuertaufe. Zieh deine Waffe.«

Muntwylers Hand zitterte leicht, als sie die Dienstwaffe aus dem Holster zog. Brotschi gab per Funk ihre Absicht an die Zentrale durch und forderte zur Sicherheit Verstärkung an.

Ihre Waffen im Anschlag, stiegen sie die Treppe hoch. Frau Surbecks Wohnungstür war einen Spalt offen. Brotschi legte die Finger auf die Lippen und lauschte. Nichts zu hören.

Er öffnete die Tür ganz. »Polizei! Ist jemand in der Wohnung?«

Vor ihnen lag ein Korridor. Links und rechts führten Türen in die anderen Zimmer.

Brotschi bedeutete seiner Kollegin, dass sie sich die rechte Seite vornehmen sollte.

Die erste Tür führte in das Wohnzimmer. Keiner drin. Alles schien an seinem Platz zu sein.

»Wohnzimmer sicher.«

Prompt folgte ein »Küche sicher« von Muntwyler.

Die nächste Tür führte in ein Schlafzimmer. Der Einrichtung zufolge war es dasjenige von Frau Surbeck. »Schlafzimmer sicher.«

Der nächste Raum auf seiner Seite war eine Art Arbeitszimmer. Verlassen und ordentlich wie die vorherigen Zimmer. »Arbeitsraum si–«

Der Schrei seiner Kollegin stoppte ihn. Ein Schuss ertönte aus dem hinteren Teil der Wohnung.

»Rebekka!« Den Türrahmen als Deckung benutzend, spähte Brotschi in den Korridor. Ein schwarzer Schatten flog auf ihn zu und rempelte ihn so heftig an, dass er zu Boden ging. Bis sich Brotschi aufgerappelt hatte, war der Angreifer draußen.

»Rebekka, bist du in Ordnung?«

Keine Antwort.

Brotschi ging langsam den Korridor entlang bis zu einer geöffneten Tür. Dahinter war ein Zimmer mit Bett.

»Rebekka!«

Seine Kollegin lag reglos am Boden.

***

Erst hatte Karin gar nicht richtig verstanden, worum es ging. Keine zwei Stunden waren vergangen, seit gesagt worden war, Grüniger sei nicht in seiner Wohnung. Und nun das? Sie hatte geglaubt, über den Berg zu sein.

Eine junge Polizistin war mit einer tödlichen Waffe angegriffen worden. Die Nachricht warf Karin zurück zu jenem Nachmittag, der beinahe ihr letzter gewesen wäre. Sie sah die Frau, die ihr mit dem Messer in der Hand im Spitalzimmer gegenübergestanden hatte. Aufs Neue glaubte sie, die Klinge zu spüren, die in ihren Körper eindrang.

Reiß dich zusammen, du hast es bisher auch geschafft.

Als die Nachricht reingekommen war, hatte sie mit Gerda Büttiker mitten in der Verwüstung von »EmmaWatch« gestanden. Büttiker hatte ihr versichert, dass nichts fehlte. Die wichtigen Akten über die Klientinnen wurden in brandsicheren Schränken im hinteren Teil des Büros aufbewahrt. Karin war mit dem Zug von Solothurn gekommen. Eine Patrouille brachte sie nach Trimbach.

Es war unschwer zu erkennen, wo etwas passiert war. Vor dem betreffenden Hauseingang sah sie den vorderen Teil einer Ambulanz. Bevor sie ausstieg, holte Karin einmal tief Luft und atmete aus. Sie ging auf die Ambulanz zu.

In eine Wolldecke gehüllt saß Muntwyler blass und sichtlich geschockt vor der Rettungskabine. Erleichterung durchflutete Karin.

Ein Rettungssanitäter löste eine Blutdruckmanschette von Muntwylers Oberarm. An der Stirn über ihrem rechten Auge klebte ein Pflaster. Karin kannte Rebekka aus der Zeit, als sie ein Praktikum in der Schanzmühle gemacht hatte. Muntwyler schüttelte die Decke ab und umarmte Karin schluchzend.

»Rebi, was ist passiert?«

»Ich … ich habe den Typen gar nicht bemerkt. Kaum hatte ich die Tür aufgestoßen, ging er auf mich los. Er packte mich am Arm, dabei hat sich ein Schuss gelöst. Dann habe ich nur seine Faust gesehen und nichts mehr.« Muntwyler wischte sich die Augen trocken. »Scheiße, Karin. Ausgerechnet mir muss das passieren. Bei den Sicherungsübungen war ich immer eine der Besten.«

»Der Typ hat dich nicht schwer verletzt? Das wurde nämlich so durchgegeben.« Fake News, für einmal willkommen.

»Nein, zum Glück, dort drin hätte er mich garantiert nicht verfehlt. Die Kugel blieb in der Decke stecken.«

»Schlimm?« Karin deutete auf das Pflaster an Muntwylers Stirn.

»Ein Kratzer, nichts weiter.«

Sie hatten alle Schwein gehabt, Muntwyler, ihr Partner, das Korps, alle. Karin wollte sich nicht vorstellen, was hätte sein können.

»Beruhig dich, Rebi. Du hast Glück gehabt, das gehört auch

dazu.« Karin dachte an das, was ihr in jenem Spitalzimmer zugestoßen war. Die Frau hatte sie überrumpelt und zugestochen. Das Glück war ihr weit weniger hold gewesen. Oder doch? Sie hatte überlebt.

Muntwyler stöhnte. »Ich muss einen Rapport schreiben. An das, was ich mir von den Kollegen anhören muss, will ich gar nicht denken.«

»Wahrscheinlich werden sie dich damit aufziehen. Aber glaub mir, alle sind heilfroh, dass dir nichts Schlimmeres passiert ist.«

Muntwyler schniefte. »Meinst du?«

»Sicher.«

»Dann fange ich mal an, damit ich es hinter mir habe.«

Karin klopfte ihr auf die Schulter. »Viel Glück.«

Brotschi erwartete sie in der Wohnung. »Hoi, Karin, ich muss dir was zeigen. Du wirst staunen.«

Ihr Bedarf an Überraschungen war gedeckt. »Erst mal sehen.«

Brotschi ging voraus. Am Ende des Korridors befand sich ein Zimmer, das Wohn- und Schlafzimmer miteinander vereinte. Es war spartanisch eingerichtet, eine kleine Sitzgruppe, die in den Siebzigern mal modern war. Dazu ein Schrank aus Furnierholz, vermutlich aus derselben Epoche, ein Spiegel, ein kleiner Arbeitstisch und ein schmales Bett.

»Ist der Eindringling hier auf Rebi losgegangen?«, fragte Karin. »Grünigers Zimmer?«

»Sieht danach aus. Wir haben nichts verändert. Du solltest es dir zuerst ansehen.«

Unter dem Tisch stand ein Abfallkorb aus Metall. Brotschi nahm ihn hervor und hielt ihn Karin hin. Er war leer bis auf ein verkohltes Stück Papier. Karin nahm einen Handschuh aus ihrer Jackentasche und zog ihn über die rechte Hand. Es war eher ein Stück Halbkarton, Farbe Altrosa. Derjenige, der es angezündet hatte, musste in Eile gewesen sein. Er hatte nicht gewartet, bis es vollständig verbrannt war. »Scheint frisch zu sein.«

»Vermutlich. Rebi muss ihn gestört haben.«

»Sieht aus wie die Reste eines Aktenhefters. Die Beschriftung ist zum Teil lesbar. Hier, ein Logo.« Sie hielt den Fetzen ins Licht. »›m-m-a-W‹. Das hinter dem W könnte auch ein a sein. Die Akte gehört ›EmmaWatch‹.«

»Und was heißt das?« Brotschi deutete auf einen handschriftlichen Vermerk, der knapp oberhalb des verkohlten Randes lesbar war. »Ohne Brille seh ich's nicht.«

Karin hielt sich das Papier nahe vor die Augen. »Das sind Initialen, ›M. M.‹, wofür könnten die stehen?«

»Marilyn Monroe vielleicht?« Brotschi grinste.

»Danke, Kollege, sehr hilfreich.« Karin drehte und wendete den Papierfetzen. Wie kam die Akte von »EmmaWatch« hierher? Hatte Grüniger sie nach dem Überfall mitgehen lassen? Warum ausgerechnet diese eine? Wo war der Inhalt? »Habt ihr Unterlagen, Papiere gefunden?«

»Nein. Weder heil noch verbrannt und auch keine Asche. Wenn etwas die Toilette runtergespült wurde, war's gründlich.«

»Habt ihr nachgesehen?«

Brotschi starrte sie an wie ein Kind die Mutter, die es zum x-ten Mal gefragt hatte, ob es die Hände gewaschen habe.

»Die Spurensicherung soll sich trotzdem alles noch mal genau ansehen.« Ein anderer Gedanke ließ ihr keine Ruhe. Warum hatte ihr Gerda Büttiker vorhin Stein und Bein geschworen, dass nichts im Büro fehle. Gut, eine Akte konnte man schon mal übersehen. Trotzdem. Sie übergab Brotschi das Stück Papier. »Tütest du mir das ein bitte? Ich nehme es mit nach Solothurn.«

**

Aufziehende Gewitterwolken hielten Dornach und Casagrande davon ab, ihr Feierabendbier in der »Hafebar« zu nehmen. Stattdessen setzten sie sich auf die Terrasse des »Viktor« auf dem Marktplatz. Dort konnte man notfalls rasch ins Trockene flüchten.

Sie teilten sich ein gemischtes »Viktor-Plättli«. Casagrande begnügte sich mit den fleischlosen Beilagen.

»Bist du unter die Vegetarier gegangen?«, fragte Dornach. Normalerweise ließ sie weder Rohschinken noch Salami aus.

»Muss auf die Bremse treten. Hab's im Urlaub übertrieben. Die Hose zwickt.«

Dabei war sie schmaler geworden. Das nicht mehr vorhandene Fleisch auf den Hüften hatte ihr immer gut gestanden.

»Hab ich nicht bemerkt, falls dich das beruhigt.«

»Dafür lade ich dich zum Kaffee ein, Liebster.«

Themenwechsel. Dornach reichte ihr sein Handy. »Das Foto hat mir Karin geschickt.«

Ihre Lesebrille sah er zum ersten Mal. Irritierend.

»Was ist das, sieht aus wie ein Dossier?«, fragte sie.

»Was davon übrig ist. Es wurde in Grünigers Wohnung gefunden. – Seit wann trägst du eine Brille?«

»Erstens ist das eine Lesebrille, zweitens spielt es keine Rolle. Mich würde eher interessieren, woher das Bild kommt, ich meine vielmehr das, was drauf ist.«

Dornach schilderte ihr, was Karin ihm rapportiert hatte. »Der lesbare Rest des Logos weist eindeutig auf ›EmmaWatch‹ hin. Karin hat das gecheckt.«

»Grüniger zündet zu Hause Unterlagen an, die er aus ›EmmaWatch‹ hat mitlaufen lassen, nachdem er das Büro in Brand gesetzt hatte? Warum ließ er sie dort nicht verbrennen?«

»Damit kommen wir zur Million-Franken-Frage. Wir müssen uns Gerda Büttiker erneut vornehmen. Gegenüber Karin hat sie bekräftigt, es fehle nichts. In Grünigers Wohnung wurden weder weitere Papiere noch Spuren davon gefunden.«

»Entweder haben sie nie existiert, oder er hat sie woanders hingeschafft und vernichtet.«

»Wenn er sie nicht schon weitergegeben hat.«

Casagrande vergrößerte das Bild auf dem Display. »Die Initialen auf der Vorderseite, sagen die uns was?«

»Außer einer lange verstorbenen Hollywoodschönheit kommt mir niemand in den Sinn.«

Casagrande gab Dornach das Handy zurück. »Ich will mit Frau Büttiker sprechen, umgehend.«

»Das passt, Karin hat sie für morgen vorgeladen.«

»Schön.«

Dornach nutzte die Gesprächspause. »Du wolltest was mit mir besprechen?«

Casagrande räusperte sich. »Es ist wegen –«

Das Klingeln von Dornachs Telefon unterbrach sie. »Pia«, sagte er. »Da muss ich schnell ran.«

»Kein Problem.«

»Pia, was gibt's?«

»Paps, wann kommst du heute nach Hause?«

»So circa in einer Stunde.«

»Gut. Rana hat mich bei sich zum Essen eingeladen.«

»Soll ich den Kleinen hüten?«

»Keine Sorge, das übernimmt Frau Reinhard. Ich wollte nur, dass du Bescheid weißt.«

»Habt Spaß, ihr beiden.« Er legte auf und wandte sich Casagrande zu. »Was wolltest du mir sagen?«

Sie winkte ab. »Nicht so wichtig. Bestellen wir noch einen Kaffee? Dann musst du nach Hause zu deinem Enkel.«

***

»Das war voll gut.« Pia lehnte sich zurück und streichelte ihren Bauch. »Wenn ich weiterhin so viel bei dir esse, muss ich mehr Sport treiben.«

Rana strahlte sie an. »Es ist noch was von dem Lamm übrig, willst du?«

»Besser nicht, sonst platze ich.«

»Kein Nachtisch?«

»Selbst gemacht?«

»Sorry, dafür fehlte mir die Zeit. Ich hab es von der Gelateria ›Vitaminstation‹. Heute Nachmittag frisch gekauft. Wassermelonen- und Zitronensorbet.«

Das war so gut wie selbst gemacht. Pia seufzte. »Bald wird man mich rollen können. Egal, her damit.«

Rana lachte. »Wer dich ins Rollen bringen will, muss sich

ganz schön anstrengen, zu viele Ecken und Kanten, im Gegensatz zu mir.«

Ranas Figur war kurviger als Pias. Bis auf das blond gefärbte Haar war sie der Prototyp der Schönheit aus »Tausendundeiner Nacht« und damit der lebendige Beweis dafür, dass das gängige westliche Schönheitsideal mit Photoshop-Stromlinienfigur ein Auslaufmodell war.

»Wie kommt es, dass du so fabelhaft kochst?«, wollte Pia wissen.

»Meine Mutter hat es mir beigebracht. ›Willst du ein glückliches Zuhause und einen friedlichen Mann, schenke ihm viele Kinder und gutes Essen.‹« Ranas Blick wurde traurig.

Pia kannte den Grund. »Du vermisst deine Familie, nicht wahr?«

»Ich muss an *Baba* denken. Wie glücklich und stolz er gewesen wäre, hier zu sein. Und mein Bruder, er fehlt mir so sehr.«

»Bist du sicher, dass sie tot sind?«

»Mein Onkel hat ihre Leichen gesehen, bevor sie verbrannt wurden. Assads Leute haben sie getötet.«

Pia kannte Rana Amidi über Nadal Mousavi, Rafiks Schwester und Mirios Tante. Vor rund zwei Jahren hatte der Bürgerkrieg in Syrien Rana die Familie geraubt. Vater und Bruder hatten mit den Rebellen sympathisiert. Sie waren von Assads Geheimpolizei festgenommen worden. Ranas Mutter starb auf der Flucht in der Türkei, nachdem sie schwer erkrankt war. Vor ihrer Flucht hatte Rana in Damaskus studiert. Nachdem ihr Vater in Verdacht geraten war, gegen Präsident Assad zu agitieren, wurde sie von einem Tag auf den anderen ausgeschlossen.

Pia suchte den Weg zurück zu einem unverfänglicheren Thema, weg von den Toten. »Das Essen war wirklich hervorragend. Macht es dir nichts aus, Fleisch zuzubereiten? Du bist doch Vegetarierin.«

»Schon, aber du bist mein Gast. Und ich weiß, wie gern du Fleisch isst.«

Rafiks Schwester hatte mehrmals versucht, Pia zum Vegetarismus zu bekehren, ihr Vorträge über die Umwelt und das Tierwohl gehalten. Mit teilweisem Erfolg, Pia hatte ihren Konsum reduziert, vor allem der Tiere wegen. Ganz verzichten mochte sie nicht, abgesehen davon, dass sie dann ihren Vater überzeugen müsste.

»*Nobody is perfect*«, sagte Rana. »Du wirst schon noch drauf kommen. Schade, dass du deinen Sohn nicht mitgebracht hast.«

»Es wurde gestern schon spät für ihn.«

»Es ist furchtbar, was seinem Vater passiert ist. Die Kriege und die Gewalt in meinem Teil der Welt, sie fordern zu viele Opfer.«

Pia, Nadal und Rana verband nicht nur Sympathie. Die drei Freundinnen teilten ein gemeinsames Schicksal. Das tausendfache Sterben im Mittleren Osten hatte ihnen große Opfer abverlangt. Ranas Familie, Rafik, Nadals Bruder, Pias Freund und Vater ihres Sohnes.

»Hast du gar keine Verwandten hier in der Schweiz?«

»Sie leben alle in den USA. Dorthin wollte ich nicht. Mir gefällt es gut hier. Ich will nicht mehr weg. Die Schweiz ist ein friedliches Land mit guten Menschen.«

Pia wünschte ihr inständig, nie die Kehrseite der Medaille kennenzulernen.

Ein Knall irgendwo im Wohnhaus ließ beide zusammenfahren. Die Tür einer Nachbarwohnung war lautstark zugefallen. Rana erbleichte und begann zu zittern.

»Was ist los mit dir?« Pia setzte sich neben Rana.

»Es ist nichts, ich habe mich nur furchtbar erschrocken. Das passiert mir seit … seit …«

»Der Krieg?«

»Ja … nein.« Rana schüttelte den Kopf. »Seit wir vor ein paar Tagen zusammen in diesem Club waren.«

»Im ›New Ecstasy‹? Der Typ, der dich angestarrt hat?« Vergangenes Wochenende waren sie gemeinsam mit Nadal dort gewesen. Über dem Ort musste ein Fluch lasten. Vor Jahren war Pia im Keller des Clubs von einem serbischen Drogendealer angegriffen und beinahe umgebracht worden. Daraufhin wurde das Etablissement geschlossen. Nach über sechs Jahren hatte ein anderer Investor es übernommen und als »New Ecstasy Eleven« wieder aufleben lassen.

Samstagabend hatten sie Spaß gehabt, bis Rana sich von einem Mann belästigt gefühlt hatte. Er hatte ihr nichts getan, weder mit ihr gesprochen noch sie angefasst, sondern lediglich angestarrt. Er hatte ausgesehen wie ein Landsmann von Rana. Sie hatte kategorisch verneint, ihn zu kennen. Schließlich waren sie gegangen.

»Ich habe ihn wiedergesehen.«

»Wen? Den Kerl vom Club?«

Rana nickte.

»Wo?«

»Heute Morgen, als ich in der Stadt einkaufen war.«

»Und?«

»Nichts, er hat mich nur angestarrt. Er wirkte … irgendwie feindselig.«

»Du kennst ihn ganz sicher nicht?«

»Ich habe ihn nie in meinem Leben gesehen. Vielleicht ist es einer von Assads Leuten.«

»Syrische Geheimpolizei? Weshalb sollten sie dich bis hierher verfolgen?«

»Es ist nur so ein Gedanke. Tyrannen wie Assad fürchten sich vor allem und überall. Mit jedem Toten, den sie auf dem Gewissen haben, wird ihre Angst größer. Sie verfolgt sie in ihren Träumen, so lange, bis sie niemandem mehr trauen können, nicht mal ihrem eigenen Schatten.«

Ein Geheimdienst, der die Landsleute im Exil verfolgte? Gab es das in Solothurn? »Soll ich mal mit Paps reden?«

»Lass nur. Wahrscheinlich mache ich mir zu viele Gedanken.«

Im Irak, wo sie gemeinsam mit Rafik für die UNO gearbeitet hatte, hatte Pia unzählige Male das Leiden von Menschen und ihren Kindern erlebt, die vom Staat verfolgt worden waren.

Aber hier?

Vermutlich hatte Rana recht. In Solothurn der gleichen Person mehrmals über den Weg zu laufen war alltäglich. »Wir wissen, wie er aussieht. Wenn du dich von dem Typ verfolgt fühlst, rufst du mich an. Paps macht eine Gefährderansprache, wenn's sein muss.« Jedenfalls würde sie ihn dazu bringen.

Rana antwortete mit einem resignierten Schulterzucken. »Ich bin Araberin und Flüchtling in diesem Land. Dass ich selbstständig lebe, können viele Männer, die ebenfalls aus meinem Kulturkreis kommen, nicht verstehen. Sie glauben, Frauen wie ich seien Freiwild.«

»Sie müssen es verstehen lernen, dazu braucht es klare Ansagen.«

»Es sind Flüchtlinge wie ich, die sich ein neues Leben erhoffen.«

»Das bewahrt sie nicht davor, sich unseren Gepflogenheiten und Gesetzen anzupassen.«

Das Gespräch war Rana sichtlich unangenehm. Sie wechselte das Thema. »Was ist nun mit Nachtisch? Sorbet?«

»Auf jeden Fall. Die Diskussion hat mich wieder hungrig gemacht.«

»Bleibt es dabei, dass ich morgen zu dir komme und mich um Mirio kümmere?«, fragte Rana, als sie wenig später das Fruchteis löffelten. »Du musst ja nach Bern.«

»Kannst du wirklich? Ich muss um elf zu einer Besprechung in der Uni sein.«

»Um halb zehn stehe ich bei dir auf der Matte, versprochen.«

4

Paris, 16. Bezirk, Avenue Raymond Poincaré

Das Taxi hielt vor dem Haus. Auf der gegenüberliegenden Straßenseite stieß Georgy den schlafenden Piotr auf dem Beifahrersitz an.

»Sie ist da.«

Die blonde Frau stieg aus dem Taxi. Sie sah sich kurz um, bevor sie die Sonnenbrille absetzte, die sie trotz des regnerischen Wetters aufgesetzt hatte. Unter einem leichten Regenmantel trug sie ein dunkelblaues Kostüm. Es sah teuer aus. Während der Taxifahrer ihren Rollkoffer aus dem Kofferraum hievte, begrüßte die Frau die Concierge, die den Gehsteig vor der Eingangstür wischte.

»Wir warten, bis die Concierge im Haus ist.«

Die Blondine verschwand mit dem Rollkoffer im Innern des Gebäudes. Kurz darauf beendete die Concierge ihre Arbeit. Nach einem prüfenden Blick auf das getane Werk ging auch sie ins Haus.

Die beiden Männer stiegen aus. Sie trugen Overalls mit dem Logo der Telekomfirma »Orange«. Piotr hatte eine Werkzeugtasche bei sich. Georgy tippte den vierstelligen Code für den elektrischen Türöffner ein. Die Loge der Concierge war leer. Sie würden keine Fragen zu beantworten haben.

Sie verzichteten darauf, den altertümlichen Lift in den vierten Stock zu nehmen. Die Bewohnerin des Appartements sollte nicht unnötig gewarnt werden. Mehrere Stufen auf einmal nehmend, eilten sie lautlos die Steinstufen hoch. Vor dem Appartement 4A nahmen sie ihre Pistolen mit aufgeschraubten Schalldämpfern aus der Werkzeugtasche. Piotr lauschte an der Türfüllung. Er nickte seinem Partner zu. Wie die Haustür ließ sich die Wohnungstür nur mit einem elektronischen Code öffnen. Georgy tippte die Nummer ein. Sachte drückte er die

Klinke hinunter und stieß die Tür auf, bis er einen Widerstand spürte, die Sicherheitskette. Es hatte deren zwei. Piotr zog einen ausziehbaren Bolzenschneider aus der Werkzeugtasche und reichte ihn Georgy. Es lief glatt, bis er beim Durchschneiden der zweiten Kette abrutschte. Beide zuckten zusammen, als sie gegen den Metallbeschlag der Tür klirrte.

Nichts regte sich im Innern.

Mit den Pistolen im Anschlag drangen die Männer in die Wohnung ein. In der Eingangshalle teilten sie sich, Piotr wandte sich nach links, Georgy nach rechts. Wenn er den Lageplan richtig im Kopf hatte, lagen in dieser Richtung zwei Schlafzimmer, Bad und Haupttoilette.

Im mit hellen Möbeln eingerichteten Wohnzimmer befand sich niemand. Es war mit der Küche verbunden. Piotr kümmerte sich darum.

Georgy konnte sich auf ihn verlassen. Sie stammten aus dem gleichen Dorf in Belarus, in der Nähe von Brest, nahe der Grenze zu Polen. Seit ihrer frühesten Jugend hielten sie sich gegenseitig den Rücken frei. Diese Wohnung war groß. Georgy musste an die Hütte denken, in der er zusammen mit seinen vier Geschwistern aufgewachsen war. Die Enge war nur in den langen, harten Wintern ein Vorteil gewesen. Wenn die eisigen Ostwinde über die Ebene des Prypjat fegten, wärmte man sich gegenseitig. Diese Zeiten waren lange vorbei. Heute verdienten sie genug, so viel, dass sich beide jeden Abend eine oder mehrere lebende Wärmeflaschen leisten konnten. Erst recht, wenn dieser Auftrag erledigt war.

Vor den Schlafräumen passierte Georgy eine Reihe hoher Wandschränke, die den Korridor säumten. Der Boden war mit dunklen Marmorplatten ausgelegt. Aus dem Badezimmer drang das Plätschern von Wasser. Sie hatte sich ein Bad eingelassen. Georgy verzog den Mund. Deshalb hatte sie die Kette nicht gehört. Fast ein Klassiker. Es war nicht das erste Mal, dass seine Zielperson in der Badewanne saß, bevor er sie tötete. Er würde den Anblick des schönen Körpers der Frau genießen. So wie den fassungslosen Ausdruck in ihren Augen, wenn ihr klar wurde, dass ihr nur Sekundenbruchteile zu leben blieben.

Die Tür zum Bad war angelehnt. Klassische Musik drang leise an seine Ohren. Die Melodie kam ihm bekannt vor. Er verstand nichts davon, es interessierte ihn auch nicht. Er hörte gern Heavy Metal. Vielleicht würde es der Frau ein Trost sein, den Gang ins Jenseits in Begleitung dieser Klänge anzutreten. Er spähte durch den Türspalt. Er hatte die Wanne direkt im Blick. Er hätte aus dieser Position schießen können, wenn nicht der Duschvorhang die freie Sicht auf die Wanne verdeckt hätte. Die Silhouette der Frau war hinter dem Vorhang zu erkennen. Das war ihm zu unsicher. Er und sein Partner standen im Ruf, unfehlbar zu sein. Mit drei Schritten war er bei der Wanne. Er hielt die Rechte mit der Waffe ruhig, während er mit seiner Linken den Vorhang packte.

Er riss den Stoff zur Seite und schoss.

Die erste Kugel drang in ihre Brust ein, die zweite in die Stirn.

Erst jetzt bemerkte er seinen Fehler, eine Schaufensterpuppe lag mit zwei Einschusslöchern in der Badewanne.

»Pst!«

Es kam von hinten.

Nicht Piotr.

Georgy fuhr mit erhobener Pistole herum.

Der Anblick der splitternackten blonden Frau, die vor ihm stand, lenkte ihn für den Bruchteil einer Sekunde ab.

Ihre ebenfalls mit einem Schalldämpfer versehene Pistole war auf einen Punkt zwischen seinen Augen gerichtet.

Georgys Tod kam ohne Ansage, bis auf das Plopp des Schalldämpfers, das er nicht mehr hörte.

✳✳✳

»Georgy?«

Piotr hatte den Aufschlag eines Körpers auf dem Steinboden gehört. Die Geräusche waren aus dem Bad gekommen.

Jetzt war alles ruhig. Piotr stand im Wohnzimmer. Eine Verbindungstür führte direkt zu einem der Schlafzimmer, das mit dem Bad verbunden war. Rasch durchquerte er es. Bis auf die darauf verstreuten Kleider war das Bett unberührt. Er ließ die angelehnte Tür zum Bad aufschwingen. Zwei-, dreimal musste er blinzeln, bis er begriff, was er sah. Es war unmöglich. Nicht Georgy sollte hier liegen, sondern –

Ein peitschender Schmerz durchschnitt den Gedanken, es fühlte sich an, als würde man seinen Fuß vom restlichen Bein trennen. Er ging mit einem Aufschrei zu Boden. Instinktiv wandte er den Kopf zum Bett. Zu spät wurde ihm klar, welchen Fehler er begangen hatte. Das Bett – immer zuerst unter das Bett schauen. Er konnte nur ihre blauen Augen und eine blonde Strähne erkennen – und die Mündung eines Schalldämpfers.

**

Audio Record 08-7-ECB chiffriert
Safe Location: PAR-PCR
Key ID: 37051683
Distribution: Key 15
Codename: Gabrielle

G: Pass 118 bitte.
R1: Moment, ich verbinde.
R2: 118?
G: Ja.
R2: Was steht an?
G: Hatte Schädlinge in meiner Wohnung, muss umziehen.
R2: Wurden Sie gebissen?
G: Negativ. Der Reinigungsdienst wird benötigt.
R2: Welche Art Schädlinge?
G: Läuse, östliche Opposition.
R2: Haben Sie etwas aus Ihnen herausgebracht?
G: Negativ, musste schnell handeln.
R2: Verstehe, verschieben Sie nach BRX, Adresse folgt.
G: Erkannt. Melde mich.

R2: Gabrielle?
G: Ja?
R2: Passen Sie auf sich auf.
G: Erkannt.

∗∗∗

Dornach ließ fünf Minuten verstreichen, bevor er Gerda Bütti-
ker im Wartebereich der Schanzmühle abholte. »Entschuldigen
Sie, dass ich Sie warten ließ. Ich wurde aufgehalten.«
»Herr Dornach? Ich bin mit Frau Jäggi verabredet.«
»Sie ist in einer anderen Angelegenheit unterwegs. Wir muss-
ten umdisponieren.«
»Umdisponieren? Was meinen Sie damit?«
»Es haben sich neue Aspekte ergeben. Wir glauben, Sie kön-
nen uns da behilflich sein.«
»Was für Aspekte?«
»Frau Casagrande wird es Ihnen erklären. Sie erwartet uns.«
»Die Staatsanwältin? Weshalb ...«
Dornach wies Büttiker zur Ausgangstür. »Wir gehen rüber
in den Franziskanerhof.«
Auf der kurzen Strecke zu Fuß durch den Stadtpark steigerte
sich ihre Beunruhigung. Ständig nestelte sie am Verschluss ihrer
Jacke. Es war mehr als Nervosität. Die Frau war verängstigt.
Casagrande wartete in ihrem Büro.
»Wie geht es Ihnen heute, Frau Büttiker?«
»Wenn ich wüsste, weshalb Sie mich nach Solothurn haben
kommen lassen, ginge es mir besser.«
»Es sind neue Fakten aufgetaucht, die wir mit Ihnen erörtern
müssen.«
»Was für Fakten? Hätte man das nicht telefonisch erledigen
können? Unser Büro ist verwüstet. Wir müssen aufräumen,
damit wir weiterarbeiten können.«
»Das verstehen wir. Wäre es nicht gerade deshalb hilfreich,
die Hintergründe aufzudecken und so die Schuldigen zu finden?«

»Was macht das für einen Unterschied? Sie können uns doch nicht vor denen schützen.«

»Wen meinen Sie mit ›denen‹?«

»Diejenigen, die es seit einiger Zeit auf uns abgesehen haben.«

»Auf ›EmmaWatch‹?«

»Ich meine auf die Frauen generell. Auf alle, die sich trauen aufzustehen, um für ihre Rechte einzustehen.«

»Sie sagen das so, als ob sich nichts geändert hätte.«

»Glauben Sie, es hat sich was für die Frauen verbessert? Gerade eben feierten wir fünfzig Jahre Frauenstimmrecht in der Schweiz. Alle taten so, als wäre unser Land ein Vorreiter für Frauenrechte. In Wirklichkeit war die Schweiz das drittletzte europäische Land vor Portugal und Liechtenstein. Wir brüsten uns, die Gleichberechtigung in der Verfassung verankert zu haben. In Tat und Wahrheit gehören wir in puncto Chancengleichheit zu den Schlusslichtern, von Lohngleichheit wollen wir gar nicht anfangen zu reden.«

Büttiker machte eine Pause. Sie war in ihrem Element, sie entspannte sich.

»Ich muss Ihnen nicht erklären, dass der gefährlichste Ort für eine Frau ihr Zuhause ist. Alle zwei Wochen wird in der Schweiz eine Frau von ihrem Ehemann, Partner oder Freund getötet.«

»Ich kenne die Zahlen«, sagte Casagrande. »Es ist aber auch eine Tatsache, dass mindestens in Westeuropa Frauen nie so viele Rechte und Chancen hatten wie heute.«

Das brachte Gerda Büttiker zum Lachen. »Sie tun so, als sei das selbstverständlich. Was glauben Sie, weshalb es ›Emma-Watch‹ gibt?«

»Sie werden es mir sicher sagen.«

»Wir befinden uns in einem Krieg, Frau Casagrande. Im Westen, in Amerika, von Osteuropa ganz zu schweigen. In Ländern, wo man es nie für möglich gehalten hätte, sitzen sie in Parlamenten und in den Regierungen. Frustrierte, gekränkte und verängstigte Männer, die sich an ihre Macht klammern, damit sie nicht an ihrer Einsamkeit eingehen. Sie bekämpfen alles, was sie in Frage stellen könnte, unabhängiges Denken, freie Sprache und Gleichheit der Geschlechter. Für diese Menschen sind Frauen nach wie vor minderwertige Wesen, die einzig der Fortpflanzung zu dienen haben. Es gibt sie auch bei uns, ewiggestrige Machos mit einem aufgeblasenen, von Trieben gesteuerten Ego.«

Gerda Büttiker vertrat eine extrem einseitige Sicht. Dornach hätte gern etwas dazu gesagt, hingegen wollte er Casagrande nicht in die Parade fahren. Sie brachte Gerda Büttiker dorthin, wo sie sie haben wollte.

»Wenn ich Sie richtig verstanden habe, Frau Büttiker, ist ›EmmaWatch‹ ein moderner Kreuzritterorden, Pardon, vielleicht muss ich besser Kreuzritterinnenorden sagen, der gegen die barbarischen Horden der Frauenfeinde kämpft.«

Gerda Büttiker ließ sich nicht beirren. »Wenn Sie die Zahlen kennen, wie Sie sagen, wissen Sie auch, dass Gewalt gegen Frauen kein exklusives Problem nicht westlicher Kulturen ist. Es ist schlicht und einfach ein Männerproblem, das Produkt eines Patriarchats, das schon lange auf den Müllhaufen der Menschheitsgeschichte gehört. Dafür setzt sich ›EmmaWatch‹ weltweit ein.«

»Mit welchem Ziel? Soll die Vulva künftig den Penis als Machtsymbol ablösen?«

Gerda Büttiker lächelte. »Ich unterstelle Ihnen mal nicht, dass Sie mich provozieren wollen. Uns geht es um Augenhöhe. Wir wollen, dass Schluss ist mit der Diskriminierung, den Misshandlungen und den Femiziden. Glauben Sie's oder nicht. Es gibt viele Männer bei uns und auf der ganzen Welt, vielleicht sogar die Mehrzahl, die uns unterstützen. Was wir gegenwärtig erleben, ist ein letztes Aufbäumen aussterbender misogyner Dinosaurier. Gerade da sind sie am gefährlichsten.«

»Sie glauben, das ist der Grund, weshalb Ihr Büro überfallen und in Brand gesteckt wurde?«

»Davon bin ich überzeugt. Wir werden ständig bedroht.«

»Von wem werden Sie bedroht?«

»Sie wissen genau, wen ich meine. Die Nazis von der Fortschrittspartei.«

»Leo Grüniger?«

»Wen sonst, er gehört zur ›Helvetischen Wacht‹, Urners Leibgarde.«

»Haben Sie Beweise dafür, dass Herr Urners … Sicherheitsorganisation für den Anschlag verantwortlich ist?«

»Ich kann Ihnen meine Social-Media-Accounts zeigen. Haben Sie Urner schon mal zugehört, wie er im Nationalrat gegen uns hetzt, gegen alle Frauen? Im fünfzehnköpfigen Vorstand der Fortschrittspartei sitzt eine einzige Frau. Während einer Parlamentssitzung warf sie der Präsidentin von ›EmmaWatch Schweiz‹ vor, sie sei eine sexuell frustrierte Emanze. Das nur, weil unsere Präsidentin homosexuell ist und mit einer Frau zusammenlebt. Glauben Sie, die Briefkästen der Kantonsrätinnen, die sich für Frauenrechte einsetzen, sind von allein in die Luft geflogen?«

»Bleiben wir vorerst bei Herrn Grüniger.« Casagrande nickte Dornach zu.

Er legte die Plastiktüte mit dem verkohlten Stück Karton vor Büttiker hin. »Erkennen Sie das?«

»Sieht aus wie ein Aktendeckel von uns. Wurde er angezündet? Woher haben Sie das?«

»Gefunden, in Leo Grünigers Wohnung. Gegenüber meiner Kollegin Jäggi haben Sie ausgesagt, es würden keine Akten fehlen. Wie erklären Sie sich das hier?«

Büttiker ließ sich nicht aus der Reserve locken. »Wissen Sie, wie viele Dossiers bei uns lagern? Ich habe versucht, mir so gut wie möglich einen Überblick über das Chaos zu verschaffen.« Sie schob den Beutel zu Dornach zurück. »Das da muss mir entgangen sein.«

»Was enthielt die Akte?«

»Ganz ehrlich, ich habe keine Ahnung. Es war nicht mein Fall.«

»Was bedeuten die Initialen ›M. M.‹?«

Büttiker nahm den Beutel an sich. Sie tat, als müsste sie jeden der zwei Buchstaben mühselig einzeln entziffern. »Marilyn Monroe.«

»Wie bitte?«

»Marilyn Monroe, wir nannten sie so.«

»Frau Büttiker, ich glaube nicht, dass wir Zeit für Scherze haben.«

»Das ist kein Scherz, Herr Dornach. Unsere Klientel umfasst Hunderte von Frauen. Marilyn Monroe ist das Alias, das die Sachbearbeiterin für diese Frau braucht.«

»Sie wollen uns allen Ernstes weismachen, dass Sie als Co-Leiterin der Niederlassung Ihre Klientinnen nicht kennen?«

»So eigenartig es für Sie klingen mag, genauso ist es.«

»Das müssen Sie uns erklären«, schaltete sich Casagrande ein.

Büttikers Augen wanderten zwischen Casagrande und Dornach hin und her. »Ich bin erst seit acht Monaten bei ›Emma-Watch‹ in Olten. Wir sortieren unsere Dossiers nach Eingangsjahr. Für jedes Jahr eine andere Farbe. Rosa wurde im Jahr davor verwendet. Der wirkliche Name der Klientin ist nur der Sachbearbeiterin bekannt, die sich um den Fall kümmert. Er steht in den Unterlagen. Gerät er in die falschen Hände, bedeutet es unter Umständen das Todesurteil für die betreffende Frau.«

Gerda Büttiker lehnte sich mit verschränkten Armen im Stuhl zurück.

»Frau Büttiker?«, sagte Casagrande eindringlich.

Diese gab das Schweigen nach ein paar tiefen Atemzügen auf. »Ich schwöre Ihnen, ich kenne nur die Initialen der Frau. Ich hatte nie direkt mit ihr zu tun. Dafür war ihre Betreuerin zuständig. Von unseren Besprechungen weiß ich, dass M. M. oder Marilyn Monroe eine Person ist, die besonderen Schutz brauchte.«

»Inwiefern?«

»Wir verfahren so mit allen Frauen, die von ihren Familien oder von ihren Partnern offen mit dem Leben bedroht werden, weil sie sich deren Willen nicht unterordnen wollen. Zum Beispiel, wenn sie sich weigern, eine Zwangsheirat einzugehen, oder wenn sie nach einer Vergewaltigung von ihren Angehörigen getötet werden sollen.«

»Das heißt mit anderen Worten, Sie besorgen den Frauen andere Identitäten. Welche Behörden sind involviert?«

»Sie können versichert sein, Frau Staatsanwältin, dass das Ganze sauber und legal durchgezogen wurde.«

Es war Casagrande anzusehen, dass sie Büttiker das nicht ganz abkaufte. Dornach zweifelte ebenfalls daran. Der Prozess einer Namensänderung in der Schweiz war ein kompliziertes Verfahren.

»Was mir hingegen Sorge bereitet«, fuhr Büttiker fort, »ist die Tatsache, dass Sie diese Aktenbestandteile bei einem Mitglied der Fortschrittspartei gefunden haben. Was wollen die damit?«

»Das ist auch meine Frage«, sagte Dornach. »Könnte die Person hinter den Initialen der Fortschrittspartei auf irgendeine Art schaden?«

»Ganz ehrlich, Herr Dornach, ich weiß es nicht.«

»Warum nicht?«

»Weil ich dieses Dossier nicht selbst bearbeitet habe. Wie gesagt, es wurde vor meiner Zeit angelegt. Die Initialen können auf den Echtnamen hinweisen, müssen es aber nicht. Intern läuft diese Person bei uns als M. M. Den richtigen Namen kennt nur die zuständige Betreuerin.«

»Haben Sie nie miteinander über diese Frauen gesprochen?«

»Natürlich haben wir das. Aber wie gesagt, intern heißt sie bei uns M. M. oder eben Marilyn Monroe.«

»Leben die Frauen so gefährlich?«, schaltete sich Casagrande ein.

»Sie haben keine Ahnung.«

»Dann verstehe ich nicht, warum Sie die Strafverfolgungsbehörden nicht eingeschaltet haben. Wir könnten –«

»Nichts können Sie, Frau Staatsanwältin. Sie wissen so gut wie ich, wie viele gewalttätige Männer tatsächlich eine substanzielle Strafe absitzen müssen. Der Rechtsstaat ist für die Männer gemacht. Die Frauen müssen sehen, wo sie bleiben.«

Casagrande presste die Lippen zusammen. Wie oft hatte sie versucht, einen gewalttätigen Mann anzuklagen, und war gescheitert, weil die Frau es nicht wagte, ihn anzuzeigen, oder die

Anzeige zurückzog. Casagrande selbst war von ihrem Ex-Partner misshandelt worden und hatte davon abgesehen, gegen ihn vorzugehen.

»Wer von Ihren Kolleginnen kann uns sagen, wer hinter ›M.M.‹ steht?«

»Nasti, also Frau Tomaso.«

Casagrande fischte eine Gurke aus ihrem Sandwich und biss hinein. »Was hältst du von ihr?«

»Von der Gurke?«, fragte Dornach.

Casagrande tat, als wollte sie den Gurkenrest nach ihm werfen. »Gerda Büttiker.«

Sie verbrachten die Mittagspause bei einem Spaziergang an der Aare. Der Tennisplatz Schützenmatt lag hinter ihnen, sie gingen auf dem gekiesten Fußweg auf die Fahrradbrücke zu, die das Zuchwiler Industriegebiet mit den östlichen Solothurner Wohnquartieren verband. Gegen den Hunger hatten sie sich Sandwiches besorgt.

Dornach schluckte einen Bissen hinunter. »Auch wenn ich Mühe damit habe, ihre Erklärung, weshalb nur Frau Tomaso den Echtnamen kennt, macht Sinn.«

»Also bleibt uns tatsächlich nichts anderes übrig, als zu warten, bis sie aus dem Koma erwacht, wenn sie das überhaupt je tut.«

»Ich fürchte, ja.«

Casagrande brach ein paar Brotstückchen aus ihrem Sandwich und warf sie zwei Schwänen zu, die auf sie zuschwammen. »Ich hätte nicht übel Lust, mir Urner vorzuknöpfen.«

»Ich habe kein Problem damit, solange du ihn denen nicht zum Fraß vorwirfst.« Dornach zeigte auf die Schwäne.

»Würde nicht viel bringen. Der Kerl ist schlüpfrig wie ein Fisch.«

»Dürfte für einen Schwan kein Problem sein. Du weißt aber schon, dass man an diese Viecher kein Brot mehr verfüttern sollte.«

Sie drehte sich zu ihm um. »Macht es dir was aus, die Sache ernst zu nehmen?«

»Tue ich ja. Schwäne können das Teigzeug nicht richtig verdauen.«

Anstelle einer Antwort bedachte sie ihn mit einem dunklen Blick. »Entschuldige, Angie. Ich glaube, im Moment kommen wir nicht weiter, wenn wir uns auf Urner und seine Partei einschießen. Wir müssen Grüniger kriegen. Und wir brauchen die Aussage von Frau Tomaso. In der Zwischenzeit holt Google aus den sichergestellten Festplatten von ›EmmaWatch‹ das Möglichste raus.«

»Ich brauche Resultate. Grüniger ist die einzige konkrete Spur. Wir müssen ihn zu fassen kriegen. Vielleicht kommen wir damit im Fall der Briefkastenbomben ebenfalls weiter.«

»Glaubst du wirklich, dass die Fortschrittspartei mit Bomben um sich wirft?«

»Was ich glaube, spielt keine Rolle. Die Frage ist doch, können wir diese Möglichkeit ausschließen?«

Sie überquerten die Fahrradbrücke. Es herrschte eine stille Übereinkunft, am Südufer entlang zurück Richtung Stadt zu gehen.

Dornach zerknüllte sein Sandwichpapier und warf es in einen Abfalleimer. »Es fällt mir schwer, zu glauben, dass eine etablierte politische Partei, so extrem ihre Standpunkte uns erscheinen mögen, hierzulande zu solchen Mitteln greift. Erinnerst du dich an die ›Aschenkreuz‹-Morde vor einigen Jahren?«

Im Zusammenhang mit mysteriösen Todesfällen, bei denen den Opfern ein Kreuz aus Asche auf die Stirn gezeichnet wurde, geriet eine fundamentalistische katholische Sekte mit direkten Verbindungen zum damaligen Präsidenten der Fortschrittspartei in den Fokus der Ermittlungen.

»Es gab ein paar überraschende Wendungen«, sagte Casagrande. «Trotzdem, wo Rauch ist und so weiter, du weißt schon. Aber es stimmt schon, bevor wir uns die Nase von den Politikern blutig schlagen lassen, müssen wir handfeste Indizien sammeln.«

Sie schwiegen, bis sie am Bürokomplex des Europa-Hauptquartiers von DePuy Synthes vorbeikamen.

»Denkst du zwischendurch an Jana?«, fragte Casagrande.

»Warum meinst du?«

»Du scheinst ausgeglichener. Davor hat dich ihr Tod mehr beschäftigt, als du zugeben wolltest.«

»Eigenartig, dass du sie gerade jetzt erwähnst.« Dornach blieb stehen und blickte über die in der Sonne gleißende Wasseroberfläche. »Ich konnte sie loslassen. Glaubte ich jedenfalls bis vorgestern Nacht.«

»Was war da?«

»Ich habe von ihr geträumt.«

»Von Jana?«

»Sie hat …«, er räusperte sich. »Sie lag neben mir, ganz nah. Ich wollte sie berühren, konnte sie aber nicht erreichen.«

»Und?«

»Nichts, plötzlich bin ich aufgewacht.« Das mit dem Schrei brauchte Casagrande nicht zu wissen.

»Du vermisst sie immer noch, nicht wahr?«

Dornach antwortete nicht. Immer wieder dieselbe Frage. Was sollte er darauf antworten? Jana war ihm nahegekommen wie keine Frau vor ihr. Gleichzeitig hatte sie sich ihm stets aufs Neue entzogen. Bei ihrer letzten Begegnung vor zweieinhalb Jahren hatte er sie gefragt, ob sie mit ihm leben wollte. Sie war nicht darauf eingegangen. Wenige Minuten später war sie tot. Diese Szene hatte ihn monatelang verfolgt, bis Mirio auf die Welt kam und er sich um Pia kümmern musste. Mit der Zeit hatte sich Jana in den Hintergrund verschoben, bis vorgestern. Ausgerechnet jetzt hatte ihn Casagrande darauf angesprochen. Ihre Beziehung zu Jana war ein Wechselbad zwischen zaghafter Freundschaft und offener Abneigung gewesen. Jana war gerade kein Thema, das er mit ihr diskutieren wollte.

»Wolltest du nicht noch was anderes mit mir besprechen?«

Casagrande warf ihm einen fragenden Blick zu. »Entschuldige, ich stehe auf dem Schlauch.«

»Gestern Abend im ›Viktor‹, was wolltest du mir sagen?«

»Richtig, ich –«

Der Nachrichtenton seines Handys unterbrach sie. Irgendwie sollte es nicht sein. Dornach blickte auf das Display. »Anastasia Tomaso ist kurz erwacht. Vielleicht haben wir eine Chance, sie zu sprechen.«

»Fährst du nach Olten?«

»Nicht nötig, Maja hat dort eine Besprechung auf dem Regionenposten.« Er wählte ihre Nummer.

✳✳✳

Leo Grüniger mischte sich unter eine Gruppe Besucher. Er wartete, bis der Securitasmann mit drei von ihnen gleichzeitig beschäftigt war, und ging unbehelligt an ihnen vorbei. Am Empfang saß eine Frau, die etwas in ihren Computer eintippte. Sie warf Grüniger einen flüchtigen Blick zu. Er reagierte nicht darauf, sie widmete sich erneut ihrem Rechner.

Er konnte nur vermuten, auf welcher Station Anastasia Tomaso lag. Anhand der Hinweisschilder und des Situationsplanes, den er von der Spitalwebsite auf sein Handy heruntergeladen hatte, orientierte er sich. Die interdisziplinäre Intensivstation, das musste es sein. Sie befand sich im Bau D. Um dorthin zu gelangen, musste er den Bau B, in dem er war, durchqueren und sich dann rechts halten. Es wäre einfacher gewesen, am Empfang nach Tomasos Zimmernummer zu fragen. Das Risiko war ihm zu groß. Er würde sich auf seinen Instinkt verlassen müssen. Während der Besuchszeiten war das Spital ein Ameisenhaufen. Das war seine Chance.

Die Intensivstation befand sich im ersten Stock. Er zog die Kapuze des Hoodies über den Kopf. Damit würde er nicht weiter auffallen. Der eine oder andere junge Patient lief so im Spital herum.

Er hatte Glück. Er musste nicht lange nach Tomasos Zimmer suchen. Er erkannte es, zu seinem Pech, am Polizisten, der davorsaß. Er unterdrückte einen Fluch. Der Polizist rutschte unruhig auf seinem Stuhl herum und sah mehrmals auf die Uhr. Er sah übermüdet aus. Grüniger beschloss zu warten.

Der Polizist wurde zusehends unruhiger. Er sah den Korridor rauf und runter. Schließlich stand er auf und entfernte sich in die entgegengesetzte Richtung zu den Toiletten. Der Ruf der Natur hatte sich durchgesetzt.

Grüniger zögerte nicht lange und betrat das Zimmer. Bis auf das stetige Summen und die Signaltöne der Geräte war es still. Nur ein Bett stand drin. Anastasia Tomaso hatte die Augen geschlossen. Die Kurven mit den Vitalzeichen auf dem Monitor daneben verliefen gleichmäßig. Ihr Gesicht wies Schürfwunden und ein blaues Auge auf. Der Kopf war einbandagiert. Sie würde überleben – leider. Eigentlich schade um so ein hübsches Ding. Er zog behutsam das Kissen unter ihrem Kopf weg.

✳✳✳

Maja stoppte den Dienstwagen direkt vor dem Haupteingang. Mit gezücktem Dienstausweis stürmte sie am verblüfften Securitasmann vorbei.

»Intensivstation?«

»Bau D, ganz durch, dann rechts.«

Zum Dank hob sie die Hand.

Unmittelbar bevor sie den Rückweg nach Solothurn antreten wollte, hatte Dornachs Anruf sie erreicht. Sie musste Tomaso sprechen, bevor sie wieder einschlief.

Auf dem Korridor der Intensivstation sah sie von Weitem den verwaisten Stuhl, auf dem ein Polizist sitzen sollte. In diesem Moment betraten zwei Pflegerinnen Tomasos Zimmer.

Kaum war Maja bei der Tür und hielt die Klinke in der Hand, hörte sie von innen einen gedämpften Aufschrei.

»Nein, nein, nein!« Sie zog ihre Dienstwaffe.

In diesen Bruchteilen einer Sekunde spielte sich in ihrem Kopf ein anderes Szenario in einem anderen Spital ab. Damals, im Bürgerspital Solothurn, war sie zu spät gekommen. Karin hatte in ihrem Blut gelegen.

Sie öffnete die Tür.

Eine Pflegerin lag regungslos am Boden. Die andere rang mit einem Mann.

»Polizei! Lassen Sie die Frau los, Grüniger, sofort, oder ich schieße.«

Blick aus den Augenwinkeln zum Bett. Darin lag Anastasia Tomaso. Ihre Augen waren geschlossen. Die Kontrollgeräte funktionierten normal.

Mit einer Geschicklichkeit, die sie dem ungelenk scheinenden Mann vor ihr nicht ohne Weiteres zugetraut hätte, drehte er die Pflegerin in seiner Gewalt um und legte den Arm um ihren Hals. In der anderen Hand hielt er eine Schere.

Maja umklammerte ihre Pistole fester. »Ich warne Sie, Grüniger. Lassen Sie sie los, noch ist nichts passiert.«

»Es wird aber gleich was passieren, wenn du die Waffe nicht fallen lässt.«

Majas Gehirn ratterte die Optionen ab. Grüniger war in Panik. Das machte ihn unberechenbar.

»Na, was ist, Polizeitussi?« Die Spitze der Schere drückte sich in den Hals der wimmernden Pflegerin. Ein Blutfaden rötete ihren Hemdkragen. »Waffe auf den Boden, oder ich schlachte die Kleine ab. Deine Entscheidung.«

Maja presste die Lippen zusammen.

»Okay, okay«, sagte sie schließlich und hob beide Hände. »Ich stecke sie ein, in Ordnung?« Sie wollte die Waffe ins Holster stecken.

»Nein, auf den Boden damit und zu mir rüberschieben, jetzt!«

»Hören Sie –«

»Jetzt, sage ich.« Er erhöhte den Druck auf die Schere. Die Geisel in seiner Gewalt schrie auf. Sie sah Maja flehend an.

Maja legte die Waffe auf den Boden und kickte sie zu Grüniger.

»Heb sie auf!«, herrschte er die Geisel an. »Dalli.«

Die Pflegerin bückte sich zaghaft.

»Schneller!«

Sie ergriff die Pistole. Grüniger riss sie ihr aus der Hand und richtete sie auf Maja. »Du gehst mit erhobenen Händen rückwärts aus dem Zimmer, verstanden?«

»Ich tue, was Sie sagen. Bleiben Sie ruhig.«

Die am Boden liegende Pflegerin regte sich stöhnend.

»Kann ich nach ihr sehen?«, fragte Maja. »Vielleicht braucht sie Hilfe, okay?«

»Nichts da. Der fehlt nichts. Raus jetzt!«

Nach einem prüfenden Blick auf die Frau am Boden setzte sich Maja in Bewegung. Grüniger bewegte sich mit seiner Geisel in der gleichen Kadenz vorwärts.

Maja stand im Korridor. Sie bemerkte die Bewegung hinter ihr zu spät. Der Polizist war zurückgekommen und hatte seine Waffe gezogen.

Als er Grüniger sah, hob er die Waffe. »Fallen lassen!«

»Nicht!«, schrie Maja.

Der Knall war ohrenbetäubend.

Dieser Idiot.

Der Polizist hatte keine Zeit zu schießen. Die Kugel aus Majas Waffe riss ihn nach hinten. Grüniger stieß die Geisel von sich. Die Frau stolperte und fiel Maja vor die Füße.

Grüniger rannte durch den Korridor davon.

Maja schob die Pflegerin aus der Schusslinie zurück ins Zimmer. Daraufhin nahm sie die Verfolgung auf. In diesem Moment drehte Grüniger sich um und richtete die Pistole auf sie. Maja hob die Hände und ging zu Boden. Grüniger machte rechtsumkehrt und verschwand.

✳✳✳

Dornach wartete vor dem Haupteingang des Kantonsspitals auf seine Chefin. Katrin Friis hatte sich telefonisch angekündigt. Er selbst war vor einer knappen halben Stunde in Olten eingetroffen.

Friis wollte sich selbst ein Bild von der Situation machen. Das unterschied sie von ihrem Vorgänger Urs Jäggi, Karins Vater, der seit bald einem Jahr im Ruhestand war. Jäggi hätte Dornach gern als seinen Nachfolger gesehen. Dieser hatte sich gegen diesen Job gesträubt. Er hätte ihm mehr administrative

Arbeiten aufgehalst, als es sowieso der Fall war. Stattdessen hatte er Casagrande als neue Chefin der Kriminalabteilung vorgeschlagen. Auch sie hatte höflich abgelehnt. Offiziell hatte sie kein Interesse an einem Polizeijob. Der inoffizielle Grund war der Balanceakt zwischen der Freundschaft zu Dornach und ihrer Arbeit.

Es war so schon kompliziert genug.

Katrin Friis war wie Dornach promovierte Juristin. Vor ihrer Ernennung zur Chefin der Solothurner Kriminalabteilung war die mit einem Dänen verheiratete Mutter von zwei Kindern Leiterin der Zentralen Ermittlungen bei der Aargauer Kantonspolizei.

Im Gegensatz zu Dornach, der gern mal alle fünfe gerade sein ließ, waren für Friis Vorschriften in erster Linie dazu da, eingehalten zu werden. Er hatte nicht das Gefühl, ihr Vertrauen nicht zu genießen. Dennoch spürte er die Erwartung, den Beweis erbringen zu müssen, es tatsächlich zu verdienen.

Dornach sah das gelassener als sein Team. Maja hatte nichts mit Karrierefrauen am Hut, die ihr Ego in den Vordergrund stellen mussten. Sie machte keinen Hehl aus ihrer Skepsis gegenüber der neuen Chefin. Allerdings beruhte das auf Gegenseitigkeit. Auch Friis stand Maja nicht vorbehaltlos gegenüber. Die spitzzüngige Ermittlerin hatte nicht nur Freunde im Korps. Einige der Geschichten, die sich um sie rankten, waren der neuen Chefin zu Ohren gekommen. Dieser jüngste Vorfall kam zu einem für Maja ungünstigen Zeitpunkt. Wenn Friis Maja auf dem falschen Fuß erwischte oder umgekehrt, konnte es schiefgehen.

Deshalb war Dornach hier.

Friis fuhr heran. Dornach öffnete die Fahrertür des anthrazitfarbenen 5er BMW. »Katrin.«

Friis stieg aus. »Dominik.« Einen Kopf kleiner als er, trug sie einen dunkelblauen Hosenanzug mit weißer Bluse. Das brünette Haar war mit einem Gummiband zu einem Pferdeschwanz gebunden. »Was ist vorgefallen?« Sie war bereits dafür bekannt, ohne Umschweife zur Sache zu kommen.

»Das soll dir Maja am besten selbst schildern.«

Der Blick aus dunkelgrünen Augen eignete sich wahrscheinlich zum Röntgen. »Gut. Wie geht es dem verletzten Polizisten?« »Schultersteckschuss. Er wird momentan operiert und dürfte in ein paar Tagen wieder fit für den Innendienst sein.«

»Die Patientin?«

»Unter Schock. Die Ärzte haben ihr ein Schlafmittel verabreicht. Heißt, sie ist bis auf Weiteres für uns tabu.«

»Wird ein bisschen viel, findest du nicht?«

»Was meinst du genau?«

»Die Pannen. Ich spreche nicht mal davon, dass wir um ein Haar die Zeugin Tomaso verloren hätten, die unter unserem Schutz steht. Gestern lässt sich diese junge Polizistin überrumpeln. Muntwyler heißt sie, oder?«

»Rebekka Muntwyler, genau.«

»Heute wird ein Polizist mit der Waffe einer Kollegin angeschossen. Geradeso gut könnte er tot sein. Wie kommt es, dass eine erfahrene Polizistin wie Maja Hartmann sich von einem Kriminellen die Dienstwaffe abnehmen lässt?«

Dornach hielt dem kühlen Blick stand. »Wie gesagt, Maja soll –«

»Ich möchte deine Einschätzung hören.«

»Soweit ich es beurteilen kann, hat sie alles richtig gemacht. Leo Grüniger hatte eine Pflegerin in seiner Gewalt. Maja wollte die Lage deeskalieren, um die Geisel zu schützen. Sie legte die Waffe nieder.«

»Warum hat sie sie nicht ins Holster gesteckt?«

»Der Mann war extrem unstabil«, antwortete Maja an Dornachs Stelle. Sie war unbemerkt dazugekommen. »Er hat mich aufgefordert, ihm die Waffe auszuhändigen.«

»Maja«, sagte Friis.

»Katrin«, erwiderte Maja. »Ich habe euch gesehen und gedacht, es könnte um mich gehen.«

»Ein Kollege wurde mit deiner Waffe verletzt.«

»Das ist scheiße, ich weiß.« Egal, wer vor ihr stand. Maja hatte ihre eigene Art, eine Situation kurz und prägnant zu umschreiben.»Ich habe nur das Messer am Hals der Geisel gesehen. Grüniger war ein gefährliches, in die Enge getriebenes Raubtier. Ich habe getan, was er sagte, in der Hoffnung, er würde die Frau freilassen. Was auch gut gegangen wäre, hätte der Kollege nicht dazwischengefunkt. Grüniger geriet in Panik und hat geschossen. Den Rest kennt ihr.« Sie hob beide Hände.»Das ist alles, was ich dazu sagen kann.«

Friis hatte zugehört. Sie blickte auffordernd zu Dornach.

»Bei einer Geiselnahme hat der Schutz Unbeteiligter erste Priorität, danach die Eigensicherung. Maja hat versucht, zu deeskalieren. Katrin, ich muss dir nicht erklären, wie schwer solche Situationen zu kontrollieren sind.«

Friis verzog keine Miene.

Dornach fuhr fort.»Ich will dem Kollegen nicht zu nahe treten, aber ich würde gern wissen, weshalb er trotz strikter gegenlautender Weisung seinen Posten verlassen hat. Die Art und Weise seiner Intervention erachte ich als fahrlässig. Damit hat er sowohl die Geisel als auch Maja gefährdet.«

Friis' Augen wanderten zu Maja.»Hast du etwas hinzuzufügen?«

Maja schüttelte den Kopf.

»Du hältst dich der Staatsanwaltschaft zur Verfügung, klar?«

»Klar.«

Friis gab beiden die Hand.»Ich sehe nach dem Kollegen.« Sie verschwand im Inneren des Gebäudes.

»Ist doch gut gelaufen«, sagte Dornach.

»Was meinst du, bin ich suspendiert?«

»Hat sie was in der Art gesagt?«

Maja hob die Schultern.

»Eben. Du kehrst nach Solothurn zurück und sorgst dafür, dass Urner umgehend in der Schanzmühle erscheint. Er muss mir ein paar Fragen beantworten.«

»Mit dem allergrößten Vergnügen, Chef.«

* * *

»Das ist allerhand«, brauste Beat Urner auf. »Sie beschuldigen mich, Leo Grüniger zu diesem Anschlag angestiftet zu haben.« Rechtsanwalt François Kohler legte beschwichtigend die Hand auf den Arm seines Mandanten. »Sie sagen dazu gar nichts, Herr Dr. Urner.« Er wandte sich an Dornach. »Sie wissen ganz genau, dass Sie meinen Mandanten nicht einfach so einvernehmen können.« Die Befragung fand in Dornachs Büro in der Schanzmühle statt. »Lassen Sie mich Folgendes klarstellen, Herr Dr. Kohler«, antwortete dieser. »Feldweibel Hartmann hat Herrn Urner weder festgenommen noch aufgeboten. Sie hat ihn lediglich gebeten, sie in die Schanzmühle zu begleiten, zur Klärung einiger Sachverhalte im Zusammenhang mit Herrn Grüniger.«

»Das hat sie«, erwiderte Kohler. »Und als mein Mandant ihr sagte, dass er keine Zeit habe, drohte sie ihm, ihn von einer Streife abholen zu lassen.«

»Ein Missverständnis, wofür ich mich in aller Form entschuldige. Mir ist klar, dass Herr Urner als Mitglied des eidgenössischen Parlaments Immunität genießt. Es handelt sich lediglich um eine Zeugenbefragung. Nationalrat Urner wird von uns in keiner Weise beschuldigt. Dass er Sie als Rechtsbeistand beigezogen hat, ist sein gutes Recht, jedoch keinesfalls erforderlich.«

»Von wegen«, rief Urner. »Schon zum zweiten Mal werde ich wegen Grüniger behelligt. Ich habe der Staatsanwältin bereits telefonisch klargemacht, dass Grünigers Aktion weder mit der Fortschrittspartei noch mit der ›Helvetischen Wacht‹ zu tun hat.« Er ignorierte Kohlers verzweifelte Gesten, die ihn zum Schweigen bringen sollten.

»Das behaupten wir auch nicht, Herr Urner«, sagte Dornach.

»Herr *Dr.* Urner«, sagte Kohler. »So viel Zeit muss sein.«

»Leo Grüniger ist ein Mitarbeiter in Ihrer Organisation, Herr *Dr.* Urner«, fuhr Dornach fort. »Heute Nachmittag hat er versucht –«

»Mutmaßlich versucht«, korrigierte Kohler.

Dornach räusperte sich. »Wir gehen davon aus, dass er versucht hat, Frau Tomaso zu töten.«

Diesmal gelang es Kohler, seinem Mandanten zuvorzukommen. »Haben Sie Beweise, dass Herr Grüniger diese Frau im Spital angreifen oder umbringen wollte?«

»Es existieren belastbare Indizien.«

»Ich bitte Sie, die Videoaufnahmen beweisen nichts. Wir wissen höchstens, dass sich Grüniger im Spital befand.«

Kohler versuchte, die Befragung zu verzetteln.

»Wir möchten verstehen, weshalb Herr Grüniger sich im Krankenzimmer von Frau Tomaso aufhielt und eine Pflegerin als Geisel benutzte, nachdem er eine zweite niedergeschlagen hatte.«

»Ist das nicht verständlich?«, fragte Kohler. »Er fühlte sich von Ihrer Kollegin bedroht und ist in Panik geraten. Außerdem sehe ich nach wie vor keine Verbindung zwischen diesem Vorfall und meinem Mandanten.«

Dornach wandte sich direkt an Urner. »Ist Ihnen bekannt, ob Herr Grüniger vor dem Brandanschlag auf ›EmmaWatch‹ in einer Beziehung zu Frau Tomaso stand?«

»Woher soll ich das wissen? Ich kümmere mich nicht um das Privatleben meiner Mitarbeiter.«

Dornach musterte Urner, bis dieser zur Seite blickte. »Könnte es sein, dass es anlässlich einer von der ›Helvetischen Wacht‹ … ähm … gesicherten Veranstaltung zu einer Auseinandersetzung mit Frau Tomaso oder Vertreterinnen von ›EmmaWatch‹ gekommen ist?«

»Ich protestiere, Herr Dornach«, sagte Kohler scharf. »Ich weise Sie noch einmal darauf hin, dass die parlamentarische Immunität meines Mandanten Ihnen nicht das Recht gibt, ihn im Zusammenhang mit seinem Amt zu befragen.«

»Ich bitte Sie, Herr Rechtsanwalt. Meine Frage steht in keinem Zusammenhang mit der parlamentarischen Tätigkeit Ihres Mandanten. Es geht einzig und allein um die Person von Leo Grüniger. Herr Dr. Urner ist der Einzige, der möglicherweise Licht in diese Angelegenheit bringen kann. Als Nationalrat und

Präsident der Fortschrittspartei dürfte ihm an einer raschen Aufklärung der Angelegenheit gelegen sein.«

Urner flüsterte Kohler etwas zu. Dieser nickte schließlich. »Also gut, Herr Dornach«, sagte Urner. »Ich wiederhole gern, was ich bereits der Staatsanwältin gesagt habe: Weder habe ich mitbekommen, dass Herr Grüniger eine Auseinandersetzung mit irgendwelchen Personen, Männern, Frauen, egal was, gehabt hätte; noch ist mir bekannt, dass Frauenrechtlerinnen ...«, Urner verzog das Gesicht, als würde er in eine Zitrone beißen, »... oder ähnliche ... Organisationen Manifestationen der Fortschrittspartei besucht haben.«

Dornach blätterte in seinen Unterlagen, bevor er ein Blatt Papier hervorzog. »Da muss ich Ihnen widersprechen.« Er schob das Papier, es war die Kopie eines Zeitungsausschnittes mit Foto, zu Urner hinüber. »Das ist aus einem Bericht des ›Solothurner Tagblatts‹ über eine Veranstaltung Ihrer Partei in Schönenwerd von letztem Februar. Das Thema war eine mögliche Aufhebung des Atomstopps. Gegen Ende wurde die Veranstaltung von Frauenrechtlerinnen gestört, die gegen eine von Ihrer Partei vorgeschlagene Streichung der Subventionen für Frauenhäuser protestierten.« Dornach zeigte auf das Pressefoto. »Auf dieser Aufnahme ist Leo Grüniger klar zu erkennen.«

Urner warf einen kurzen Blick auf das Foto und nickte. »Ja, das ist Leo.«

»Die Frau, die vor ihm steht und ihn anbrüllt, ist Frau Tomaso.«

»Ja, und? Ich habe diese Dame nie persönlich getroffen. Dem Anlass, von dem hier die Rede ist, habe ich nicht beigewohnt. Soweit ich weiß, hatten sich alle Beteiligten nach einem kleinen Disput beruhigt und gingen friedlich auseinander.«

»Ich glaube, wir sind hier fertig.« Kohler stand auf.

»Eine Frage noch«, sagte Dornach. »Herr Dr. Urner, haben Sie eine Idee, wo sich Leo Grüniger in diesem Moment aufhalten könnte?«

»Woher soll ich das wissen, Herr Dornach? Wie gesagt, das

Privatleben meiner Mitarbeiter geht mich nichts an, und es interessiert mich auch nicht.«

Urner und sein Anwalt verließen Dornachs Büro grußlos.

✳✳✳

Kaum eine Stunde später stand Casagrande in Dornachs Büro. Dornach sah zu, wie sie wie eine ruhelose Tigerin hin- und herwanderte. »Wieso hast du Urners Befragung nicht mit mir oder Katrin Friis abgesprochen?«

»Weil es sich, wie du richtig bemerkst, um eine simple Zeugenbefragung handelte. Urner ist die einzige Person, die uns in Bezug auf Leo Grüniger weiterbringt.«

»Zeugenbefragung hin oder her, Urner ist Nationalrat. Er und seine Partei sind nicht gut auf die Behörden zu sprechen. Er hat sich beim Oberstaatsanwalt beschwert, er werde von uns drangsaliert.«

»Mit ›uns‹ meint er die Polizei.«

»Nein, er meint die Staatsanwaltschaft und die Kantonspolizei, im Grunde genommen dich und mich. Du kannst dir denken, weshalb, nicht wahr?«

Dornach konnte es sich denken. »Eine Retourkutsche wegen der Blamage seiner Partei bei den ›Aschenkreuz‹-Morden?«

»Wer kann es ihm verdenken? Unsere Ermittlungen kosteten der Fortschrittspartei bei den darauffolgenden Kantonsratswahlen enorm viele Stimmen.« Casagrande trat mit verschränkten Armen ans Fenster von Dornachs Büro. Er stellte sich neben sie. Die belaubten Bäume des Stadtparkes auf der gegenüberliegenden Straßenseite verdeckten den Blick auf die St.-Ursen-Bastion. Nur das Kegeldach des Riedholzturmes ragte über die Baumspitzen hinaus. Der Himmel hatte sich verdunkelt, die Mauersegler flogen tief. Ein Gewitter kündigte sich an.

»Du willst uns aber nicht vorwerfen, unsere Ermittlungen hätten die Fortschrittspartei in eine Niederlage getrieben. Heute Mittag hast du noch bedauert, dass wir nichts gegen Urner in der Hand haben. Du weißt selbst ganz genau, was für Machenschaften die Partei –«

Die schneidende Geste ihrer Hand stoppte ihn. »Was interessiert mich, was ich heute Mittag gesagt habe? Ich habe dich angewiesen, Urner in Ruhe zu lassen. Und was machst du? Bei der erstbesten Gelegenheit lässt du ihn in der Schanzmühle antraben, ohne mir was zu sagen. Wir können von Glück sagen, dass Hofmann nicht mehr da ist. Der hätte einen Riesenrabatz gemacht.«

»Hofmann.« Dornach schnaubte. Seine Versetzung in die Bundesanwaltschaft war ein regelrechter Segen für alle Beteiligten.

Casagrande kannte ihn zu lange, um seine Gedanken nicht zu erraten. »Sieh dich vor, Dominik. Urs Jäggi ist nicht mehr da, um dir den Rücken zu stärken. Die Friis ist unberechenbar. Mein Oberstaatsanwalt und der Polizeikommandant haben einen guten Draht zueinander. Wenn Urner anfängt, richtig Druck zu machen –«

»Oberst Wille und ich kennen uns auch nicht erst seit gestern, Angie. Was Katrin Friis betrifft, für meinen Geschmack reitet sie zu viel auf den Vorschriften herum, aber man kann mit ihr reden.«

»Nimm das Ganze nicht auf die leichte Schulter. Der politische Wind hat in den letzten Monaten gedreht. Der Einfluss der Fortschrittspartei ist gewachsen, ihre Themen haben Aufwind.«

»Vergiss nicht das Verhalten der EU gegenüber der Schweiz seit dem Abbruch der Verhandlungen zum institutionellen Rahmenabkommen. Brüssel behandelt uns schlechter als jeden x-beliebigen Drittstaat.«

»Eben, Wasser auf die Mühlen der rechten Hitzköpfe.«

»Sollen wir deswegen Urner schonen?«

»Zumindest sollt ihr euch zurückhalten, solange nichts Konkretes gegen ihn oder seine Partei vorliegt. Die Tatsache, dass Grüniger für seine Schutztruppe arbeitet, reicht nicht.«

»Was schlägst du vor?«

Casagrande nahm ihre Runden wieder auf. »Die Fahndung

nach Grüniger läuft. Die Kontrollen an den Bahnhöfen, Flughäfen und an der Grenze wurden verstärkt. Die Behörden der Nachbarstaaten wurden alarmiert. Früher oder später geht er uns ins Netz.«

»Heißt, wir warten so lange mit den Händen in den Hosentaschen ab?«

»Vielleicht solltet ihr euch nicht nur auf Grüniger versteifen.« Dornach setzte sich hinter seinen Schreibtisch. »Tu mir einen Gefallen und nimm Platz. Dein Herumtigern macht mich taubentänzig.« Er wartete, bis Casagrande im Besucherstuhl saß. »Du hast die Berichte der Kriminaltechnik und der Rechtsmedizin gesehen und kennst die Aufnahmen der Videoüberwachung. Die einzige konkrete Spur, die wir im Moment haben, ist Grüniger.«

»Was ist mit Gerda Büttiker? Ihr Verhalten ist recht sonderbar.«

»Mag sein, aber wohin soll uns das führen? Dass sie Anastasia Tomaso niedergeschlagen und das Feuer gelegt hat?«

»Die verschwundenen Akten ...«

»Sind kein Motiv, diese Tat zu rechtfertigen.«

»Seit dem missglückten Anschlag auf Frau Tomaso sieht die Situation anders aus. Büttiker und Grüniger könnten Komplizen sein. In diesem Fall droht Frau Tomaso auch von ihr Gefahr.«

Weshalb sollte Gerda Büttiker mit Grüniger gemeinsame Sache machen? Es fehlte ein Motiv. Andererseits ließ sich diese Möglichkeit nicht vollständig ausschließen. Tatsache war, dass Frau Büttiker entweder Angst hatte oder etwas zurückhielt.

»Also gut, wir erhöhen den Druck auf Frau Büttiker.«

»Na bitte.« Casagrande war aufgestanden und hielt die Türklinke in der Hand. »Ich wünsche dir einen schönen Abend.«

»Hast du heute noch was vor?« Er hatte gehofft, sie zum Abendessen auf der Terrasse der Villa Dornach überreden zu können.

Casagrande warf einen Blick auf die Uhr. »Gern ein andermal, ich habe gleich ein Date.«

»Kenne ich ihn?«

»Ciao, Dominik.« Ihr Lächeln konnte alles bedeuten.

Er hatte keine Zeit, darüber nachzudenken. Sein Handy klingelte. Er seufzte. Pia.

»Paps, wann kommst du nach Hause? Ich brauche deine Hilfe.«

***

Urner warf seinen Autoschlüssel in die Porzellanschale im Vestibül. Grüniger, dieser hirnbefreite Idiot, lieferte diesem kleinkarierten Polizeifunktionär und seiner staatlichen Winkeladvokatin Zündstoff gegen die Partei zum denkbar schlechtesten Zeitpunkt. Damit gefährdete er die Strategie, welche die Partei ganz nach vorne bringen sollte. Das könnte Folgen nach sich ziehen, die Urner in den wichtigsten Kreisen des Landes auf unabsehbare Zeit zur Persona non grata machten. Den anvisierten Bundesratssitz, den er sich mit bürgerlicher Unterstützung nach den nächsten nationalen Wahlen ausrechnete, könnte er abschreiben. Damit wären er und seine Partei für lange Zeit politisch unten durch – einmal mehr.

Sein Handy vibrierte. Die Nummer auf dem Display ließ seinen Hemdkragen plötzlich eng werden. Wenn man vom Teufel sprach, der Anruf kam aus dem Bundeshaus. Urner drückte ihn weg. Im Moment war es besser, sich mit einer faulen Ausrede zu entschuldigen, als sich den unangenehmen Fragen des Staatssekretärs zu stellen.

Er stieg die Stufen zu seinem weiträumigen Kellergeschoss hinunter. Neben den üblichen Haustechnikeinrichtungen, Vorrats-, Werk- und Waschräumen verfügte es über einen ansehnlichen Weinkeller, einen Partyraum sowie über ein Gästeapartment.

Leo Grüniger lag mit geschlossenen Augen auf dem Bett.

»Du bist ein Idiot, Leo.«

Leo Grüniger schreckte hoch.

»Was hast du im Kantonsspital gesucht?«, herrschte ihn Urner an. »Wolltest du die Aktivistentussi tatsächlich kaltmachen?«

»Was? Ich … sicher nicht«, stotterte Leo. »Ich wollte nur mit ihr reden, das ist alles.«

»Worüber wolltest du denn mit ihr reden? Die Tante liegt im Koma, du Hornochse.«

»Das wusste ich nicht, ich dachte, sie …«

»Wie oft muss ich dir sagen, dass du das Denken denjenigen überlassen sollst, die über die genetischen Voraussetzungen verfügen. Du hast uns ganz schön in die Scheiße geritten mit der Geiselnahme und dem Polizisten, den du angeschossen hast. Du wirst schweizweit gesucht.«

»Haben Sie … ich meine, weiß die Tschuggerei, dass ich hier bin?«

»Was glaubst du? Dass ich dich denen auf dem Silbertablett präsentiere und mich gleich mit?«

Grüniger saß mit hängenden Schultern auf dem Rand des Gästebettes. »Es tut mir leid, Herr Urner. Ich wollte Ihnen und der Partei nicht schaden.«

»Geschenkt, der Scherbenhaufen ist angerichtet. Jetzt heißt's Schadensbegrenzung.«

»Was meinen Sie?«

»Die Polizei hält sich bedeckt, was die Information über die Täterschaft des Brandanschlags an die Medien betrifft. Die wollen wohl keinen Eklat provozieren, solange sie keine eindeutigen Beweise haben.«

»Was heißt das?«

»Dass du in der Versenkung bleibst, bis Gras über die Sache gewachsen ist.«

Grüniger sprang wie von der Tarantel gestochen auf. »Ich soll hier unten bleiben, bis ich versauere, oder wie?«

»Setz dich hin!« Urner stieß ihn grob zurück auf das Bett. »Verdient hättest du es. Aber das Risiko, dass dieser Dornach plötzlich mit einem Durchsuchungsbeschluss hier auftaucht, ist mir zu groß. Du musst von der Bildfläche verschwinden.«

»Ich könnte nach Italien, zu Stefano.«

»Kommt nicht in Frage. Ich habe einen anderen Plan.«

»Der wäre?«

»Ich brauche Zeit, was zu arrangieren. Es gibt ein paar Leute, die dir weiterhelfen könnten.«

»Was für Leute?«

»Einflussreiche, bei denen du garantiert in Sicherheit bist. Und jetzt löchere mich nicht ständig. Ich geb dir Bescheid, sobald ich mehr weiß. Du verhältst dich erst mal ruhig, bis ich dir was Neues sage, hast du verstanden?«

»Sie können sich auf mich verlassen, Herr Urner.«

***

Mirio plapperte vor sich hin, während Pia ihn sauber wischte, bevor sie ihm eine neue Windel anlegte. »Mami sauber«, brabbelte er und kicherte, als seine Mutter ihn kurz kitzelte.

»Nein, Mami braucht eine Dusche.«

»Oh!«

»Ja. Oh!«, machte Pia und rollte mit den Augen.

Mirio zeigte zu Dornach, der sie vom Türrahmen aus beobachtete.

»G'oßpapi, sauber.«

Pia hob Mirio mit einem Jauchzer in die Höhe und drehte sich zweimal mit ihm im Kreis. »Mirio ist sauber.«

Mirios Hand fuhr hoch und zeigte in Richtung Dornach.

»Milio sauber, G'oßpapi sauber.«

Pia roch kurz an Dornachs Hemd und rümpfte die Nase.

»Weiß nicht.« Sie legte Mirio in Dornachs Arm. Kleine Hände strichen über seine Bartstoppeln. »K'atzt.«

»Ja, nicht wahr?« Dornach erinnerte sich an seine ersten Erlebnisse mit dem Bart seines Vaters. An die schlaflosen Nächte, die er hatte, nachdem dieser ihm erklärt hatte, dass er dereinst auch mal jeden Tag rasieren musste. Das musste der Grund sein, dass er bei seiner Bartpflege eher zurückhaltend vorging.

»Wart nur, bis du so weit bist, du Mops.«

»Mop. Mop sauber.«

»Genau«, intervenierte Pia. »Der Mops geht ins Bett.«

»Nei Bett, nei, nei«, quengelte der Kleine gestikulierend, als Dornach ihn in sein Bettchen legte. Das dauerte exakt so lange, bis Pia seinen Plüschmond aufgezogen hatte, den Manu ihm aus den Staaten mitgebracht hatte. Sobald »Hush Little Baby« erklang, steckte Mirio seinen Daumen in den Mund und widmete seine ganze Aufmerksamkeit dem sich um sich selbst drehenden Mond.

Dornach und Pia blieben an seinem Bettchen, bis ihm die Augen zufielen. Nachdem Pia ihm sachte den Daumen aus dem Mund genommen hatte, schlichen sie sich aus dem Zimmer.

Pia setzte sich mit einem Glas Wasser und dem Babyphone zu Dornach auf die Terrasse.

»Kein Wein für dich?« Dornach hatte ein volles Glas vor sich stehen.

»Danke, mir ist die Lust vergangen«, sagte sie missmutig.

»Du machst dir Sorgen um Rana?«

»Es ist nicht normal, dass sie nicht angerufen hat.«

Kaum war er zu Hause gewesen, hatte sie ihn damit überfallen, dass Rana nicht wie verabredet um halb zehn bei ihr gewesen war, um Mirio zu hüten. Sie hatte von ihm verlangt, sofort eine Suchaktion zu starten. Ihrem Temperament treu bleibend, hatte sie seine Einwände gekontert, indem sie eine kurze, aber heftige Auseinandersetzung vom Stapel gelassen hatte. Unter anderem hatte sie ihm vorgeworfen, die Sache nicht ernst zu nehmen, weil Rana keine Schweizerin war, was ihr sogleich leidgetan hatte. Die Diskussion war beendet.

»Könnt ihr gar nichts tun?«, fragte sie in versöhnlicherem Ton.

Die Vierundzwanzig-Stunden-Regel war nicht in Stein gemeißelt. Eine Vermisstenfahndung für Erwachsene wurde in der Regel nur eingeleitet, wenn triftige Gründe vorlagen. »Rana Amidi ist eine erwachsene Frau. Nur weil sie eine Verabredung mit dir nicht einhält, kann ich keine Vermisstensuche einleiten.«

»Sie hat sich so darauf gefreut, Mirio zu hüten. Sie wusste, dass ich einen Termin in Bern hatte. Sie hätte mich auf jeden Fall angerufen, wenn ihr etwas dazwischengekommen wäre.«

»Wie lange kennst du sie?«

»Ist das eine Polizistenfrage?«

»Wenn du willst, ja. Du verlangst von mir, eine offizielle Suche einzuleiten. Da möchte ich schon mehr wissen.«

»Ich hab's dir doch erklärt.«

Er dachte an die Dinge, die sie ihm an den Kopf geworfen hatte. »Du warst aufgebracht. Sag's mir noch mal.«

»Sie stammt aus Syrien. Ihr Vater und ihr Bruder wurden vom Regime verschleppt, wahrscheinlich umgebracht. Ihre Mutter starb auf der Flucht nach Europa. Rana selbst wäre beinahe in der Ägäis ertrunken. Über die Balkanroute kam sie in die Schweiz. Sie ist ausgebildete Maschineningenieurin mit zusätzlichem Wirtschaftsdiplom. Nachdem ihr Asylantrag bewilligt wurde, bekam sie einen Job in einer Firma im Wasseramt.«

»Wie kommt es, dass ihr euch so gut kennt?«

»Über Nadal. Sie hat Rana bei einem Moscheebesuch kennengelernt. Die beiden haben sich sofort angefreundet. Wir sind daraufhin ein paarmal zu dritt ausgegangen. Voilà, musst du mehr wissen?«

»Hat sie Bekannte oder Verwandte in der Schweiz, bei denen sie sich aufhalten könnte oder die wissen, wo sie sich befindet?«

Pia verdrehte die Augen. »Nein, hat sie nicht. Wenn es so wäre, hätte sie mir das sicher gesagt.«

»Keinen Freund oder Verlobten?«

»Nein.«

»Bist du sicher?«

»Mann, Paps. Ich und Nadal wüssten das längst.«

Dornach überlegte. Läge ein familiärer Zwist oder Streit mit einem Partner oder einer Partnerin vor, hätte sie in einem Frauenhaus Zuflucht finden können.

»Du sagst, ihr Asylantrag wurde bewilligt. Das heißt, sie ist im Besitz eines B-Ausweises?«

»Denke schon, sonst dürfte sie ja nicht arbeiten.«

»Hat sie von Problemen am Arbeitsplatz erzählt, wurde sie belästigt, gemobbt? Gab es Probleme mit Männern?«

»Wie kommst du auf Männer?«

»Ich meine nur. Eine alleinstehende, gut aussehende Frau aus dem Mittleren Osten könnte in ihrem Kulturkreis als Freiwild gelten.« Nicht nur bei denen, fügte er in Gedanken hinzu.

Pia starrte gedankenverloren in ihr Wasserglas.

»Pia?«

»Letzten Samstag, im ›New Ecstasy Eleven‹, gab es einen Kerl, der sie ständig anstarrte. Gestern Abend erzählte sie mir, sie sei ihm in der Stadt begegnet. Er habe sich ihr gegenüber feindselig verhalten.«

»Was heißt das? Hat er sie angesprochen, bedroht oder was in der Art?«

»Nein, als sie ihn zur Rede stellen wollte, verschwand er.«

Das war zu dünn, um daraus eine Bedrohung abzuleiten.

»Wieso geht ihr ins ›Ecstasy‹? Gerade du –«

»Hör mal, Paps. Wenn ich überall, wo ich etwas nicht so Tolles erlebt habe, nicht mehr hingehen würde, könnte ich bald nichts anderes tun, als zu Hause herumzuhängen.«

»Nicht so Tolles erlebt? Du wärst beinahe umgebracht worden, wenn Jana nicht –«

»Bitte, Paps, ich will nicht über Jana reden. Das tut mir nicht gut und dir auch nicht.«

»Gut, ihr habt den Mann zuvor im ›New Ecstasy‹ gesehen. Was ist passiert?«

Pia hob die Schultern. »Nichts, Rana fühlte sich nicht wohl, da sind wir gegangen.«

»Und dieser Mann? Ist er euch gefolgt?«

»Nein, er hat Rana angestarrt, das ist alles.«

Das war nicht viel.

»Vielleicht ist der Kerl von der Geheimpolizei.«

»Was für eine Geheimpolizei?«

»Assads Geheimpolizei.«

»Assad? Du meinst den syrischen Präsidenten?«

Pia nickte eifrig.»Rana erzählte, dass sie sich beobachtet fühlte. Vielleicht ist dieser Typ einer von ihnen.«

»War sie in Syrien politisch tätig?«

»Sie nicht, aber ihr Vater und ihr Bruder gehörten zum Widerstand gegen die Regierung.« Pia erzählte ihm die ganze Geschichte.

Es war keine Seltenheit, dass Staaten ihre im Ausland lebenden Staatsbürger entführten oder umbrachten. Dabei handelte es sich meistens um Dissidenten oder Gegner des jeweiligen Regimes. Dornach hatte keine Kenntnis darüber, dass ein fremder Nachrichtendienst in Solothurn tätig war. Im Auftrag des Bundes führte die Kantonspolizei bisweilen Observationen über Bewegungen von Diplomaten oder ihrer Fahrzeuge im Kanton durch.»Du bist dir ganz sicher, dass Rana nicht in politische oder religiöse Aktivitäten involviert war?«

»Ziemlich sicher. Aber du kannst gern auch Nadal fragen. Wäre eh schön, wenn du dich mal wieder bei ihr meldest. Immerhin bist du in gewissem Sinn ihr Onkel, seit sie sich wegen Rafik mit ihrer Familie entzweit hat.«

Pia und ihr Talent, sein schlechtes Gewissen im falschen Moment zu wecken. Nadal hatte sich bei ihrer Familie dafür eingesetzt, Rafiks Leichnam in die Schweiz zu überführen, damit er im muslimischen Sektor des Oltner Friedhofs beigesetzt werden konnte. Damit hatte sie sich gegen ihren Vater gestellt, der seinen Sohn in seiner irakischen Heimat begraben wollte. Darüber hinaus hatte Nadal seine Ansprüche auf den Enkel im Keim erstickt. Sie bezahlte es mit dem Verlust des familiären Rückhalts. Pia und Dornach waren zu ihrer Ersatzfamilie geworden, so wie sie es früher jahrelang für Manu gewesen waren. Der Unterschied bestand darin, dass Nadal nicht in der Villa Dornach wohnen wollte, obwohl Pia es ihr wiederholt angeboten hatte.

»Willst du wirklich keinen Wein?«, fragte er.»Ich hole dir ein Glas.«

Sie zuckte mit den Achseln.»Vielleicht bringt mich das runter, danke, Paps.«

»Weißt du, wo Rana arbeitet?«, fragte Dornach, nachdem er ihr eingeschenkt hatte.

»Lass mich nachdenken. Irgendwas mit Industrie.« Pia schnippte mit den Fingern. »Genau, ›Jeger Industries‹ heißt die Firma. Die sind in Subingen oder Horriwil oder sonst in einer Ecke des Wasseramtes.«

»In Ordnung«, sagte Dornach nach kurzem Nachdenken. »Vielleicht kann es nicht schaden, wenn wir ein paar Nachforschungen anstellen.«

✲✲✲

Sie schlenderten über die Kreuzackerbrücke Richtung Altstadt. Ines Degonda hakte sich bei Casagrande ein. Nach einem Aperitif in der »Hafebar« hatten sie es geschafft, einen freien Tisch auf der Terrasse des »Akropolis« an der Kreuzackerstraße beim Rossmarktplatz zu ergattern. Damit hatten sich Casagrandes Vorsätze, die im Urlaub angegessenen drei Kilo loszuwerden, in kalorienhaltige Luft aufgelöst, zumindest für diesen Abend. Sie hatte sich von Degonda, einem ausgewiesenen Fleischmaudi, zu einem Gyros überreden lassen und es nicht bereut. »Ab morgen esse ich nur noch Salat.«

Degonda schmiegte sich lachend an sie, was bei Casagrande nach wie vor ein Kribbeln auslöste. Es erinnerte sie an die Zeit, als sie zusammen gewesen waren. Sie hatten sich getrennt, weil Casagrande sich nicht sicher war, ob sie für immer mit einer Frau zusammenleben wollte. Degonda hatte es ihr nicht übel genommen. Sie hatten sich darauf geeinigt, Freunde zu bleiben, und es sogar durchgezogen. Casagrande blähte die Wangen und stieß die Luft aus. »Ich glaube nicht, dass ich den Kronenstutz schaffe. Du wirst mich hochrollen oder anschieben müssen.«

»Ich weiß was Besseres.« Bevor Casagrande sich wehren konnte, nahm Degonda sie bei der Hand. Schnurstracks steuerten sie auf die »Grüne Fee« zu. Die meisten Gäste standen mit einem Glas in der Hand draußen. Sie fanden einen Tisch drinnen, wo sie freudig von Jacky, der brasilianischen Bardame, begrüßt wurden. Sie hielt nach Dornach Ausschau.

Zu Beginn ihrer Zeit in Solothurn hatte Casagrande Dornach einer Liebschaft mit der glutäugigen Latina verdächtigt. Später war sie zur Überzeugung gelangt, dass nicht mehr als gegenseitige Freundschaft vorlag, eventuell mit leichter Schlagseite, soweit es Jacky betraf. Dornach hatte sie seinerzeit bei Problemen mit der Ausländerbehörde unterstützt.

»Heute musst du mit uns beiden Waschweibern vorliebnehmen, Schatz.« Degonda hakte sich bei beiden Frauen ein. »Mädelsabend.«

Nachdem sie ihre Getränke bestellt hatten, wollte Degonda es genauer wissen. »Was ist mit Dominik? Ich habe den Eindruck, er macht sich rar.«

»Großvaterpflichten.«

»Nur deswegen?«

»Weiß nicht, was du meinst.« Das war geflunkert. Casagrande spürte, worauf ihre Freundin hinauswollte.

»Ich dachte nur, seit diese Österreicherin dir nicht mehr im Weg steht ...«

»Jana Cranach?«

»Genau die. Seit sie sich ... seit sie gestorben ist, hast du freie Bahn bei ihm.«

Casagrandes Antwort erhielt eine Galgenfrist. Jacky kam mit den Getränken. Sie hatten ihren Lieblingsabsinth bestellt, Bohème. Während Jacky Gläser, Fontäne und Besteck hinstellte, redeten sie über belanglose Dinge.

Dann gab es kein Entrinnen mehr.

»Wie steht's nun mit euch beiden?«

»Wie soll's um uns stehen? Wie immer. Dominik und ich sind gute Freunde, mehr nicht.«

»Mit anderen Worten, tote Hose.« Degondas Enttäuschung war unüberhörbar. »Liebst du ihn oder nicht?«

Casagrande richtete ihre Aufmerksamkeit demonstrativ auf das Wasser, welches vom kleinen Hahn der Fontäne durch den Zuckerwürfel ins Glas träufelte.

»Hallo, jemand zu Hause?«, sagte Degonda.

»Ich habe dich gehört. Und ich will nicht darüber reden.«

»Okay, okay.« Degonda ließ den Rest des Zuckers von ihrem Löffel in ihr Glas fallen. »Deine übliche Taktik. Sobald es um ihn geht, verkriechst du dich im erstbesten Mauseloch.«

»Was soll ich machen, Ines? Wir arbeiten Tag für Tag zusammen. Bei den Ermittlungen bin ich seine Fachvorgesetzte. Da hält man Arbeit und Privates besser auseinander.«

Degonda rümpfte die Nase. »Hab ich das nicht irgendwann irgendwo schon mal gehört?«

Casagrande setzte ihr Glas härter ab als beabsichtigt. »Was ist die Alternative? Soll ich über ihn herfallen, wenn sich die Gelegenheit ergibt?«

»Zum Beispiel, als Anfang nicht schlecht. Nächste Runde?«

»Ich weiß nicht, ob ich das stemme.«

»Komm schon, sei kein Spielverderber. Morgen fliege ich für ein paar Tage nach Singapur. Das wird anstrengend. Ein bisschen Vorschussspaß kann nicht schaden.«

»Was machst du in Singapur?«

Sie winkte ab. »Neues Mandat, langweilig, aber einträglich. Und ich bekomme ein First-Class-Ticket bezahlt.«

»Du Glückliche, bei unserem knausrigen Kanton ist Holzklasse das höchste der Gefühle.«

»Kommt davon, wenn du bei diesem Bettler- und Jammerverein arbeitest. Wie oft habe ich dir gesagt, du solltest einen Tapetenwechsel vornehmen? Willst du dich ewig für einen Hungerlohn mit zwielichtigem Gesocks herumschlagen?«

»Ich mache den Job gern. Schlecht bezahlt bin ich nur, wenn ich mich mit dir vergleiche.«

»Eben, ich habe nicht weniger Arbeitsstunden als du auf dem Buckel, aber die lohnen sich wenigstens. Meine Kanzlei macht auch Strafrecht. Überleg's dir.«

Casagrande schnaubte. »Das fehlte noch. Großkotzige Schleimer vertreten, die jede Bodenhaftung verloren haben. Wahrscheinlich sind es die gleichen Typen, denen ich jahrelang versuche, das Handwerk zu legen.«

»Ja und? So was nennt man neue Perspektiven schaffen.«
»Ich nenne das Verrat am eigenen Gewissen. Ausgerechnet
jetzt, wo ich …« Casagrande biss sich auf die Lippen.
»Wo du was?«
»Nichts, spielt keine Rolle.«
»Hat sich nicht so angehört. Vergiss nicht, dass ich dich auch
ein bisschen kenne, meine Liebe. Wenn du so reagierst, gibt es
nichts, das bei dir keine Rolle spielt.«
Ines hatte den Instinkt eines Terriers. Hatte sie sich mal fest-
gebissen, ließ sie nicht mehr los.
»Na schön.« Mit einem Rundumblick stellte Casagrande
sicher, dass Jacky nicht in der Nähe war. »Du behältst das für
dich, klar? Ich will es Dominik selbst sagen, wenn die Zeit reif
ist.«
»Du vergisst, dass ich Anwältin bin. Diskretion ist mein
zweiter Vorname.«
»Ich gehe vielleicht weg von Solothurn.«
»Okay«, war die gedehnte Antwort. »Wegen Dominik?«
»Vergiss den mal für einen Moment. Ich habe ein Angebot
als Oberstaatsanwältin im Kanton Schwyz.«
»Ach was? Sag bloß, du willst dich mit den Ewiggestrigen in
dieser rechtsbürgerlichen Hochburg herumschlagen. Über viel
mehr als den Rütlischwur sind die nicht hinausgekommen.«
Casagrandes vorwurfsvoller Blick wies sie zurecht.
»Sorry, ist mir rausgerutscht.« So viel zur diskreten Anwältin.
»Ist das wirklich, was du willst?«, fragte Degonda ernst.
»Was?«
»Weg von Solothurn? Das ist nichts anderes als ein Flucht-
reflex.«
»Dir kann man nichts vormachen, was?«
»Du sicher nicht.«
»Vielleicht hast du nicht mal so unrecht. Es muss sein. Ich
will mein Leben nicht mehr von den Kerlen bestimmen lassen,
zuerst Franco und jetzt Dominik.«
»Kannst es ja noch mal mit einer Frau probieren. So schlecht
lief es nicht zwischen uns beiden.«

Casagrande legte ihre Hand auf Degondas. »Wir hatten wirklich eine gute Zeit. Trotzdem möchte ich es dabei belassen.«

»War nur ein Vorschlag. Meinst du, es ist besser, sich unter den beiden Mythen vor den Kerlen zu verkriechen?« Ein weiterer Punkt für Degonda. Je schneller man rannte, desto eher holten einen die Dämonen ein.

»Ich meine ja nur«, fuhr Degonda fort. »Kann der Job in Schwyz so interessant sein, um dieses schöne Städtchen mit dem attraktivsten Polizisten weit und breit sausen zu lassen?«

»Immerhin wäre ich Oberstaatsanwältin.«

»Als Oberstaatsanwältin sitzt du in deinem Büro, während deine Staatsanwälte die interessanten Fälle bearbeiten. Du warst nie eine, die tagelang in einen Bürosessel furzt. Dein Dominik hält dich wenigstens auf Trab. Wer weiß, vielleicht bringt er es sogar mal fertig, eine weichere Haltung einzunehmen. – Natürlich nur, was das beruflich-private Beziehungsgedöns betrifft«, fügte sie grinsend hinzu.

Casagrande wollte das Thema abschließen. »Selbst wenn es so wäre, ich kann nicht bis zu meiner Pensionierung hierbleiben. Ich muss an meine Karriere denken.«

»Hast du hier keine? Immerhin hast du schon Hofmanns Posten als Leitende Staatsanwältin übernommen. Da geht noch was. Bis wann musst du dich entscheiden?«

»Bis Mitte nächster Woche.«

»Sprichst du mit Dominik darüber?«

»Es hat sich bisher nicht ergeben.«

»Du musst wissen, was du tust. Überleg's dir gut.« Degonda gab Jacky ein Zeichen für eine weitere Runde.

5

Karin rümpfte die Nase.

Der Geruch im Treppenhaus, eine Mischung aus Morgenkaffee, frischem Gebäck und knoblauchversetzten Röstaromen, war das Gegenteil von appetitanregend. Während die einen das Wochenende mit einem verspäteten Frühstück begannen, bereiteten andere das Mittagessen zu. »Da bist du endlich.« Ungeduldig von einem Fuß auf den anderen tretend, stand Pia oben an der Treppe.

»Dir auch einen guten Morgen. Ich machte, so schnell ich konnte.« Sie umarmten sich flüchtig. »Ist das die Wohnung?«

»Ja.« Pia hatte Karin am Telefon oberflächlich geschildert, dass es um eine Freundin gehe und dass sie ihre Hilfe brauchte.

»Was soll ich genau hier?«

»Mir helfen reinzukommen.«

»Wie? Du hast keinen Schlüssel?«

»Eben nicht«, antwortete Pia.

»Du erwartest ja wohl nicht, dass ich dir helfe, in die Wohnung einzubrechen.«

»Du bist meine einzige Hoffnung. Paps kann ich nicht fragen. Du weißt ja, wie er ist.«

»Vor allem weiß ich, was er mit mir macht, wenn herauskommt, dass ich unbefugt in eine Wohnung eingedrungen bin. Warum fragst du ausgerechnet mich?«

»Weil … weil … mit dir kann man reden. Maja würde mir den Vogel zeigen, wenn ich sie um so was bitte. Du verstehst mich wenigstens.«

Karin konnte sich lebhaft vorstellen, was Maja Pia erzählen würde. Kaum zu glauben, dass sie sie an ihrem freien Tag deswegen aus dem Bett geholt hatte. Im Grunde genommen wäre sie am liebsten in die Schanzmühle gefahren. Dornach hatte ihr befohlen, zu Hause zu bleiben, er würde sie anrufen, wenn er sie brauchte.

»Bitte, Karin, ich mache mir solche Sorgen«, sagte Pia mit flehender Stimme. »Rana muss etwas zugestoßen sein. Das nennt ihr Gefahr im Verzug oder so.«

»Das nennen wir Hausfriedensbruch und kann mich als Polizistin teuer zu stehen kommen. Kennst du niemanden, der einen Schlüssel hat?«

»Nadal. Ich kann sie nicht erreichen. Deshalb habe ich ja dich angerufen.« Pia hatte tatsächlich Angst um ihre Freundin. Ihre Augen füllten sich mit Tränen.

Karin legte das Ohr an die Tür. In der Wohnung regte sich nichts. »Hast du geklingelt?«

»Selbstverständlich, keine Antwort. Was, wenn sie bewusstlos in der Wohnung liegt?«

»Wie kommst du darauf? Deine Freundin ist nicht betagt. Hat sie eine körperliche Beeinträchtigung?«

»Das nicht, aber –« Sich nähernde schwere Schritte von unten unterbrachen Pia. Ein Mann mit einer Werkzeugtasche kam die Treppe rauf. Er trug einen Arbeitsoverall mit dem Logo eines Schlüsseldienstes auf der Brusttasche. »Guten Tag, die Damen. Sind Sie von der Polizei? Mit wem habe ich telefoniert?«

»Mit mir.« Pia reichte ihm die Hand. »Zenklusen.«

Dieses Luder.

Er zeigte auf die Tür. »Ist das die Wohnung, die ich öffnen soll?«

»Ja, bitte«, sagte Pia.

»Gut, könnten Sie mir bitte Ihren Dienstausweis und einen Durchsuchungsbeschluss zeigen. Sonst könnte ja jeder kommen oder jede.« Er grinste.

»Klar.« Pia lächelte verkrampft zurück.

Karin spürte ihren Fußtritt in die Wade. »Äh, ja«, sagte sie nach langem Zögern. Sie zog ihren Dienstausweis hervor. »Beschluss gibt es keinen, Gefahr im Verzug.« Dafür würde sie Pia später kopfüber ans Treppengeländer hängen.

»Verstehe, perfekt. Danke, Frau Jäggi. Schauen wir mal.« Der Mann machte sich am Schloss zu schaffen. Wenige Augenblicke später wandte er sich zu den Frauen um. »Ähm, sie ist offen.«

»Das ging schnell«, entfuhr es Pia.

»Nein, ich meine, die war schon offen. Es hätte mich gar nicht gebraucht.«

Karin zwickte Pia in die Seite, sodass diese scharf die Luft einsog.

Der Schlüsselmann lauschte an der Türfüllung. »Ich glaube, da ist jemand drin.«

Karin zog den Mann am Arm von der Tür weg. »Danke für Ihre Hilfe. Wir übernehmen«, sagte sie leise.

»Und die Rechnung? Wer bezahlt mir meine Zeit?«

Mit einem verärgerten Seufzer drückte Karin ihm ihre Visitenkarte in die Hand. »Schicken Sie die Rechnung an mich, persönlich, verstanden?«

»Alles klar, danke, die Damen.« Der Mann nahm seine Werkzeugtasche und tippte sich grüßend an die Stirn. »Schönes Wochenende wünsche ich.«

Sobald er außer Hörweite war, packte Karin Pia am Kragen. »Dafür bist du mir so was von schuldig, das kannst du ein Leben lang nicht abbezahlen, nur damit das klar ist.«

»Was du willst. Können wir jetzt rein?« Pia machte Anstalten, die Tür zu öffnen.

Karin hätte ihr am liebsten die Leviten gelesen, weil sie nicht mal daran gedacht hatte, zu prüfen, ob die Tür offen gewesen war oder nicht. So wie es aussah, war es besser so. Sie packte sie an den Schultern und zog sie zurück. »Hast du einen an der Waffel? Willst du in ein Messer laufen oder dir eine Kugel einfangen?«

»Meinst du, dass …«

»Hast du nicht gehört, was der Mann gesagt hat? Es könnte jemand drin sein.« Karin schob Pia beiseite. »Du wartest hier, bis ich sage, dass die Luft rein ist. Beim geringsten Anzeichen von Gefahr holst du Hilfe.«

»Aber ich …«, begann Pia.

»Du bleibst hier, verstanden?«

Pia ließ ergeben die Schultern hängen. »Verstanden.«

Karin griff an ihre Hüfte. »Mist!«

»Was ist?«

»Ich habe meine Waffe nicht dabei.«

»Warum nicht?«

»Weil ich exakt in diesem Moment gemütlich zu Hause meinen ersten Cappuccino schlürfen sollte, anstatt wegen einem verrückten Huhn wie dir gegen gefühlt ein Dutzend Dienstvorschriften zu verstoßen.«

Verzagtes Nicken.

Karin wandte sich der Tür zu. Pia sollte den Schweißfilm auf ihrer Stirn und damit ihre Angst nicht sehen. Sie schloss die Augen.

Das Spital, die Zimmertür. Ihre Hand drückte die Klinke nieder, die Tür schwang auf.

Das Halbdunkel. Die Frau im weißen Kittel. Die schmale Klinge. Blut.

»Karin?« Pias Hand auf ihrem Arm. »Geht's?«

Karin blinzelte die Vision weg. Fokussieren. Sie schluckte einmal leer. Dann betrat sie die Wohnung.

»Hallo? Frau Amidi? Die Polizei, ich komme herein.«

Keine Reaktion, kein Geräusch. Was hatte der Mann gehört? Einen Fuß vor den anderen setzend, als ginge sie über einen schmalen Grat, durchschritt sie den Korridor.

Ein metallenes Scheppern. Ihr Herz machte einen Satz. Das kam aus der Küche. Die Tür war offen. Karin spähte vorsichtig hinein. Eine Konservendose rollte ihr vor die Füße. Ein Moment der Unaufmerksamkeit. Den schwarzen Schatten, der auf sie zuflog, sah sie zu spät. Sie schrie auf.

Die Katze landete vor ihren Füßen. Dem wütenden Fauchen und dem nachfolgenden protestierenden Miauen zufolge hatte das Tier sich ebenso erschrocken. Sie huschte in den Korridor.

Mit zitternden Händen wischte sich Karin den Schweiß aus der Stirn. In der Küche sah es aus wie nach einem Wirbelsturm. Alle Schranktüren waren offen, einschließlich des Kühlschranks. Am Boden verteilt lagen Dosen, Lebensmittel und zerschlagenes Geschirr. Sogar der Abfallkübel war durchwühlt. Das konnte unmöglich nur die Katze gewesen sein.

Eine Hand auf ihrer Schulter ließ sie erneut zusammenfahren.
»Sorry!«, sagte Pia erschrocken. »Ich wollte nicht –«
»Habe ich dir nicht klar und deutlich gesagt, du sollst draußen
bleiben?«
»Schon, ich habe die Katze rauslaufen sehen. Rana besitzt
keine Katze. Wie ist die reingekommen?«
»Sag bloß, du hast das Viech nicht aufgehalten und gefragt.«
Karin zeigte auf die Verwüstung. »Hinterlässt deine Freundin
immer so ein Chaos?«
»Im Gegenteil. Sie ist die Ordnung in Person. Das muss die
Katze gewesen sein.«
»Ja, wahrscheinlich, den Kühlschrank hat sie auch selbst auf-
gemacht.« Karins Blick schweifte erneut über die Küche. »Ganz
sicher ist die Katze für die Geräusche verantwortlich, die der
Mann vorhin gehört hatte. Hier ist sonst keiner. Schauen wir
uns den Rest der Wohnung an.«
Sie bestand aus drei weiteren Räumen, einem Wohnzimmer und zwei Schlafzimmern, wovon eines zusätzlich als Büro
diente. Das Bett neben dem Schreibtisch deutete darauf hin, dass
es gelegentlich als Gästezimmer benutzt wurde. Besorgniserre-
gend war die Tatsache, dass es überall in der Wohnung so aussah
wie in der Küche. Die Wäsche war von den Betten gezogen,
Duvets und Kissen aufgeschlitzt, der Fußboden mit Daunen-
federn übersät. Schubladen waren aufgerissen und durchsucht
und der Inhalt auf dem Boden verstreut worden. Wer immer
hier gewütet hatte, er oder sie hatte etwas gesucht. War Rana
zu diesem Zeitpunkt in der Wohnung gewesen? Wenn ja, wo
war sie jetzt? Hatte der Eindringling sie mitgenommen? Lag
sie irgendwo, womöglich schwer verletzt oder tot?
»Karin!« Pias Stimme aus dem Bad klang verzweifelt.
»Komm, schnell!«
Das Bad war eher eine Nische als ein Raum. Mit minimalisti-
scher Genialität hatte man eine Toilettenschüssel, ein Waschbe-
cken und eine Badewanne mit Duschbrause hineingezwängt. Es
bot sogar genug Platz für einen kleinen Schrank mit Dusch- und
Badeutensilien. Letztere bedeckten ebenfalls den Fußboden.

Das war es nicht, was sie entsetzte. Karin tippte eine Kurz-wahl in ihr Handy. »Jäggi, ich brauche die Kriminaltechnik an der Unteren Sternengasse.« Sie gab die Hausnummer durch. »Zweiter Stock. Sie sollen das große Besteck mitbringen.«

✳✳✳

Gerda Büttiker wohnte lediglich ein paar Gehminuten von Leo Grünigers Wohnung in Trimbach entfernt, an der Längmatt-straße.

»Zufall oder nicht?«, murmelte Maja, als sie auf die Eingangs-tür des Wohnhauses zusteuerte.

Es befand sich in einer Einbahnstraße mit Ein- und Mehr-familienhäusern, umgeben von spätsommerlichem Grün. Maja hatte mehrmals mit dem Gedanken gespielt, ihre Bleibe in der Dreitannenstadt aufzuschlagen. Ihr Freund und Ermittler-kollege Mike Lüthi war viel im Kanton unterwegs. Nebenbei unterrichtete er an der Interkantonalen Polizeischule im luzer-nischen Hitzkirch. Dafür wäre Olten als Wohnort zentraler gelegen als Solothurn und allein von den Bahnverbindungen her günstiger.

Die wichtigsten nationalen Bahnverkehrsachsen kreuzten sich in Olten. Im Oltner Bahnhofbuffet traf sich die halbe Schweiz. Geschäftssitzungen und Arbeitsessen wurden hier abgehalten. Nicht nur dafür eigneten sich die unmittelbar in Bahnhofsnähe gelegenen Hotels, sondern auch für das eine oder andere amouröse Rendez-vous mit Zugsanfahrt. Obschon sie an der Einwohnerzahl gemessen die größte Stadt des Kantons war, wurde Olten vom aristokratischen Glanz Solothurns über-strahlt. Die Oltner nahmen es, wie die Einwohner der zweit-größten Stadt Grenchen, philosophisch und trugen es mal mit mehr, mal mit weniger Fassung.

Bevor sich Maja zu einem Wohnortswechsel durchringen konnte, wollte sie abwarten, wohin sie das Verhältnis mit Mike führte. Sie waren schon einige Jahre zusammen, trotzdem hatte sie immer noch das Gefühl, nicht für lange Beziehungen gemacht zu sein. Lag da möglicherweise eine verborgene Seelenverwandtschaft mit ihrem Chef vor?

Bei »Büttiker« drückte sie auf den Klingelknopf.

»Ja, bitte?«, klang es aus der Gegensprechanlage.

»Frau Büttiker?« Das ging schnell. »Hartmann von der Kantonspolizei.«

»Ich komme runter.«

Keine zwei Minuten später trat Büttiker mit einem großen Rucksack aus der Eingangstür. »Was wollen Sie schon wieder von mir?«

»Es sind weitere Fragen aufgetaucht, bei deren Klärung Sie uns behilflich sein können.«

»Was für Fragen?«

»Im Zusammenhang mit der verschwundenen Akte und Herrn Grüniger.«

»Jetzt gleich?«

»Ich fürchte, ja.« Maja deutete auf den Rucksack. »Wollen Sie verreisen?«

»Nur bis morgen. Ich treffe mich mit ein paar Freunden in einer Hütte im Jura. Wie kann ich Ihnen helfen?«

»Das können wir nicht hier besprechen. Sie müssen mich auf das Kommando begleiten.«

»Den Regionenposten?«

Maja schüttelte den Kopf. »Leider nicht, wir führen die Befragung in Solothurn durch.«

Büttiker setzte ihren Rucksack ab. »Ich soll mit Ihnen nach Solothurn kommen?«

»Ja, tut mir leid.«

»Und wenn ich mich weigere?«

»Es wäre wirklich in Ihrem Interesse, wenn Sie mit uns zusammenarbeiten würden.«

Büttiker sah Maja abwägend an. »Meinetwegen«, sagte sie schließlich. »Solothurn liegt sowieso am Weg. Ich muss um eins in der Ferme Robert unterhalb des Creux du Van sein. Vorher muss ich eine Freundin in Neuenburg abholen.«

»Das liegt an Ihnen«, sagte Maja unverbindlich. Sie verbarg

ihre Verwunderung. Büttiker machte sich ein schönes Wochenende in den Bergen, während ihre Arbeitskollegin im Koma im
Spital lag.

»Kann ich mit meinem Wagen fahren?«, fragte Büttiker.

»Sie wissen, wo die Schanzmühle ist?«

»Beim Konzertsaal. Dort kann ich parken.« Sie zog ihren
Autoschlüssel aus der Tasche und zeigte auf einen blauen Ford
Fiesta am Straßenrand. »Ich packe nur schnell den Rucksack in
den Kofferraum.« Sie drückte auf ihren Schlüssel.

Die Stichflamme kam mit einem ohrenbetäubenden Knall.

***

Dornach zählte jede Treppenstufe. Er brauchte es, um sich zu
beruhigen. Karin hatte ihm nicht schlüssig erklären können, wie
sie und Pia dazu gekommen waren, in Rana Amidis Wohnung
zu gehen. Der Verdacht, es könnte auf Pias Mist gewachsen
sein, nagte an ihm.

Im zweiten Stock angekommen, begrüßte er einen Kriminal-
techniker, der das Türschloss untersuchte. »Spuren?«

»Keine, die auf einen Einbruch hinweisen. Wer immer sich
Zutritt zur Wohnung verschafft hatte, verfügte entweder über
einen Schlüssel oder einen Dietrich. Das Schloss ist relativ leicht
zu knacken.«

»Danke, Ruedi.«

Dornach nickte grüßend der Stockwerknachbarin zu, die
neugierig den Kopf aus ihrer halb geöffneten Türe streckte.

In Rana Amidis Wohnung wimmelte es von Leuten. Karin
und Pia saßen auf dem Sofa im Wohnzimmer. Pia sprang auf,
als sie ihren Vater sah. »Paps, ich –«

»Dich kann man keine Sekunde allein lassen.«

»Ich wollte nur –«

»Ich will's nicht wissen.« Er wandte sich an Karin. »Von dir
erwarte ich einen schriftlichen Bericht, wie ihr in diese Wohnung gekommen seid, verstanden?«

Karin errötete. »Ja, Chef.«

»Abgesehen davon: gute Arbeit!« Er wandte sich wieder an seine Tochter. »Du hast mehr Glück als Verstand, weißt du das?«

»Das nennt sich Instinkt. Ich wollte –«

»Ich kann mir denken, was du wolltest. Hast du die Nachbarn schon befragt?«, fragte er Karin.

»Ich kümmere mich gleich darum.«

»Ich komme mit.« Pia stand auf.

»Vergiss es.« Dornach drückte sie aufs Sofa zurück. »Du rührst dich nicht von der Stelle.«

Pia wäre nicht seine Tochter gewesen, wenn sie nicht verstanden hätte, wann Diskussionen mit ihrem Vater zu vermeiden waren. Sie lehnte sich mit verschränkten Armen im Sofa zurück. Er ignorierte den bösen Blick und den dazu passenden Schmollmund. Er durfte keinesfalls zeigen, wie stolz er auf sie war. Pia hatte das Zeug zu einer guten Polizistin: Instinkt, Durchsetzungsvermögen und Empathie. Was ihr fehlte, war die Fähigkeit, sich unterzuordnen.

Im Bad kauerte eine weiß gekleidete Gestalt auf dem Boden. »Was hast du, Sebi?«

Tschanz richtete sich auf und gab den Blick auf einen großen rostroten Fleck frei. »Nicht gerade wenig Blut, zu viel für einen simplen Schnitt in den Finger. Ich habe die Blutgruppe bestimmt. Wir versuchen, sie mit den Angaben in der Akte von Rana Amidi beim Bundesamt für Migration abzugleichen.«

Dornach ging vor dem Fleck in die Hocke. »Gibt es weitere Blutspuren?«

Tschanz deutete auf einen blutigen Handabdruck und rote Schlieren auf dem Wannenrand. »Sonst nichts. Auf der Bettwäsche im Schlafzimmer haben wir Spuren von Sperma und Vaginalsekret sichergestellt.«

»Frisch?«

»Nicht älter als achtundvierzig Stunden, würde ich sagen. Sobald wir die DNA-Analyse haben, brauchen wir nur noch den passenden Mann dazu. Kanntest du die Bewohnerin?«

»Eine Freundin von Pia.« Dornach erhob sich. Er zeigte auf den Badewannenrand. »Dasselbe Blut?«

»Positiv«, bestätigte Tschanz. »Sie könnte ausgerutscht sein und sich den Kopf aufgeschlagen haben.«

»Oder sie wurde gestoßen.«

»Das eine schließt das andere natürlich nicht aus.«

»Müssen wir davon ausgehen, dass der Blutverlust tödlich sein könnte?«

»Bestimmt nicht. Aber jemand, der so viel Blut verliert, spaziert nicht ohne Weiteres in der Weltgeschichte herum.«

»Apropos spazieren. Konntet ihr ein Handy und/oder einen PC von Frau Amidi sicherstellen?«

»Nichts. Wir haben nur ein Netzteil und ein Verbindungskabel zur Internetbox gefunden, das ist alles.«

»Kümmerst du dich um einen Verbindungsnachweis und das Bewegungsprofil? Pia müsste ihre Nummer haben.«

Tschanz machte eine zustimmende Geste.

Dornach ignorierte das Funkeln in Pias Augen, als er sich neben sie setzte.

»Hatte Rana Amidi wirklich keinen Freund?«

»Darüber haben wir doch gestern schon gesprochen. Das wüsste ich. Weshalb fragst du?«

»Wir haben Spuren von Sperma und Scheidenflüssigkeit an ihrer Bettwäsche gefunden.«

»Das glaube ich nicht. Rana ist gläubige Muslimin. Sie steigt nicht einfach mit einem Mann ins Bett.«

»Das habe ich nicht behauptet. Es gibt Indizien, dass ein Mann und eine Frau in Frau Amidis Bett Geschlechtsverkehr hatten. Weiteres wird die Genanalyse zutage fördern.« Er vermied die Erwähnung einer möglichen Vergewaltigung.

»Das Blut im Bad, ist es Ranas?«

»Das können wir nicht mit Bestimmtheit sagen. Du kennst nicht zufällig ihre Blutgruppe?«

Pia verneinte.

Karin klopfte an den Türrahmen. »Sorry, wenn ich störe. Kannst du rasch kommen, Dominik. Die Nachbarin von gegenüber hat etwas gesehen.«

Frau Wagenbach, eine stämmige Sechzigerin mit pechschwarz gefärbten Haaren, legte Wert auf die Feststellung, Witwe zu sein. Sie betonte es mit einem vielsagenden Blick in Dornachs Richtung. Ihr Akzent verriet süddeutsche Wurzeln. Dornach und Karin lehnten die Einladung zu einem Kaffee höflich ab. »Kannten Sie Frau Amidi gut?«, fragte Dornach.

»Wie man seine Nachbarn in so einem Haus halt kennt. Sie war immer nett zu mir, wenn auch ein wenig schüchtern. Zwischendurch hat sie für mich eingekauft. Ich habe Rheuma am Knie, müssen Sie wissen. Ein Skiunfall in jungen Jahren, der –«

»Sie erwähnten, dass Sie gestern etwas gehört oder gesehen hatten«, unterbrach sie Karin. »Können Sie uns das noch mal schildern?«

»Freilich eine sonderbare Geschichte.« Frau Wagenbach richtete ihre Antwort ausschließlich an Dornach. »Es war gestern ... nein, vorgestern Abend. Da habe ich laute Stimmen aus der Wohnung gehört.«

»Was für Stimmen?«, fragte Dornach.

»Frau Amidi und ein Mann.«

»Sind Sie sicher, eine männliche Stimme gehört zu haben?«

»Junger Mann«, sagte Frau Wagenbach kokett. »Ich mag ein in die Jahre gekommenes Modell sein, aber mein Gehör ist immer noch gut genug, um Männlein von Weiblein zu unterscheiden.«

»Haben Sie verstanden, was gesprochen wurde?«

»Leider nein.«

»Um wie viel Uhr war das etwa?«

»Das muss so gegen Mitternacht gewesen sein. Ich bin nach dreiundzwanzig Uhr zu Bett gegangen. Wegen des Lärms konnte ich nicht einschlafen. Ich stand schon im Treppenhaus und wollte bei Frau Amidi klingeln, als es plötzlich ruhig wurde. Also ging ich zurück ins Bett.«

»Sie haben nichts weiter gesehen oder gehört, außergewöhnliche Geräusche im Treppenhaus oder so?«

»Was für Geräusche meinen Sie?«

»Zum Beispiel, wie wenn jemand eine schwere Last die Treppe hinunterträgt?«

Frau Wagenbach sah die beiden erschrocken an. »Sie meinen, jemand hat die arme Frau Amidi umgebracht und weggeschafft? Das ist ja furchtbar.«

Dornach hob beschwichtigend die Hand. »Vielen Dank für Ihre Auskunft, Frau Wagenbach. Sie haben uns sehr geholfen.«

»Ich stehe Ihnen zur Verfügung, Herr Dornach, jederzeit.« Frau Wagenbach unterstrich ihre Worte mit einem aufreizenden Wimpernklimpern.

»Alle Achtung«, sagte Karin, nachdem die Witwe ihre Türe von innen geschlossen hatte.

»Was?«

»Bei der hast du Schlag. Mir gegenüber war sie nicht so freundlich.«

Bevor Dornach reagieren konnte, klingelte sein Handy.

**

Gerda Büttikers Auto wurde auf einen Pritschenwagen gehievt, während Dornach und Maja das Manöver aus der Nähe beobachteten. Das Gebiet um die Explosion war weiträumig abgesperrt worden. Unmittelbare Anwohner waren angewiesen worden, in ihren Häusern zu bleiben.

Die Heckseite des Ford Fiesta sah aus wie eine aufgerissene Konservendose. Bis auf die zersplitterten Fenster und die Frontscheibe war der vordere Teil der Karosserie weitgehend intakt.

Dornach deutete auf das Pflaster auf ihrer Stirn. »Hat sich das ein Arzt angesehen?«

»Eine Schramme von einem Splitter, nichts weiter.«

»Das hätte ins Auge gehen können.«

»Ist es aber nicht. Manchmal hat sogar eine wie ich so was wie Glück.«

Heute die Autobombe, gestern die Geiselnahme im Spital. Maja schützte Härte vor, wenn sie selbst betroffen war. Dornach wusste, dass sie erschüttert war und es keinen Zweck hatte, sie in diesem Moment darauf anzusprechen. »Wie geht es Frau Büttiker?«

»Sie hat den Kopf aufgeschlagen, als sie wegen der Druckwelle zu Boden stürzte, schwere Gehirnerschütterung. Zudem steht sie unter Schock. Sie liegt im Kantonsspital zur Beobachtung.«

»Keine Chance, sie zu befragen?«

Maja zuckte mit den Achseln. »Nicht vor Montag, meint der Arzt.« Dornach zeigte auf den Ford Fiesta, der auf dem Abschleppfahrzeug gesichert wurde. »Die Bombe steckte unter dem Kofferraum. Der Kollege von der Spusi sagte, die Sprengladung sei nicht stark gewesen. Es hätte nicht gereicht, Gerda Büttiker zu töten, wenn sie dringesessen hätte.«

»Dieser Anschlag galt jedenfalls eindeutig ihr, aber weshalb?«

»Drei Möglichkeiten«, sagte Dornach. »Entweder steckt sie mit Grüniger unter einer Decke, und er will sie aus dem Weg räumen.«

»Aus welchem Grund?«

»Keine Ahnung. Misstrauen vielleicht. Bei der Befragung gestern kam sie mir eher unstabil vor. Möglicherweise befürchtet Grüniger, sie könnte ihn verraten.«

»In diesem Fall läge Angela mit ihrer Annahme richtig. Und die zweite Möglichkeit?«

»Der Brandanschlag und die Bombe sind politisch motiviert.«

»Wie die Briefkastenbomben auf die Kantonsrätinnen?«

»Genau. Allerdings frage ich mich, weshalb zuerst ein Brandanschlag und dann die Autobombe. Dazu braucht es viel Wut.«

»Warum nicht? Mittlerweile laufen genug Verrückte mit verknorztem Sendungsbewusstsein herum. Die haben ein paarmal geübt und jetzt einen Gang hochgeschaltet.«

»Du glaubst, die Fortschrittspartei steckt dahinter?«

»Wenigstens sollten wir die ›Helvetische Wacht‹ im Auge behalten. Diesen grenzdementen Idioten ist alles zuzutrauen. Letzthin haben sie gemeinsam mit der ›Freiheitsfront‹, der ›Patriotischen Union‹ und dem verhaltensauffälligen Chefredaktor des ›Zürcher Wochenmagazins‹ Stimmung gegen das revidierte

Epidemiegesetz gemacht. Seit Neuestem finden es diese Gehirnamöben ganz cool, massenmordende Tyrannen zu unterstützen.«

Dornach sparte sich eine Antwort. Oft genug hatte er versucht, seiner Kollegin klarzumachen, dass es unter den Rechtspopulisten auch Menschen mit unterschiedlichen Motivationen gab. »Deine Argumentation dürfte Angela nicht überzeugen, gegen die Fortschrittspartei vorzugehen.«

»Ja, sorry. Es macht mich wütend, dass wir diesen Sumpf nicht trockenlegen können. – Was ist die dritte?«

»Welche dritte?«

»Du hast von drei Möglichkeiten gesprochen.«

»Richtig.« Dornach zeigte auf den lädierten Ford Fiesta. »Das Ganze ist ein Ablenkungsmanöver.«

»Ablenkung wovon?«

Die Frage aller Fragen. »Etwas, das wir bisher nicht auf dem Radar haben.«

»Interessante Variante. Bin ich von dir sonst nicht gewohnt. Was bringt dich dazu?«

Wenn er das nur selbst wüsste. »Nenne es ein Bauchgefühl. Dieser Anschlag auf Gerda Büttiker passt nicht ins Konzept. Entweder handelt jemand aus Verzweiflung oder Panik wie Grüniger, oder man legt uns eine falsche Spur.«

»Okay, das heißt, wir halten uns an die Fakten. Kriegen wir Unterstützung vom Fedpol?«

»Sie schicken einen Sprengstoffspezialisten von der Bundeskriminalpolizei, der den Wagen untersucht und analysiert, wie bei den Briefkastenbomben. Bis wir mehr wissen, konzentrieren wir uns erst mal auf Grüniger.«

6

Dornach wies auf den freien Stuhl neben sich, sobald er Casagrande sah. Er kräuselte die Nase, nachdem sie sich zu ihm gesetzt hatte. »Du hast geraucht.«

»Wow, wenn das die Erkenntnis am Montagmorgen ist, kann ich nur hoffen, dass da mehr kommt.«

War wohl besser, es so stehen zu lassen. Ihre Laune war anscheinend nicht die beste.

Er wartete, bis sich alle mit Kaffee und Essbarem bedient hatten. Dann bat er Sebi Tschanz um den ersten Bericht.

»Dank der Hilfe der Sprengstoffexperten wissen wir bereits, dass es sich bei der Autobombe um die gleiche Zusammensetzung wie beim Sprengsatz für die Briefkästen der Politikerinnen handelt.«

»Gleiche Täterschaft«, sagte Dornach.

»Vordergründig ja. Das verwendete Material ist ein Standardprodukt, das vorwiegend im Berg- und Straßenbau eingesetzt wird.«

Casagrande räusperte sich. »Und das für Krethi und Plethi nicht einfach so erhältlich ist, hoffe ich.«

»Natürlich nicht«, sagte Tschanz. »Firmen mit den entsprechenden Bewilligungen können das Material beschaffen. Der Verbrauch wird kontrolliert.«

»Heißt, die Täterschaft muss sich im Lager eines Steinbruchs oder einer Tiefbaufirma bedient haben«, sagte Dornach. »Oder natürlich aus dem Darknet.«

»Sofern sie das Zeugs nicht direkt bei einem Hersteller entwendet haben«, erwiderte Tschanz. »Mit der BKP checken wir die eingegangenen Anzeigen. Kann eine Weile dauern.«

Casagrande meldete sich zu Wort. »Wenn wir davon ausgehen, dass die Bombenleger in allen Fällen dieselben sind, haben sie eine weitere Eskalationsstufe erreicht.«

»Wie man's nimmt«, sagte Tschanz. »Die im Ford Fiesta

deponierte Bombe war nur unwesentlich stärker als die Brief-kastenladungen.«

»Was heißt unwesentlich?«

»Sagen wir so. Der Experte hat meine Vermutung bestätigt. Hätte Frau Büttiker im Wagen gesessen, hätte der Sprengsatz sie nicht zwingend getötet. – Was die Sache nicht weniger gefährlich macht«, beeilte er sich, der aufbegehrenden Maja zuvorzukommen. »Mit Sicherheit hätte sie schwere Verletzungen davongetragen.«

Das widersprach der Theorie, dass Gerda Büttiker aus dem Weg geräumt werden sollte.

»Wenn es Grüniger war, weshalb sollte er Büttiker als Zeugin nur verletzen wollen?«, fragte Maja.

»Vielleicht war es nur als Warnung oder Denkzettel gedacht«, sagte Dornach. »Gerda Büttiker ist eine wichtige Zeugin für uns. Das macht Grüniger Angst.«

»Wozu sollte Gerda Büttiker mit Grüniger unter einer Decke stecken?«, fragte Karin. »Bis wir sie befragen können, sollten wir uns auf Grüniger konzentrieren.«

»Die Fortschrittspartei und ihre ›Helvetische Wacht‹ sollten wir ebenfalls im Auge behalten«, warf Maja ein.

»Moment.« Casagrandes Veto war zu erwarten. »Ich will nicht, dass ihr euch ohne handfeste Beweise auf die Fortschrittspartei einschießt. Urner hat sich schon bei Mosimann beschwert.«

»In welcher Partei ist der Oberstaatsanwalt noch mal Mitglied?«, raunte Maja der neben ihr sitzenden Karin zu.

»Das habe ich gehört, Maja«, sagte Casagrande. »An deiner Stelle würde ich nicht mit Steinen schmeißen.«

»So kommen wir nicht weiter«, stoppte Dornach den Zwist. »Wir halten uns an die Fakten, die uns vorliegen. Hat die Fahndung nach Grüniger was ergeben?«

»Keine Spur«, sagte Maja. »Der hat sich irgendwo verkrochen. Ich habe da auch schon meine kleine Idee.«

»Du hast aber schon gehört, was Angela gerade gesagt hat. Urner ist tabu.«

»Schon gut. Ich wollt's nur gesagt haben. Straßensperren und Kontrollen an den Flughäfen, Bahnhöfen und Grenzübergängen haben ihn bisher nicht zutage gefördert.«

»Bleibt dran. Wann wird Gerda Büttiker entlassen?«

»Heute oder morgen«, sagte Karin. »Wir werden sofort benachrichtigt.«

✳✳✳

Dornach begleitete Casagrande durch den Stadtpark zum Franziskanerhof. Er brauchte frische Luft.

Casagrande bemühte sich, den Rauch ihrer Zigarillo auf die andere Seite zu blasen.

»Ich habe den Bericht über die verschwundene Frau gelesen«, sagte sie. »Müssen wir tatsächlich von einer Entführung ausgehen?«

»Möglicherweise mehr als das. Anhand der Blutmenge in ihrem Bad konnte sie ihre Wohnung nicht selbstständig verlassen haben.«

»Sofern es sich um ihr Blut handelt.«

»Die Blutgruppe der Spuren im Bad entspricht derjenigen von Rana Amidi. Wir haben die Bestätigung vom Bundesamt für Migration. Am Nachmittag schicken sie uns ihre Akte.«

»Bleibt zu hoffen, dass wir sie lebend finden.«

»Wir haben sämtliche Krankenhäuser in der Region bis in den Aargau und ins Bernische hinein abgeklappert, negativ.«

»Zeugen?«

Dornach berichtete, was er von Frau Wagenbach erfahren hatte. »Weitere Nachbarn haben ebenfalls bestätigt, am Donnerstag um Mitternacht herum laute Stimmen aus der Wohnung gehört zu haben. Manche wollen später schwere Schritte im Treppenhaus gehört haben. Wir wissen sicher, dass Rana Amidi Donnerstagnacht um elf zu Hause war. Zu diesem Zeitpunkt hat sich Pia von ihr verabschiedet.«

Casagrande steckte den aufgerauchten Stummel in ihre Metallschachtel. »Was ich nicht ganz verstanden habe, ist Pias Rolle in der Sache. Sie und Karin sollen in die Wohnung eingedrungen sein, stimmt das?«

»Du kennst Pia.«

»Deshalb frage ich.«

»Sie hatte ein ungutes Gefühl und sich um ihre Freundin geängstigt. Deshalb hat sie Karin überzeugt, gemeinsam nachzusehen.«

Casagrande steckte sich ein Eukalyptus-Dragée in den Mund. Vermutlich gingen ihr dieselben Gedanken durch den Kopf wie Dornach. Ohne Pia wären sie womöglich nie oder erst viel später auf ein mögliches Gewaltverbrechen an der Frau gestoßen.

»Was wissen wir von Frau Amidi?«, fragte sie.

»Nur das, was Pia uns über sie sagen konnte.«

»Im Bericht steht, dass sie sich verfolgt fühlte, möglicherweise von einem Mann aus dem Mittleren Osten.«

»Wir sind da dran.«

»Was ist mit den Spuren sexueller Aktivität in ihrem Bett?«

»Sie legen die Vermutung nahe, dass Frau Amidi vor ihrem Verschwinden Sex mit einem Mann hatte. Ganz sicher wissen wir es erst, wenn die DNA-Analyse des Vaginalsekretes vorliegt und wir sie mit derjenigen des Blutes im Bad vergleichen können.«

»Könnte sie vergewaltigt worden sein?«

»Wir haben im Schlafzimmer nichts gefunden, das darauf hinweist. Die einzigen Spuren körperlicher Gewalt fanden sich im Bad.«

Sie verabschiedeten sich vor dem Eingang zum Innenhof des Franziskanerhofes. »Haltet mich auf dem Laufenden«, sagte sie.

Dornach wandte sich zum Gehen.

»Dominik?«

Dornach drehte sich nach Casagrande um.

»Pia soll sich zurückhalten. Sie hat jetzt ein Kind.«

***

Das Äußere Wasseramt.

Wann war er das letzte Mal in der von Feldern und Wäldern

geprägten Hügellandschaft, zehn Kilometer südöstlich von Solothurn, unterwegs gewesen?

Die Firma »Jeger Industries« war in einem hochmodernen
zweigeschossigen Fabrikgebäude an der Gewerbestraße am
nördlichen Dorfrand von Horriwil domiziliert, leicht erhöht
auf einem ehemaligen eiszeitlichen Moränenzug.

Dornach hatte das Steuer seines Volvos Maja überlassen.
»Sieh dir das an«, sagte sie. »Eine regelrechte Festung, wenn
du mich fragst.«

Ein hoher, mit Natodraht gekrönter Maschenzaun umgab das
Areal. Auf dessen Innenseite war ein über zwei Meter breiter
Streifen aus fein geharkter Erde angelegt worden.

»Sieht fast aus wie der Todesstreifen der Berliner Mauer.
Fehlen noch die Wachtürme.«

Dornach sah sie von der Seite an. »Hast du die Mauer in echt
gesehen? Scheinst mir ein bisschen zu jung zu sein.«

»Von Bildern. Ich war drei, als sie niedergerissen wurde.«

Das Fabrikareal verfügte über zwei Eingänge, einer war dem
Personal vorbehalten, der andere Besuchern und Lieferanten.
Am Besuchereingang wurden sie von einem uniformierten Si-
cherheitsmann angehalten.

»Ganz schön martialischer Auftritt.«

Wenn schon Maja das sagte. Die Erscheinung des Wach-
personals war im Vergleich zu anderen Sicherheitsdiensten
militärisch. Es war ausschließlich männlich, vollständig in
Schwarz gekleidet, Hemd, Weste, Hose und Kampfstiefel. Über
der Brusttasche prangte eine Metallplakette, wie man sie von
US-Polizisten kannte. Der Haarschnitt war bei allen identisch
ultrakurz. Ausnahmslos trugen sie dunkle Sonnenbrillen.

Maja ließ die Scheibe herunter und zeigte ihren Dienstausweis. »Kantonspolizei, Hauptmann Dornach und Feldweibel
Hartmann, wir sind bei Ihrer Personalchefin angemeldet.«

»Sie meinen Frau Sommer, die Human-Resources-Direkto-
rin?«, erwiderte der Wachmann in reinem Hochdeutsch.

»Genau die.« Das Lächeln hatte Dornach nie an ihr gesehen.
Der sportliche Typ mit Bartschatten gefiel ihr offensichtlich.

Der Wachmann konsultierte sein Tablet und sprach dabei in sein Funkgerät. Die knappe Antwort erfolgte umgehend. »In Ordnung, Frau Sommer erwartet Sie am Empfang. Sie können den Wagen links vom Eingang des Verwaltungsgebäudes auf dem Besucherparkplatz stehen lassen.«

»Danke, Kollege.« Maja musterte ihn über den Rand ihrer Sonnenbrille und tippte sich grüßend an die Stirn.

»Muss ich mir Sorgen um Mike machen?«, fragte Dornach beim Aussteigen.

»Warum meinst du?«

»So wie du den Wachmann angesehen hast. Ich dachte schon, du fragst ihn nach seiner Telefonnummer.«

»Was denkst du von mir? Appetit kann man sich holen, wo man will, gegessen wird immer zu Hause.«

Was, wenn der Kühlschrank zu Hause ständig leer war? Dornach verkniff sich die Frage. Maja war in dieser Beziehung eine treue Seele.

Das Verwaltungsgebäude war als auf zwei Seiten verglaster Kubus angelegt. Im Zentrum der lichtdurchfluteten Eingangshalle befand sich eine kreisrunde Empfangsinsel. Sobald sie den Empfangsraum betreten hatten, löste sich eine schlanke Rothaarige mit modischer Kurzhaarfrisur von der Theke, wo sie mit der Empfangsdame gesprochen hatte. Sie trug ein schwarzes Deuxpièces mit weißer Bluse. In der Hand hatte sie ein Tablet, wie der Wachmann eines benutzt hatte. »Frau Hartmann und Herr Dornach, herzlich willkommen bei ›Jeger Industries‹. Mein Name ist Elke Sommer, ich bin die Direktorin für Human Resources.« Ihre warme Stimme und der breite Solothurner Dialekt kontrastierten mit dem kühlen Ambiente. Es passte nicht so recht zu ihrem Namen. Sie begrüßten sich mit einem knappen Kopfnicken.

»Entschuldigen Sie«, sagte Dornach, »Ihr Name ...«

Frau Sommer lächelte nachsichtig. »Wenn Sie wüssten, wie oft man mich das fragt. Meine Mutter war in ihrer Jugendzeit ein eingefleischter Fan der deutschen Hollywoodschauspielerin Elke Sommer. Allen, die es hören wollten oder auch nicht, hatte sie geschworen, ihrer ersten Tochter den Vornamen Elke zu geben.«

»Sommer ist der Name Ihres Vaters?«

Frau Sommer verneinte. »Mädchenname meiner Mutter. Sie hat ihn angenommen, sobald in den Achtzigern das Eherecht angepasst wurde.« Frau Sommer dirigierte ihre Besucher zu einem Besprechungsraum.

Dornach und Maja lehnten den angebotenen Kaffee ab. Stattdessen griffen sie zu den Mineralwasserflaschen, die nebst Fruchtsäften auf dem Tisch bereitstanden.

»Sie sagten am Telefon, es gehe um Frau Amidi. Wie kann ich Ihnen helfen?«

»Hätte sie heute nicht zur Arbeit erscheinen sollen?«, fragte Maja.

Frau Sommer konsultierte das Tablet. »Offenbar nicht, sie hat sich einen Tag freigenommen.«

»Wann hat sie den Urlaubstag beantragt?«

Frau Sommer wischte und tippte auf ihrem Tablet. »Schon vor einer Woche. Normalerweise hat sie am Freitag frei. Wahrscheinlich wollte sie ihr Wochenende verlängern. Darf ich fragen, weshalb Sie das wissen müssen?«

»Frau Amidi ist verschwunden, gegen ihren Willen, wie wir vermuten.«

»Sie meinen, sie wurde entführt? Das ist ja schrecklich. Wie ist das passiert?«

Maja ging nicht darauf ein. »Wir benötigen Informationen über sie und ihr Umfeld. Was können Sie uns über sie sagen?«

»Ich habe nicht jeden Tag mit ihr zu tun, verstehen Sie. Laut ihrer Personalakte ist sie eine gewissenhafte Mitarbeiterin. Ihr Vorgesetzter ist äußerst zufrieden mit ihr. Sie wird auch von ihren Kollegen gelobt.«

»Wie lange arbeitet Frau Amidi für ›Jeger Industries‹?«

»Nächsten Monat ist es ein halbes Jahr. Nachdem sie die B-Bewilligung bekommen hatte, waren wir glücklich, ihr eine Festanstellung anbieten zu können.«

»Hatte sie mit jemandem in der Firma eine engere Beziehung, eine Person, mit der sie private Dinge ausgetauscht haben könnte?«, wollte Maja wissen. »Leute, mit denen sie regelmäßig am Mittag isst, vielleicht?«

Frau Sommer dachte kurz nach. »Sie saß nie allein in der Kantine. Ob sie sich mit jemandem besonders angefreundet hatte, ist mir nicht bekannt.«

»Sagen Sie«, übernahm Dornach nach einem kurzen Blickwechsel mit Maja die Gesprächsführung. »Was genau produziert ›Jeger Industries‹?« Im Vorfeld des Besuches hatte er im Internet recherchiert. Trotzdem wollte er es von Frau Sommer hören.

»Wir sind ein international führender Hersteller von Betriebsmitteln für die Pharmabranche«, erklärte Frau Sommer. »Dazu gehören die Planung, Entwicklung und Realisation schlüsselfertiger Produktionsanlagen, die wir weltweit vor Ort aufstellen. Dabei begleiten wir unsere Kunden so lange, bis die Anlagen von den Gesundheitsbehörden des jeweiligen Landes abgenommen werden.«

»Verstehe. Das müssen langwierige und komplexe Projekte sein.«

»Da liegen Sie richtig, Herr Dornach. Bis ein Medikament die Marktreife erreicht, vergehen Jahre. Die Entwicklungskosten, Versuchsreihen und Bewilligungsverfahren verschlingen oft Dutzende oder sogar Hunderte von Millionen. Einmal anerkannt, müssen die Produkte rasch industrialisiert sein, damit sie den Herstellern die gewünschte Rendite bringen. – Dabei sind die Vorgaben und Auflagen der jeweiligen Gesundheitsbehörden selbstredend auf das Strikteste einzuhalten«, fügte sie hinzu.

»Natürlich. Worin besteht Frau Amidis Aufgabe?«

»Sie ist verantwortlich für die Produktionsplanung und Arbeitsvorbereitung.«

»Wie müssen wir uns das vorstellen?«

»Sie sorgt dafür, dass die vom Verkauf festgelegten Lieferfristen eingehalten werden. Sie koordiniert die Beschaffung mit dem Einkauf und legt mit der Produktion fest, welche Komponenten wann wie bereitgestellt und vormontiert werden, damit sie pünktlich in den Versand gehen können.«

»Viel Verantwortung für eine Person wie Frau Amidi«, warf Maja ein.

»Ich verstehe nicht ganz, was Sie meinen«, erwiderte Frau Sommer. »Frau Amidi hat Asylstatus in der Schweiz. Was hat Sie veranlasst, ausgerechnet ihr diese Aufgabe zu übertragen?«

»Unseres Erachtens ist das eine Frage der individuellen Qualifikation«, sagte Frau Sommer spitz. »Bevor sie ihre Aufenthaltsbewilligung erlangte, hat Frau Amidi mit einem befristeten Vertrag bei uns gearbeitet. Sie hat schnell bewiesen, dass sie in der Lage ist, diese Aufgaben zu bewältigen. Immerhin hat sie in Syrien vor ihrer Flucht Maschinenbau studiert. Sie ist lernbegierig und verfügt über eine rasche Auffassungsgabe.«

Das machte Sinn. Dornach nahm den Faden wieder auf. »Wie viel Umsatz erarbeitet ›Jeger Industries‹ jährlich?«

Frau Sommer faltete die Hände. »Tut mir leid, ich bin nicht berechtigt, diese Auskunft zu geben. Wir sind eine Familienaktiengesellschaft.«

»Heißt, Sie legen die Bücher nicht offen«, sagte Maja.

»Korrekt. Über den Geschäftsgang der Firma können Ihnen nur unser CEO, Herr Jeger junior, oder der Produktionsdirektor, Herr D'Amato, Auskunft geben. Herr Jeger junior ist auch für die Finanzen zuständig.«

»Ist er im Haus?«

»Leider nicht. Er befindet sich auf Geschäftsreise im Mittleren Osten.«

»Als Finanzchef?«, fragte Dornach.

Frau Sommer setzte eine betrübte Miene auf. »Vor einigen Wochen ist unser Seniorchef Jean-Jacques Jeger unerwartet verstorben. Seither hat sein Sohn Louis die Gesamtleitung in Personalunion als Finanzchef inne.«

»Ein geballtes Maß an Verantwortung.«

»Das ist so. Glücklicherweise steht Herrn Jeger mit Herrn Francesco D'Amato ein erstklassiger Produktionschef zur Seite.«

111

Er leitet das operative Geschäft in dessen Abwesenheit. Herr D'Amato ist auch der Vorgesetzte von Frau Amidi.«

»Ach ja?« Dornach hob erstaunt die Augenbrauen. »Damit steht Frau Amidi recht weit oben in Ihrer Hierarchie.«

»Als mittelständisches Unternehmen müssen wir flach strukturiert sein. Die Wettbewerbsfähigkeit im globalen Markt steht und fällt mit den Kosten.«

»Selbstverständlich. Ist Herr D'Amato zu sprechen?«

»Leider nein, Lieferantenbesuche. Ich hinterlasse ihm eine Nachricht, dass Sie ihn zu sprechen wünschen.«

»Eine Bitte«, sagte Dornach. »Wir würden uns gern Frau Amidis Arbeitsplatz ansehen. Ginge das?«

Frau Sommer wirkte verunsichert. »Ich weiß nicht, ob –«

»Es würde uns wirklich sehr helfen.« Diesmal benutzte Dornach sein Lächeln.

»Ich … äh … das lässt sich machen.« Sie stand auf. »Bitte folgen Sie mir.«

✳✳✳

Eine Viertelstunde später hatten sie sich von Frau Sommer verabschiedet und gingen zu ihrem Wagen zurück.

»Denkst du dasselbe wie ich?«, fragte Maja.

»Lass hören.«

»Rana Amidis Arbeitsplatz war blitzblank aufgeräumt, so als hätte sie ihn nie benutzt. Kein Stäubchen, kein Schnipsel, kein gar nichts auf der Schreibfläche.«

»Ist mir auch aufgefallen. Andererseits arbeiten sie hier alle mit Tablets. Ich habe nirgends Papier rumliegen sehen.«

»Dass sie papierlos arbeiten, ja gut. Weißt du, was ich wirklich komisch finde?«

»Was denn?«

»Ich habe ihren ganzen Schreibtisch durchsucht, nichts. Kein Tablet, kein Ladekabel. Als Verantwortliche für die Produktionsplanung müsste sie eins haben.«

»Vielleicht wurde es eingezogen.«

»Okay, aber seit wann wissen die, dass Frau Amidi vermisst wird? Frau Sommer hat es erst von uns erfahren. Schon ist ihr Tablet weg? Ist ein wenig außergewöhnlich, außer …«

»… sie wussten, dass sie nicht wiederkommt. In ihrer Wohnung hat Sebi auch nichts gefunden, keinen PC, kein Handy, geschweige denn ein Tablet.«

»Sollen wir Frau Sommer noch mal fragen?«

Dornach schaute an der verspiegelten Fassade des Verwaltungstraktes hoch. »Ich denke nicht, dass das zum jetzigen Zeitpunkt was bringt. Schauen wir zuerst, was wir sonst über Frau Amidi herausfinden.«

Maja ließ den Motor an. Beim Hinausfahren schenkte sie dem attraktiven Wachmann ein strahlendes Lächeln.

Von ihrem Fenster sah Frau Sommer auf den Vorplatz hinunter. Die beiden Polizisten sprachen über das Autodach hinweg miteinander. In diesem Moment schaute dieser Dornach hoch und sah ihr direkt ins Gesicht. Reflexartig trat sie einen Schritt zurück, obwohl sie wusste, dass er sie hinter der verspiegelten Scheibe nicht sehen konnte.

Hinter ihr wurde die Tür geöffnet. Schnelle Schritte näherten sich. »Ich glaube, wir haben ein Problem«, sagte sie, ohne sich umzudrehen.

»Ich glaube nicht«, erwiderte Francesco D'Amato. »Ich kümmere mich darum, kostet einen Anruf. Wenn nötig, gibst du ihnen die Bilder.«

7

Brüssel, Zentrum, Grand-Place/Grote Markt

Raoul bestellte sich ein Hoegaarden Weißbier. Er fuhr mit der Hand über seinen gewaltigen Bauch. Eigentlich sollte er Mineralwasser trinken. Auf der Terrasse des »De Gulden Boot« waren nur noch einzelne Tische frei. Die Mehrzahl der Gäste beschäftigte sich noch mit der Verdauung des späten Mittagessens, während andere sich vom reichhaltigen Angebot an Süßspeisen für den Nachmittagstee verführen ließen. Bald würden die ersten Berufstätigen zu ihrem Feierabendbier eintreffen.

Schon halb vier.

Sie war bereits eine halbe Stunde zu spät. Er gab ihr noch fünf Minuten. Laut Standardprotokoll musste er sich danach zum zweiten Treffpunkt begeben und weitere dreißig Minuten warten. Falls sie auch dort nicht auftauchte und sich nicht meldete, war Alarm auszulösen.

An seinem Bier nippend, beobachtete er die Scharen der Touristen, die auf den Platz strömten, der als einer der schönsten Europas galt. Wahrscheinlich hatten gleich mehrere Reisebusse ihre Passagiere ausgeladen, die sich nun auf die zahlreichen Restaurants und Terrassen des Platzes verteilten, nachdem die obligatorischen Touristenattraktionen wie das Rathaus, das »Maison du Roi« oder die Gildehäuser mittels Kameras oder Handys gebührend verewigt worden waren. Raoul war in Brüssel aufgewachsen. Es war seine Stadt, und er war stolz darauf. Die nervigen Touristen aus aller Welt waren der Preis, den die EU-Metropole und die Einheimischen für ihre Schönheit und diesen Status zu bezahlen hatten. Viele verdienten daran, Raoul gehörte nicht dazu. In wenigen Wochen würde er in den Ruhestand gehen. Zu lange und zu intensiv hatte er hinter die glitzernde Fassade der Großen und Mächtigen geblickt, denen er ein Leben lang zu Diensten war. Nicht dass er undankbar wäre. Was er am Netz aus Ränkespielen verdiente, welches die explosive Mischung aus Macht, Reichtum und Schönheit mit sich brachte, hatte ihm die Anschaffung der kleinen Villa in der Nähe von Funchal, hoch über der steilen grünen Küste Madeiras ermöglicht. Nicht mehr lange, und es würde nicht mehr seine Aufgabe sein, die Exekution der realpolitischen Entscheidungen seiner Arbeitgeber zu organisieren.

Das Einzige, was er aufrichtig bedauerte, war, sich nicht mehr um *sie* kümmern zu können. Es war in der Organisation auf das Strikteste verpönt, trotzdem hatte er im Lauf der Zeit Vatergefühle für sie entwickelt. Es hatte ihn nie gestört, dass sie ihm nie Gefühle einer liebenden Tochter entgegengebracht hatte. Es wäre gegen die Vorschrift gewesen.

Dass sie sich an Orten mit vielen Menschen trafen, war seine Idee gewesen. Ein älterer Mann, der mit einer jungen Frau einen Kaffee oder ein Bier trank, war weniger verdächtig, als sich an einem einsamen Ort zu verabreden.

Wo blieb sie? War ihr etwas zugestoßen? War es der Opposition erneut gelungen, ihre Spur aufzunehmen? Seit ein Killerkommando sie vor ein paar Tagen in Paris aufspüren konnte, war die Organisation in Alarmbereitschaft.

Ein Blick auf die Uhr. Es wurde Zeit für Plan B.

Er gab dem Kellner ein Zeichen, die Rechnung zu bringen.

»*Bonjour, mon oncle.*«

Sie hatte sich ihm von hinten genähert, stets die Vorsicht in Person, bereit, sich mit tödlicher Gewalt zu verteidigen, wenn es die Umstände erforderten. Äußerlich strahlte sie dabei Sanftheit und Freundlichkeit aus.

»*Gabrielle, mon chou, comment vas-tu?*«

Sie schob die Sonnenbrille hoch. Die leuchtend blauen Augen unter ihrem blonden Bob sahen ihn kalt an. Sie beugte sich zu ihm herunter und küsste ihn auf die Wangen.

»*Comme d'habitude.*« Sie bestellte beim ankommenden Kellner ein »*Citron pressé*«.

»Wie gefällt dir die neue Wohnung?«, fragte Raoul.

»Weniger hell und weniger geräumig als in Paris. Dafür kein Ungeziefer. Wisst ihr schon mehr darüber?«

»Weißrussen«, sagte Raoul. »Mietkiller, vermutlich vom GRU angeheuert.«

»Russischer Militärgeheimdienst? Wie sind die auf meine Adresse gekommen?«

»Wir suchen das Leck. Bist du sicher, dass dir von Orly nach Hause niemand gefolgt ist?«

Ihr Blick ging ihm durch Mark und Bein. Sie war die beste Exekutorin der Organisation. Gefühle hatte sie keine. Wie musste es den Zielpersonen, ihren Opfern, zumute sein, kurz bevor sie ihnen das Leben nahm? Andererseits war ihr bestens bewusst, dass es sie immer und überall treffen konnte. Dieses Mal war sie schneller gewesen, einmal mehr.

»Wie sind die auf mich gekommen?«

»Das klären wir. Vermutlich eine Vergeltung für den Oligarchen, der die prorussischen Milizen in der Ostukraine finanzierte und den du vor einem halben Jahr auf seiner Yacht im Schwarzen Meer liquidiert hast.«

»Ein Vielleicht akzeptiere ich nicht. Habt ihr in eurem eigenen Stall nachgeschaut?«

»Wir haben alle Verbindungen und Hintergründe des Personals gecheckt. Bisher keine Hinweise auf einen Maulwurf.«

»Wer weiß über das Safe House hier Bescheid?«

»Es ist ganz neu. Nur du, ich und der CEO.«

Der Kellner brachte ihr Getränk. Ihr Lächeln hellte sein mürrisches Gesicht auf. Der Blick verhärtete sich, sobald er weg war. »Weshalb dieses Treffen?«

»Neue Mission.« Er griff in die Innentasche seines Jacketts und legte einen Manila-Umschlag auf den Tisch.

Sie setzte ihre Sonnenbrille auf und scannte ihr Umfeld, bevor sie den Umschlag öffnete. Mittlerweile hatte eine durcheinanderschwatzende chinesische Touristengruppe die Tische um sie herum in Beschlag genommen. Kein zu ihnen gerichtetes Handy, kein beiläufig zugewandtes Gesicht und keine Hand an einem Stöpsel im Ohr.

Gabrielle öffnete den Umschlag. Er enthielt zwei Fotos, ein Mann und eine Frau. Es gehörte zu ihrer Gewohnheit, ihre Zielpersonen zu verinnerlichen. Raoul hätte zu gern gewusst, was ihr durch den Kopf ging.

Gabrielle legte das Bild des Mannes zur Seite und widmete sich der jungen Frau mit der Kurzhaarfrisur und den großen dunklen Augen. »Welche ist die Zielperson? Beide?«

Raoul nickte.

»In welchem Verhältnis stehen sie zueinander?«

»Vater und Tochter.«

»Ein Zusammenhang mit der Operation ›Bernstein‹?«

»Sie sind drauf und dran, die Sicherheitsdistanz zu unterschreiten. Man macht sich Sorgen.«

»Können sie uns kompromittieren?«

»Möglicherweise.«

»Namen?«

»Dornach, Dominik Josef, Polizeioffizier in Solothurn, Schweiz.«

»Die Tochter?«

»Zenklusen, Pia Isabelle, Jurastudentin an der Universität Bern, wohnt beim Vater.«

»Warum haben wir beide im Visier?«

»Die Tochter hat das Ganze losgetreten. Ihr Vater arbeitet bei der lokalen Kriminalpolizei.«

»Momentaner Status?«

»Beobachtung.«

»Keine Neutralisierung?«

»Nein, vorerst nicht.«

Gabrielle sah vom Bild hoch. »Warum zeigt ihr mir das schon jetzt?«

»Erkundung«, sagte Raoul. »Rasches Eingreifen, falls nötig.«

»Wann fahre ich?«

»Morgen.«

***

Der Anruf erreichte sie auf der Straßenbrücke des A5-Zubringers in Zuchwil. Maja schaltete Blaulicht und Folgetonhorn ein und vollzog einen rasanten U-Turn.

Mit dem Lichtspiel und der Begleitmusik erreichten sie nach einer knappen halben Stunde die Zufahrtsstraße zur Kantonsschule Olten im Hardwald. Dornach hatte die Koordinaten während der Fahrt im Navi eingegeben. So gelangten sie zur Polizeiabsperrung unweit der Finnenbahn. Der dort stationierte Polizist hatte gerade noch Zeit, das Absperrband zu heben, bevor Maja darunter durchrauschte. Sie stoppte hinter dem Van der KT und tätschelte das Lenkrad. »Gefällt mir, dein Neuer.«

»Mir auch. Deshalb ...« Dornach hielt ihr auffordernd die Hand hin.

Sie zog eine Schnute und gab ihm den Schlüssel. »Ich fahre dich gern zurück nach Solothurn.«

»Mal sehen, ob sich meine Magennerven bis dahin beruhigt haben.«

Casagrande kam ihnen auf dem Sträßchen entgegen. »Es ist Grüniger«, sagte sie. »Ein Spaziergänger hat ihn gefunden, als er kurz austreten musste.«

»Wo ist er?«, fragte Dornach.

»Der Zeuge?«

»Später. Grüniger.«

»Da drüben.« Casagrande zeigte auf eine Gruppe junger Bäume.

»Ich rede schon mal mit dem Spaziergänger«, sagte Maja.

Sebi Tschanz und eine weitere Person in Weiß beugten sich über einen auf dem Rücken liegenden Körper. Dornach erkannte sie als Dr. Arni, einen Rechtsmediziner, mit dem er gelegentlich zu tun hatte. »Wie sieht's aus?«

»Er wurde hier abgelegt«, sagte Tschanz.

»Das ist nicht der Tatort?«

»Sieht nicht danach aus«, sagte Dr. Arni. »Er weist eine Wunde am Hinterkopf auf. Sie muss stark geblutet haben. Hier ist kein Blut zu sehen.«

»Todesursache?«

»Auf den ersten Blick die Schädelverletzung.«

»Jedenfalls Fremdeinwirkung«, sagte Dornach. »Von selbst wird er sich nicht hier hingelegt haben.«

Dr. Arni zeigte auf die Arme des Toten. Sie wiesen dunkel verfärbte Flecken auf. Im Gesicht waren weitere Hämatome und Abschürfungen zu sehen. Der Arzt drehte den Kopf zur Seite. Die klaffende Kopfwunde lag etwa eine Handbreit über dem Ohr. »Die Ursache dürfte ein kantiger Gegenstand gewesen sein.«

»Sturz oder Schlag?«, fragte Casagrande.

»Nach Hutkrempenregel tippe ich auf einen Schlag. Sieht aus, als wäre der Mann kurz vor seinem Tod in einen Kampf oder in eine Auseinandersetzung verwickelt gewesen. Unter seinen Fingernägeln konnten wir Hautpartikel sicherstellen.«

Dornach ließ seinen Blick über Grünigers Gesicht schweifen. Die Augen starrten ins Leere. Ein Ausdruck von Verblüffung lag in ihnen, als hätten sie das Jenseits gesehen, bevor der Tod ihn umarmt hatte. »Durchaus möglich, dass Grüniger während des Kampfes einen Schlag auf den Kopf abbekommen hatte. Dabei ist er unglücklich gestürzt und hat sich den Schädel eingeschlagen. Können Sie schon etwas zum Todeszeitpunkt sagen?«

Der Rechtsmediziner schürzte die Lippen. »Die Leichenstarre hat sich vollständig gelöst. Der Temperaturausgleich hat stattgefunden. Der Tod liegt sechsunddreißig bis achtundvierzig Stunden zurück.«

»Zwischen dem frühen Samstagabend und Sonntagmorgen?«

»In etwa.«

Maja gesellte sich zu ihnen. »Ich habe mit dem Spaziergänger gesprochen. Er kommt in der Regel zweimal am Tag hier vorbei. Gestern war er verreist. Samstagnacht ging er gegen dreiundzwanzig Uhr mit dem Hund raus.« Maja zeigte auf den Fahrweg, wo sie ihre Fahrzeuge abgestellt hatten. »Dort ist ihm ein dunkler SUV aufgefallen, in den zwei Personen eingestiegen sind. Leider hatte er sie nur von hinten gesehen. Eine Person war groß, die andere etwa einen Kopf kleiner.«

»Frau? Mann?«, fragte Casagrande.

Maja hob die Schultern. »Zu dunkel. Beide trugen Mützen.«

»Fahrzeugmarke?«

»Ebenfalls Fehlanzeige.«

Bevor Dornach die nächste Frage stellen konnte, fiel ihm Tschanz ins Wort. »Auf Reifenspuren brauchst du gar nicht erst zu hoffen. Es hat hier gestern Nacht während vier Stunden ununterbrochen geregnet.«

»Mit anderen Worten, wir tappen buchstäblich im Dunkeln«, sagte Casagrande.

Dornach wackelte abwägend mit dem Kopf. »Nach dem Brandanschlag auf ›EmmaWatch‹ und dem missglückten Mordversuch an Anastasia Tomaso taucht Grüniger unter. Nun liegt er tot hier im Wald. Wie kommt's dazu?«

»Vielleicht ein Racheakt«, sagte Maja. »Gerda Büttiker spürt ihn auf. Es kommt zum Kampf und …« Mit der Hand machte sie eine Schnittbewegung an der Kehle.

»Können wir ausschließen«, sagte Dornach. »Sie wurde erst am Sonntagnachmittag aus dem Spital entlassen.«

»Warum sollte sie das tun?«, fragte Casagrande. »Es passt nicht zu ihr. Außerdem macht ein Rachemotiv keinen Sinn. Frau Tomaso ist auf dem Weg der Besserung, und der Schaden an ihrem Büro hält sich in Grenzen.«

»Was hast du denn für eine These?«, fragte Maja.

»Wir konzentrieren uns vorerst auf Grünigers Umfeld. Mit wem hatte er zuletzt Kontakt? Wollte er sich absetzen, wenn ja, wohin? Könnte man ihn als unbequemen Mitwisser aus dem Weg geräumt haben?«, fragte Casagrande.

»Das heißt, wir dürfen uns auch Urner und seine Fortschrittspartei vorknöpfen?«

»Du glaubst ernsthaft, Urner steckt hinter dem Mord?«

»Warum nicht? Wenn Grüniger sich absetzen wollte, brauchte er Geld. Er erpresst Urner, der ihn aus dem Weg räumt oder räumen lässt.«

»Schöne Theorie. Wie willst du sie beweisen?«

»Es würde am Anfang helfen, wenn wir Urner in die Zange nehmen dürften.«

Casagrande sog die Luft ein. »Ich wiederhole mich ungern, aber ich will nicht, dass ihr auf Urner losgeht. Ohne handfeste Indizien bringt uns das nichts als Ärger.«

Maja zeigte auf den Toten. »Ist das etwa kein Indiz?«

»Ganz sicher nicht. Dass Grüniger zu Urners ›Helvetischer Wacht‹ gehörte, beweist gar nichts.«

»Deshalb willst du ihn schonen, oder wie?«

Casagrande verdrehte die Augen. »Maja, ich will, dass ihr ermitteln könnt, ohne dass euch von oben ständig Knüppel zwischen die Beine geworfen werden. Wenn jemand sich Urner vornimmt, bin ich es.«

»Super«, brummte Maja. »Dem Kerl Puderzucker in den Arsch zu blasen wird sicher viel bringen.«

»Wie bitte?«

»Stopp mal, ihr beiden«, sagte Dornach mit einem warnenden Blick zu Maja. »Angela hat recht. Wir müssen Grünigers letzte Stunden rekonstruieren, bevor wir planlos jemanden verdächtigen.«

»Sebi und seine Leute haben beim Toten kein Handy gefunden, oder?« Casagrande hatte sich beruhigt.

»Stimmt. Da könnten wir bei Urner einhaken. Er muss uns Grünigers Nummer geben, damit wir einen Verbindungsnachweis erstellen können.«

»Ginge das nicht telefonisch?«

Dornach wackelte mit dem erhobenen Zeigefinger. »Wenn wir ihm gegenüberstehen, kann er uns nicht hinhalten. Je schneller wir die Nummer haben, desto besser. Es wird so schon Tage dauern, bis wir die Angaben vom Provider kriegen.«

Casagrande schürzte die Lippen. »Na schön«, sagte sie nach einer Weile. »Dominik und ich befragen Urner.« Bevor Maja etwas einwenden konnte, schnitt sie ihr das Wort ab. »Du prüfst, ob Frau Büttikers Alibi so wasserdicht ist, wie wir vermuten.«

***

Pia telefonierte über die Freisprechanlage des Elektro VW ID.3, den ihr Vater nach Mirios Geburt als Familienfahrzeug angeschafft hatte. Sie war auf dem Heimweg von einem Besuch beim Kinderarzt. In seinem Kindersitz im Fond spielte Mirio mit seinen Spielzeugautos. »Ich verstehe es ja auch nicht, Nadal. Die Wohnung sah aus, als hätte eine Bombe eingeschlagen. Es war alles durchwühlt.«

Nadal Mousavi war über das Wochenende bei einer Cousine im Aargau zu Besuch gewesen. Sie hatte sich dort mit ihrer Mutter getroffen, die sich nach ihrer Tochter gesehnt hatte.

»Paps und seine Kollegen löchern mich mit Fragen«, sagte Pia. »Sie wollen wissen, ob Rana einen Freund hatte.«

»Rana und ein Freund? Niemals, du kennst sie mittlerweile genauso gut wie ich.«

»Habe ich Paps auch gesagt.« Pia bog in den Grafenfelsweg ein und steuerte auf die Villa Dornach zu. »Er meint, sie hätten eindeutige Spuren gefunden. Ich …« Pia stutzte. Weiter vorne, wo kurz nach der Einfahrt zur Villa der Grafenfelsweg in ein Natursträßchen überging, stand ein dunkelblauer Range Rover. Zwei Männer saßen drin.

»Pia? Bist noch dran?«, fragte Nadal.

»Ja, es ist nur … da parkt ein Auto vor unserem Grundstück. Wollen die zu uns?«

Pia steuerte den VW auf den Vorplatz der Villa.

»Mami deheimä, Milio deheimä«, kam es vom Rücksitz.

»Ja, wir sind zu Hause, Schatz«, sagte Pia. Sie trennte ihr Handy von der Freisprechanlage. »Nadal?«

»Ich höre dich, wo bist du?«

»Vor unserer Haustüre. Ich sehe mal nach, was die da draußen von uns wollen.«

»Sei vorsichtig.« Seit dem gewaltsamen Tod ihres Bruders lebte Nadal in latenter Angst um Pia und ihren Neffen.

»Ich bin ja zu Hause.« Pia stieg aus und befreite Mirio aus dem Kindersitz. Sie klingelte Sturm.

»Deheimä, Milio deheimä.«

Frau Reinhard öffnete die Tür. »Pia? Hast du deinen Schlüssel vergessen?« Die kräftige Frau nahm ihr den zappelnden Mirio ab und tätschelte ihn zärtlich.

»Das nicht. Schließen Sie ab und öffnen Sie niemandem außer mir oder meinem Vater.«

»Was ist denn los?« Frau Reinhard blickte besorgt um sich. Mirio fing an zu quengeln.

»Nur eine Vorsichtsmaßnahme. Vor dem Grundstück steht ein Auto. Ist es Ihnen nicht aufgefallen?«

»Nein, ich war den ganzen Tag drinnen.«

Mirio streckte seine Arme nach Pia aus. Sie nahm sein Köpfchen zwischen ihre Hände. »Bleib bei Frau Reinhard, Mirio, ich muss was nachsehen. Wenn ich zurück bin, trinken wir einen feinen Erdbeer-›Gung‹, ja?«

Mirios Miene erhellte sich. »Äpperi-Gung t'inke?«

»Genau, sei schön brav, ja.« Pia bedeutete Frau Reinhard, ins Haus zu gehen. Nachdem sie sich vergewissert hatte, dass die Haushälterin den Schlüssel zweimal im Schloss gedreht hatte, ging sie mit dem Handy am Ohr zur Einfahrt. »Nadal?«

»Pia, was machst du?«

»Die Typen fragen, was sie von uns wollen?«

Seit der Bedrohung durch die Balkan-Mafia hatte ihr Vater ihr eingebläut, stets wachsam zu sein. Die Organisation um Slavko Vukovic war unschädlich gemacht worden. Trotzdem würde es für sie nie mehr eine hundertprozentige Sicherheit geben.

»Solltest du nicht besser die Polizei rufen?«

»Du bleibst dran. Wenn du hörst, dass es schiefläuft, rufst du die 117.« Auf dem Grafenfelsweg wandte sie sich nach links. Der Range Rover stand an derselben Stelle. »Die sind noch da.«

Sie ging auf das Fahrzeug zu. Soweit sie durch die Spiegelung der Windschutzscheibe erkennen konnte, waren die Typen dunkelhaarig und bärtig. Beide trugen eine Sonnenbrille. Für den Bruchteil einer Sekunde sah sich Pia in das Wohnquartier in Bagdad zurückversetzt, wo sie ein halbes Jahr lang mit Rafik gelebt hatte. Die Männer im Auto erinnerten sie an die Sicherheitsleute, die ihr Wohnviertel bewacht hatten.

»Pia, was machst du, was passiert gerade?«, fragte Nadal besorgt.

»Bis jetzt nichts.« Sie hatte sich dem Wagen bis auf wenige Meter genähert.

»Entschuldigen Sie«, rief Pia. »Kann ich Ihnen helfen, suchen Sie etwas?«

Die beiden Insassen tauschten einen schnellen Blick.

»Sie stehen auf einem Privatgrundstück. Wer sind Sie?« Der Motor des Range Rovers heulte auf. Der Wagen fuhr langsam an. Pia machte ein Foto mit dem Handy. Plötzlich schoss der Wagen auf sie zu.

※※※

Dornach fuhr mit Casagrande in ihrem Wagen zu Urner, ganz zu Majas Freude, die seinen Volvo zurück zur Schanzmühle bringen durfte.

»Sie schon wieder?«, fragte Urner, als er die Tür öffnete. In seiner Stimme klang eher Belustigung als Ärger mit. »Ich dachte, ich hätte mich mit der Staatsanwaltschaft geeinigt, dass ich in Ruhe gelassen werde.«

»Es steht Ihnen frei, Oberstaatsanwalt Mosimann anzurufen«, sagte Casagrande. »Unser Besuch ist mit ihm abgesprochen.«

Urner trat zur Seite. »Kommen Sie erst mal rein. Sie haben Glück, ich bin eben von Bern zurückgekommen, außerordentliche Sitzung der Außenwirtschaftlichen Kommission.« Seiner aufgeräumten Stimmung zufolge dürfte diese zu seiner Zufriedenheit verlaufen sein. Umso besser, gut gelaunte Menschen waren gesprächiger.

»Möchten Sie etwas trinken? Ich habe da einen sehr schönen Roten.«

Dornach und Casagrande lehnten dankend ab.

»Sie erlauben, dass ich …«

»Tun Sie sich wegen uns keinen Zwang an«, sagte Casagrande. Sie wartete, bis er sein Glas gefüllt hatte. »Wann haben Sie Leo Grüniger zuletzt gesehen?«

»Jedes Mal wenn wir uns treffen, dreht es sich um Leo. Ist das eine Marotte von Ihnen, Frau Staatsanwältin?«

Casagrande lächelte. »Beantworten Sie einfach meine Frage.« Demonstrativ führte Urner sein Glas an die Nase. Er ließ den ersten Schluck lange und genüsslich im Mund kreisen. »Sie wissen nicht, was Sie verpassen. Wollen Sie sicher nicht davon probieren?«

»Herr Urner, bitte. Wir haben unsere Zeit ebenso wenig gestohlen wie Sie.«

Urner musste tatsächlich guter Laune sein. Er bestand nicht mal darauf, als Doktor angeredet zu werden. Er griff zu seinem Handy, das vor ihm auf dem Tisch lag, und tippte ausgiebig darauf herum. Es war ein reines Machtspiel. Die Zementierung der Hackordnung einflussreicher Politiker gegenüber kleinen Staatsfunktionären.

»Da haben wir's«, sagte Urner endlich. »Eine Sitzung der Bezirkssektion Dorneck in Seewen vor einer Woche. Ich war der Gastredner. Leo und ein paar Männer von der ›Wacht‹ haben mich begleitet. Musste leider sein. Neuerdings treibt sich viel linkes Gesocks herum, in der Absicht, unsere Treffen zu stören.«

»Seither haben Sie sich nicht mehr getroffen?«

Urner hielt das Handy in die Höhe. »Nicht, wenn es nicht hier drinsteht. Haben Sie ihn noch nicht gefunden? Er wird sich ja wohl nicht in Luft aufgelöst haben.«

»Wir haben Herrn Grüniger gefunden«, sagte Casagrande.

»Ach so. Dann verstehe ich nicht, warum –«

»Er ist tot.«

Urner starrte sie mit offenem Mund an. »Das ist …« Er räusperte sich. »Wie ist das passiert?«

»Er wurde in Olten gefunden, im Hardwald.«

Urner sackte in sich zusammen. Ungewohnt für den sonst so schlagfertigen Politiker. »Was ist ihm passiert, wurde er … hat man ihn …«

»Umgebracht? Wie kommen Sie darauf, dass man ihn getötet haben könnte?«

»Ich bitte Sie, Leo wird im Hardwald kaum eines natürlichen Todes gestorben sein.«

»Hatte er Feinde?«

Allmählich gewann Urner seine Fassung zurück. »Leo war Sicherheitsmann für die Fortschrittspartei. Wenn Sie unsere Gegner suchen, müssen Sie nach links schauen.«

»Wollen Sie damit sagen, dass jemand aus dem linken Politspektrum Herrn Grüniger getötet hat?«, fragte Dornach. »Fällt Ihnen jemand Bestimmtes ein?«

»Natürlich nicht aus meiner Perspektive. Ich sehe unsere Kontrahenten als politische Gegner und nicht als Todfeinde. Leo erwähnte mir gegenüber nie, dass er Probleme hatte. Privat hatten wir so gut wie keinen Kontakt.«

»Sie sagten gerade, wir sollten nach links schauen.«

»Fragen Sie mal diese Emanzen.«

»Sie meinen ›EmmaWatch‹?«, vergewisserte sich Dornach.

»Eine von denen hat sich mit Leo schwer gezofft. Das habe ich Ihnen schon erzählt.«

»Wenn Sie Anastasia Tomaso ansprechen, kommt sie als Täterin nicht in Betracht. Sie liegt im Spital.«

Urner machte eine wegwerfende Geste. »In diesem Verein gibt's sicher genug andere Verrückte.«

»Wo waren Sie am Samstag ab Mittag bis Sonntagvormittag?«, fragte Casagrande.

»Verdächtigen Sie mich, etwas mit Leos Tod zu tun zu haben?«

»Reine Routinefrage, damit wir Sie ausschließen können.«

»Also gut«, sagte Urner gnädig. »Weil Sie es sind. Ich war am Samstag den ganzen Tag in Bern. Eine Handelsdelegation aus den Golfstaaten ist zu Besuch, Mittagessen mit Mitgliedern der Außenwirtschaftlichen Kommission. Am späten Samstagnachmittag fuhr ich mit dem Zug nach St. Gallen zu einem Parteiseminar. Dort hielt ich am Sonntagvormittag eine Rede. Ich übernachtete im Hotel Einstein.« Er stand auf. »Das war die letzte Frage, die ich Ihnen hier beantworte. Alles Weitere klären Sie bitte mit Anwalt Dr. Kohler.«

Casagrande und Dornach schälten sich aus ihren Sesseln. Dornach überreichte Urner eine Visitenkarte. »Falls Ihnen etwas einfällt, was Sie uns direkt mitteilen möchten.«

Sie durchquerten den bewaldeten Hügelzug, der den Bucheggberg von der Witi, der weiten Ebene des Aaretals zwischen Grenchen und Solothurn, trennte. Bei der Einfahrt Grenchen auf die A 5 unterbrach Casagrande ihr Schweigen.

»Was denkst du?«, fragte sie.

»Worüber?«

»Urner.«

»Seine Überraschung über Grünigers Tod sah echt aus. Trotzdem werde ich das Gefühl nicht los, dass er uns anlügt, jedenfalls sagt er uns nicht die ganze Wahrheit.«

»Denke ich auch. Wenn man ihm zuhört, könnte man meinen, Grüniger war ein Chorknabe. Dabei wissen wir sicher, dass der Brandanschlag auf sein Konto geht, ganz zu schweigen vom versuchten Mord an Frau Tomaso im Kantonsspital.«

Dornach sah auf sein Handy, das eine Nachricht ankündigte. »Ich muss Frau Reinhard zurückrufen.«

***

Es dauerte eine geschlagene Stunde, bis der Rückruf kam. »Endlich«, sagte Urner. Er hatte mit dem Gedanken gespielt, auf der offenen Leitung anzurufen, doch sein Gesprächspartner verstand in dieser Hinsicht keinen Spaß.

»Was ist passiert?«

»Sie waren wieder bei mir.«

»Wer?«

»Die Staatsanwältin und ihr Kantonsschnüffler.«

»Na und? Das war zu erwarten.«

»Leo Grüniger wurde gefunden. Tot.«

»Dumm gelaufen. Und jetzt?«

»Es wäre mir lieb, wenn du dafür sorgen könntest, dass ich die beiden nicht ständig auf dem Buckel habe.«

Eine Weile war es ruhig in der Leitung.

»Bist du noch dran?«, fragte Urner.

»Ja. An deiner Stelle würde ich mir keine Sorgen machen. Ich habe bereits entsprechende Anweisungen gegeben. Man wird sich kümmern.«

***

Dunkelblaue Lackspuren zogen hässliche Striemen entlang des weiß gekalkten Mauerwerks bei der Einfahrt zur Villa. Dornach machte Bilder von den Schrammen. Die Kollision musste am betreffenden Auto Spuren hinterlassen haben. Frau Reinhard kam händeringend auf ihn zu.

»Gut, dass du da bist, Dominik. Es hätte weiß Gott was passieren können.«

Herr des Hauses hin oder her, sie duzte ihn, als wäre er immer noch der kleine Junge, dem sie die schmutzige Wäsche gewaschen und die aufgeschlagenen Knie verarztet hatte. Für ihn war sie Frau Reinhard geblieben.

Er legte beruhigend die Hand auf ihre Schulter. »Wo sind Pia und Mirio?«

»Oben, sie haben sich hingelegt. Kein Wunder nach dem Schock.«

»Was ist genau passiert?«

»Das soll dir Pia erzählen. Ich hab's nicht selbst gesehen. Vor dem Haus stand anscheinend dieses Auto. Sie hat mir den Kleinen gegeben und ging nachschauen. Kurz darauf hörte ich Reifen quietschen. Dann rumste es schon.«

Worauf hatte sich Pia wieder eingelassen? »Ich sehe mal nach den beiden.«

»Abendessen gibt's in einer halben Stunde. Soll ich auf der Terrasse decken?«

»Gute Idee.«

Dornach war schon auf dem Weg in den ersten Stock, wo Pia ihre Räume hatte. Damit für sie und Mirio genug Platz war, hatte sich Dornach einen Stock höher eingerichtet. Sein

früheres Zimmer hätte ihn ohnehin ständig an die Wochen erinnert, als Jana bei ihnen gewohnt hatte. Die Erinnerungen an die gemeinsamen Nächte ließen ihn bis heute nicht los. Die Bilder verfolgten ihn oft bis in seine Träume. Jana vor diesem Wochenendhaus, die Handgranaten, und dann ...
Dornach wischte die Szene mit einem kurzen Kopfschütteln beiseite. Vor Pias Tür blieb er stehen und horchte. Er klopfte, als er sie sprechen hörte.

Sie stand am Wickeltisch und spielte mit Mirio. Sie legte ihren Mund auf seinen Bauch und blies aus vollen Lippen in seinen Nabel, was ihm glucksende Laute entlockte. »Wer ist mein schönster Mann?«

»Milioooo!«

Pia machte große Augen. »Jaaa, und wer ist die Schönste?«

Mit breitem zahnlückenhaftem Grinsen zeigte Mirios kleiner Finger auf Pia. »Mamiii!«

»Ich wusste gar nicht, dass du so eitel bist.« Dornach trat neben sie. Pia nahm Mirio hoch. »Soll Großpapi dich zu Bett bringen?«

»G'oßpapiiii!«

Pia übergab Mirio Dornach. »Machst du das bitte? Ich muss runter, was trinken. Mein Kopf platzt gleich.«

Eine halbe Stunde später erwachte Dornach. Er lag auf dem Bett in Pias ehemaligem Zimmer, das nun das Kinderzimmer war. Er hatte sich nur fünf Minuten hinlegen wollen, so lange, bis Mirio vollends eingeschlafen war. Dieser lag in seinem Bettchen und hatte alle viere von sich gestreckt. Fasziniert betrachtete Dornach die kindlichen Züge. Was für eine Persönlichkeit würde dereinst aus dem kleinen Wesen herauswachsen? Würde in ihm das ungestüme Temperament seiner Mutter dominieren oder das besonnenere, geerdete Wesen seines Vaters, womit jener Pias Herz im Sturm erobert hatte. Entwickelte er den gleichen Gerechtigkeitssinn wie sie? Und würde er kompromisslos dafür einstehen und damit der Mutter schlaflose Nächte und graue Haare bescheren, wie sie es mit ihm gemacht hatte?

Was hieß gemacht hatte?

Auch wenn sie mit zunehmendem Alter scheinbar vernünftiger wurde und Verantwortung für ein Kind trug, würde sie sich nie selbst verleugnen können. Es erfüllte Dornach mit Stolz, eine selbstständige und selbstbestimmte Frau großgezogen zu haben, die sich ein X nicht für ein U vormachen ließ. Mittlerweile hatte er sich damit abgefunden, sich für den Rest seines Lebens um sein Kind zu sorgen. Erst recht, wenn sie ihre Pläne, Polizistin zu werden, tatsächlich in die Tat umsetzte. Nicht zum ersten Mal fragte er sich, ob er mit seiner Tochter zusammenarbeiten könnte, es überhaupt wollte. Wurde es Zeit, sich allmählich auf den Großvaterteil zurückzuziehen?

Er richtete sich auf und stoppte damit das Gedankenkarussell. Er vergewisserte sich, dass Mirio fest schlief und das Babyphone eingeschaltet war, bevor er das Zimmer verließ.

Pia saß vor einem Glas Rotwein auf der Terrasse. Sie blickte versonnen über den im Dämmerlicht liegenden Garten. Der Anblick entlockte Dornach ein Lächeln. Denselben Ausdruck hatte er gerade bei Mirio gesehen.

Sie drehte sich nach ihm um. »Da bist du ja. Hast du mit Mirio um die Wette geschlafen?«

»Das nennt sich Solidarität unter Männern.«

Pia zeigte mit gespreiztem Zeige- und Mittelfinger zuerst auf ihre Augen, dann auf seine. »Wehe, du machst aus ihm einen Macho.«

»Willst du damit sagen, dass ich einer bin?«

Pia schnaubte. »Fragt derjenige, der zu seinen besten Zeiten alle halbe Jahre eine neue Freundin ins Haus schleppte.«

Er setzte zu einer Antwort an, fand aber keine Worte.

»An deiner Stelle würde ich auch nichts sagen. Hast du Hunger? Frau Reinhard hat dir dein Essen warm gestellt.«

»Später vielleicht. Was ist vor dem Haus passiert? Hatte ich schon erwähnt, dass man dich keine Minute allein lassen kann?«

»Hey, das war nicht ich, die im Wagen saß und unser Haus observierte. Was hätte ich tun sollen?«

»Klar, dass Untätigkeit ein Fremdwort für dich ist. Wie wäre es mal damit: Telefon in die Hand nehmen und mich anrufen?«
»Und dann? Du kommst wie der Ritter in glänzender Rüstung angetrabt und verhaftest die Bösen? Du bist echt voll der Macho.«
»Genau, obendrein einer, der es von Amts wegen sein darf, weil er Gefahren einschätzen kann.«
»Was willst du damit sagen? Ich bin kein kleines Mädchen mehr. Spätestens seit ... seit ...« Sie lehnte sich mit verschränkten Armen zurück. Eine Träne kullerte einsam über ihre Wange. Behutsam legte er seine Hand auf ihre. Allzu starke Kundgebungen von Mitgefühl lösten in solchen Momenten bei ihr Trotzreaktionen aus. Mit ansehen zu müssen, wie der Vater ihres damals ungeborenen Sohnes einem feigen Terrorangriff zum Opfer fiel, hatte sie schneller erwachsen werden lassen, als man es ihr wünschen konnte.

»Nein, auch wenn ich mich manchmal danach zurücksehne, bist du schon lange kein kleines Mädchen mehr. Wenigstens musst du mir erlauben, mir Sorgen um dich und um Mirio zu machen.«

Sie wischte die Träne weg. »Ich wollte wissen, was die Typen hier zu suchen hatten.«

»Es wäre besser gewesen, du hättest mich oder die Kollegen benachrichtigt. Wir hätten die Insassen des Wagens anhalten und eine Personenkontrolle durchführen können. Dann wüssten wir jetzt, woran wir sind.«

»Ich habe wieder mal alles falsch gemacht.«

»So würde ich es nicht ausdrücken. Immerhin wissen wir, dass wir observiert werden. Bleibt die Frage, weshalb. Zeigst du mir das Foto, das du mit deinem Handy gemacht hast?«

Pia rief die Foto-App auf und gab ihm das Handy. Die Männer auf dem Bild hätten Brüder sein können, dunkelhaarig, beinahe identischer Haarschnitt, getrimmter Bart und dunkle Sonnenbrille.

»Sehen aus wie die Typen von so einer Elitetruppe«, sagte Pia. »Minus die Uniform.«

»Hat was.« Er gab ihr das Handy zurück. Pia legte es zur Seite, stutzte, nahm es erneut in die Hand und betrachtete das Bild mit zusammengekniffenen Augen.

»Ist was?«, fragte Dornach.

»Der Typ am Steuer. Ich könnte schwören, dass … ja, genau er muss es sein.«

»Wer?«

»Der Typ aus dem ›Ecstasy Eleven‹. Derjenige, der Rana so unverschämt angestarrt hat.«

»Bist du sicher?«

»Im Club hatte er keine Brille auf, aber ich bin mir sicher. Zuerst stalkt er Rana und jetzt mich?«

Dornach überlegte. Rana Amidi hatte sich beobachtet gefühlt. War es tatsächlich möglich, dass die syrische Geheimpolizei hinter ihr her war? War sie von diesen Leuten verschleppt worden? Weshalb hatten sie jetzt Pia und ihn im Visier?

Der tiefe Ton der Türklingel hallte durch das Haus.

»Wer kann das sein um diese Zeit?«

Aus dem Innern des Hauses waren Stimmen zu hören. Frau Reinhard hatte den Besuch hereingelassen. Kurz darauf standen Karin und Google auf der Terrasse. Google hatte seinen PC unter dem Arm.

»Sorry, wenn wir stören«, sagte Karin. »Das musst du dir ansehen, Chef.« Und an Pia gewandt: »Es dürfte dich auch interessieren.«

Alle hatten gefüllte Weingläser vor sich, bis auf Google, der Kaffee trank.

»Ich konnte einen Teil der Daten auf den Festplatten von ›EmmaWatch‹ wiederherstellen. Es dürfte einige Zeit dauern, bis ich ganz durch bin, aber Karin meinte, dass du beziehungsweise ihr euch das ansehen solltet.«

Er saß vor seinem Laptop. Karin, Pia und Dornach stellten sich hinter ihn. Auf dem Bildschirm erschien eine Liste mit Ordnersymbolen.

Dornach deutete auf eines davon. Es trug die Initialen
»M. M.«. »Marilyn Monroe, da haben wir sie ja.«

Google öffnete den Ordner. Er enthielt ein einziges Foto.

»Ist das alles?«, fragte Dornach.

»Wart's ab. Für den Anfang ist das interessant genug.« Google klickte auf das Bild der Frau und vergrößerte die Ansicht, bis sie den Bildschirm ausfüllte.

Die Bildlegende nannte ihr Geburtsjahr. Demnach betrug ihr Alter fünfundzwanzig Jahre. Im Gegensatz zu ihrer berühmten Namensvetterin war sie eine dunkle Schönheit. Sie trug das üppige kastanienbraune Haar offen. Große, fast schwarze Augen blickten dem Betrachter selbstbewusst entgegen. Das scheue Lächeln ihrer vollen Lippen stand etwas im Widerspruch zur Selbstsicherheit, die sie ausstrahlte. Dornach hatte die Frau schon gesehen. Sein Gedächtnis weigerte sich, die Information herauszugeben.

Pia war schneller. »Das ist doch … Rana.«

»Bist du sicher?«

Pia nickte vehement. »Auf dem Foto ist sie schlanker. Mund, Nase und Lippen wurden verändert. Rana hat sich die Haare blond gefärbt und trägt sie kürzer. Aber sonst, die Augen, der Ausdruck. Ich könnte schwören, dass sie es ist.«

Dornach rief das Bild von Rana Amidi in seinem Handy auf, das Pia ihm geschickt hatte, und hielt es neben den Bildschirm. »Die Ähnlichkeit ist verblüffend.«

Wie kam Rana Amidi in die Kartei von »EmmaWatch«? Fragende Blicke richteten sich auf Pia.

»Was seht ihr mich so an? Ich kenne sie nur als Rana Amidi, das ist alles.«

Karin legte die Plastiktüte mit dem verkohlten Rest des Aktendeckels auf den Tisch. »Warum finden wir das ausgerechnet in der Wohnung von Leo Grüniger?«

Hatte Grüniger mit Rana Amidis Verschwinden zu tun? Bedrücktes Schweigen lag über ihnen. Grüniger war tot. Wenn er sie tatsächlich entführt hatte, konnte sie sonst wo sein. Die Chance, sie lebend zu finden, war gering.

Dornach wandte sich an Pia. »Gibt es noch etwas über Rana Amidi, das wir wissen müssen? Denk nach.«

»Tue ich doch die ganze Zeit. Ich kann nicht mehr sagen als das, was ich dir schon über sie erzählt habe.«

»Weiß Nadal mehr?«

Pia suchte eine Nummer in ihrem Handy. »Wenn es so wäre, hätte sie es mir gesagt. Ich frage sie mal.« Sie entfernte sich ein paar Schritte.

»Ich wusste nicht, dass ›EmmaWatch‹ auch in der Flüchtlingshilfe tätig ist«, sagte Karin.

»Das eine muss das andere nicht zwingend ausschließen«, erwiderte Dornach. »Sicher gibt es Überschneidungen, wenn Asylbewerberinnen Opfer von Frauenhandel oder anderen Missbräuchen werden.« Er deutete auf den Bildschirm. »Diese Frau, Marilyn Monroe, Rana Amidi oder wie immer sie auch heißen mag, schwebte in Lebensgefahr, ansonsten wäre sie nicht in dieser Datei gelandet. Wir müssen unbedingt an ihren richtigen Namen kommen. Möglicherweise führt uns das zum Motiv ihres Verschwindens.«

»Es kann nur Grüniger gewesen sein«, sagte Karin. »Warum sonst hätte er den Aktendeckel?«

»Da ist noch was.« Dornach schilderte den Zwischenfall mit dem Range Rover.

»Syrischer Geheimdienst?«, fragte Karin. »Das wäre allerhand.«

»Ganz von der Hand weisen können wir es nicht«, sagte Dornach. »Der Vater und der Bruder von Frau Amidi waren politisch aktiv, bevor sie von Assads Geheimpolizei ermordet wurden. Vielleicht verfolgen sie Frau Amidi als Dissidentin.«

»Und haben sie verschleppt, meinst du?«

»Das ist alles zu vage. Und eine Verbindung zwischen Grüniger und dem Geheimdienst eines islamischen Staates kann ich mir beim besten Willen nicht vorstellen.«

Unvermittelt sog Karin scharf die Luft ein. »Die Autobombe. Könnte es sein, dass diese Syrer dahinterstecken. Ein Einschüchterungsversuch?«

»Auweia, Karin«, sagte Dornach. »Ein ausländischer Staat verübt einen Bombenanschlag auf eine Schweizer Bürgerin in der Schweiz. Daran will ich lieber nicht denken.« Dornach klopfte Google auf die Schulter. »Wir brauchen mehr Informationen. Bis wann kannst du die übrigen Dateien in den Verzeichnissen entschlüsseln?«

Google trank seinen Kaffee und klappte den Laptop zu. »Schon verstanden. Melde mich ab in die Nachtschicht. Schönen Abend in die Runde.«

Pia kam zurück und legte ihr Handy in die Mitte des Tisches. »Nadal ist auf Lautsprecher.«

»Hoi, Nadal«, sagte Dornach. »Erzähl uns, was du über Rana Amidi weißt. Wann und wie hast du sie kennengelernt?«

»Vor etwa einem Jahr, beim Freitagsgebet«, tönte es blechern aus dem Lautsprecher. »Sie war damals neu nach Solothurn gezogen. Ich habe ihr die Stadt gezeigt und Tipps gegeben, wo man halal einkaufen kann, auch mal über die Gasse. Mit der Zeit haben wir uns angefreundet. Pia hat sie auch gleich ins Herz geschlossen. Sie …« Nadal zögerte.

»Ja?«, fragte Dornach. »Willst du uns noch etwas sagen?«

»Es ist eher ein Gefühl. Ich fühle mich mit Rana verbunden. Sie erzählte mir von den Problemen, die sie mit ihrem Vater vor seinem Tod hatte. Er war strenggläubiger Muslim gewesen. Als sie ihr Studium als Maschineningenieurin anfing, hat er mit ihr gebrochen.« Nadal holte tief Luft, bevor sie weiterfuhr. »Dominik, du weißt, wie es zwischen mir und meinem Vater ist wegen … wegen Rafik.«

»Verstehe.« Dornach warf einen Seitenblick zu Pia, die mit ausdrucksloser Miene zuhörte. »Hat Rana dir von Problemen erzählt? Wirkte sie bedrückt oder hatte sie Angst?«

»Das ist mir nie aufgefallen«, erwiderte Nadal nach einer Denkpause. »Bis auf die Sache mit dem Mann, der sie im Club anstarrte. Pia hat dir sicher davon erzählt.«

»Hatte sie wirklich keinen Freund, eine heimliche Liebschaft oder so was?«

»Wir haben uns immer alles erzählt. Davon hat sie nie gesprochen. Ich kann es mir nicht vorstellen. In dieser Hinsicht war sie zurückhaltend und eine gläubige Muslima.«

Bis auf die Spuren in ihrem Bett.

Dornach betrachtete das Foto von »Marilyn Monroe«. Geschminkt und mit offenem Haar hatte sie westlich ausgesehen. Eine Bluse mit Rundausschnitt war im Ansatz erkennbar gewesen, recht freizügig. Hatten Sie es wirklich mit ein und derselben Person zu tun? Er bedankte sich bei Nadal und reichte das Handy Pia, die das Gespräch beendete.

»Heute Abend kommen wir nicht weiter. Wir müssen sicherstellen, dass es sich bei Rana Amidi und M. M. tatsächlich um dieselbe Person handelt. Es gibt nur einen Menschen, der uns weiterhelfen kann.«

8

Karin wartete in einem zivilen Škoda vor dem Haupteingang der Schanzmühle. Sie saß telefonierend und heftig gestikulierend hinter dem Steuer. Sie sprach so laut, dass sie durch das geschlossene Fenster zu hören war, untypisch für sie. Maja klopfte ans Fenster und stieg ein.

»Nein, ich will nicht, dass du mich anrufst«, blaffte Karin in den Apparat. »Ich rufe dich … was? Ja, genau. … Wie? … Nein, ich melde mich … Genau … Hör zu, ich muss zum Einsatz. Mach's gut.«

»Können wir?« Maja setzte sich auf den Beifahrersitz. »Wir haben grünes Licht.«

Karin startete den Motor. »Frau Tomaso ist ansprechbar?«

»Yep.«

Bis zur Autobahnverzweigung Luterbach sprachen sie kein Wort.

»Alles gut bei dir?«, fragte Maja, als sie auf die A 1 einbogen. Karin wechselte sofort auf die Überholspur, um einen Lastwagentross zu überholen. »Klar, warum fragst du?«

»Du warst ganz schön harsch am Telefon. Wer war denn der Ärmste?«

Karin warf ihr einen scharfen Seitenblick zu. »Wie kommst du darauf, dass es ein Kerl war?«

»Aha, es *ist* ein Kerl.« Maja setzte sich seitlich, damit sie Karin ansehen konnte. »Sag schon, wer bringt dich derart auf die Palme?«

»Nicht so wichtig. Setz dich gerade hin. Wir sind auf der Autobahn.«

»Erst wenn du mir sagst, wen du so abgekanzelt hast.«

»Dein Ernst? Sollten wir nicht besser darüber sprechen, wie wir bei Frau Tomaso vorgehen wollen?«

»Das hat Zeit. Komm schon.«

Karin traktierte das vor ihr fahrende Fahrzeug mit der Lichthupe. »Mach schon Platz, du Idiot!« Sie beschleunigte gut über die Höchstgeschwindigkeit hinaus, als der Fahrer endlich auf die Normalspur wechselte. Maja setzte sich korrekt hin und starrte demonstrativ geradeaus.

»Was?«, fragte Karin schließlich gereizt.

»Ich warte.«

»Ja gut. Es ist Andi.«

»Andi? Du meinst den Andi, dein Fasnachts-Harry-Potter?«

»Genau der. Und er ist nicht mein Fasnachts-Harry-Potter.«

»Ihr habt vor gut einem Jahr Schluss gemacht, oder nicht?«

»Ich habe Schluss gemacht.«

»Stalkt er dich?«

»Ja ... nein, also ich glaube nicht.«

»Ja, nein, was jetzt? Wenn er dich nicht in Ruhe lässt, kann ich mal mit ihm –«

»Das lässt du bleiben, okay? Ich krieg das allein hin. Er ist halt noch nicht ganz darüber hinweg.«

»Weshalb hast du ihn eigentlich sitzen lassen? Du warst ganz schön verknallt in ihn, bevor ...« Maja presste die Lippen zusammen.

»Bevor die andere mich abgestochen hat, meinst du?«, fragte Karin grimmig. »War ich auch. Andi hat mich auf Händen getragen. Nachdem ich aus dem Spital entlassen wurde, hat er alles für mich getan, gekocht, geputzt, mich im Rollstuhl herumgeführt. Jeden Abend brachte er mir einen Tee ans Bett. Er hätte mir sogar die Scheißwindeln gewechselt, wenn ich welche gebraucht hätte.«

»Klingt nicht so verkehrt. Ich wünschte, Mike würde mir mal wieder den Tee ans Bett bringen.« Maja war schon zufrieden, wenn er mal zu Hause war.

»Es war ja auch ganz schön – am Anfang. Nur ging das jeden Tag so. Zuletzt hatte ich keine Viertelstunde mehr, in der ich für mich sein konnte.« Karin hieb mit der Faust auf das Lenkrad. »Fuck, was ist denn heute los hier?« Sie schoss einen weiteren Schleicher auf der Überholspur ab. Sie blickte zur Seite, als sie mit ihm auf gleicher Höhe war. Ein älterer Mann, dessen Gesicht geradezu an der Windschutzscheibe klebte. »Sieh dir den an. Dass so was herumfahren darf. Ruf mal die Kollegen von der Straßensicherheit an, sie sollen den aus dem Verkehr ziehen, bevor was passiert.«

Maja wartete fünf Sekunden. »Kurz, es lief zu gut mit Andi?«

»Gar nichts lief, als ich die Streicheleinheiten nach Wochen satthatte und endlich mal richtigen Sex wollte, dann …«

»Was dann?«, fragte Maja, als eine Weile nichts kam.

»Nichts.«

»Wie ›nichts‹?«

»Er konnte nicht. ›Bist du sicher, dass du das schon darfst?‹, hat er die ganze Zeit gefragt. Oder: ›Was ist, wenn ich dir wehtue?‹ Mann, ich wollte einfach mal wieder richtig vögeln. Ihn in mir spüren. Es ging mir gut. Aber er …«

»Das ist hart.«

»Eben nicht, Scheiße!«

Schweigen.

Beide prusteten gleichzeitig los.

Maja lernte ihre Kollegin von einer neuen Seite kennen. Sie fragte sich, was ihr lieber war, die neue Karin oder die schüchterne junge Polizistin von einst.

»Das ist doch nicht normal«, fuhr Karin fort, nachdem sie sich von dem Lachanfall erholt hatten. »Das ging monatelang so, bis ich ihm den Laufpass gegeben habe. Den hat er anscheinend noch nicht verkraftet.«

»Hast du's verkraftet?«

»Was? Die Trennung? Klar, kein Ding. Freiheit ist auch schön.« Karin presste die Lippen zusammen und starrte mit leicht gesenktem Kopf geradeaus.

War eben doch ein Ding.

»Eigentlich schade um euch zwei. Ich finde, ihr habt gut zusammengepasst, du und Harry-Potter-Andi. Du warst seine Hermine.«

»Du meinst Ginny.«

»Wen?«

»Du solltest wirklich mal was für deine Allgemeinbildung

tun. Hast du je eines der Bücher gelesen oder die Filme gesehen? Hermine war nicht Harrys Freundin. Das war Ginny, die Rothaarige, die Schwester von Ron. Hermine war in Ron verliebt.«
»Ach so.«
»Ja, ach so. Abgesehen davon habe ich keine roten Haare.«
»Ihr habt trotzdem gut zusammengepasst, du und Andi.« Karin fädelte sich beim Bahnhof in Olten in den Verkehr Richtung Basel ein. »Willst du mich verkuppeln?«
»Mit wem? Andi?«
»Mit wem sonst?«
»Würdest du ihm denn noch eine Chance geben?«
Karin bog links auf die Bahnhofbrücke ab. »Ich habe ihm gesagt, dass ich ihn anrufe.«
»Ist das ein Ja?«
Sie fuhren auf der Baslerstraße auf das Kantonsspital zu. Vor der Einfahrt setzte Karin den Blinker. »Können wir nun darüber reden, wie wir bei Anastasia Tomaso vorgehen wollen?«

Sie standen in Anastasia Tomasos Zimmer und starrten auf das leere Bett.
»Wurde sie verlegt?«, fragte Karin.
»Wenn ja, hat man es uns nicht gemeldet.« Maja sah sich nach einer Pflegerin um.
»Weshalb sitzt kein Beamter mehr vor der Tür?«, fragte Karin.
»Abgezogen. Nachdem Grüniger tot aufgefunden worden war, fand man, die Gefahr sei abgewendet. Außerdem, du weißt schon.« Maja machte eine luftige Handbewegung. »Dünne Personaldecke, bla, bla, bla und so weiter.« Sie hielt eine Ärztin an, die ihnen auf dem Korridor entgegenkam, und zeigte ihr den Dienstausweis. »Wurde die Patientin aus diesem Zimmer verlegt?«
»Frau Tomaso?« Der frustrierte Unterton war unüberhörbar.
»Hat sich vor einer Stunde selbst entlassen.«
»Wie bitte?«, riefen Maja und Karin im Chor.
»Sie haben sie hinausspazieren lassen?«, fragte Maja.

»Es mag Ihnen komisch vorkommen«, sagte die Ärztin gereizt. »Aber das ist kein Gefängnis hier. Unser Personal ist dazu da, die Patienten zu pflegen, nicht, sie zu bewachen.«

»Schon gut. Hat Frau Tomaso das Spital allein verlassen, oder war jemand bei ihr?«

»Das müssten Sie das Pflegepersonal fragen. Ich weiß nur, dass sie sehr aufgeregt war. Dann war sie weg.«

»Hat sich ihr Zustand so stark verbessert, dass sie schon rauskonnte?«

»Sie hat sich aus unserer Sicht erstaunlich gut erholt. Trotzdem wäre es angezeigt gewesen, sie ein oder zwei Tage zur Beobachtung hierzubehalten.«

Maja unterdrückte den Fluch, der ihr auf den Lippen lag. Stattdessen zückte sie ihr Handy. »Ich lasse eine Fahndung raus.«

Während Maja telefonierte, nahm die Ärztin Karin beiseite. »Sollten Sie Frau Tomaso finden, sagen Sie ihr, dass sie sich schonen muss. Wir haben bei ihr ein Hirnaneurysma festgestellt.«

»Eine Gefäßerweiterung im Gehirn?«

Die Ärztin bejahte. »Es ist nicht sehr ausgeprägt. Aber in ihrem Zustand könnte es zu einer Gehirnblutung kommen. Ein Kollege sollte sie sich auf jeden Fall sofort ansehen.«

9

Dornach hatte Schwierigkeiten, einen Parkplatz zu finden. Der warme Spätsommertag trieb Badelustige in das Strandbad am Burgäschisee. Einzelne Fahrzeuge hatten ausländische Nummern. Vermutlich wurden ihre Besitzer von den Resten der Pfahlbauten angelockt, die seit einigen Jahren Teil des UNESCO-Welterbes waren. Dornach hatte keinen Blick für den inmitten einer Wald- und Wiesenlandschaft gelegenen See, den der Rhonegletscher nach seinem Rückzug hinterlassen hatte. Nach Elke Sommers unerwartetem Anruf hatte er sich kurzfristig für das mit Casagrande und Pia verabredete Mittagessen entschuldigt.

Sie wartete am vereinbarten Ort. Ein Holzhäuschen auf einem Privatgrundstück, das vom Uferweg aus nicht einsehbar war. Vom Wasser her bot der Uferschilfgürtel genügenden Sichtschutz. Frau Sommer trug das Gleiche wie am Vortag. Inmitten der sattgrünen Natur wirkte sie wie ein Fremdkörper.

»Danke, dass Sie so kurzfristig kommen konnten.« Sie hielt ihm eine Lunchbox mit Sandwiches hin. »Wegen mir verpassen Sie sicher Ihr Mittagessen. Bedienen Sie sich, es ist genug da.«

Dornachs knurrender Magen verbot jegliche höfliche Zurückhaltung. »Gern, danke.« Er nahm sich ein Brot. Für einen Moment aßen sie schweigend und ließen ihren Blick über die Seefläche gleiten.

»Ist es nicht schön hier?« Frau Sommer tupfte sich den Mund mit einer Papierserviette ab. »Wenn ich mich zurückziehen will, komme ich hierher.«

»Gehört das Grundstück Ihnen?«

»Einem Freund. Ich kann herkommen, wann ich will.«

»Danke für die Einladung, auch wenn ich nicht annehme, dass Sie mich hierhergebeten haben, um Ihren Lunch mit mir zu teilen.«

»Natürlich.« Sie wühlte in ihrer Handtasche. »Was ich Ihnen

zeigen werde, ist heikel. ›Jeger Industries‹ verfolgt eine strikte Politik. Firmeninterna dürfen ohne ausdrückliches Einverständnis der Direktion nicht herausgegeben werden.« Sie fischte einen USB-Stick aus der Handtasche. »Wenn herauskommt, dass Sie das von mir haben, kostet es mich meinen Job. Versprechen Sie mir, meinen Namen rauszuhalten?«

Ein frommer Wunsch.

»Die involvierten Ermittler und die Staatsanwaltschaft werde ich in Kenntnis setzen müssen. Von uns wird nichts an die Öffentlichkeit gehen.«

»Das muss genügen, schätze ich.« Sie gab ihm den Stick.

Dornach drehte ihn in seinen Fingern. »Was finde ich darauf?«

»Handyfotos. Eine Mitarbeiterin hat sie mir zugespielt.« Frau Sommer öffnete die Foto-App auf ihrem Handy. »Die Mitarbeiterin hat die beiden zufällig gesehen.« Sie hielt den Apparat so, dass Dornach das Bild sehen konnte. Der Lieferwagen einer Kurierfirma füllte es praktisch ganz aus, bis auf einen Mann und eine Frau, die eng umschlungen vor der Ladeluke standen.

Er vergrößerte die Ansicht. Der Mann trug die Uniform der Kurierfirma, die Frau einen Hosenanzug, nicht unähnlich demjenigen von Frau Sommer, zweifellos eine Angestellte. Die Hand des Mannes verdeckte ihr Gesicht. Er hingegen war deutlich zu erkennen. Dornach hielt für einen Moment den Atem an.

Leo Grüniger.

»Sie kennen sie?« Frau Sommer hatte seine Reaktion beobachtet.

»Bisher nur den Mann.«

»Es hat weitere Fotos.«

Dornach scrollte weiter, bis das Gesicht der Frau zu sehen war. Diesmal fiel es Dornach schwerer, seine Verblüffung zu verbergen. »Rana Amidi. Wann wurden die Aufnahmen gemacht?«

»Anfang August.«

»Vor rund drei Wochen.«

Suche den Fehler. Was brachte eine gläubige Muslimin und einen bekennenden Rechtsextremisten zusammen?

»Intimitäten zwischen Personal und Auswärtigen, Kunden oder Lieferanten sind in der Firma nicht erwünscht«, erläuterte Frau Sommer. »Die Angestellte, welche die Aufnahmen gemacht hatte, hat mich sofort darüber in Kenntnis gesetzt.«

»Nicht sehr kollegial von ihr.«

»Vielleicht nicht«, sagte Sommer. »Auch wenn sie nichts gesagt hätte, wäre es bekannt geworden. Herr D'Amato, unser Produktionsdirektor, hat die beiden erwischt und Frau Amidi zur Rede gestellt.« Frau Sommer deutete auf den Stick in Dornachs Hand. »Bilder der Auseinandersetzung zwischen den beiden sind auch darauf. Herr D'Amato war enttäuscht über ihr Verhalten. Da sich Frau Amidi bis anhin nichts hatte zuschulden kommen lassen, hat er es bei einer mündlichen Abmahnung bewenden lassen.«

»Weshalb zeigen Sie mir das erst jetzt, Frau Sommer?«

Sie senkte den Blick. »Es tut mir leid. Ich weiß, ich hätte es Ihnen gestern sagen müssen. Deswegen hatte ich eine schlaflose Nacht. Wenn es Ihnen bei der Suche nach Frau Amidi hilft, soll es mir recht sein.«

Dornach stand auf und reichte ihr die Hand. »Danke trotzdem für Ihre Offenheit, Frau Sommer.«

Er würde nicht umhinkommen, D'Amato zu einer Befragung vorzuladen.

***

Zunehmend kühlere Abende lösten die warmen Tage ab. Trotz des grauen Cardigans, den sie über ihrem schwarzen Kleid trug, fröstelte Casagrande an ihrem Stehtisch im Freien. Vielleicht war es die Nervosität. Dornach wartete an der Bar auf die bestellten Getränke. Gleich würde sie es ihm sagen müssen.

Als Entschädigung für das verpasste Mittagessen hatte er sich bereit erklärt, sie zu einem Konzert im Museum Blumenstein zu begleiten. Ursprünglich war sie mit Ines Degonda verabredet gewesen. Die befand sich in Singapur. Es war das erste Blumenstein-Konzert nach der Sommerpause, Klaviersonaten von Mozart und Beethoven, gespielt von einem Kammerorchester in historischen Gewändern. Das Museum lag in der Nachbarschaft der Villa Dornach. Casagrande hatte ihn dort abgeholt. Über einen Schleichweg durch den Garten waren sie gerade rechtzeitig zum Beginn des Konzertes angekommen. Casagrande mochte das Museum in einem ehemaligen, im 17. Jahrhundert von der Familie von Wartenfels erbauten Landgut. Im Lauf der Jahrhunderte war es im Besitz verschiedener adliger Familien gewesen, Stäffis-Molondin, Wallier von St. Aubin, Glutz-Ruchti und andere, bis es zu Beginn der fünfziger Jahre des vergangenen Jahrhunderts in den Besitz der Stadt gelangte.

Sie beobachtete Dornach durch den Dunst ihrer Zigarillo und machte sich Gedanken darüber, wie sehr sie an diesem Mann hing und ihn vermissen würde.

Anstelle von zwei Gläsern Prosecco brachte er eine ganze Flasche mit.

»Was hast du mit mir vor?«

»Wie ich dich kenne, trinkst du bestimmt ein zweites Glas. Ich verbringe die Zeit lieber mit dir als mit der Ansteherei.« Er schenkte ihr ein. »Du siehst gut aus, falls ich das nicht erwähnt haben sollte.«

»Danke.« Sie hatte lange überlegt, ob sie das Kleid mit dem für ihre Verhältnisse gewagten Dekolleté anziehen sollte. »Bevor wir privat werden. Habt ihr eine Spur von Anastasia Tomaso?«

»Leider nein, die Fahndung läuft auf Hochtouren.«

»Drücken wir uns die Daumen.« Sie stießen an. »Wie hat dir das Konzert gefallen?«

»Ganz gut.«

Sie lachte. »So gut, dass du zwischendurch eingenickt bist.«

»War auch ein langer Tag. Trotzdem danke für die Einladung.«

»Bedank dich bei Ines oder vielmehr bei denen, die sie kurzfristig nach Singapur beordert haben.«

»Seht ihr euch denn wieder öfter?«

»Nur wenn keiner meiner anderen Liebhaber Zeit hat.« Sie hielt ihm ihr leeres Glas hin. »Schauen wir zu, dass wir die Flasche leer kriegen.«

»An dir soll's wohl nicht liegen.« Von seinem Glas hatte er erst einen Schluck getrunken.

Sie zündete sich eine weitere Zigarillo an. Sie merkte, wie er die Stirn runzelte. »Ist was?«

»Ist es nur mein Eindruck, oder rauchst du tatsächlich mehr?«

»Stört's dich?«

»Es hat mich nie gestört. Ich frage mich nur, was dich umtreibt.«

»Wie kommst du darauf, dass mich etwas umtreibt?«

»Wie lange kennen wir uns, Angie?«

»Weiß nicht, eine Ewigkeit?«

»Fast. Sieben Jahre.«

»Sieben Jahre?« Sie grinste. »Wären wir verheiratet, würden wir zum ersten Mal über eine Trennung nachdenken.«

»Willst du?«

»Was?«

»Dich trennen.«

»Von dir?«

Sein Blick ging durch sie hindurch.

Energisch drückte sie die Zigarillo aus, bevor sie das zweite Glas zur Hälfte leerte.

»Wann wolltest du es mir sagen?«, fragte er.

»Was sagen?«

»Dass du weggehst.«

Sie verschluckte sich. Dornach klopfte ihr sanft auf den Rücken, bis der Hustenanfall vorbei war.

»Woher … woher weißt du das?«, japste sie zwischen zwei Atemzügen.

»Ich bin dein Ermittler, Angie. Was würde ich für einen Job

machen, wenn ich das nicht herausfinden könnte. Außerdem, wir sind hier in Solothurn.«

»*Merda*, ich hätte es wissen müssen. In dieser verfluchten Stadt lässt sich nichts, aber auch gar nichts geheim halten.« Sie schob das Glas erneut zu ihm hin.

»Warum willst du weg, Angie?«

»Weil es Zeit ist, darum. Außerdem ist es ein Karrieresprung, eine Stelle als Oberstaatsanwältin.«

»In Schwyz?«

Am liebsten hätte sie ihn erwürgt. Woher wusste er das schon wieder? »Hast du was gegen Schwyz?«

Er hob abwehrend beide Hände. »Keineswegs. Sich den ganzen Tag mit Geldwäschern und Steuerhinterziehern herumschlagen kann ganz interessant sein.«

»Jetzt bist du unfair.«

»Wahrscheinlich. Ich verstehe nicht, warum du plötzlich so geil auf eine Karrierestelle bist. Mosimann geht gegen sechzig. Er hat stets durchblicken lassen, dass er nicht bis fünfundsechzig arbeiten will. In ein, zwei Jahren hast du gute Aussichten, zum Handkuss zu kommen.«

»Wer sagt, dass ich das will?«

»Willst du dich lieber in Schwyz vergraben?« Dornach hielt ihre Hand mit dem Glas fest, bevor sie erneut trinken konnte. »Ganz ehrlich, Angie, vor wem läufst du davon?«

»Was denkst du, vor wem?« Ihre Zunge wurde schwer. Außer ein paar Crackern vor dem Konzert hatte sie nichts im Magen, abgesehen von der Überdosis Prosecco.

»Vor mir?«

»Du bist ja wirklich ein guter Ermittler. Mach schon.« Sie stieß mit dem Glas gegen die Flasche. Es reichte, um es vollzumachen. Sie prostete ihm zu. »Auf den besten Ermittler, den ich je hatte, und den besten … na ja.« Sie winkte ab und trank.

Dornach nahm sie beim Arm. »Lass uns gehen.«

Auf dem schmalen Pfad durch den Garten hoch zur Villa musste er sie stützen. Dort angekommen, machte Casagrande Anstalten, ins Auto zu steigen.

»Das ist nicht dein Ernst«, sagte Dornach und streckte die Hand aus. Widerwillig händigte sie ihm die Autoschlüssel aus.
»Ich mache uns einen starken Kaffee.«
Sie verzog den Mund. »Kaffee? Hast du nichts Stärkeres?«
»Was möchtest du denn?«
»Alles, nur keinen Prosecco mehr.«

Sie saßen im Grand Salon der Villa, beide mit einem fingerbreit gefüllten Glas Single Malt in der Hand.
»Du bist ein Idiot, Dominik Dornach.« Casagrandes Mundwerk unterwarf sich nicht mehr ganz ihrem Willen, dafür fühlte sie sich so leicht wie schon lange nicht mehr.
»Ein Idiot? Wie komme ich zu dieser Ehre?«
Sie winkte mit einer fahrigen Geste ab. »Egal, ich habe alles versucht, dir zu zeigen, was … was du mir bedeutest. Aber du … du hast immer noch die andere im Kopf.«
»Du meinst Jana?«
Casagrande war auf einen Schlag nüchtern. »Lass die Toten endlich ruhen.«
»Du hast sie nie gemocht, oder?«
»Das ist nicht wahr.« Sie leerte ihr Glas in einem Zug. »Ich habe sie gehasst.« Sie deutete auffordernd in Richtung der Flasche Single Malt. »Und ich habe ihr unrecht getan.«
»Inwiefern?«
»Du sollst sie ruhen lassen, habe ich gesagt.« Casagrande stand auf, um sich gleich wieder zu setzen. »Ups, ich glaube –«
»Du solltest hier übernachten.«
»Was sonst?« Sie schlang die Arme um seinen Hals. »Ich will, dass du heute Nacht bei mir bleibst.«
»Bist du sicher, dass du –«
»Lass mich nicht darum betteln.«
Bevor er etwas erwidern konnte, küsste sie ihn auf den Mund.

※※※

Armin Wäckerli stoppte den Patrouillenwagen unter dem Vordach des Bahnhofes. Er und sein Partner, Kantonspolizist Lukas Fischer, begrüßten den Kollegen von der Transportpolizei. Vor ihnen auf dem Boden lag ein aus einer Bauchwunde blutender Mann.»Gut, dass ihr so schnell gekommen seid. Die Ambulanz muss jeden Moment da sein.«

»Was ist passiert?«, fragte Fischer. Obwohl der Stadtpolizist Wäckerli ranghöher war, überließ er seinem Partner das Feld. Das Bahnhofsareal lag in der Zuständigkeit der Kantonspolizei. Der Transportpolizist zeigte auf einen zweiten Mann, der mit Kabelbinder an den Händen gefesselt auf einer Bank saß. Er war offensichtlich nicht mehr ganz nüchtern. »Er machte sich an eine schlafende Frau ran.« Der Transportpolizist deutete zum Gebäudeteil des Bahnhofes, wo der Avec-Shop untergebracht war. Sie erkannten die Umrisse eines auf dem Boden liegenden Körpers, um den sich ein weiterer Transportpolizist kümmerte. »Der Verletzte wollte ihn daran hindern. Daraufhin hat der Besoffene ein Messer gezogen und zugestochen. Die Wunde scheint nicht tief zu sein. Ich habe trotzdem sofort die Ambulanz gerufen – und euch. Es passierte ja hier auf dem Vorplatz und nicht in der Bahnanlage.«

»Schon gut. Identifikation?«

Der Transportpolizist händigte Fischer zwei abgegriffene Identitätskarten aus. »Sind beide Randständige.«

Die Fassade reflektierte das Blaulicht einer sich nähernden Ambulanz. Sie hielt neben dem Patrouillenwagen. Der Notarzt kümmerte sich sofort um den Verletzten. »Messerstich im Bauchraum«, sagte er kurz darauf. »Scheint nicht schlimm zu sein. Wir nehmen ihn trotzdem mit.«

»Wir kümmern uns um den Messerstecher«, sagte Fischer. »Er kommt erst mal zu uns in die Ausnüchterungszelle. Am Morgen sehen wir weiter.«

»Vielleicht schauen Sie sich auch die Frau da drüben an«, sagte der andere Transportpolizist zum Notarzt. »Sie ist vorhin kurz aufgewacht. Aber jetzt rührt sie sich nicht mehr.«

Die Frau lag in Embryonalstellung auf der Seite, vermutlich um die Körperwärme zu halten. Sie hatte die Kapuze ihres Hoodies tief ins Gesicht gezogen. Fischer rüttelte sie sanft an der Schulter. »Hallo? Polizei, hören Sie mich?«

Die Frau bewegte sich nicht. Der Notarzt untersuchte sie. »Schwacher Puls.« Er leuchtete mit einer Stablampe in ihre Augen. »Wir bringen zuerst die Frau ins Bürgerspital. Ich rufe eine zweite Ambulanz für die Stichverletzung.«

Fischer richtete seine Taschenlampe auf das Gesicht der Frau. »Ich glaube, die kenne ich.« Er zog sein Handy hervor und verglich das Bild mit dem Fahndungsfoto, das im Lauf des Tages reingekommen war.

Er machte einen Anruf.

Mit zerzausten Haaren, Ringen unter den Augen und in einem von Dornachs Hemden setzte sich Casagrande an die Küchentheke.

Dornach war dabei, frischen Orangensaft zu pressen. »Morgen, gut geschlafen?«

Sie verzog das Gesicht. »Nicht so laut bitte. Beim Prosecco muss das Verfalldatum abgelaufen sein.«

»Aspirin, Saft, Kaffee?«

»In dieser Reihenfolge, danke.«

Er füllte ein Glas mit Wasser und warf eine Tablette hinein. Während sie sich auflöste, stellte sie sich neben ihn. Sie lehnte ihren Kopf an seine Schulter. »War schön«, sagte sie. »Ich bin der Meinung, wir sollten das öfter machen.«

Es war nicht das erste Mal gewesen. Das lag über zwei Jahre zurück, in Wien, nachdem sie gemeinsam Janas Grab besucht hatten. Niemand wusste davon. Nicht einmal Pia hatte es mitbekommen.

Gestern war ihnen klar geworden, dass sie damit an Grenzen stießen. Es war nicht nur der Alkohol, der Casagrandes Zunge gelockert hatte. Ein paar gestohlene Stunden Intimität waren auf die Dauer nicht das Wahre. Sie hatte seine Trauer um Jana immer respektiert. Auch, dass er Pia, der Janas Tod ebenso zu schaffen gemacht hatte, nicht mit einer neuen Beziehung vor den Kopf stoßen wollte.

War es Zeit, Farbe zu bekennen, einen Schritt vorwärtszugehen und die Wand niederzureißen? »Wenn wir uns entschließen können, die Heimlichtuerei aufzugeben, ist es vielleicht leichter für alle«, sagte Dornach.

»Nanu?« Casagrande hatte die milchige Aspirinlösung in einem Zug hinuntergestürzt. »Keine Bedenken mehr von wegen Trennung von privat und Arbeit und so?«

»Ist doch so weit gut gegangen, finde ich. Weshalb sollte

es das nicht, wenn wir es offiziell machen? Wenn du eh nach Schwyz gehst …«

»Und wenn ich hierbleibe?«

»Du meinst in Solothurn?«

»Ja.«

»Auf die Dauer funktioniert das Versteckspiel nicht, das ist dir klar.«

»Denke ich auch.« Sie nahm seinen Kopf zwischen die Hände und küsste ihn. »Also, wie weiter? Ziehe ich hierher in die Villa, oder willst du meine sturmfreie Bude behalten?«

»Deine Wohnung am Friedhofplatz ist zu eng für uns zwei«, sagte er. »Hier ist genug Platz für alle, einschließlich Pia und Mirio.«

»Und wenn ich auch Kinder will?«

Dornach war für einen Moment sprachlos. Er war über fünfzig, Casagrande Mitte vierzig.

Sie lachte. »Du solltest dein Gesicht sehen. Keine Sorge, den Kinderwunsch habe ich schon lange geknickt.« Sie drückte ihn an sich. »Ein großer Junge genügt mir vollkommen. Außerdem denke ich, dass wir es momentan so lassen, wie es ist. Ich bei mir und du bei dir.«

»Pia sollten wir aber schon mal reinen Wein einschenken.«

»Damit habe ich kein Problem. Hoffentlich dreht sie mir nicht gleich den Hals um, weil ich ihren Vater verführt habe.«

In diesem Augenblick stürmte Pia in die Küche. Wenn man vom Teufel sprach.

»Paps, da draußen steht Angelas …« Sie blieb wie erstarrt stehen. »… Auto seit gestern Abend in der Einfahrt.« Ihr Blick fiel auf Dornachs Hemd, das Casagrandes Oberschenkel knapp bedeckte. »Sagt mal, ihr beiden, kann es sein, dass ich irgendwann irgendwas verpasst habe?«

»Guten Morgen.« Dornach ließ Casagrande los und schubste Pia an den Tisch. »Setz dich. O-Saft?«

»Ich versuch's mal damit«, sagte sie zögernd. »Vielleicht brauche ich gleich was anderes.« Sie hob den Finger. »Darf ich mal was fragen?«

»Nein«, sagte Dornach.

»Ja«, kam es von Casagrande.

Beide gleichzeitig.

»Ich erklär's dir.« Dornach setzte sich neben Pia. »Du musst mir bis zum Schluss zuhören, geht das?«

»Ich stelle mich derweil unter die Dusche.« Casagrande huschte aus der Küche.

Pia brachte es fertig, ihrem Vater bis zum Schluss zuzuhören, ohne ihn zu unterbrechen.

»Ihr wart die ganze Zeit zusammen? Und ich habe nichts davon mitbekommen?«

»Gut zu wissen, dass dir das auch passiert.«

»Ha, ha.« Sie zog eine Grimasse.

»Du warst ja auch nicht da, jedenfalls nicht immer, wenn ...« Pias Hände schnellten zu ihren Ohren. »Hallo? Peinlich.« Sie zeigte mit dem Finger zur Tür. »Wird sie jetzt meine Stiefmutter?«

»Laure ist deine Mutter. Da ändert sich nichts. Außer ...«, Dornach holte einmal tief Luft, »außer Angie und ich heiraten, und sie würde dich adoptieren.«

»Nicht dein Ernst.«

»Scherz.« Dornach grinste. »Aber mittlerweile kommt ihr ja gut miteinander aus. Damals –«

»Damals war ich eine Tussi und habe mich gegenüber Angela saublöd verhalten.« Pia musste lachen. »Und ich habe mir Sorgen gemacht, weil du so lange keine Freundin mehr nach Hause gebracht hast. Ich dachte schon, du wirst alt.«

»Sag mal.«

»Ja, sorry.« Sie streichelte seine unrasierte Wange. »Ich finde, ihr beide passt zusammen, du und Angie.«

Dornach atmete auf. »Ich fürchtete schon, dass du uns böse bist. Wegen Jana und –«

»Paps, Jana ist seit zweieinhalb Jahren tot. Ja, ich vermisse sie. Trotzdem glaube ich, sie würde wollen, dass du dein Leben weiterlebst.« Pia warf einen Blick auf die Küchenuhr. »Ich muss nach Mirio schauen.«

An der Tür traf sie auf Casagrande im Kleid vom Vorabend. Die beiden Frauen standen sich für einen Augenblick gegenüber. Pia umarmte sie.

Dornach und Casagrande verabschiedeten sich auf dem Vorplatz.

»Ich rufe dich an, sobald ich was Neues zu Frau Tomaso habe«, sagte Dornach.

»Ich muss erst nach Hause, mich umziehen.« In diesem Moment fuhr ein 3er BMW auf den Vorplatz. Maja saß am Steuer. Casagrande winkte ihr zu, bevor sie sich hinter das Steuer ihres VW Beetle setzte und losfuhr.

»Das war doch Angela, oder?«, fragte Maja, als sie ausgestiegen war.

»Wir hatten eine Besprechung«, antwortete Dornach.

»Mit ihr im kleinen Schwarzen mit so einem Bombendekolleté?« Maja machte eine anerkennende Grimasse. »Unsere Staatsanwältin erstaunt mich immer aufs Neue.«

Dornach wich ihrem fragenden Blick aus. »Ich bin auf dem Sprung ins Büro. Wieso der Dienstwagen?«

»Du gehst nicht an dein Handy. Hab's mindestens zehnmal probiert und mir schon Sorgen gemacht.«

Dornach zog sein Handy hervor. »Mist, ausgeschaltet, entschuldige.«

»Wenigstens hattest du eine geruhsame Nacht, nehme ich an.« Dornach ignorierte auch diese Anspielung. »Was ist los?«

»Die Kollegen von der Nachtschicht haben Anastasia Tomaso aufgegriffen. Sie liegt im Bürgerspital. Karin ist schon dort. Fährst du mit mir oder kommst du mit deinem?«

»Erklär's mir unterwegs.« Dornach stieg bei ihr ein.

Anastasia Tomaso belegte das Zweierzimmer auf der Allgemeinabteilung im neuen Bürgerspital allein. Sie schlug die Augen auf, als Dornach sich an das Fußende stellte. »Wer sind Sie?« Ihre Stimme war im Widerspruch zu ihrem mitgenommenen Äußeren klar.

Dornach zeigte ihr seinen Dienstausweis. »Dominik Dornach, Kantonspolizei. Wie geht es Ihnen, Frau Tomaso?«
»Eigentlich ganz gut, abgesehen von Kopfschmerzen, danke. Warum bin ich hier?«
»Eine Polizeistreife hat sie diese Nacht bewusstlos am Bahnhof in Solothurn gefunden. Ihre Ärztin meint, Sie haben großes Glück und eine gute Konstitution. Warum haben Sie das Kantonsspital Olten verlassen?«
Tomasos bleiches Gesicht verschmolz mit der Farbe des Kopfkissens. »Ich hatte Angst.«
»Angst wovor?«
»Da war ein Mann. Er stand gestern Morgen plötzlich in meinem Spitalzimmer in Olten.«
»Kein Arzt oder Pfleger?«
»Bestimmt nicht.«
»Können Sie ihn beschreiben?«
Tomaso schloss die Augen. »Dunkle Haare, Bart. Er hat mich angestarrt.«
Dornachs Herz machte einen Zwischenschlag. Sprach sie vom selben Mann, den Pia gesehen hatte? Sie hatte ihm das Foto auf sein Handy geschickt. Dornach zeigte es Tomaso. »War es dieser Mann?«
Sie nickte.
»Was wollte er von Ihnen?«
»Nichts, er hat mich nur angestarrt. Dann ist er gegangen. Draußen saß kein Polizist mehr. Ich habe Angst gekriegt.«
Dornach würde dafür sorgen, dass der Polizeischutz für sie wieder aktiviert wurde.
Sie sah ihn unsicher an. »Ich wollte mit Frau Hartmann sprechen. Die Pflegerin in Olten sagte mir, sie sei die Polizistin gewesen, die mich besucht hatte. Dank ihr sei ich noch am Leben.«
»Sie wartet draußen mit einer Kollegin«, sagte Dornach. »Ist es in Ordnung, wenn ich sie hereinhole? Wir sind zu dritt.«
»Kein Problem.«
Dornach ging nach draußen. Maja und Karin waren in ein

Gespräch vertieft. Sie bemerkten ihn nicht. »Im kleinen Schwarzen, stell dir vor«, sagte Maja. »Mit so einem Ausschnitt.« Maja machte eine ausladende Bewegung auf Brusthöhe. »Ich habe die Casagrande noch nie so aufgebrezelt gesehen.«

»Echt?«, erwiderte Karin. »Du meinst, sie hat bei Dominik … die beiden haben –«

Dornach räusperte sich.

Die Köpfe der Frauen flogen herum.

»Alles klar bei euch?«

»Ja, Chef«, antworteten sie gleichzeitig. Nur Karin errötete.

»Ihr könnt reinkommen.«

Dornach stellte Tomaso Maja und Karin vor.

»Frau Hartmann? Sie waren bei mir, nicht wahr?«, fragte Tomaso.

»Das ist richtig. Ich wollte –«

»Sie haben mich vor dem Mann gerettet, der mich umbringen wollte. Danke.«

»Frau Tomaso«, sagte Dornach. »Ihr Arzt sagte, wir können Sie befragen. Wir werden das Gespräch aufnehmen. Ist das gut für Sie?«

»Ja klar.«

Karin betätigte die Aufnahmefunktion ihres Handys.

»Wir benötigen Auskunft über eine Frau, die in Ihren Akten als ›M. M.‹ beziehungsweise ›Marilyn Monroe‹ geführt wird. Ihre Kollegin Frau Büttiker sagte uns, dass Sie die Einzige sind, die uns weiterhelfen kann.«

»Warum, was ist mit Mayssoun?«, fragte Tomaso angstvoll.

»Die Frau heißt Mayssoun?«

»Mayssoun Al Mansouri. Was ist mit ihr?«

Al Mansouri. Dornach kam der Name bekannt vor. Er wusste nicht, woher. »Handelt es sich bei Rana Amidi und Mayssoun Al Mansouri um ein und dieselbe Person?«

Tomaso riss die Augen auf. »Woher wissen Sie das?«

Dornach erklärte es ihr. »Ich muss Ihnen leider mitteilen, dass Frau Amidi oder Al Mansouri seit Freitag spurlos verschwunden ist.«

Tomasos bleiches Gesicht wurde noch blasser. »Verschleppt? Waren *sie* das? Sie werden sie töten. Es war alles umsonst.« Sie drehte den Kopf zur Seite. Kurz darauf war ihr leises Schluchzen zu hören.

Dornach nickte Karin zu. Ihr Mitgefühl war gefragt. Sie kauerte neben dem Bett nieder und nahm Tomasos Hand. »Wir wissen nicht, wo Frau Amidi sich befindet und wie es ihr geht. Um sie zu finden, brauchen wir Ihre Hilfe, Frau Tomaso. Wen meinen Sie mit ›sie‹?«

Tomaso schluckte ihre Tränen hinunter. »Könnte ich ein Glas Wasser haben, bitte?«

Maja schenkte ihr ein Glas ein und richtete das Kopfende des Bettes mit der Fernbedienung auf.

»Es ist eine lange Geschichte«, sagte Tomaso zwischen zwei Schlucken. »Ich hoffe, Sie haben Zeit.«

»Deswegen sind wir hier«, sagte Karin.

Bevor Tomaso mit ihrer Schilderung beginnen konnte, unterbrach Dornachs Handy die gespannte Ruhe. Es war die Zentrale in der Schanzmühle. Dornach entschuldigte sich und nahm den Anruf entgegen.

»Dominik, hier ist ein Herr Francesco D'Amato. Er meint, du hättest ihn hergebeten.«

Dornach unterdrückte einen Fluch. Den hatte er völlig vergessen. »Sag ihm, ich komme gleich.« Er hängte ein und bat Maja kurz aus dem Zimmer. »Ihr beiden holt alles aus Frau Tomaso heraus, was geht. Ich kümmere mich um den Produktionsleiter. Wenn ihr durch seid, kommt ihr zurück in die Schanzmühle.«

»Alles klar, Chef.« Sie gab ihm die Autoschlüssel des BMW. »Ich fahre bei Karin mit. Sonst noch was?«

»Nein, das heißt ja. Ich wäre euch verbunden, wenn ihr diskret damit umgeht, dass du Angela heute Morgen bei mir gesehen hast. Es soll kein Geheimnis sein, aber ich will es auch nicht mit Fleiß herausposaunen. Geht das?«

»Schon verstanden, kannst dich auf uns verlassen«, sagte Maja, ohne eine Miene zu verziehen.

Francesco D'Amato, ein groß gewachsener Mittvierziger mit scharf geschnittenem Gesicht und kahlem Schädel, wartete bei Kaffee und Wasser in einem Besprechungszimmer. Dornach entschuldigte sich für die Verspätung.

»Schon gut.« D'Amato sah demonstrativ auf seine Patek Philippe. »In einer halben Stunde treffe ich mich mit einem Kunden. Nach Horriwil brauche ich um diese Zeit mindestens fünfzehn Minuten.«

»Dann wollen wir keine Zeit verlieren.«

»Danke. Sie wollten mich wegen Frau Amidi sprechen. Wenn ich richtig verstanden habe, wird sie vermisst.«

»Seit Freitag. Wir haben Grund zur Annahme, dass ihr Verschwinden unter Anwendung von Gewalt erfolgte.«

»Heißt das, sie wurde entführt?«

»Zum jetzigen Zeitpunkt gehen wir davon aus. Sie sind Frau Amidis Vorgesetzter. Was können Sie mir über sie sagen?«

»Was genau wollen Sie wissen? Rana ist eine gewissenhafte Mitarbeiterin, zuverlässig und speditiv.«

»Wie ist sie als Person? Ist sie mit jemandem in der Firma gut befreundet, oder hatte sie Probleme mit Arbeitskolleginnen oder -kollegen?«

»Weder noch, soweit ich es beurteilen kann. Aber da bin ich die falsche Adresse. Das Verhältnis zwischen Rana und mir beschränkte sich auf Betriebliches. Ich bin viel unterwegs.«

»Natürlich. Sie nennen sie beim Vornamen. Ist das bei Ihnen üblich?«

»Das kommt vor, wenn man eng zusammenarbeitet.«

»Ach ja? Gerade sagten Sie, dass Ihr Verhältnis rein geschäftlich ist.«

»Was wollen Sie von mir wissen? Ob wir miteinander schlafen?« D'Amato lachte jovial. »Als gewöhnlich sterblicher Vorgesetzter kann man mit einer Mitarbeiterin ein gutes Dienstverhältnis pflegen, ohne gleich mit ihr ins Bett zu steigen.«

Dornach legte die Fotos von Frau Sommers Datenstick auf den Tisch. »Uns wurden diese Bilder zugespielt, die angeblich eine Mitarbeiterin von Ihnen gemacht hat.«

D'Amato sah sich die Bilder nur kurz an. »Woher haben Sie die Aufnahmen? Normalerweise dürfen Fotos aus der Firma nur mit Bewilligung der Direktion –«

»Woher wir sie haben, tut nichts zur Sache. Früher oder später wären wir darauf gestoßen. Sie dienen der Aufklärung eines Gewaltverbrechens.«

D'Amato neigte leicht den Kopf. »Sie haben selbstverständlich recht, Herr Dornach. Sie können auf unsere uneingeschränkte Kooperation zählen.« Er zeigte auf die Fotos. »Ich habe die beiden erwischt. Mit der Knutscherei mit einem Lieferanten hat Rana, Frau Amidi, eine rote Linie überschritten. Sie wurde dafür abgemahnt.«

»Kennen Sie den Mann auf dem Bild?«

»Keine Ahnung, wer das sein soll. Ein Kurierfahrer, nehme ich an.«

»Kommt er öfter zu Ihnen?«

»Wirklich, Sie fragen den Falschen. Ich habe Besseres zu tun, als mich mit Kurierfahrern abzugeben.«

Dornach zeigte ihm Grünigers Foto. »Der Mann heißt Leo Grüniger. Er arbeitete Teilzeit bei der Kurierfirma. Daneben war er für eine Sicherheitstruppe zuständig, die sich ›Helvetische Wacht‹ nennt und im Sold der Fortschrittspartei steht. Hat Frau Amidi nie von ihm gesprochen?«

»Mir gegenüber nicht. Sie sprechen in der Vergangenheit, heißt das ...«

»Der Mann ist tot, wir vermuten Fremdverschulden.«

»Tatsächlich? Wie tragisch.« D'Amato zeigte sich erstaunt, mehr nicht.

»Wir glauben, dass er mit Frau Amidis Verschwinden zu tun hat.«

»Wirklich? Sie sagten vorhin, er gehörte zur Fortschrittspartei. Vielleicht hängen die da mit drin. Die sollen ja nicht viel übrighaben für Menschen aus anderen Kulturkreisen.«

»Wir ermitteln in alle Richtungen.« Dornach sammelte die Fotos ein. »Ist Ihnen der Name Mayssoun Al Mansouri bekannt?«

D'Amato räusperte sich. »Nie gehört. Der Name klingt arabisch. Hat er etwas mit Rana zu tun?«

»Der Name ist im Zuge der Untersuchung aufgetaucht. Wie gesagt, wir ermitteln in alle Richtungen.«

Die Patek Philippe wurde erneut konsultiert.

»Mit welcher Sicherheitsfirma arbeiten Sie zusammen?«, fragte Dornach ungerührt.

D'Amato hob überrascht die Augenbrauen. »Ich verstehe die Frage nicht. Was hat das mit Frau Amidi zu tun?«

»Vermutlich nichts, es interessiert mich einfach.«

»Die meisten sind eigene Leute, der ein oder andere wird von einem Temporärbüro vermittelt.«

»Ist das nicht unüblich? Die meisten Unternehmen arbeiten heute mit externen Firmen, oder nicht?«

»Das wurde damals von Jean-Jacques Jeger, dem Vater unseres heutigen CEO, festgelegt. Er meinte, unsere Sicherheitsmannschaft müsse mit unserem Betrieb eng vertraut sein. Das geht nicht, wenn das Personal ständig ausgewechselt wird.«

»Herr Jeger senior ist kürzlich verstorben, nicht wahr?«

»Das stimmt. Sein Flugzeug stürzte auf dem Rückflug von einer Geschäftsreise aus der Golfregion in die Schweiz ins Meer. Seither führt sein Sohn Louis die Geschäfte.«

Dornach stand auf. »Vielen Dank, Herr D'Amato. Eine Bitte hätte ich allerdings.«

»Ich höre.«

»Damit wir Sie als möglichen Täter für das Verschwinden von Frau Amidi ausschließen können, bräuchten wir Ihre DNA. Sind Sie mit einem Wangenabstrich einverstanden?«

D'Amato leerte seinen Kaffeebecher mit Bedacht. »Bedaure, nein. Sprechen Sie mit meinem Anwalt. Kann ich gehen?«

»Selbstverständlich. Danke für Ihre Zeit.« Die beiden Männer reichten sich die Hand.

Sebi Tschanz fing Dornach vor dessen Büro ab. Er hielt ihm ein Papier unter die Nase.

»Was ist das?«

»Die DNA-Analyse der Spuren in Frau Amidis Bett.«

»Und?«

»Das Vaginalsekret können wir definitiv Frau Amidi zuordnen, ebenso das Blut im Bad.«

So viel zur keuschen Muslimin. »Die Spermaspuren?«

»Kein Match mit unseren Datenbanken.«

»Leo Grüniger?«

»Haben wir zuerst gecheckt. Niente, nix, nada, tut mir leid.«

Dornach seufzte. »Wäre schön, wenn auch mal was auf Anhieb funktionieren würde. Mit wem hat sich Frau Amidi vergnügt, bevor sie verschwand?«

»Der übliche große Unbekannte, schätze ich.«

»Apropos Unbekannter.« Dornach übergab Tschanz eine Plastiktüte.

»Was ist das?«

»Siehst du doch, ein Kaffeepappbecher.«

»Was soll ich damit? Kaffeesatzlesen?«

»Eine DNA-Analyse wäre furchtbar nett.«

»Inoffiziell, schätze ich?«

»Dein Auffassungsvermögen, beeindruckend wie immer.«

»Hat es mit unserem Fall zu tun?«

»Sage ich dir, sobald ich das Resultat sehe.«

Tschanz machte auf dem Absatz kehrt. »Falls man mich sucht, ich bin in meiner Klause. Wenn ich ein Lichtlein im Dunkeln sehe, melde ich mich.«

Dornach setzte als Erstes die Bezzera in Betrieb. Während der Kaffee einlief, platzten Maja und Karin herein. »Kriegen wir auch einen?«

»Nur gegen substanzielle Infos.«

»Deal.« Karin zeigte auf Dornachs Computer. »Darf ich?«

»Bedien dich.« Karin setzte sich auf seinen Stuhl und begann zu tippen. Dann stand sie auf und rückte den Stuhl für Dornach zurecht. »Lies das mal.«

***

Auf dem Weg von der Schanzmühle zum Konzertsaal, wo er sein Auto geparkt hatte, griff D'Amato zu seinem Handy und wählte eine Nummer aus seinem Kopf. Nach dem zweiten Klingeln antwortete eine Stimme auf der anderen Seite.

»Ich bin's. Alles so weit gut gegangen. Sie haben keinen Verdacht geschöpft, denke ich.«

11

Eine Flucht aus dem Serail

Zweiter Fluchtversuch der Prinzessin von Al Kershah er-folgreich – Schweizer involviert?

Von unserem Nahostkorrespondenten Sven Blum aus Abu Dhabi.

Prinzessin Mayssoun Al Mansouri (23), älteste Tochter von Scheich Abadin Al Mansouri (59), Emir von Al Ker-shah, hat einen weiteren Versuch unternommen, vor ihrer Familie zu fliehen. Mit Erfolg, wie unsere Quellen berich-ten. Wir erinnern uns: Vor gut einem Jahr begleitete die Prinzessin ihren Vater bei einem Staatsbesuch in Kuala Lumpur, Malaysia. Während des offiziellen Empfangs in der Petronas Philharmonic Hall setzte sie sich ab. Mit Hilfe eines unbekannten Fluchthelfers floh sie zur Botschaft der Vereinigten Staaten. Agenten des kershanischen Geheim-dienstes gelang es, sie abzufangen, bevor sie diese erreichte. Passanten filmten die dramatischen Szenen vor den Toren der US-Botschaft. Die Bilder gingen damals um die Welt. Scheich Abadin regiert sein Land mit eiserner Hand. Dank seiner Erdölvorkommen zählt das Land neben den Ver-einigten Arabischen Emiraten (VAE) und Saudi-Arabien zu den reichsten Staaten auf der Arabischen Halbinsel. Scheich Abadin folgte 1990 seinem Vater auf den Thron von Al Kershah. Er modernisierte das Land und diversifi-zierte seine Wirtschaft mit dem Ziel, es langfristig weniger abhängig von Ölexporten zu machen. In den neunziger und nuller Jahren siedelten sich zahlreiche Finanz- und Industriekonzerne an. Hingegen hat sich der rasante Fortschritt nicht in der Ent-

wicklung der Menschenrechte niedergeschlagen. Regel-
mäßig bezichtigen internationale Organisationen wie
der »Global Mercy Fund«, »Human Protectors« und
»EmmaWatch« das kershanische Regime, brutal gegen
Dissidenten, Journalisten und Frauenrechtlerinnen vor-
zugehen. Todesurteile werden im Wochenrhythmus öf-
fentlich vollstreckt. Boykottaufrufe der meisten westlichen
Staaten, insbesondere der EU, verhallen ungehört. 2017
hat sich Al Kershah der von den USA unterstützten und
von Saudi-Arabien angeführten Panarabischen Allianz im
Krieg gegen islamistische Rebellen im Jemen angeschlossen.
Eine der größten Opponentinnen des Emirs kommt aus
seiner eigenen Familie. Auf ihren Youtube- und Insta-
gram-Kanälen übte Prinzessin Mayssoun regelmäßig
Kritik am Regime ihres Vaters und erlangte damit welt-
weites Aufsehen in den sozialen Medien. Sie beklagte sich,
in einem goldenen Käfig gefangen zu sein. Nach ihrem
ersten, misslungenen Fluchtversuch verschwanden ihre
Videos und Profile von den Plattformen. Seither war es
um die militante Prinzessin ruhig geworden.
Die jüngste Befreiungsaktion wurde anscheinend minu-
tiös vorbereitet. Unbestätigten Meldungen zufolge waren
Schweizer Aktivisten an der Planung und Durchführung
beteiligt. Zum Zeitpunkt ihrer Flucht verbrachte die Prin-
zessin mit ihrer Familie einige Tage in deren Residenz auf
den Malediven. Bei einem gemeinsamen Essen täuschte
die Prinzessin Unpässlichkeit vor und blieb in ihren Ge-
mächern, von wo sie durch das Fenster flüchtete. Mit Hilfe
ihrer Fluchthelfer entkam sie mit einem Kleinflugzeug
nach Goa an der indischen Westküste. Von dort ging die
Reise offenbar weiter auf die zu Thailand gehörenden
Similan-Inseln im Andamanenmeer. Dort verliert sich
ihre Spur. Weder der gegenwärtige Verbleib von Prin-
zessin Mayssoun noch die Identität der mutmaßlichen
Schweizer Fluchthelfer sind bekannt. Fakt ist, dass die
Flucht diplomatische Demarchen zwischen Al Kershah

und der Eidgenossenschaft auslöste. Die Schweiz unterhält keine ständige Vertretung in Al Kershah. Diese fällt in die Zuständigkeit der Botschaft in den VAE. Die Rede ist von einer Protestnote, die der kershanische Außenminister der Schweizer Botschafterin in Abu Dhabi übergeben haben soll. Zur Stunde liegt uns keine Stellungnahme des Eidgenössischen Departements für auswärtige Angelegenheiten (EDA) vor. Es handle sich um eine interne Angelegenheit von Al Kershah, zu der man sich nicht äußern könne, hieß es.

Die Lektüre des Boulevardblattes »Der Neue Tag« gehörte nicht zu Dornachs Gewohnheiten. Den Mitte Dezember vorletzten Jahres erschienen Artikel las er sorgfältig bis zum Ende. Er erinnerte sich, von der Affäre um die arabische Fürstentochter gehört zu haben. Jetzt wusste er auch, wieso ihm der Name Al Mansouri bekannt vorkam. Er hatte sich nur wenig dafür interessiert. Pias Depression und sein neugeborener Enkel hatten zu jener Zeit seine ganze Aufmerksamkeit in Anspruch genommen. Selbstverliebte und wohlstandsverwahrloste Royals, Prinzen und Prinzessinnen gehörten für ihn zu einer aus der Zeit gefallenen Spezies.

»Habt ihr das damals mitbekommen?«, fragte er Maja und Karin.

»Am Rande«, sagte Karin.

»Weißt du, ich und Prinzessinnen.« Maja verzog abschätzig den Mund. »Als Kind habe ich mich an der Fasnacht lieber als Cowboy verkleidet.«

Im Artikel waren Fotos eingebettet. Auch wenn Rana Amidi ihr Äußeres verändert und sich die Haare gefärbt hatte, die Ähnlichkeit mit der Fürstentochter war auch hier frappant. Ein Bild zeigte sie in westlicher Kleidung, wie sie vom englischen Thronfolgerpaar begrüßt wurde. Auf einer anderen Aufnahme stand sie in einem langen sandfarbenen Kostüm, Kopftuch und blauer Schärpe mit ausdruckslosem Gesicht hinter ihrem Vater. Scheich Abadin, hager, scharf geschnittenes bärtiges Gesicht, trug eine

Uniform. Die flache Hand lag grüßend an seiner Schirmmütze. Laut Legende war das Foto während einer Militärparade zum Geburtstag des Emirs im Herbst vor drei Jahren gemacht worden.

Schräg hinter der Prinzessin, vom Bildrand halb abgeschnitten, stand ein weißhaariger Europäer im Anzug. Den hatte Dornach auch schon irgendwo gesehen. Die Prinzessin war im Moment wichtiger. »Anastasia Tomaso hat zugegeben, an der Flucht von Mayssoun Al Mansouri beteiligt gewesen zu sein?«

»Mehr als das, sie hat sie organisiert«, sagte Karin.

»Wie kam es dazu?«

»Mayssoun Al Mansouri arbeitete seit Jahren mit ›Emma-Watch‹ zusammen. Sie setzte sich für die Frauenrechte in Al Kershah und anderen Ländern im Mittleren Osten ein.«

»Was ihrem Vater nicht gefallen haben dürfte«, sagte Dornach.

»Darauf kannst du Gift nehmen«, sagte Karin. »Ich habe auf die Schnelle ein Porträt über sie im ›Time Magazine‹ gefunden. Die Prinzessin foutierte sich um die Regeln ihres Erzeugers. Mehrfachehen und Zwangsverheiratung sind in Al Kershah legal. Fünf bis sechs Ehefrauen wohnen im Harem des Emirs. Mayssoun ist die älteste Tochter seiner Erstfrau.«

»Ist sie die Thronfolgerin?«, fragte Dornach.

»Das scheint in der Verfassung nicht eindeutig geklärt zu sein. Progressive Kreise befürworten eine Frau auf dem Thron. Die Wahrscheinlichkeit, dass es dazu kommt, wird als gering eingeschätzt. Al Kershah gilt als gemäßigter als Saudi-Arabien. Trotzdem dürfen Frauen fast keine Berufe ausüben. Autofahren ist nur in Begleitung eines Mannes erlaubt. Deshalb ist fast keine Frau im Besitz eines Führerscheins. Ihr könnt euch denken, dass Mayssoun auch das nicht gekümmert hat. Sie brachte sich das Fahren selbst bei und war stets allein unterwegs.«

»Mit anderen Worten, sie hat sich offen gegen ihren Vater gestellt. War das der Grund ihrer Flucht?«

»Vermutlich einer der Gründe, aber nicht der Auslöser.

Während des Arabischen Frühlings gab es auch Proteste und Aufstände in Al Kershah. Sie wurden brutal niedergeschlagen. Angeblich soll der Emir befohlen haben, auf jugendliche Demonstranten zu schießen. Es gab Dutzende von Toten, darunter viele Frauen, vor allem Studentinnen.«

Was das Engagement von »EmmaWatch« erklärte. Dornach begann, den Einsatzwillen dieser Frauen von einer anderen Warte aus zu sehen.

»Vor zwei Jahren kam es erneut zu Aufständen gegen das autoritäre Regime«, fuhr Karin fort. »Der Emir ließ sich das nicht gefallen. Dieses Mal schickte er seine Leibgarde aus kampferprobten Elitesoldaten. Sie veranstalteten ein Gemetzel, das den Verlust an Menschenleben im ›Arabischen Frühling‹ in den Schatten stellte.«

Dornach fand einen Link zu einem Video über die Unruhen. Bürgerkriegsähnliche Szenen spielten sich darauf ab. Bis an die Zähne bewaffnete Soldaten, die Jagd auf halbe Kinder machten. Eine Szene zeigte drei Soldaten, die mit Knüppeln auf eine am Boden liegende junge Frau einschlugen. Später trugen drei Jugendliche die blutüberströmte Frau davon. Schläge prasselten auf sie nieder, während sie versuchten, die Verletzte davor abzuschirmen.

Dornach musste unvermittelt an jene rechtsbürgerlichen Parlamentarier denken, darunter auch Frauen, die den Bundesrat wegen der Maßnahmen während der Pandemie der Diktatur bezichtigten. Leider waren Trennschärfe und Urteilsvermögen keine unabdingbaren Charaktereigenschaften gewählter Volksvertreter.

Karin wischte sich über die Augen. »Das ... das war der Auslöser für den ersten Fluchtversuch der Prinzessin.«

»Wie kam sie an Frau Tomaso als Fluchthelferin?«

»Ein geheimes Treffen in Bern«, sagte Maja. »Die Prinzessin weilte mit einer kershanischen Wirtschaftsdelegation dort. Sie schaffte es, sich für ein paar Stunden abzusetzen. Als sie auftauchte, war der Plan unter Dach und Fach.«

»Niemand schöpfte Verdacht?«

Majas Miene bekam eine heitere Note. »Die fürstlich beauftragten Babysitter kehrten die unerlaubte Abwesenheit unter den Teppich. Sie hatten wohl Angst, ausgepeitscht zu werden oder schlimmer.«

Die Angst, Keim der schleichenden Selbstzerstörung eines autoritären Regimes. Früher oder später frisst sie ihre Kinder. Ein unbehaglicher Gedanke nistete sich in Dornachs Gemüt ein wie das Kratzen im Hals als Vorbote einer Grippe. Er musste sich räuspern. »Wenn Rana Amidi und Prinzessin Mayssoun tatsächlich ein und dieselbe Person sind, ist unser Spielfeld ab sofort um einiges größer geworden.«

»'tschuldigung, Chef, wir stehen auf dem Schlauch.« Die Aussage entsprach Majas und Karins jeweiligem Gesichtsausdruck.

»Können wir ausschließen, dass die Kershaner ihre Prinzessin hier aufgespürt und entführt haben?«, fragte er.

Maja stieß als Erste auf den sprichwörtlichen begrabenen Hund. »Die Kershaner haben sie entführt, meinst du? Das hieße … Fuck!« Eine treffende Zusammenfassung der Lage.

»Sie haben sie in ihre Botschaft gebracht, möglicherweise ist sie bereits in Al Kershah«, deutschte Karin sie aus.

»Oder sie wurde im Botschaftsgarten verscharrt, wo sie die Berner Radieschen von unten betrachtet.« Majas Zuckerguss über düstere Gegebenheiten.

Dornach rieb sich mit beiden Händen über das Gesicht. »Ohne Erlaubnis des Botschafters haben wir keinen Zugriff auf das Botschaftsgelände. Wir müssen das EDA und das Fedpol einschalten.«

»Anders gesagt, wir werden nie erfahren, was aus Rana Amidi geworden ist.«

»Wenn sie nicht doch anderswo auftaucht, vorzugsweise lebendig. Die Frage ist nur, wie bringe ich das Pia bei?«

»Am besten gar nicht, solange wir nichts Sicheres wissen.« Guter Vorschlag, wenn man von Pias Talent absah, Dinge aufzudecken, die man ihr partout verschweigen wollte.

»Da ist noch was.« Karin hielt einen Datenstick in der Hand. »Darf ich?« Sie deutete auf seinen Computer.

»Bitte.« Er machte ihr Platz.

»Google hat mir den vorhin gegeben. Vorablieferung weiterer wiederhergestellter Dateien. Rest folgt asap.«

Der Bildschirm gab die Sicht auf einen einzigen Ordner frei, »Kershah Special« lautete der kryptische Name. Dornach klickte ihn an.

»Was stellt das dar?«, sprach Maja die Frage aus, die allen auf der Zunge brannte, nachdem sie die geometrischen Formen und Messdaten auf einer technischen Zeichnung betrachtet hatten.

Dornach zeigte auf die rechte untere Ecke der Skizze. »Die können uns das beantworten. Du kommst mit, Karin.«

***

Ein Bipperlisi glitt laut quietschend über das enge Kurvengleis der Baseltorkreuzung. Pia presste ihr Handy fester ans Ohr und steckte den Finger der freien Hand ins andere. »Danke für die Info, Paps«, sagte sie und hängte ein.

Auf dem Weg zurück zum Spielplatz auf der Chantierwiese versuchte sie zu verarbeiten, was ihr Vater ihr erzählt hatte. Nicht zu glauben.

Ihre Augen suchten den Spielplatz ab, wo sie Nadal und Mirio bei der Seilrutsche gesehen hatte. Sie erblickte die beiden weiter vorne im Steinkreis, in dessen Zentrum die Skulptur des heiligen Niklaus von Flüe stand. Wenn man den Historikern Glauben schenkte, bewahrte er im Jahr 1481 während einer hitzigen Tagsatzung, die als »Stanser Verkommnis« in die Geschichte einging, die Eidgenossenschaft vor Bürgerkrieg und Zusammenbruch. Seiner Fürsprache verdankte Solothurn die Aufnahme in den Bund der Eidgenossen. Neben den römischen Schutzpatronen Ursus und Viktor hatte der Innerschweizer Eremit einen besonderen Platz im katholischen Herzen alteingesessener Solothurner. Der historische Kontext dürfte weniger Mirios Interesse geweckt haben als die Spielmöglichkeiten des Steinkreises, der die Statue umgab. Angesagt war, sich von

Nadal auf die Poller mit den eingravierten Kantonswappen heben zu lassen und, von ihr gestützt, runterzuhüpfen.

Pia bemerkte die Person erst, als sie schmerzhaft von ihr angerempelt wurde. Ihre Tasche löste sich von ihren Schultern, der Inhalt verteilte sich über den Rasen. »Oh, sorry, ich habe Sie nicht gesehen.«

Die Frau trug Jeans, die vor Dreck standen und mehr Löcher als Stoff aufwiesen. Auf dem verfilzten dunkelbraunen Haar hätte sich jedes nistfreudige Vogelpaar liebend gern niedergelassen. Ihrem Körpergeruch eine auch nur entfernte seifenähnliche Note zu unterstellen durfte getrost als abenteuerlich taxiert werden. Sie grummelte etwas Unverständliches und half Pia, ihre Siebensachen einzusammeln.

»Mein Handy!« Pia suchte den Boden ab. Sie hatte es eben noch gesehen.

»Hier.« Die Rastafrau reichte ihr das Handy, ohne sie anzuschauen.

»Danke.« Pia klaubte eine Zehnernote aus ihrem Geldbeutel. »Das ist für ...« Sie sah sich um. Die Frau entfernte sich Richtung Eingangspavillon des Baseltor-Parkhauses.

Nadal kam ihr mit Mirio entgegen. Der Lustfaktor des Steinehüpfens hatte sich erschöpft. »Was war mit der los?« Nadal zeigte auf die Frau.

»Keine Ahnung, wahrscheinlich wird sie von einem kalten Truthahn geritten.«

»Wie?«

»*Cold Turkey*, kalter Entzug. Kennst du nicht?«

»Ach so, du meinst, sie ist eine Drogensüchtige. Warum sagst du das nicht gleich?«

Pia winkte ab. »Sag mal, wusstest du, dass Rana in Wirklichkeit eine orientalische Prinzessin ist?«

Nadal sah sie unsicher an. »Ist das auch eins von deinen Wortspielen?«

»Was? Nein, voll wahr. Paps hat's mir gerade gesagt.« Pia erzählte ihr vom Telefongespräch. Mirio zerrte ungeduldig an ihrer Hose. »Hunger!«

Pia kauerte sich vor ihm hin.»Was willst du denn?«Sie machte große Augen und riss den Mund auf. Sie hob die Arme mit den Handflächen auf Kopfhöhe und wackelte mit dem Kopf.

Mirio streckte seinerseits die Hände in die Höhe.»Banana!« Er hatte die Geste verstanden, eine Anspielung auf eine Lieblingsspeise der Affen.

»Banana!«, sang Pia lachend. Normalerweise hätte Nadal mitgelacht, aber erst musste sie die Neuigkeit über Rana Amidi sacken lassen.

Sie gingen zu einem der Picknickplätze unterhalb des Spielplatzes. Pia zog eine Banane aus dem Rucksack, bei deren Anblick Mirio anfing, schmatzende Geräusche zu machen.»Banana, Banana.« Pia fütterte ihn mit mundgerechten Stücken.

»Ich fasse es nicht«, sagte Nadal.»Ich hatte ja immer das Gefühl, Rana ist etwas Besonderes, aber gleich eine *amira*.« Sie gebrauchte das arabische Wort für Fürstin.

»Was machen wir jetzt?« Pia brach ein weiteres Stück Banane ab.

»Glaubst du, sie wurde erkannt? Hat der Emir sie von seinen Leuten entführen lassen?«

Pia wusste nicht, was sie glauben sollte. Ranas Tarnung mochte noch so gut sein. Wie schwer konnte es für einen schwerreichen Mann wie Scheich Abadin sein, sie ausfindig zu machen? Das Blut in ihrer Wohnung ließ den Schluss zu, dass sich Rana gegen ihre Angreifer zur Wehr gesetzt hatte.

»Wahrscheinlich hat man sie in die Botschaft gebracht«, sagte Nadal.»Was können wir tun?«

»Nicht viel.« Während des Frühlingssemesters hatte Pia einen Vortrag zum Völkerrecht besucht. Exterritorialität existierte zwar nicht mehr, doch das Gelände ausländischer Botschaften galt als unverletzlich. Ohne Zustimmung des Botschafters durften weder Polizei noch andere Schweizer Behörden das Missionsgrundstück betreten.»Rana könnte auch schon zurück nach Al Kershah geschafft worden sein.«

»Das überlebt sie nicht. Ihr Vater wird sie umbringen.«

Es gab nur einen Weg, das herauszufinden. Dafür musste Pia

ein paar Telefonate erledigen. Sie steckte Mirio das letzte Stück Banane in den Mund und warf die Schale in einen Abfallkübel.

»Lass uns nach Hause gehen.« Mirio wurde unruhig. »Nuschi, Nuschi.«

»Wo ist sein Nuscheli?«, fragte Pia.

»Eben hat er es in der Hand gehalten.« Nadal sah sich suchend um.

»Wo hast du es zuletzt gesehen?«

»Drüben bei den Steinen, ich gehe nachsehen.«

»Lass nur, ich mache das«, sagte Pia.

Sie war erleichtert, das farbige Schmusetuch hinter einem Stein zu finden. Ohne das Ding konnte das Einschlafen leicht in ein Drama ausarten. Pia drehte sich um und hob die Hand mit dem Tuch, um ihnen zuzuwinken. Mitten in der Bewegung erstarrte sie. Ein Mann mit dunkler Kurzhaarfrisur, Vollbart und Sonnenbrille streichelte ihrem Sohn über den Kopf.

»Nadal!«, rief sie, gegen die aufsteigende Panik ankämpfend. »Kommst du?«

Der Mann drehte sich zu ihr um. Sein Lachen legte zwei blendend weiße Zahnreihen frei. Er winkte, bevor er in der Gegenrichtung davonging.

Nadal bemerkte Pias Aufregung. »Was hast du?«

»Was wollte der Kerl von dir? Weißt du nicht, wer das ist?«

»Ich? Keine Ahnung? Woher sollte ich.«

»Derselbe, der Rana komisch angemacht hat, im ›New Ecstasy‹. Weißt du nicht mehr?«

»Der? Meinst du? Ich habe ihn nur kurz gesehen, weil ich auf der Toilette war.«

»Was hat er gesagt?«

»Das war komisch. Er hat arabisch gesprochen.«

»Was hat er gesagt?«, wiederholte Pia eindringlich.

»Dass Mirio ein hübscher Junge sei, und gefragt, ob ich seine Mutter sei.«

»Und?«

»Ich soll dir was ausrichten.«

»Was?«

»Du sollst gut auf Mirio aufpassen und an seinen Vater denken. Ich fragte ihn, woher er Rafik kannte. Dann bist du gekommen und er ging weg.«

Pia verstand die Botschaft. Sie hatte den Mann schon woanders gesehen – vor der Villa Dornach, in einem dunkelblauen Range Rover.

12

Solothurn, Altstadt, Parkplatz Konzertsaal

Im Van roch es nach feucht-staubigem Vorhang. Sie schaltete den Mini-Ventilator an. Eine Klimaanlage lag nicht drin. Ein geparkter schwarzer Van mit laufendem Klimaaggregat fiel dem einfältigsten Parkplatzwächter auf. Ein paar ruckartige Kammbewegungen durch die Pagenfrisur, zwei-, dreimal den Kopf heftig schütteln. Das verbesserte keineswegs die Luftqualität, dafür fühlte es sich frischer an. Gegen den künstlich aufgetragenen abstoßenden Körpergeruch half nur eine Dusche. Die musste warten, erst die Funktionskontrolle. Sie verband ihr Notebook mit den Netzverstärkern des Vans. Der Scanner nahm die Spur des Senders sofort auf. Sie schaltete den Lautsprecher ein.

»... *der Rana komisch angemacht hat, im ›New Ecstasy‹. Weißt du nicht mehr?*«, kam die Stimme der jungen Frau, leicht gedämpft, metallisch, aber klar aus dem Lautsprecher. Sie atmete auf. Es war knapp gewesen, den hochsensiblen, flachen Chip an der Innenseite des Dokumentenfachs der Handyhülle anzubringen. Das Risiko hatte sich gelohnt. Der Sender hatte mehrere Kilometer Reichweite und eine Lebenszeit von einigen Tagen.

Sie wählte eine Kurznummer über die Spezialverschlüsselung ihres Smartphones. Nach dem zweiten Klingeln wurde auf der anderen Seite abgehoben. »Hallo?«

»Gabrielle, Pass 118.«

»Augenblick.«

Sie zählte langsam von zehn rückwärts. Dauerte es länger als zehn Sekunden, würde sie aufhängen. So schrieb es das Protokoll vor.

»Gabrielle?« Bei zwei.

Sie sparte sich Begrüßungsformalitäten. »Permakontakt mit Zielperson zwei. Neue Instruktionen für Intervention?«

»Ihre Entscheidung, sobald Sie es für richtig halten.«

»Erkannt.«

Duschen und umziehen. Endlich.

***

Der Raum war derselbe wie beim ersten Besuch. Weiß, grau, schwarz. Wiederum wurden sie von Elke Sommer begrüßt. Herr Jeger junior sei in einer Videokonferenz, bedauerte sie. Dornach bediente sich bei den bereitstehenden Fläschchen mit Fruchtsaft. Aprikose. Nicht sein Ding, aber er brauchte den Zucker.

»Auch eins?«, fragte er Karin.

»Wasser bitte. Still, wenn's geht.«

An der Wand hing das Porträt eines älteren Herrn, bekränzt mit einem Trauerflor. Selbst im Tod verbreitete Jean-Jacques Jeger Zuversicht. Dornach erinnerte sich nicht, es beim ersten Besuch gesehen zu haben. Vermutlich hatte er es registriert, ohne es wahrzunehmen. Jedenfalls war Jeger senior der Mann, den er auf dem Archivbild zum Artikel über Prinzessin Mayssouns Flucht gesehen hatte. Karin hatte ihn auch erkannt. Im Zusammenhang mit Rana Amidis Verschwinden rückte es die Firma in ein neues Licht.

Die Minuten des Wartens zogen sich hin. Die Gelegenheit, ein Thema anzuschneiden, das er vor sich hergeschoben hatte. »Wie geht's deinem Vater? Ich habe lange nicht mehr mit ihm gesprochen.«

»Gut. Er vermisst die Arbeit, manchmal.« Karins Verwundung hatte ihren Vater, den damaligen Kripochef Urs Jäggi, schwer getroffen. Er hatte sich einige Monate früher als vorgesehen in den Ruhestand versetzen lassen. Bis Katrin Friis übernehmen konnte, hatte Dornach die Kriminalabteilung komissarisch geleitet.

»Vati hat immer noch ein schlechtes Gewissen, wenn er mich sieht«, sagte Karin. »Er gibt sich die Schuld für das, was mir passiert ist. Kürzlich hat er mich um Verzeihung gebeten.«

»Schon wieder?«

»Zum gefühlt hundertsten Mal.« Karin verschränkte krampfhaft die Hände ineinander. »Jedes Mal wenn er das tut, fühle ich mich für seinen Zustand verantwortlich.«

Dornach war es gewesen, der Jäggi überredet hatte, seine Tochter als damals blutjunge Polizistin in die Ermittlungsabteilung zu versetzen. Er hatte es nie bereut, bis zu jenem verhängnisvollen Tag, an dem Karin beinahe umgekommen wäre. Casagrande hatte ihm geholfen, den Kopf über Wasser zu halten.

»Soll ich mal mit Urs sprechen?«

Sie hielt sich an der Mineralwasserflasche fest, als wäre sie ein Anker. »Wenn du meinst, es hilft.«

Überzeugung klang anders. »Dein Freund? Sprecht ihr wieder miteinander?«

Die Flasche war vergessen. »Woher weißt du …? Hat Maja …?« Klang da ein Hauch von Enttäuschung mit, verratene Vertraulichkeit? Was ging es ihn überhaupt an?

»Auch wenn ich ein Mann bin, höre und sehe ich nicht nur mit Augen und Ohren.«

Ihre Art, verlegen zu lächeln, attestierte ihm Glaubwürdigkeit. Sie war ihm nicht böse. »Wir versuchen es, miteinander zu reden, meine ich.«

»Wir?«

»Ich«, korrigierte sie sich. »Er tut es schon die ganze Zeit.«

»Klingt wie ein Ansatz. Ich drücke euch die Daumen.« Weitergehenden väterlichen Rat hatte Karin nicht nötig.

»Danke. Dominik?«

»Ja?«

»Es geht mir gut, weißt du? Ich bin voll da.«

»Gut zu wissen. Ich zähle auf dich, hundertprozentig.«

Ihre Züge entspannten sich. Erneuter Griff zur Flasche, diesmal um zu trinken.

Die Tür öffnete sich. Ein Mann in einem grauen Dreiteiler ohne Krawatte kam herein, passend zum Raum. Unverkennbar die jüngere Ausgabe des Mannes an der Wand, die Haare dunkler, voller, mit Gel streng nach hinten gekämmt. Sein

Lächeln war verkrampfter als dasjenige des Verblichenen. Verständlich. Die Toten hatten gut lachen. Nur das Leben ist kein Ponyhof.

Dornach war der Ranghöhere. Trotzdem wurde die Dame zuerst begrüßt. »Louis Jeger«, stellte er sich bei jedem separat vor. »Hat man Ihnen Kaffee angeboten?«

Sie bejahten.

»Wenn ich richtig informiert bin, haben Sie bereits mit Frau Sommer und meiner Nummer zwei, Francesco D'Amato, gesprochen. Ich bin nicht sicher, ob ich Ihnen weiterhelfen kann.«

»Erst mal vielen Dank, dass Sie sich für uns Zeit nehmen«, sagte Dornach. »Wie Sie wissen, ermitteln wir im Fall einer Ihrer Mitarbeiterinnen, die unter ungeklärten Umständen verschwunden ist.«

Kurzes, unsicheres Funkeln in den Augen. »Rana Amidi, ich weiß. Schlimme Sache. Haben Sie schon eine Spur?«

»Ich würde eher sagen, neue Erkenntnisse, die wir mit Ihnen erörtern möchten.«

»Leider habe ich wenig Zeit. In operativen Angelegenheiten können Ihnen Herr D'Amato und Frau Sommer kompetenter Auskunft geben.«

»Zweifellos. Trotzdem denke ich, unsere Informationen dürften Sie interessieren«, sagte Dornach. Ein Blick zu Karin.

Sie öffnete ihr Tablet und zeigte es Jeger.

Sein Ausdruck wechselte von gelangweilt zu aufmerksam, schließlich zu fassungslos. »Woher haben Sie das?«

»Es sind wiederhergestellte Dateien einer Festplatte, die kürzlich bei einem Brandanschlag in Olten zerstört wurden.«

»Bei diesen Frauenrechtlerinnen, ›EmmaWatch‹? Ich habe davon gelesen. Wie kommen die Skizzen dorthin?«

»Können Sie uns sagen, worum es sich bei den technischen Zeichnungen handelt? Wir erkennen eine Art zylindrische Behälter.«

»Das sind die Pläne neu entwickelter Werkstücke, streng geheimes Material.«

»Das sehen wir, steht ja drauf. Um was für Teile handelt es

sich genau? Keine Sorge, wir können Geheimnisse für uns behalten.«

»Das ist nicht so einfach, wie Sie denken. Die Pläne sind Gegenstand von Geheimhaltungsverträgen mit unserem Joint-Venture-Partner.«

»Der kershanische Staatsfonds, nicht wahr?« Karins Augenbrauen ragten steil in die Höhe. »Unterlagen dazu befanden sich ebenfalls auf der Festplatte.«

Jegers Ausdruck erinnerte Dornach an Mirio, der mal zusehen musste, wie sein Glacé wegschmolz, bevor er das Eis essen konnte. »Es stimmt, wir arbeiten mit ›Al Kershah State Venture Investment Fund‹ an einem gemeinsamen Projekt.«

»Sie bauen dort eine Fabrik?«

»Ja, für die Herstellung von Medikamenten und Impfstoffen, die insbesondere ärmeren Regionen der Welt zugutekommen sollen, vor allem auf dem indischen Subkontinent und im östlichen Afrika.«

Eine Pharmafabrik nur für die Armen und Bedürftigen. Komischerweise fanden die Gewinne den Weg fast ausschließlich in die Taschen westlicher Kapitalgeber. Andererseits, mittlerweile wurde diese Gruppierung mit einer ansehnlichen Anzahl korrupter Oligarchen mittelöstlicher, russischer und chinesischer Herkunft assortiert. Großes Geld kennt weder Hautfarbe noch Nationalität. Das Kapital als Antithese des Rassismus.

»Die Zylinder sind Bestandteil der Anlage?«, fragte Dornach. »Sie sehen recht gewöhnlich aus. Was ist daran so geheim?«

»Das sind keine herkömmlichen Metallbehälter«, dozierte Jeger. »Diese Zylinder werden aus äußerst widerstandsfähigem Material gefertigt. Es muss hohen Druck- und Temperaturschwankungen standhalten. Das von uns entwickelte Material erfüllt diese Anforderungen, gleichzeitig ist es leicht und spart somit Transportkosten.«

»Was soll damit transportiert werden?«

»Verschiedene Substanzen, Chemikalien, Medikamente, Impfstoffe in flüssiger oder fester Form.«

»Die Substanzen werden vor Ort in Al Kershah gefertigt?«

»Zunächst ja. Es sind weitere Anlagen in dieser Region geplant.«

»Von Ihnen?«

»Das hoffen wir. Aber wie kommen die Pläne auf eine Festplatte von ›EmmaWatch‹?«

»Wir vermuten, dass Ihre Mitarbeiterin dahintersteckt. Wussten Sie, dass Rana Amidi nebenbei für ›EmmaWatch‹ arbeitete?«

»Ich persönlich nicht. Für solche Dinge ist Frau Sommer zuständig. Grundsätzlich sind unsere Mitarbeiter verpflichtet, bezahlte Nebentätigkeiten offenzulegen.«

»Wir haben die beiden Verantwortlichen von ›EmmaWatch‹ befragt. Laut deren Aussagen gehörte die Festplatte zu einem Rechner, den Frau Amidi regelmäßig benutzte. Die Daten waren gut verschlüsselt. Hatte sie aufgrund ihrer Arbeit Zugriff zu vertraulichen oder geheimen Informationen Ihrer Firma?«

»Nicht dass ich wüsste. Frau Amidi benötigte sie nicht zur Ausübung ihrer Arbeit.«

»Wie bewahren Sie die vertraulichen Daten und Pläne auf?«

»Was nicht digitalisiert ist, wird in einem speziell gesicherten Archiv im Keller gelagert. Kopien davon befinden sich in mehreren externen Archiven. Elektronische Daten werden auf einem verschlüsselten Cloud-Server aufbewahrt.«

»Wer in der Firma hat Zugang zu geheimen Unterlagen?«

»Nach dem Tod meines Vaters nur Francesco, also Herr D'Amato, und ich. Frau Sommer hat begrenzten Zutritt im Notfall erhalten.« Jegers Mahnfinger schoss in die Höhe. »Für diese drei Leute lege ich meine Hand ins Feuer.«

»Die Informationen kamen kaum von selbst auf die Rechner von ›EmmaWatch‹«, sagte Dornach. »Ist es denkbar, dass Frau Amidi sich Zutritt zum Sicherheitsarchiv verschaffen konnte?«

»Nur wenn sie über die entsprechende Freigabe auf ihrem Badge und den zugehörigen Sicherheitscode verfügte. Der Zutritt ist nur in dieser Kombination möglich.«

»Gut, ich brauche eine Liste ihrer Zugriffe.«

»Über welchen Zeitraum?«

Die Frage wurde an Karin weitergeleitet. Sie konsultierte

ihr Tablet. »Ab Ausstellungsdatum der Zeichnungen bis zum Zeitpunkt des Anschlags vor einer Woche«, sagte sie.

»Kann ich Ihnen beschaffen.«

Dornach wartete, bis Jeger seine Notizen niedergeschrieben hatte. »Reisen Sie oft nach Al Kershah?«

»Erst seit dem Tod meines Vaters. Vorher hat er sich um das Joint Venture gekümmert. Es war sein Baby.«

»Kennen Sie die Tochter des Emirs, Prinzessin Mayssoun?«

»Ich bin ihr nie begegnet. Sie ist ja leider ... sie hat ihr Elternhaus verlassen.«

»Das brachte sie in Schwierigkeiten, nicht wahr? Es stand die Vermutung im Raum, dass die Prinzessin mit Schweizer Hilfe fliehen konnte.«

»Der Emir war wütend und hätte um ein Haar das Projekt gestoppt. Glücklicherweise verfügen wir auf politischer Ebene über gute Kontakte, die uns unterstützten.«

»Den Präsidenten der Außenwirtschaftskommission, nehme ich an, Nationalrat Urner.«

»Unter anderem.«

»Wer noch?«

»Das SAWI.«

»Das Staatssekretariat für Außenwirtschaft?«

»Staatssekretär Hammer hat sich persönlich für uns eingesetzt, gemeinsam mit den zuständigen Diplomaten im EDA.«

Dornach wechselte das Terrain. Er deutete auf das Bild an der Wand. »Ihr Vater ist bei einem Flugzeugunglück ums Leben gekommen?«

»Vor knapp zwei Monaten. Es war ein Privatjet. Der Unfall geschah kurz nach dem Abflug von Al Kershah. Ein Triebwerksbrand führte zu einem Druckabfall. Das Flugzeug ist explodiert. Man vermutet Materialermüdung.«

»Wurde der Unfall untersucht?«

»Es gab nicht viel zu untersuchen. Das Flugzeug wurde gewissermaßen pulverisiert.«

Der zweite Rückschlag für das Projekt, nach der Flucht der Prinzessin.

»Es war eine schwierige Phase«, sagte Jeger. »Aber nun sind wir voll auf Kurs.«

»Das wär's für den Moment, wir bedanken uns.« Dornach stand auf und reichte Jeger die Hand. »Wir werden mit weiteren Fragen auf Sie zukommen.«

»Könnte ›Jeger Industries‹ mit dem Verschwinden von Rana Amidi zu tun haben?«, fragte Karin, als sie im Auto saßen.

»Wir sollten es nicht ausschließen.« Dornach winkte dem Sicherheitsmann beim Ausgang zu.

»Warum stellen wir denen die Bude nicht auf den Kopf? Vielleicht halten sie sie dort versteckt?«

»Weil es nichts bringen würde. Du hast gehört, wer seine schützende Hand über dieses Joint Venture hält.«

»Warum versuchen wir es nicht?«

In gewissen Dingen konnte Karin so stur sein wie Pia und Maja zusammen. »Weil ich nicht glaube, dass sie Frau Amidi in diesem Fall in der Fabrik festhalten würden.«

»Sondern.«

»In der Botschaft. Du weißt, was das heißt.«

»Ende Gelände.«

13

Jedes Mal wenn ihn der Nachrichtenton seines Handys aus dem Tiefschlaf riss, nahm sich Dornach vor, einen sanfteren Jingle einzustellen. »Was ist los?«, murmelte Casagrande schlaftrunken neben ihm.

»Nachricht von Google.«

Casagrande ertastete ihr Handy auf dem Nachttischchen neben ihr. »Halb fünf? Hat der Mann kein Privatleben?«

»Nicht, wenn er an was dran ist.« Dornach überflog die Nachricht.

Casagrande setzte sich auf und zog fröstelnd die Bettdecke über ihren nackten Oberkörper. »Musst du dir das jetzt ansehen?«

»Ich muss.« Er schwang sich aus dem Bett. Bevor er die Füße auf den Boden setzte, zogen ihn zwei Hände zurück ins Bett. »Was immer er für sensationelle Neuigkeiten haben mag, ich bin nicht fertig mit dir.«

Kurz vor Mitternacht waren sie todmüde ins Bett gefallen und sofort eingeschlafen.

»Lass mich nur rasch –«

Zwei Finger auf seinen Lippen brachten ihn zum Schweigen. Mit einer schwungvollen Drehung saß sie auf ihm. Das Licht der Nachtlampe reflektierte sich in ihren Augen. Er spürte das Gewicht ihres Körpers, die feuchte Wärme ihrer Scham, den weichen Druck ihrer Brüste, ihre Hände überall. Unter ihrer Oberfläche wogte die Lava, bereit, sich über ihm zu ergießen. Nicht ohne Vorwarnung. Ihr heißer Atem füllte sein Ohr. »Ich will dich«, wisperte sie.

Es war bereits Tag, als Dornach den Computer einschaltete. Vom Bad nebenan schwappten Geräusche rauschenden Wassers herüber. Casagrande stand unter der Dusche.

Während er wartete, bis der Rechner alle Applikationen hochgeladen hatte, wanderte sein Blick zur Fotosammlung an der Wand gegenüber. Momentaufnahmen eines früheren Lebens. Bilder mit ihm als Kind und seinen Eltern. Pia mit ihren Großeltern. Pia an ihrem ersten Schultag. Ein Gruppenbild mit ihrer Mutter Laure, Pia und ihm in den Walliser Bergen. Ein seltener Moment gemeinsamen Familienglücks, eingefangen für die Nachwelt. Versetzt darunter ein Selfie mit Pia und Jana auf einem Motorradausflug in den Jura. Beide strahlten um die Wette, Jana, typisch für sie, ein wenig zurückhaltend. Lediglich ihre klaren blauen Augen verrieten, wie glücklich sie in diesem Augenblick war. Pia dagegen war ein offenes Buch, fröhlich und stolz, diese Frau zur Freundin zu haben. Jana war ihr gleichzeitig große Schwester und Mutterersatz gewesen, die einzige erwachsene weibliche Person, deren Autorität sie vorbehaltlos akzeptierte, während zwischen Laure und ihr stets eine Art latenter Kriegszustand herrschte.

In den neuesten Aufnahmen war Mirio mit von der Partie. Der Sohn hatte die Mutter verändert. Zusammen mit ihm war sie neu aufgeblüht. Die mütterliche Verantwortung zähmte ihr ungestümes Wesen. Hoffen war immer erlaubt.

Der PC war startklar. Dornach konzentrierte sich auf Googles Bericht. Das klappte so lange, bis zwei nackte Arme sich schlangenhaft um seinen Oberkörper wanden.

»Was Neues?« Casagrande setzte sich auf seinen Oberschenkel. Der lose verknotete Bademantel klaffte auf. Eine feuchtwarme Wolke aus Citrus, Bergamotte und Glückshormonen hüllte ihn ein. Das zum Turban verknotete Frotteetuch roch nach Frau Reinhards Weichspüler. Sie stellte ihm eine Tasse in sicherem Abstand zum Rechner auf den Tisch.

Er rümpfte die Nase. Heißes Wasser, lasch wie ein ausgewrungener Waschlappen. So schmeckte es auch. Für ihn jedenfalls. Ihr erstes Getränk am Morgen. System durchspülen nannte sie es.

Sie lasen und tranken ihr Wasser. Nach dem ersten Schluck gewöhnte man sich daran.

»Madonna! Warum sind wir nicht eher darauf gekommen?«, rief Casagrande nach einer Weile. Schade, ihre sinnliche, schmiegsame Seite ließ sich aushalten.

In diesem Batch geretteter Dateien von »EmmaWatch« waren mehrere Presseberichte zum Joint Venture zwischen »Jeger Industries« und Al Kershah. Offensichtlich, und aus jetziger Warte verständlich, hatte sich Rana Amidi alias Prinzessin Mayssoun sehr dafür interessiert.

Ein Leitartikel im Magazin »Wirtschaft – Politik & Gesellschaft« setzte sich eingehend und kritisch damit auseinander.

»Das Joint Venture soll das Schlüsselelement eines Wirtschaftsabkommens zwischen der Eidgenossenschaft und Al Kershah sein«, sagte sie. »Weitere Projekte sind in der Pipeline, weniger friedliche, scheint es.« Sie zeigte Dornach den Abschnitt. »›Swiss Armatech‹, das ist der Rüstungsbetrieb des Bundes. Die wollen dort eine Fabrik für Verteidigungstechnologie bauen, was immer das heißt.«

»Innerhalb der gesetzlichen Vorgaben ist das Unternehmen in seinem Handeln frei. Hier steht, das Projekt ist zurückgestellt. Al Kershah beteiligt sich am Krieg gegen den Jemen.«

»Können wir das überhaupt, als neutraler Staat?«

»Schweizer Rüstungshersteller mit Tochtergesellschaften im Ausland sind nicht ungewöhnlich«, sagte Dornach. »So viel zu unserer Neutralität.«

Im Artikel stand weiter, dass der kershanische Staatsfonds als Partner von »Jeger Industries« zu neunundvierzig Prozent am Joint Venture beteiligt war. Der volle Name lautete »Jeger Kersha Pharmaceuticals (JV) Ltd.«.

»›Jeger Industries‹ steuert die Produktionstechnologie bei. Al Kershah übernimmt die Produktion mit anderen Partnern«, las Dornach vor.

»Klick mal da drauf.« Casagrande zeigte auf den Link eines internationalen Recherchenetzwerkes. Mehrere Artikel zum Tod von Jeger senior poppten auf.

»Das ist interessant«, sagte Dornach.

»Was?«

»Eine Analyse zum Flugzeugabsturz.«

»Der Triebwerkschaden?«

»Wenn's denn einer war. Hier steht, dass das Flugzeug in der Luft explodierte. Bei solchen Unfällen fallen die Trümmerteile auf die Erde, in diesem Fall ins Meer. Es wurden aber keine Trümmerteile gefunden, wenn überhaupt, nur Fragmente. Das Flugzeug wurde bei der Explosion pulverisiert.«

»Ja, und?«

»Bei solchen Unfällen bricht ein Flugzeug in der Regel auseinander. Bei Jegers Flugzeug hatte die Explosion eine viel größere Sprengkraft.«

»Denkst du, es war eine Bombe? Ein Anschlag?«

»Nicht nur ich. Der Autor stellt die Frage, wer etwas gegen Al Kershah haben könnte. Ganz oben auf der Liste stehen die jemenitischen Rebellen. Man schließt einen Raketenangriff nicht aus.«

»Wenn sie es waren: Weshalb haben die Rebellen es ausgerechnet auf Jeger senior abgesehen?«

»Denk mal nach.«

»Vergiss es. Nicht so früh am Morgen und solange ich meine erste Tasse Kaffee nicht intus habe. Sag schon.«

»Ich habe dir das Pressefoto gezeigt, auf dem Prinzessin Mayssoun mit Jeger senior während der Geburtstagsparade für den Emir zu sehen ist.«

»Das war im Herbst vor drei Jahren, ja und?«

»Jeger junior sagte, dass sein Vater regelmäßig Al Kershah besuchte. Erst nach dessen Tod reiste der Junior dorthin. Mit anderen Worten, Jeger senior war der Einzige, der Prinzessin Mayssoun alias Rana Amidi persönlich kennenlernte.«

Casagrande löste sich von seinem Oberschenkel und setzte sich auf einen Stuhl. »Willst du damit sagen, man hat den alten Jeger aus dem Weg geräumt, weil er die Prinzessin kannte, die mit einer falschen Identität in seine Firma eingeschleust wurde?«

»Es wäre möglich. Sie hatte sich äußerlich verändert. Vermutlich wollte man kein Risiko eingehen.«

»Wer ist ›man‹, und aus welchen Gründen sollte wer auch immer das tun? Die kershanischen Partner?«

»Das glaube ich weniger. Sie würden dabei verlieren. Ich tippe auf die jemenitischen Rebellen.«

»Die Prinzessin arbeitet für die jemenitischen Rebellen, um ihrem Vater zu schaden? Die haben sie als Spionin bei ›Jeger‹ infiltriert?«

»Zum Beispiel. Als Tarnung hat sich die Prinzessin von ihren Freundinnen bei ›EmmaWatch‹ zur Flucht und einer neuen Identität verhelfen lassen.«

»Die Frauenrechtlerinnen wurden als Vehikel missbraucht?«

»So in etwa. Ich glaube ehrlich gesagt nicht, dass sie mit einer terroristischen Organisation unter einer Decke stecken.«

Casagrande raffte ihren Morgenmantel zusammen. »Damit rückt die Theorie, dass Al Kershah hinter der Entführung von Rana Amidi steht, in den Vordergrund. Amidi wurde enttarnt und beiseitegeschafft.«

»Eine passable These, meinst du nicht?«

»Die die Frage aufwirft, welche Rolle Leo Grüniger darin spielt.«

»Das finden wir heraus, wenn wir wissen, wer ihn umgebracht hat.«

»Wie auch immer. Es ist Zeit, das Fedpol einzuschalten.«

»Müssen wir, wohl oder übel.«

»Zuerst brauche ich Frühstück.«

Dornach streckte sich. »Gute Idee, Pia ist heute dran.«

Zu ihrer Überraschung fanden sie die Küche unbenutzt vor. Keine Spur von Frühstück oder von Pia. Ebenso wenig in Pias Schlafzimmer. Auch Mirios Bett war leer.

»Übernachtete sie bei Nadal?«, fragte Casagrande.

»Sie hat mir nichts gesagt.« Dornach griff zu seinem Handy.

***

Pia hatte ihr Auto vor Marcos Studenten-WG in der Tiefenau stehen lassen, wo sie übernachtet hatte. Für die Fahrt mit der

S-Bahn und dem Bus bis zum städtischen Tierpark brauchte sie eine halbe Stunde.

Die Botschaft von Al Kershah war in einer Villa an der Jubiläumsstraße im Berner Kirchenfeldquartier, unweit des Tierparks Dählhölzli, untergebracht. Wohnhäuser der gehobenen Klasse, Villen, Botschaften. In Sichtweite des Machtzentrums schweizerischer Politik war die Atemluft durchsetzt mit distinguierter Bürgerlichkeit und dem vornehmen, leicht modrigen Hauch des alten Patriziats.

Pia sah auf ihre neue Smartwatch, ein Geschenk ihrer Mutter. Normalerweise trug sie keine Uhr mehr, heute könnte sie ihr nützlich sein. – Noch wenige Minuten, bis die Botschaft für das Publikum öffnete. Pia versuchte, ihre Nervosität mit Atemübungen im Zaum zu halten. Im Kopf ging sie den Plan ein weiteres Mal durch.

Sie hatte sich die von Marco angefertigte Skizze des Situationsplanes der Botschaft eingeprägt. Marco war Assistent ihres Professors für Internationales Recht und in sie verknallt. Er organisierte eine Studienreise nach Al Kershah, die am kommenden Montag beginnen sollte. Die Botschaft kannte er von mehreren Besuchen in Visaangelegenheiten. Vergangenes Semester hatte sich Pia auf einen kurzen Flirt mit ihm eingelassen. Er gipfelte in einer Einladung zum Nachtessen mit anschließender ausgiebiger Knutscherei. Mehr hatte sie nicht gewollt. Der einzige Mann, dem momentan ihre ganze Liebe gehörte, war ihr Sohn, um den sich gerade die Tante kümmerte.

Bis über beide Ohren verliebte Kerle konnten zuweilen ein Geschenk des Himmels sein. Sie waren so leicht zu manipulieren. Ein flehender Hilferuf am Vorabend, und sie hatte Marco im Sack. Er war sofort bereit gewesen, Pia als Ersatz für ein kurzfristig ausgefallenes Mitglied der Studiengruppe auszugeben, für die er ein Expressvisum benötigte. Sie waren die halbe Nacht damit beschäftigt gewesen, bei ihm zu Hause den Antrag und die notwendigen Papiere vorzubereiten. Nun musste ihr Plan aufgehen. Sie wollte in der Botschaft für genügend Verwirrung sorgen, damit sie nach Rana suchen konnte.

Falls es schiefging, würde sie sich einiges anhören müssen, sollte es klappen, auch. So oder so würde ihre Aktion nicht unbemerkt über die Bühne gehen. Sie wusste, dass es verrückt war. Noch verrückter oder unerträglicher war der Gedanke, Rana gegen ihren Willen in der Botschaft gefangen zu wissen. Um Punkt neun Uhr öffnete ein uniformierter Sicherheitsmann den Besuchereingang. Pia war die Einzige, die auf Einlass wartete. Sie zeigte ihren Pass und erkundigte sich nach der Visaabteilung. Sie wurde angewiesen, sich beim Empfangsschalter zu melden. Dort empfing sie ein mürrischer Mann mit dunklen Augenringen und einem Bart, der vage an Jack Sparrow aus »Fluch der Karibik« erinnerte. In puncto Attraktivität kam der Trockenpirat nicht an Johnny Depp heran, der den Seeräuber im Film verkörperte. Auch nicht, was den Charme betraf. Missmutig blätterte er im Pass, begutachtete erst ihr Foto, dann sie, eine Spur zu ausgiebig. Pia hielt ihr scheues Lächeln aufrecht, dabei hätte sie dem Kerl für seine unverschämten Blicke am liebsten die Faust ins Gesicht gerammt.

»*Attendez ici!*«, blaffte er.

Sieh an, es sprach sogar Französisch.

Welch eine Kulturverschwendung an so einem Individuum. Trotzdem brachte Pia ein höflich zurückhaltendes »*Oui, Monsieur*« zustande. Der Jack-Sparrow-Verschnitt verzog sich in ein Hinterzimmer, durch dessen Glastüre sie sah, wie er telefonierte. Pia wurde warm. Sie hatte vor knapp einem Jahr einen neuen Pass ausstellen und Mirio darin eintragen lassen. Was konnte da nicht in Ordnung sein? Noch hatte sie die Gelegenheit, den Rückzug anzutreten. Dumm leider, dass er ihren Pass hatte. Den wollte sie nicht zurücklassen.

»So sieht man sich wieder, Miss Zenklusen.« Die Stimme kam von hinten. Sie fuhr herum. Pia war nie vom Blitz getroffen worden. Was sie in diesem Augenblick empfand, musste nah dran sein. Bereits zum dritten Mal begegnete sie dem gefährlich lächelnden Mann mit Militärfrisur und getrimmtem Bart. Zuletzt gestern auf dem Chantierspielplatz.

»Kommen Sie bitte mit uns, wir müssen reden.«

Bevor sie reagieren konnte, wurde sie von hinten gepackt. Jack Sparrow drehte ihre Arme auf den Rücken. Sein Atem in ihrem Nacken verriet den vorherigen Verzehr eines knoblauchhaltigen Frühstücks. Pia schluckte die aufsteigende Übelkeit zusammen mit ihrer Panik hinunter. Du bist nicht das erste Mal in einer solchen Situation, tu was. Der antrainierte Reflex setzte ein. Sie wurde ruhig. Ihre Füße standen fest auf dem Grund. Der Militärkopf vor ihr war der gefährlichere von beiden, und er hatte den richtigen Abstand. Sie musste handeln, solange sie die Überraschung auf ihrer Seite hatte. Sie verlagerte ihr Gewicht auf den linken Fuß und kickte mit dem rechten aus dem Stand, wie es ihr erst Maja und später Jana beigebracht hatten. Der Schlag saß nicht so präzis wie beabsichtigt. Militärkopf wurde seitlich am Kopf getroffen. Es reichte, damit er zu Boden ging. Im Schwung des Schlages ließ sie sich mit ihrem vollen Gewicht nach hinten auf Jack Sparrow fallen. Er stieß ein dumpfes Grunzen aus, als er rücklings strauchelte. Dabei schlug er mit dem Kopf hart auf der Kante des Empfangspultes auf. Pia war sofort auf den Beinen. Sie schnappte ihren Pass, den Jack Sparrow dankenswerterweise auf dem Empfangspult abgelegt hatte. Das dauerte einen Sekundenbruchteil zu lange. Militärkopfs Hand klammerte sich an ihr Bein, zum Glück nicht kräftig genug. Offenbar war er groggy von ihrem Kick. Sie legte mit einem Befreiungstritt nach und sprang über ihn zum Ausgang. Der Wächter vor dem Tor leistete keinen Widerstand mehr, nachdem er mit einem heftigen Schubser im Rhododendrongebüsch gelandet war. Im Haus ertönte ein Alarm.

Draußen wandte sie sich nach links und rannte die Straße abwärts. Ein Bus Richtung Innenstadt überholte sie. Weiter vorne war eine Haltestelle. Der Fahrer verlangsamte. Pia sah sich nach Verfolgern um. Militärkopf hatte sich schnell erholt. Und er war ein guter Läufer. Kurz bevor sie die Haltestelle erreichte, fuhr der Bus an. »Warten Sie!« Vergebens, der Bus beschleunigte.

Ihr Verfolger hatte bis auf wenige Meter aufgeholt. Sollte

sie stehen bleiben? Es befanden sich Leute auf der Straße. Was konnte er ihr hier tun? Nicht viel – hoffentlich.

Sie bemerkte den schwarzen Mercedes erst, als er ihr auf dem Gehsteig den Weg abschnitt. Das war's. Sie würde ihre Haut teuer verkaufen müssen. Sie musste sich so lange wie möglich dagegen wehren, ins Auto gezerrt zu werden.

Die Fahrertür öffnete sich.

Anstelle der erwarteten vierschrötigen Botschaftsgorillas stieg eine zierliche Blondine aus und zeigte auf sie. »Kantonspolizei, stehen bleiben, Hände über den Kopf.«

Pia bemerkte das mobile Blaulicht auf dem Wagendach.

»Ich …«

»Schweigen Sie! Pia Zenklusen?«

»Ja, aber –«

»Sie sind vorläufig festgenommen. Drehen Sie sich um, Hände auf den Rücken.«

Pia musterte die Polizistin. Etwas klingelte in ihr. Sie ließ sich Handschellen anlegen. Bevor sie einstieg, warf sie einen Blick zurück. Ihr Verfolger war verschwunden.

14

Der Polizist wiederholte seine Frage zum dritten Mal. »Frau Zenklusen, aufgrund eines Hinweises wurden Sie vor der kershanischen Botschaft angehalten und festgenommen. Ihnen wird vorgeworfen, widerrechtlich in die Residenzräume der Botschaft eingedrungen zu sein. Wollen Sie sich dazu äußern?« Arme verschränkt, Unterlippe vorgeschoben, Ausdruck verschlossen. Sie würde nicht reden.

»Wenn Sie nichts sagen, können wir Ihnen nicht helfen.«

»Sie bekommen demnächst großen Ärger, wissen Sie das? Wenn Sie mich als Beschuldigte verhören, müssen Sie mir einen Rechtsbeistand verschaffen. Strafprozessordnung Artikel 132.« Dieser Satz war an den Einwegspiegel gerichtet.

✳✳✳

»Was studiert deine Tochter noch mal genau?«, fragte Bea Frei, Abteilung Spezialfahndungen bei der Berner Kantonspolizei.

»Jura«, sagte Dornach.

»Dachte ich mir. Sie war schon aufmüpfig, als wir zusammen waren. Sie hat mich nie gemocht.«

Dornach hätte lügen müssen, um das zu verneinen. »Sie war eher verunsichert. Immerhin seid ihr euch nackt im Badezimmer begegnet.«

Bea lachte. »Stimmt. Das war, kurz bevor ich in die Staaten ging. Es war ihr peinlich, aber so richtig.«

»Pia hatte mit allen meinen … ähm … sie hatte Mühe mit meinen weiblichen Bekanntschaften.«

»Wie viele gab es denn da, nach mir?«

Kein Thema, um es mit der Ex zu besprechen. »Ich bin älter geworden.«

»Du willst nicht darüber reden? Ich bin nicht eifersüchtig. Schließlich war ich diejenige, die wegging.«

Warum in alten Wunden rühren? Er musterte Bea von der Seite. Unter dem Hosenanzug zeichnete sich ein sportlicher Körper ab. Das engelhafte Mädchengesicht war reifer geworden – eher erzengelgleich. Bea war die erste Frau gewesen, mit der er sich eine feste Beziehung hätte vorstellen können. Für sie stand aber die Karriere an erster Stelle. Nach ihr war Jana gekommen.

»Es ist, was es ist.«

Sie verstand. »Deine Tochter imponiert mir, ich beneide den Mann nicht, der sie einmal bekommen wird.«

»Sie hat einen zweijährigen Sohn.«

»Wirklich? Verheiratet?«

Dornach erzählte ihr die Geschichte.

»Das tut mir leid.« Die Betroffenheit war echt, versetzt mit einem gehörigen Schuss Bewunderung. »Willst du sie übernehmen?«

Dornach nickte. Zeit, die Komödie zu beenden.

Bea klopfte zweimal an die Scheibe. Der vernehmende Polizist verließ den Raum.

Dornach und Bea verabschiedeten sich mit einer Umarmung.

»Danke, dass du das für mich gemacht hast. Ich schulde dir was.«

»Jederzeit gern, Dominik.«

***

Reiß dich zusammen.

Wer auch immer hinter dem Spiegel saß. Die sollten nicht merken, wie ihr zumute war. Sie musste ihre ganze Beherrschung aufbringen, um nicht loszuheulen. Bald schon den ganzen Tag saß sie in diesem Loch, sie wusste nicht mal recht, wo. Die Erleichterung, den Fängen des Militärkopfs aus der Botschaft entkommen zu sein, war verflogen. Bestimmt war es besser, als in einem Folterkeller der Botschaft zu landen. Sie war hundemüde und wollte nach Hause zu Mirio.

Jetzt kamen die Tränen doch.

Mist.

Sie vergrub das Gesicht in den Händen.

Die Tür öffnete sich. Jemand nahm ihr gegenüber Platz.

»Ohne Anwalt sage ich nichts mehr.«

»Den wirst du auch brauchen.«

Sie nahm die Hände weg vom Gesicht. »Paps?« Sie wollte aufstehen.

»Bleib sitzen.« Sein Blick. Ungünstige Wetterlage.

»Wie … Was machst du hier?«

»Ich wurde angerufen, nachdem man dich festgenommen hatte.«

»Wer … woher wussten die, dass …« Plötzlich wurde es ihr klar. »Die Polizistin, sie war mal deine Freundin, nicht wahr?«

»Bea Frei, ja.«

Pia schnippte mit den Fingern. »Die aus dem Badezimmer. Ich wusste, dass ich diesen Hintern kenne.« Demonstratives Reiben des Handgelenks. »Sie hat mich behandelt wie eine Schwerverbrecherin. Mit Handschellen und so.«

»Ich weiß.«

»Wie? Du weißt?«

»Ich habe sie darum gebeten.«

»Du hast … was?« Sie fuhr aus ihrem Stuhl hoch.

»Setz dich«, sagte er barsch.

»Geht's noch, sag mal. Du kannst mich nicht so einfach –«

»Halt den Mund! Setz dich hin!«

Sie fiel zurück in den Stuhl, das Gesicht wie ein Fisch, der am Trockenen nach Luft schnappte. Wie oft er ihr derart über den Mund gefahren war, konnte sie an einer Hand abzählen.

»Jetzt hörst du mir mal zu, junge Dame. Du hast …« Er schnaubte. »Ich weiß nicht einmal, womit ich anfangen soll. Das ›Wiener Übereinkommen über diplomatische Beziehungen‹ ist dir als Jurastudentin schon ein Begriff, oder? Dazu kommt Artikel 299 Strafgesetzbuch.«

»Verletzung fremder Gebietshoheit?« Sie winkte ab. »Exterritorialität? Das ist schon lange nicht mehr so wie früher. Außerdem habe ich gar nicht –«

Seine flache Hand sauste auf die Tischplatte. »Für wen hältst du dich, du neunmalkluge Trucke? Du wolltest illegal in die Botschaft eindringen. Dafür allein könntest du eingesperrt werden. Was hast du dir dabei gedacht?«

»Ich wollte –«

»Das war eine rhetorische Frage. Natürlich hast du dir nichts dabei gedacht. So wie du in Ranas Wohnung eingedrungen bist. Das mit dem Schlüsseldienst war übrigens Amtsanmaßung.« Flucht nach vorne, auch wenn's wehtat. »Weil ihr nichts gemacht habt. Ohne mich wüsstet ihr heute noch nicht, dass Rana verschleppt wurde. Außerdem war Karin dabei.«

Er verschränkte die Arme. »Wann begreifst du endlich, dass wir hier nicht im Wilden Westen sind? Es gibt Regeln und Gesetze, das sollte ich dir nicht sagen müssen. Wenn du gedankenlos irgendwo reinstürmst, holst du dir einen blutigen Schädel.«

»Ich bin gar nicht –«

»Doch, das bist du. Ich will mir gar nicht ausdenken, was passiert wäre, wenn dich dieser Kerl von der Botschaft erwischt hätte. Abgesehen davon, was hättest du getan, wenn du Rana dort gefunden hättest? Wärst du mit ihr rausmarschiert, als ob nichts wäre?«

»Mir wäre schon was eingefallen.« Sie fixierte einen Punkt an der Decke. »Woher wusstest du überhaupt, wo ich bin?«

Dornach legte ihr Handy auf den Tisch, das Bea ihr bei der Festnahme abgenommen hatte. »Das nächste Mal, wenn du ein krummes Ding drehen willst, vergiss nicht, es abzuschalten.«

»Du hast mich geortet?«

»Ich dachte an unser Telefongespräch von gestern Nachmittag. Als du heute Morgen verschwunden warst, habe ich eins und eins zusammengezählt. Dein Handy war tatsächlich in der Funkzelle im Gebiet der Botschaft eingeloggt. Da habe ich Bea Frei alarmiert, damit sie dich da rausholt. Sie hat mal beim Botschaftsschutz gearbeitet.«

»Du hast ihr tatsächlich gesagt, sie soll mir Handschellen anlegen, deiner eigenen Tochter?«

»War schon lange fällig. Ich habe dich oft genug gewarnt. Entweder das oder eine Tracht Prügel.«

»Paps!«

»Was, Paps? Ich frage mich manchmal, was ich in deiner Erziehung falsch gemacht habe. Weißt du eigentlich, was für Sorgen ich mir heute Morgen gemacht habe, bis endlich Beas Anruf kam, du seist in Gewahrsam?«

»Und du lässt mich den ganzen Tag hier schmoren? Wo bin ich eigentlich?«

»Polizeiwache Bern-Ostring.«

»Was sollte diese Vernehmung?«

»Hat Bea arrangiert, auf meine Bitte.«

Pia fixierte ihn mit zusammengekniffenen Augen. »Ich warne dich, wenn ich herausfinde, dass dir das Ganze auch noch Spaß gemacht hat, ziehe ich aus, und du siehst deinen Enkel für eine lange Zeit nicht mehr.«

Eine leere Drohung.

Sein theatralischer Seufzer zeigte, dass er es wusste.

»Damit werde ich leben müssen.«

Das ging in die Hose. »Der Mann, der mich verfolgte. Es war der vom blauen Range Rover vor unserem Haus. Gestern war er auf dem Chantierspielplatz.«

»Er heißt Ramani und ist der Sicherheitschef der Botschaft.«

»Woher weißt du das?«

»Die unfähige Polizei macht eben ihre Arbeit.«

»Komm schon, Paps, das ist unfair.«

»Bea kennt ihn.« Er bedeutete ihr aufzustehen. »Wir gehen.«

»Wohin?«

»Nach Hause. Mirio will seine Mutter wiederhaben.«

»Heißt das, ich bin frei?« Sie sah sich um. »Das Ganze war wirklich nur Theater?«

»Und dir hoffentlich eine Lehre.«

Eine Welle der Erleichterung durchfuhr Pia. Sollte sie ihrem Vater um den Hals fallen – oder ihm eine Ohrfeige verpassen?

***

195

Die Angelegenheit mit Pia hatte Dornach das Mittagessen vergessen lassen. Er hätte einen Bären verschlungen, wenn ihm einer über den Weg gelaufen wäre. Der brüllende Magen würde sich nicht mit den verbleibenden trockenen Sandwiches in der Cafeteria der Schanzmühle beruhigen lassen, eher im Gegenteil. Dokumente und Berichte lesen sich besser zu Hause mit einem vollen Bauch. Casagrande wollte später zur Villa kommen. Pia bestrafte ihn mit Abwesenheit. Sie übernachtete mit Mirio bei Nadal.

Bevor er den Computer in seinem Büro herunterfahren konnte, kam eine E-Mail von der KT, die lang ersehnten Verbindungsnachweise und Bewegungsprofile der Handys von Rana Amidi und Leo Grüniger. Tschanz hatte sie ausgewertet oder auswerten lassen. Das dürfte ihn eine Sonderschicht gekostet haben. Dornach überflog die Listen, wurde stutzig und griff zum Hörer.

Tschanz antwortete nach dem zweiten Klingeln. »Habe mir fast gedacht, dass du deswegen anrufst«, sagte Tschanz. »Ich komme rüber und erklär's dir.«

»Ausländische Nummern?« Casagrande blickte von den Listen hoch.

Dornach schenkte ihr ein Glas Amarone ein. Das Abendessen hatten sie schnell zubereitet, eigentlich gar nicht. Beide hatten sich nicht dazu aufraffen können. Hauslieferung wollten sie auch nicht. Sie begnügten sich mit Brot, geschnittenem Gemüse und Oliven mit Dips, Käse und einer Salami, die Casagrande aus der Toskana mitgebracht hatte.

»Wofür steht die Vorwahl +969?«, fragte sie.

»Al Kershah.«

Casagrande stoppte ihre Olive auf halbem Weg zum Mund. »Warum um alles in der Welt telefonierte Frau Amidi so oft dorthin und mit wem?«

»Schwer zu sagen. Die angerufene Nummer gehört einer Prepaid-SIM. Sie kann weltweit benutzt werden.«

»Sie werden dort nicht registriert und sind damit nicht ver-
folgbar, stimmt's?«

»Kein Widerspruch meinerseits. Was ihre Absichten betrifft,
können wir nur spekulieren.«

Die Olive verschwand in Casagrandes Mund. »Tu mir den
Gefallen und spekuliere ein wenig.«

»Ich sehe mögliche Motive für die Ausspionierung von ›Jeger
Industries‹.«

»Interessant, was für welche?«

»Entweder will sie dem Joint Venture und damit ihrem Vater
schaden.« Er griff zu einer Scheibe Brot, auf der er ein Stück
Brie verteilte.

»Oder?«

»Trotz Joint Venture haben die Kershaner nicht uneinge-
schränkt Zugriff auf die Produktionsgeheimnisse von ›Jeger
Industries‹. Um an sie heranzukommen, schleusen sie die Prinzessin als Trojaner ein.«

Casagrande spuckte den Olivenkern aus. »Du meinst, die
Geschichte mit der Prinzessin, die in ihrem Land für Menschenrechte kämpft und sich deswegen gegen ihren Vater stellt, ist ein
Täuschungsmanöver. All das nur, um sie als Spionin bei ›Jeger‹
einzuschleusen?«

»Das wird oft genug praktiziert. Die russische Regierung
beschäftigt ganze Ministerialabteilungen mit *dezinformatsiya*,
die den Westen spalten und seine Demokratien untergraben
soll. Warum sollten sich andere autokratische Regimes nicht
auch solcher Rezepte bedienen?«

»Fake News?«

»Wenn du willst, allerdings geht es bei *dezinformatsiya* nicht
nur darum, Falschmeldungen zu verbreiten. Dahinter steckt
die gezielte Absicht, einen Gegner, in der Regel einen Staat
oder eine Staatengruppe, zu destabilisieren oder auch nur mit
gefälschten Meldungen und Posts in den sozialen Medien zu
desorientieren.«

»Du glaubst, Al Kershah ist zu so was in der Lage?«

»Warum nicht?«, erwiderte Dornach. »Scheich Abadin hat

ein großes Vorbild. Das saudische Regime praktiziert das seit Jahren.«

»Angenommen, deine zweite Variante stimmt, und die Kershaner wollen ›Jeger Industries‹ ausbooten. Warum die Pläne auf dem Rechner von ›EmmaWatch‹ zwischenlagern?«

»Wie gesagt, das ist vorerst alles nur Spekulation. Aber zu was anderem.« Dornach legte ihr das Blatt vor. »Sieh dir das Bewegungsprofil von Rana Amidis Handy an. Zweitunterste Zeile. Sebi hat einen Vermerk gemacht. Man beachte das Datum: Zwei Tage, nachdem wir ihr Verschwinden bemerkt haben.«

Casagrandes Finger glitt zur entsprechenden Stelle. »Rana Amidis Handy war in derselben Zelle eingeloggt wie die kershanische Botschaft in Bern?«

»Eigenartig, nicht?«

»Also ist dein Verdacht gar nicht so weit hergeholt. Rana Amidi befindet sich in der Botschaft.«

»Zumindest ihr Handy.«

»Wo ist es jetzt?«

»Keine Ahnung, seither ist es aus.«

Sie gab ihm das Blatt zurück.

»Wir schalten morgen das Fedpol ein.« Die Schale mit den Oliven war leer. Casagrande nahm sich ein Gürkchen als Ersatz. »Ich rufe Marius an.«

Ausgerechnet Châtelain. Die Zusammenarbeit zwischen ihm und Dornach war von Anfang an unter einem unglücklichen Stern gestanden. Das hatte sich im Lauf der Zeit auch nicht gebessert.

»Ich werde dafür sorgen, dass du so wenig wie möglich mit ihm zu tun hast«, sagte sie.

»Das dürfte schwierig werden. Es sei denn, du ziehst mich von den Ermittlungen ab.«

»Schauen wir mal. Der Mordfall Grüniger wird an uns hängen bleiben.«

»Apropos.« Dornach schob ihr eine weitere Liste zu. »Grünigers Verbindungsnachweise, bevor und nachdem er starb. Ich bin nicht dazu gekommen, sie durchzusehen.«

Casagrande überflog das Blatt. Sie runzelte die Stirn, tippte dann mit dem Finger auf eine Zeile mit einer markierten Nummer.

Er schaute sich die betreffende Stelle an. »Sieh an, Rana Amidi und Grüniger haben dieselbe Prepaidnummer angerufen, diesmal eine deutsche.«

»Ist das nicht seltsam?«, fragte sie. »Ausgerechnet an dem Tag, als Grüniger getötet wurde.«

Das verbleibende Gürkchen trat seinen letzten Gang an.

15

Das Wirrwarr aus beschrifteten Quadraten, Rechtecken und Linien mutete an wie ein verunglücktes Schnittmuster. Google hatte es Dornach per E-Mail geschickt. Er hatte vor dem Frühstück einen kurzen Blick darauf geworfen und beschlossen, dass es sich schlecht mit seinem nüchternen Magen vertrug.

Das ganze Team bis auf Casagrande war im Rapportraum versammelt und starrte auf das verworrene Bild, das die interaktive Leinwand ausfüllte.

»Das ist ein Organigramm des ›Jeger Kershah‹-Joint-Ventures mit allen Verflechtungen«, erklärte Google.

»So wie ich dich kenne, hast du davon bestimmt eine weniger komplizierte Version«, sagte Dornach.

»Ich habe nur die Daten wiederhergestellt. Die Analyse der Organisation und ihrer Verbindungen, einschließlich eines vereinfachten Schemas, hat Karin gemacht. Sie gibt euch eine Tour.«

»Bist du mit den Festplatten durch?«, fragte Dornach.

»Bis spätestens morgen, wenn ich mich gleich dahinterklemmen kann.«

Niemand hatte Einwände. Karin trat vor die Leinwand. Sie sah sich in der Runde um. »Angela fehlt. Kommt sie noch?«

»Sie muss dringend liegen gebliebene Dossiers aufarbeiten«, sagte Dornach. »Ich werde sie nachher informieren.«

Karin tippte mit dem Finger auf ein Symbol. Das Wirrwarr verschwand von der Fläche und wurde durch ein einzelnes, mit dem Namen des Joint Ventures beschriftetes Rechteck ersetzt.

»Bei der ›Jeger Kershah‹-Organisationsstruktur gibt es ein paar Auffälligkeiten. Dass der kershanische Staatsfonds mit neunundvierzig Prozent am Joint Venture beteiligt ist, wissen wir schon. Demzufolge hält ›Jeger Industries‹ einundfünfzig Prozent. Der Bund unterstützt das Joint Venture ebenfalls. Einmal über die Exportrisikogarantie, was angesichts der Komplexität des Projektes normal ist. Für das ›Jeger Kershah‹-Projekt und die

Entwicklung der Spezial-Zylinder hat ›Jeger Industries‹ seinen Betrieb in Horriwil modernisiert, erweitert und etwa hundert zusätzliche Arbeitsplätze geschaffen. Dafür erhält die Firma von der kantonalen Wirtschaftsförderung und vom Bund Zuschüsse in Form von Einkommenssteuererleichterungen für die nächsten zehn Jahre, zinsfreien Darlehen und Direktsubventionen.«

»Von wie viel reden wir da?«, fragte Dornach.

»Anhand des Businessplans für die nächsten zehn Jahre kommt ein hübsches Sümmchen zusammen, schätzungsweise zweihundertfünfzig Millionen – Franken, versteht sich.«

»Ein schöner warmer Regen. Diese Zylinder müssen was ganz Spezielles sein.«

»Das Beste kommt erst.« Karins gerötete Wangen unterstrichen das. »Um das ganze Projekt mit allen Lieferanten und Unterlieferanten abzuwickeln, wurde eine besondere Beteiligungsgesellschaft gegründet. Die ›SDPP Holding‹ mit Sitz in Singapur. Das sperrige Kürzel steht für ›Society for Defence and Peace Promotion‹.« Karin ergänzte das Bild an der Wand mit einem zweiten Rechteck.

»Gesellschaft für Verteidigung und Friedensförderung«, übersetzte Dornach. »Wer steckt hinter dieser Holding?«

»Ein kompliziertes Konstrukt. Zum Glück hat Rana Amidi mit ihren Recherchen gute Vorarbeit geleistet«, sagte Karin. »So viel vorab: Da ist was faul.«

»Was führt dich zu diesem sensationellen Schluss?«, fragte Dornach.

»Der offizielle Name des Joint Ventures lautet ›Jeger Kershah Pharmaceuticals Co. Ltd.‹. Wenn wir das Organigramm richtig interpretieren, ist diese Firma eine hundertprozentige Tochter der SDPP-Holding.«

»Moment«, warf Maja ein. »Vorhin hast du gesagt, es sei eine Einundfünfzig/Neunundvierzig-Prozent-Beteiligung von ›Jeger Industries‹ und den Kershanern.«

»Ist es auch«, erwiderte Karin. »Nur anders.«

»Wer sind die Eigentümer der SDPP-Holding?«, fragte Dornach.

Über dem großen Rechteck der Holding an der Leinwand erschienen deren drei kleinere. »Jeger Industries und der Al Kershah Staatsfonds sind zu je fünfunddreißig Prozent an der Holding beteiligt.«

»Macht siebzig Prozent. Wer hält die restlichen dreißig?« Karin tippte auf das dritte Feld. »Die verteilen sich auf drei Brokerfirmen im Chemie- und Rüstungsbereich mit Sitz in Luxemburg, Dubai und Singapur. Du darfst dreimal raten, was jetzt kommt.« Sie grinste.

»Nicht dein Ernst?«, sagte Dornach, nachdem er kurz überlegt hatte.

»Aber voll, alle drei Firmen gehören Scheich Abadin, über Strohmänner versteht sich.«

Dornach trat an die Leinwand und betrachtete das Konstrukt aus der Nähe. »Wenn das stimmt, was du sagst«, sagte er zu Karin, »ist Al Kershah in Wirklichkeit Mehrheitseigner von ›Jeger Kershah‹. ›Jeger Industries‹ in Horriwil gehört lediglich ein Drittel.«

»Es stimmt. Ich habe es überprüft, mehrmals.«

»Meine Gehirnzellen sind ja nicht so auf Wirtschaft und das ganze Finanzgedöns trainiert«, warf Maja ein. »Aber wenn ich das richtig geschnallt habe, ist dieses Joint-Venture-Dings gar keins.«

»Du hast es fast richtig geschnallt«, sagte Karin.

»Fast?«

»Fast. ›Jeger Kershah‹ ist ein sogenanntes vertragliches Joint Venture. Es gibt keine Kapitalbeteiligung. Lediglich Risiko-, Kosten- und Gewinnaufteilung sind vertraglich festgelegt. Hier beträgt der Anteil von ›Jeger‹ einundfünfzig Prozent.«

»Während ihr Kapitalanteil an ›Jeger Kershah‹ in Wahrheit nur fünfunddreißig Prozent beträgt«, sagte Maja.

»Richtig, es existiert ein Geheimvertrag zwischen ›Jeger Industries‹ und dem kershanischen Investmentfonds. Die von ›Jeger Industries‹ über ihren Holdinganteil hinaus geleisteten Zahlungen werden mit Sonderdividenden kompensiert.«

»Und wozu das Ganze?«, wollte Maja wissen.

Dornach antwortete an Karins Stelle.»Solche Gebilde haben im Grund nur einen Zweck.«

»Geldwäscherei«, sagte Maja.

»Und Veruntreuung«, ergänzte Karin. Das war technisch gesehen keine Geldwäscherei, lief aber auf dasselbe hinaus.»Ich kann euch noch was zeigen«, sagte Karin.

Sie wechselte das Bild erneut. Elf leere Felder.»Darf ich vorstellen: der Verwaltungsrat der SDPP-Holding.« Dank eines Power-Point-Spezialeffektes materialisierten sich elf Bilder in den Feldern: zehn Männer und eine Frau. Die und drei weitere Männer waren Schweizer, die sieben verbleibenden Personen waren mittelöstlicher oder südasiatischer Abstammung.

»Von den Arabern konnte ich bisher nur eine Person identifizieren«, sagte Karin.»Ein Dr. Ibrahim Azravi, Industrie- und Forschungsminister des Emirats Al Kershah, Vertrauensmann des Emirs und langjähriger Freund von Jeger senior selig. Die anderen sind für uns im Moment nicht relevant. Umso mehr die Schweizer, denke ich.«

»Und ob«, sagte Maja.»Einer davon ist Nationalrat Beat Urner. Der andere ist Jeger junior. Den dritten Typ kenne ich nicht. Sieht nicht gesund aus.«

»Das ist Alex Hammer«, kommentierte Dornach das Bild mit dem aufgedunsenen Gesicht.»Staatssekretär und Chef des Staatssekretariats für Außenwirtschaft. Er ist Solothurner. Wir waren früher mal in derselben Studentenverbindung.«

»Zum Glück sprichst du in der Vergangenheit, Chef, sonst müsstest du deinen sozialen Umgang ernsthaft bedenken.« Maja zeigte auf die Wand.»Das alles hat Rana Amidi rausgefunden? Schlaues Kind.«

»Für einmal übertreibst du nicht«, sagte Dornach.»In ihrem früheren Leben als Prinzessin Mayssoun hat sie ein Ingenieurstudium abgeschlossen. Zudem besitzt sie einen Masterabschluss von der London School of Economics mit einer *honorable mention*.«

»Das heißt ›lobende Erwähnung‹«, sagte Karin.

»Ich weiß, was das heißt«, sagte Maja gereizt. »Wer ist die Frau in der SDPP-Holding?«

Karin sah unsicher zu Dornach.

»Ich kenne sie«, sagte er.

✳✳✳

Jenseits des Fensters war helllichter Tag gewesen, als ein Geräusch Casagrande geweckt hatte. Sie hatte sich noch nicht an all die Laute und Klänge der Villa gewöhnt. Dornach hatte sie schlafen lassen, weil sie ihm gesagt hatte, sie wolle am Morgen in Ruhe Akten aufarbeiten. Im Franziskanerhof fehlte ihr dazu die nötige Ruhe.

In Jogginghose, Sweatshirt und mit einer Tasse dampfenden Kaffees in der Hand stand sie am Fenster von Dornachs Arbeitszimmer. Das gemeinsame Frühstück musste bis zum Wochenende warten. Auf dem Vorplatz unter ihr fristete ihr VW Beetle ein einsames Dasein. Dornach hatte eine Teamsitzung anberaumt. Google wollte den Stand seiner Arbeiten präsentieren.

Sie setzte sich an Dornachs Computer. Er war an. Das Passwort für die Bildschirmsperre hatte sie schon vor einiger Zeit herausgefunden. Pias Geburtstag. Leichtes Spiel für Hacker und neugierige Freundinnen. Das Letzte, was er sich angesehen hatte, war ein Dokument mit der Organisationsstruktur des »Jeger Kershah«-Joint-Ventures.

Sie wollte es wegklicken, als ihr ein Name in einem Feld auffiel. Hatte sie richtig gelesen? Sie kniff die Augen zusammen. Ihre Lesebrille lag in ihrer Handtasche. Sie vergrößerte das Bild.

Der Name Ines Degonda stand in einem Kästchen unter demjenigen einer Holdingfirma, die ihrerseits mit »Jeger Al Kershah« verbandelt war. Wenn sie die ineinander verschachtelte Struktur richtig interpretierte, gehörte »Jeger Kershah« in Wirklichkeit dieser SDPP-Holding. Was hatte Ines damit zu tun, und weshalb hatte sie das ihr gegenüber nie erwähnt?

Ein unangenehmes Kribbeln breitete sich von ihrem Nacken

über den ganzen Rücken aus. Wie groß war der Eisberg, dessen Spitze sie möglicherweise gerade entdeckt hatte?

Sie wechselte zum Profil ihrer Freundin auf Facebook. Ines war in den sozialen Medien um ein Vielfaches aktiver als Casagrande. Die Chance, dort einen Hinweis auf ihre Tätigkeit als Verwaltungsrätin dieser Holding in Singapur zu finden, war klein. Einen Versuch war es trotzdem wert. Ines müsste inzwischen von ihrer Reise in die Löwenstadt zurückgekehrt sein. Als Erstes ging Casagrande die Bilder durch und wurde auf Anhieb fündig. Es war eine gewagte Aufnahme. Sie entsprach Ines, die sich keinen Deut darum scherte, was andere darüber denken mochten, Anwältin oder nicht. Auf dem Bild rekelte sie sich mit einem vollen Champagnerglas in einem Jacuzzibecken auf dem Dach eines Wolkenkratzers. Sie trug eindeutig kein Bikinioberteil. Der Sprudel war nicht an. Die Wasseroberfläche verdeckte nur dürftig, was man in Asien nicht öffentlich herzeigen sollte.

Das Bild erinnerte Casagrande an eine prominente Solothurner Journalistin, die sich vor ein paar Jahren in einer ähnlichen Pose präsentiert hatte. Die Aufnahme fand ihren Weg in eine Fasnachtszeitung, die sie mit rüden Männerkommentaren versehen publizierte. Abgesehen davon, dass viele es geschmacklos fanden, war die Frau so lange dagegen vorgegangen, bis die Verfasser zurückkrebsten und das Fasnachtsblatt aus dem Verkehr zogen.

Im Vergleich dazu erntete Ines durchwegs wohlwollende Kommentare. Wer hatte das Foto eigentlich geschossen? Im Bildtext beschrieb Ines vergnügte Tage in der richtigen Gesellschaft, ohne einen Namen zu erwähnen. Lediglich der Schatten der fotografierenden Person war zu erkennen, eindeutig weiblich.

Casagrande scrollte weiter. Sie stieß auf ein anderes Bild mit ebenso kryptischem Text, untermalt mit einem Overkill an Smileys und Herzchen. Es war ein Selfie von Ines und einer Rothaarigen, Wange an Wange im selben Jacuzzi. Die Frau schien ebenfalls ihr Oberteil vergessen zu haben. Casagrande kannte sie nur von einem Foto und Dornachs Berichten. Elke Sommer, Personaldirektorin von »Jeger Industries«, Casagrande war ihr nie persönlich begegnet. Der dritte Post entbehrte nicht einer gewissen Ästhetik. Eine Rückenansicht der beiden Frauen, die Hand der einen um die Hüfte der anderen, die in enge Bikinihöschen gezwängten Pobacken aneinandergeschmiegt.

Casagrande suchte ihre Kleider zusammen. Die pendenten Unterlagen mussten warten.

***

Die Besucher saßen bereits in Dornachs Büro, als er eintrat. Er kannte nur einen von ihnen. »Marius, lange ist's her.«

Marius Châtelain von der Bundeskriminalpolizei streckte ihm die Hand entgegen. »Dominik, schön dich zu sehen.« Châtelain brachte es stets fertig, es klingen zu lassen, als meinte er es tatsächlich so. Er stellte seinen Begleiter vor. Mittlere Altersklasse, Hornbrille, karierter Pullover und Tweedjackett.

»Jacques Pfeuti vom NDB.«

Von der Ausstrahlung her hätte der Mann ebenso gut ein nerdiger Mittelschullehrer oder Päderast sein können.

»Die BKP und der Nachrichtendienst des Bundes bemühen sich nach Solothurn. Was verschafft mir die Ehre?«

»Wir müssen dich bitten, uns zu begleiten.«

»Wohin, wenn ich fragen darf?«

»Jemand will dich sprechen.«

Was sollte das Versteckspiel? »Spielen wir einen Spionageroman von John Le Carré nach, oder was? Entweder sagt ihr mir, worum es geht, oder ihr schickt mir eine offizielle Vorladung. Im Übrigen habe ich zu tun.«

Châtelain und Pfeuti verständigten sich im stummen Dialog.

»Herr Dornach«, begann Pfeuti. »Lassen Sie mich die Situation erläutern.«

»Dann schießen Sie mal los.«

Dornach musste dem Nachrichtendienstler mit dem behäbigen Stadtberner Dialekt zugestehen, dass er seine Argumente mit Überzeugung vorbrachte.

»Na schön«, sagte er schließlich. »Ich fahre euch nach.«

***

Solothurn, Altstadt, Hotel La Couronne

In der Lobby herrschte Belagerungszustand. Eine Gruppe traditionell gekleideter, arabisch sprechender Männer in Begleitung von Europäerinnen traktierte eine Rezeptionistin mit ihren gleichzeitig vorgetragenen Anliegen.

Sie stellte sich in die Schlange. Die Rezeptionistin erhielt Verstärkung von einer resolut aussehenden Frau im schwarzen Kostüm mit buntem Foulard. Haltung und Ausdrucksweise verrieten die Gastgeberin. Sie nahm sich der palavernden Herren in Englisch an, sodass ihre jüngere Kollegin sich den übrigen Gästen widmen konnte.

Als sie an der Reihe war, schob sie ihre Sonnenbrille nach oben. »*Bonjour*, ich heiße Gabrielle de Montmorency. Für mich wurde ein Zimmer reserviert.«

»Einen Augenblick bitte.« Ein paar Mausklicks, und die gewünschte Information war gefunden. »*Bienvenue à Soleure, Madame de Montmorency.* Die Agentur ›Mirage Press‹ hat eine Juniorsuite für Sie reserviert.«

»*Très bien.*«

Nachdem sie die Formalitäten erledigt hatten, begleitete die Rezeptionistin sie aufs Zimmer.

»*Dites-moi*, dieses Hotel soll das älteste der Schweiz sein, stimmt das?«

»Das zweitälteste, es wurde 1474 erstmals urkundlich erwähnt.«

»Beeindruckend. Vielleicht schreibe ich einen Artikel darüber.«

»Sie sind Journalistin?«

»Ich arbeite freischaffend für eine Reihe renommierter Ma-

gazine. Ich soll über den heutigen Empfang berichten und bin auch gleich zu einem Interview verabredet.«
»Wenn Sie Fragen haben oder mit jemandem von der Direktion sprechen möchten, wenden Sie sich an mich.«
»Das trifft sich gut.« Gabrielle faltete einen Stadtplan auf. »Sie können mir zeigen, wie ich an diesen Ort komme.« Sie legte ihren Finger auf einen Punkt auf der Karte.
»Das ist zu Fuß gut zu erreichen.« Die Rezeptionistin erklärte ihr den Weg. »Kann ich Ihnen sonst wie behilflich sein?«
Gabrielle verneinte höflich. Sobald die Rezeptionistin fort war, ließ sie das Zimmer auf sich wirken. Nicht überaus groß, dennoch geräumig, verschmolz es barocke Lebensfreude mit modernem Komfort mit Sicht auf die Kathedrale, auf deren mächtiger Treppe sich die Touristen tummelten.

Es war kurz vor Mittag. Die Sorglosigkeit lachender Gesichter und fröhlich schwatzender Menschen weckte eine vergessene Sehnsucht in ihr. Auch sie war einst fröhlich gewesen, hatte gelacht, geweint und geliebt, in einer anderen Zeit, in einem anderen Leben, in einem anderen Universum.

Der Signalton einer eingehenden Nachricht unterbrach ihre Gedankengänge. Die Eingabe des Sicherheitscodes dechiffrierte die SMS.

Die Lage spitzt sich zu. Kritische Intervention steht bevor. Halte dich bereit. R.
Sie war bereit, seit Wochen.

***

Entweder war ein Staatsbesuch im Gange, von dem Dornach nichts wusste, oder man befürchtete einen Terroranschlag. Die Zufahrten von der Bürenstraße zum Anleger der Aareschifffahrt und zur Krummturmschanze waren für den Verkehr gesperrt. Am Anleger selbst standen Männer und Frauen in Zivil herum, vermutlich bewaffnet.
»Bundessicherheitsdienst«, erklärte Châtelain. »Es sind ein paar hohe Tiere an Bord.«

Dornach richtete seinen Blick auf die alte Befestigungsmauer, wo sich ein Scharfschützenteam in Stellung brachte.

»Unsere oder eure?«

»Unsere«, sagte Châtelain. »Tigris.«

»Steht ein Krieg bevor? Wozu der Klimbim?«

Missbilligendes Räuspern von Pfeuti. »Wir befinden uns seit geraumer Zeit im Krieg, Herr Dornach. Der Unterschied zu früheren Konflikten besteht in den fehlenden klaren Frontlinien. Ein Feind ist nicht mehr als solcher erkennbar. Er kann jederzeit in unserer Mitte zuschlagen.«

Das hatte Dornach gerade noch gefehlt. Ein Vortrag mit abgedroschenen Gemeinplätzen. »Aha, war der sogenannte Unfall von Jeger senior auch ein versteckter Kriegsakt?«

Warnender Seitenblick Châtelains als Quittung.

»Tatsächlich gibt es Indizien, die auf einen gezielten Terrorakt hindeuten«, sagte Pfeuti gleichmütig. »Das ›Jeger Kershah‹-Joint-Venture soll Al Kershah in seinen Bestrebungen unterstützen, zu einem regionalen Player zu werden. Das wird nicht überall gern gesehen.«

Mehr Information, als Dornach erwartet hätte. Aber wer hatte das blutige Schmierentheater inszeniert und auf wessen Kosten?

Sie betraten die als Semikatamaran erbaute MS »Siesta«, das größte Kursschiff der Aareflotte. In glücklicheren Zeiten hatte Dornach mit Jana und Pia darauf einmal eine Frühstücksfahrt von Solothurn nach Biel unternommen.

Eine Sicherheitsbeamtin führte die drei Männer zum kleinen Restaurant im Bug des Schiffes, wo mehrere Personen versammelt waren.

»Dominik!« Ein korpulenter Mann kam auf Dornach zu und ergriff mit beiden Händen seine. »Schön, dich zu sehen, das ist ja eine Ewigkeit her. Du hast dich nicht verändert. Sorgst du immer noch dafür, dass unser schöner Kanton verbrecherfrei bleibt?«

»Sagen wir, ich arbeite daran, salü, Alex.« Die Jahre waren nicht gut zu ihm gewesen. Oder zu gut. Alkohol, ungesundes

Essen und zu viel unumstrittene Macht hatten sich in Gesicht und Leibesumfang niedergeschlagen. Dornach erwiderte den Händedruck. »Muss ich dich mit Herr Staatssekretär ansprechen? Gratuliere im Nachhinein zur Beförderung.«

»Danke. Ist ein Weilchen her.«

»Und es scheint dir dabei gut gegangen zu sein«, sagte Dornach mit einem Blick auf Hammers Bauchlinie. »Während unserer Zeit bei der ›Honesta Solodorensis‹ warst du schlanker und ranker. Kommt das von den nahrhaften Berner Apéros?«

Hammer schlug ihm lachend auf die Schulter. »Man wird nicht jünger. Bundesbern ist ein schlechtes Pflaster für gesunden Lebensstil.«

»Was ist das hier?«

»Eine kleine Pre-Session mit Lunch-Fahrt nach Büren und zurück. Vorbereitung für den Empfang heute Abend in der ›Krone‹ ... ups, *excusez*.« Hammer mimte den Ertappten. »Neuerdings heißt es ja ›La Couronne‹.« Er nahm Dornach beim Arm. »Ich stelle dich meinen Gästen vor.«

Er trat mit Dornach an den Tisch. »*Excellencies, Gentlemen.* Ich darf Ihnen meinen Studienfreund Dr. Dominik Dornach, Hauptmann der Solothurner Kantonspolizei und Leiter der Ermittlungen, vorstellen. Leuten wie ihm verdanken wir, dass die Schweiz ein sicherer Staat ist und bleibt. Ab sofort brauchen Sie sich keine Sorgen um Ihre Brieftaschen zu machen.« Hammer lachte am lautesten über seinen Witz.

Er wandte sich an einen hageren Mann mit schwarzen Knopfaugen und einer Hakennase, den Dornach um einen Kopf überragte. »Seine Exzellenz, Scheich Yussef al-Sadr, Botschafter des Emirats Al Kershah.« Der Botschafter reichte Dornach die Hand. »Erfreut, Sie kennenzulernen, Dr. Dornach. Es ist mir eine Ehre, Gast in Ihrer wunderschönen Stadt sein zu dürfen.« Sein Lächeln erreichte nicht die Augen.

Hammer stellte Dornach den zweiten Mann vor. »Seine Exzellenz, Dr. Ibrahim Azravi, Industrie- und Forschungsminister von Al Kershah.«

Der groß gewachsene Araber sprach ebenfalls fließend Hochdeutsch. »Botschafter Sadr und ich haben beide in Deutschland studiert, genau genommen in Heidelberg«, erläuterte Azravi.

Was immer es sein mochte, das Wesen dieses Mannes verursachte ein Kribbeln zwischen Dornachs Schulterblättern.

Den dritten Mann kannte er bereits vom Sehen. »Suad Ramani, Sicherheitsberater seiner Hoheit Scheich Abadin. Gegenwärtig kümmert er sich um die Sicherheitsbelange der Botschaft und sorgt für reibungslose Transfers zwischen Horriwil und Al Kershah.«

Ramani erwiderte den Händedruck wortlos und mit regungslosem Gesicht. Ein tödlicher Mann, ging es Dornach durch den Kopf. Er sandte einen stillen Dank an Bea Frei für ihr rechtzeitiges Eingreifen.

»Die Herren Jeger junior und D'Amato brauche ich dir nicht vorzustellen. Unseren geschätzten Nationalrat Urner kennst du ebenfalls, wie ich gehört habe.«

Sie begrüßten sich mit Kopfnicken.

»Wie du vermutlich weißt«, fuhr Hammer fort, »ist Urner der Präsident der Außenwirtschaftskommission und der eigentliche Initiator von ›Jeger Kershah‹, gemeinsam mit dem armen Jean-Jacques Jeger, der uns viel zu früh verlassen hat.«

Ganz der gewiefte Politiker brachte Hammer von jetzt auf gleich eine betrübte Miene zustande. »Er hat uns ein großes Vermächtnis hinterlassen.«

Dornach hatte genug von den Förmlichkeiten. »Wieso hast du mich kommen lassen, Alex?«

Hammer wandte sich an die ganze Gesellschaft. »Bitte entschuldigen Sie mich, meine Herren. Ich ziehe mich mit Dr. Dornach zu einer kurzen Besprechung zurück. Genießen Sie den Aperitif. Wir legen in zwanzig Minuten ab.« Mit einer einladenden Handbewegung forderte er Dornach auf, ihm zu folgen. Die abseitsstehenden Châtelain und Pfeuti wurden ins Schlepptau genommen.

Der sanfte Wind auf dem Oberdeck der »Siesta« war befreiend. Ein paar tiefe Atemzüge vertrieben das dumpfe Gefühl im Magen.

Hammer setzte sich ächzend auf eine Passagierbank.»Mein lieber Dominik, ich bin froh, dass wir die Gelegenheit haben, uns auszusprechen und die Fronten abzustecken.«

»Ich fürchte, ich verstehe nicht ganz, was du meinst.«

»Gestern erhielt ich einen besorgten Anruf von Jeger junior. Er bat mich, mit dir zu sprechen.«

»Warum tut er das nicht selbst? Er ist hier.«

»Weil es um mehr geht als nur um seine Firma. Hinter ›Jeger Kershah‹ steckt erheblich mehr als eine einfache Firmenkooperation.«

»Davon gehe ich aus. Weshalb würde sich der mächtige Staatssekretär für Außenwirtschaft sonst die Mühe machen, es mir zu erklären.«

»Ich sehe, wir verstehen uns. Vom Gelingen des Joint Ventures hängt es ab, ob wir zukünftig weitere Projekte realisieren können. Das öffnet ungeahnte Möglichkeiten für die Schweiz, besonders für die Solothurner Industrie.«

»Vor allem für die Rüstungs- und Chemiebranche, oder sehe ich das falsch?«

Hammers Züge entgleisten nur für den Bruchteil einer Sekunde.»Natürlich für alle Zweige. Al Kershahs Dienstleistungssektor ist im Kommen. Bald wird er so groß sein wie in Dubai oder Abu Dhabi. Es geht um Investitionen in Milliardenhöhe. Bereits bestehen Pläne für weitere Projekte in Südasien und Ostafrika. Regionen von strategisch und geopolitisch eminenter Bedeutung. Nimm den afrikanischen Kontinent zum Beispiel. Den wollen wir nicht allein den Chinesen überlassen.«

War das sein Ernst? Hatte die offizielle Schweiz tatsächlich vor, im großen geopolitischen Sandkasten des Weltkindergartens mitzuspielen?

»Solche Parolen machen sich bestimmt gut auf den Hochglanzprospekten. Du hast mir immer noch nicht gesagt, was ihr von mir erwartet.«

»Offen und ehrlich: Eure Ermittlungen bei ›Jeger Industries‹ machen uns Sorgen.«

»Das verstehe ich nicht. Wir haben die Herren Jeger und

D'Amato sowie Frau Sommer zu einem Sachverhalt befragt. Es geht um das Verschwinden einer ihrer Angestellten.«

»Ist mir bekannt, Prinzessin Mayssoun, Tochter des Scheichs Abadin von Al Kershah, die sich als Rana Amidi ausgibt.« Damit hatte Dornach nicht gerechnet. Er konnte seine Verblüffung nur schlecht verbergen.

»Wie du siehst, sind wir bestens informiert. Ich bin mit dem Kompetenzgerangel zwischen Bund und Kantonen bei der Strafverfolgung nicht so vertraut. Nur so viel: Du und deine Kollegen, ihr fresst über den Zaun.« Hammer nickte Châtelain zu.

Dieser nahm den Faden auf. »Dank unseren Kollegen des NDB ist uns seit Längerem bekannt, dass die Prinzessin mit einer falschen Identität in der Schweiz lebt.«

Dornach musste sich setzen. »Das ist wirklich hochinteressant. Wenn ihr alle so gut Bescheid wisst, weshalb erfahre ich das erst jetzt?«

»Es geht die Solothurner Kantonspolizei nichts an, weil sie nicht zuständig ist. Zudem hättet ihr uns schon lange ins Bild setzen müssen.«

»Wir ermitteln in einem Entführungsfall. In erster Linie geht es uns darum, Rana Amidi zu finden, möglichst unversehrt. Wenn wir euch eingeschaltet hätten, wäre die Information bestimmt an die Kershaner durchgesickert, und der Emir hätte seine Leute auf die Prinzessin gehetzt.«

»Was bildest du dir ein, Dornach? Dass du der einzige Polizist mit menschlichen Regungen bist? Läge es in unserer Absicht, wäre die Prinzessin schon lange zurück in ihrem goldenen Käfig in Al Kershah. Wir sind keine Unmenschen.«

»Die von Prinzessin Mayssoun geschilderten Missbräuche und Grausamkeiten gegenüber ihr sind nicht übertrieben«, ergänzte Pfeuti.

»Trotzdem macht ihr Geschäfte mit Al Kershah«, sagte Dornach bitter.

»Sieh es realistisch«, sagte Hammer. »Würde unser Land nur mit guten und ehrlichen Leuten geschäften, gäbe es bald keinen mehr, mit dem wir Handel treiben könnten. Der Emir ist kein Engel, das wissen wir. Streng genommen ist die Affäre um die verschwundene Prinzessin Privatsache. Andererseits haben wir kein Interesse, die Prinzessin ihrem tyrannischen Vater auszuliefern und uns damit zum Buhmann der Weltpresse zu machen.«

War das Hammers Version der Doktrin schweizerischer Außenpolitik? Die humanitäre Flagge nur zu zeigen, wenn es galt, die eigene Geldgier zu kaschieren und Kratzer auf dem hochglanzpolierten Lack der eigenen Reputation zu vermeiden? Gute Dienste ja, vorausgesetzt, es lohnt sich.

»Solange uns der Emir nicht um Hilfe bittet oder uns dazu nötigt, halten wir still«, sagte Hammer. »Deshalb solltest du und deine Leute aufhören, unnötig Staub aufzuwirbeln.«

»Was passiert, wenn die Prinzessin tatsächlich gegen ihren Willen in der Botschaft festgehalten wird?«

Hammer setzte eine säuerliche Miene auf. »Wie gesagt, in erster Linie ist es eine interne Angelegenheit von Al Kershah. Selbstverständlich begrüßen wir eine gütliche Lösung zwischen einem liebenden Vater und einer loyalen Tochter.«

»Bisher weist nichts darauf hin, dass die Prinzessin sich in der Botschaft aufhält«, sagte Châtelain. »Wenn es so wäre, wüssten wir davon.«

Dornach hätte gerne mit dem Zitat von Goethe über Hören und Glauben geantwortet. Seit Tagen waren die Vermisstenfahnder jeglichen Hinweisen nachgegangen, ohne Erfolg. Die Wahrscheinlichkeit, Rana Amidi lebend anzutreffen, tendierte gegen null. Eine gewaltsame Entführung durch kershanische Agenten lag auf der Hand. »Der Name der Prinzessin taucht im Zusammenhang mit einer Mordermittlung auf. Sollen wir die auch fallen lassen, weil sie euch nicht ins Konzept passt?«

»Ich bitte dich, das verlangt keiner. Diese Verbrechen müssen unbedingt aufgeklärt werden. Aber bitte mit Augenmaß und Rücksicht auf die Zuständigkeiten.« Hammer deutete auf Châtelain. »Die Bundespolizei steht euch mit Rat und Tat zur Seite.«

Hammer stand ebenso schwerfällig auf, wie er sich hingesetzt hatte. »Kann ich mich auf eine reibungslose Zusammenarbeit zwischen kantonalen Ermittlern und der Bundespolizei verlassen?« Hammers Blick ruhte ausschließlich auf Dornach. Keine Nachfragen zu weiteren Ermittlungsergebnissen. Umso besser. »Natürlich, wir werden die nötige Sorgfalt walten lassen. Nun müsst ihr mich bitte entschuldigen.« Hammer reichte Dornach die Hand. »Geht mir ebenso, ich werde zu einem Interview erwartet, französische Presse. Wenn was ist, du kannst mich jederzeit ansprechen.«

Dornach verließ das Schiff mit Châtelain und Pfeuti. Auf dem Steg kreuzten sie eine Frau mit Sonnenbrille und Seidenkopftuch. Sie senkte den Kopf, als sie an den drei Männern vorbeiging. Dabei berührte sie Dornachs Arm.

»*Pardon*«, murmelte sie.

Er drehte sich nach ihr um.

Sie wurde vom Sicherheitsposten durchgewinkt.

»Wer ist die Frau?«

»Gabrielle de Montmorency, akkreditierte Journalistin aus Frankreich. Sie macht ein paar Interviews auf dem Schiff und später beim Empfang. Warum fragst du?«

»Nichts, für einen Moment dachte ich, dass …« Dornach winkte ab. »Nichts.« Casagrande und Pia hatten recht. Er sollte endlich die Toten ruhen lassen.

***

Casagrande holte Ines Degonda am Empfang des Franziskanerhofs ab.

»Weshalb bestellst du mich hierher?« Degondas Lächeln wirkte gezwungen. »Habe ich was verbrochen?«

»Das klären wir hoffentlich gleich.« Casagrande legte den Ausdruck der drei Facebook-Postings auf den Tisch.

»Das bin ich«, sagte Degonda ungerührt.

»Die andere Frau heißt Elke Sommer. Sie ist die Personalchefin von ›Jeger Industries‹. Ihr beide wart in Singapur.«

»Du bist nicht etwa eifersüchtig, *chara*?«

»Ich gönne dir deinen Spaß. Es ist mir auch egal, mit wem du was treibst.« Casagrande tippte auf Sommers Bild. »Sie ist die Nummer drei von ›Jeger Industries‹. Du bist über deine Kanzlei mit denen verbandelt. Ich muss wissen, wie und warum.« Degonda hielt das Bild mit den Rückenansichten hoch. »Sieht heiß aus, musst du zugeben.«

»Ines, bitte.«

»Ist ›Jeger Industries‹ in eine Straftat verwickelt?«, fragte Degonda eine Spur kühler.

»Das ist Gegenstand laufender Ermittlungen. Dabei drängen sich einige Fragen auf.«

Degonda ging in Abwehrposition. »Du weißt, dass ich dir keine Auskunft geben darf, selbst wenn ich wollte.«

»Du bist bei ›Jeger Kershah‹ involviert. Über die SDPP-Holding?«

»Woher hast du das?«

Casagrande legte einen Ausdruck des Organigramms aus Dornachs Computer auf den Tisch. »Ich gebe zu, dass ich noch nicht überall durchblicke. Diese Verschachtelungen riechen nach verschiedenen Straftatbeständen. Die Kollegen der Kriminalpolizei sind daran, die Beweise zusammenzutragen.«

»Wo wollt ihr die herbekommen?«

»Das spielt keine Rolle. Ich versichere dir, dass sie gerichtsverwertbar sein werden. Du steckst mittendrin, Ines.« Casagrande zeigte auf Degondas Namen unter der SDPP-Holding. »Da werden mit ziemlicher Sicherheit Millionen abgezockt. Was ist dein Anteil?«

»Das vertraglich vereinbarte Honorar für das Mandat, mehr nicht. Ich bin verantwortlich für die Buchhaltung und die Administration. Den Kleinkram erledigt das Büro in Singapur.«

»Was weißt du von Überfakturierungen und Geldwäsche?«

»Keine Ahnung, wenn ich es wüsste, dürfte ich es dir nicht sagen.«

Casagrande lachte hart. »Komm mir nicht mit dem Anwaltsgeheimnis. Wenn du im Rahmen deiner Arbeit von einer Straftat

Kenntnis erhältst, bist du verpflichtet, sie anzuzeigen, das weißt du.«

»Wie kommst du darauf, dass ich etwas weiß?«

»Willst du mir allen Ernstes diesen Bären aufbinden?«

»Weißt du was? Ich gehe. Dir gebe ich einen guten Rat: Anstatt mir wild irgendwas zu unterstellen und mir mein Sexleben vorzuwerfen, solltest du dir selbst eines zulegen. Lass deinen Dominik endlich mal ran.«

Casagrandes Miene verriet sie. Degondas Elan wurde abrupt gestoppt. Ihre Augen verengten sich. »Sag bloß, ihr habt schon ... Wie lange?«

»Zweieinhalb Jahre.«

»Zweieinhalb ...? Du Luder sagst mir kein Wort?« Degonda ließ sich zurück auf den Stuhl fallen. »Ich will alles wissen, *every fucking detail*, hörst du.«

»Abgemacht. Wenn du mir sagst, was ich wissen will.«

»Netter Versuch, aber nein danke.«

Casagrande ging um ihren Tisch herum, schnappte sich einen Stuhl und setzte sich gegenüber Degonda hin. Sie legte ihre Hände auf ihre Knie.

Degonda lächelte spitz. »*Chara*, willst du mich zu einer Aussage verführen?«

»Nein, ich will dir helfen.«

»Bist du sicher?«

Casagrande war bewusst, dass sie damit ihren Job riskierte.

»Todsicher. Wir sind was Großem auf der Spur. Deine Mandantenfirma ist darin verwickelt. Du auch. Es ist eine Frage der Zeit, bis wir sie haben. Ich gebe dir hier die einmalige Chance, deinen Kopf aus der Schlinge zu ziehen.«

»Du bluffst.«

»Wenn du meinst. Wir haben einen Brandanschlag und eine Autobombe gegen Frauenrechtlerinnen, eine weitere Frau ist verschwunden, und ein Mann wurde ermordet. Dazu kommen Hinweise auf Geldwäsche und Veruntreuung.« Casagrande spielte ihre letzte Karte aus. »Ich werde den Fall an die Bundesanwaltschaft abgeben müssen. Was dann passiert, liegt außerhalb meines Einflusses. Hier und jetzt bekommst du deine einzige Chance, am Ende auf der richtigen Seite des Gesetzes zu stehen.«

Degonda blinzelte unsicher. Oder war es Angst? »Was erwartest du von mir?«

»Ich brauche Informationen, alles, was du mir geben kannst.«

Degonda ließ sich Zeit für ihre Antwort. »Angenommen, ich mache Angaben zu einem, sagen wir, potenziell problematischen Sachverhalt. Kannst du mich raushalten?«

»Das kommt auf den Sachverhalt an und wie du involviert bist. So viel kann ich dir versprechen: Wenn du eine Selbstanzeige machst, werde ich mich für die bestmögliche Strafmilderung einsetzen.«

»Das ist nicht sehr viel.«

»Es ist das Beste, was ich dir bieten kann. Du hast keine Alternative.«

Degonda erhob sich von ihrem Stuhl und strich ihren Rock zurecht. »Du hörst von mir.«

16

Das Massaker von Akbira

von Rana Amidi

Die wenigsten Menschen, die diesen Text lesen, werden je von Akbira gehört haben, einem Dorf im gebirgigen Südwesten des Jemen, rund zweihundert Kilometer südlich der Hauptstadt Sanaa. Im kollektiven Bewusstsein der großen, wichtigen Welt hat es nie existiert. Jedoch, wie Guernica, Aleppo oder Srebrenica, ist es zum Symbol für die Grausamkeit des Krieges, hundert-, tausendfaches sinnloses Sterben unschuldiger Kinder, Frauen und Männer geworden. Bevor sie das Unsagbare ereilte, lebten dort über hundert Familien: Alte, Junge, Männer, Frauen und Kinder. Augensterne der Mütter, Stolz der Väter waren die Kinder, die Zukunft dieser kleinen Gemeinschaft, die nichts anderes wollte, als in den Hügeln des Randgebirges in Frieden leben und dem kargen Boden ein Auskommen abringen. Das Dorf war der Nabel der Welt für über siebenhundert Seelen, abseits vom mörderischen Wahnsinn.

Im Jemen wütet ein von der Welt vergessener Krieg. Sein Treiber ist nicht das Erdöl, auch nicht die Bodenschätze, lediglich Macht, Angst und Unterdrückung. Täglich sterben dort Menschen, sei es direkt durch Bomben und Gewalt oder durch das dadurch herbeigeführte Elend wie Hunger und Krankheit.

In Akbira besaßen die Menschen nichts, was Begehren in anderen geweckt hätte. Niemand dort kümmerten die Händel der Welt. Man wusste nicht, wo Amerika lag oder Frankreich oder Deutschland. Die Schweiz war so klein, dass sie auf der handgemalten Weltkarte in der kleinen Schule nicht zu finden war.

Der unsichtbare Tod kam an einem sonnigen, wolken-
losen Tag. Die Kinder spielten auf der Straße. Die Müt-
ter kochten das Mittagsmahl. Viele Familien saßen beim
Essen, als er durch das Dorf zog. Bei den Kindern traten
die Symptome nach wenigen Minuten auf, etwas später
bei den Erwachsenen. Alle starben sie auf die gleiche Art
und Weise: Zuerst kamen die Krämpfe, der Atem stockte,
Bewusstlosigkeit, schließlich versagten die Organe, das
Herz hörte auf zu schlagen.
Der Tod hatte die siebenhundert Frauen, Männer und
Kinder unvermittelt ereilt. Seine einzige Gnade war, sie
nicht zu verstümmeln. Er war schnell, ließ ihre Seelen
nicht leiden. Ein Kind lag in den Armen seiner Mutter,
als würde es schlafen. Ein anderes wurde auf der Straße
gefunden, eine Puppe in der Hand.
Jeden Tag, überall in der Welt, sterben Menschen durch
die Hand ihrer Nächsten, aus Geldgier oder verletztem
Stolz oder auch nur aus Mordlust. Man wird mich fragen,
warum ich ausgerechnet über Akbira schreibe. Weil ich es
muss, werde ich Ihnen antworten. Weil ich es nicht ver-
stehe. Das freie Land, das mich aufgenommen hat, mich
schützt und meine neue Heimat geworden ist. Das kleine
Land ohne Platz auf der Weltkarte, die immer noch in
der Schule von Akbira hängt, es ist schuld an diesem Tod.
Es hat ihn möglich gemacht. Die Welt muss es wissen. Sie
darf es nie vergessen.

Maja fand als Erste ihre Worte. »Wenn ich das richtig verstehe,
macht Rana Amidi die Schweiz für ein Massaker verantwortlich. Das kann nicht sein, oder?«

»Dieser Text allein beweist nichts«, sagte Dornach. »Er
wurde nie veröffentlicht. Wir brauchen Fakten.« Er wandte
sich an Google. »Gibt es Hinweise darauf, wann und wo dieser
Massenmord stattgefunden haben soll und weshalb?«

»Es war nicht leicht, diesen Ordner zu reparieren. Zuerst
bin ich auf Amidis Text gestoßen. Zudem gab es eine ganze

Anzahl Bilder, Statistiken und Tabellen, die sich mit Akbira befassen. Aufgrund der Datumsangaben muss es vor sieben bis acht Wochen passiert sein.«

»Zeig uns mal die Bilder.«

Es war ein Panoramabild von mit Grünstreifen durchwachsenen Tälern und kahlen braungrauen Felsformationen. Der Fotograf hatte auf einer Anhöhe gestanden. Staubige, gestampfte Naturpfade durchzogen das Tal wie ein Spinnennetz. Die folgenden Aufnahmen zeigten einen Dorfplatz. Erst allmählich wurde klar, dass die Menschen, die am Straßenrand und vor ihren Häusern lagen, sich keinem Nachmittagsschlaf hingaben.

Die Steigerung des Grauens, in Großformat und als Diashow. Fotos toter Menschen, darunter die im Text beschriebenen Kinder, folgten im Gleichtakt. Auf den ersten Blick sah es tatsächlich so aus, als würden sie schlafen. Erwachsene lagen in merkwürdigen Verrenkungen am Boden. Ihre Augen starrten ins Leere.

Wie lange konnte man sich Bilder von Gewalt und Tod ansehen, ohne dass Leid und Sterben zu stumpfer Routine wurden? Der Alpdruck, der auf jedem Einzelnen im Rapportraum lastete, war fühlbar. Keine und keiner fand Worte. Einzig als die Bilder der Toten durchliefen, war von Karin ein schluchzender Seufzer zu vernehmen. Selbst Maja hatte feuchte Augen. Sie widerspiegelten Ungläubigkeit, Wut und Trauer. Tschanz wischte sich verstohlen über die Augen. Google ließ keine Regung erahnen.

»Frauen, Kinder, wer tut so was?« Auch Casagrande kämpfte um Fassung.

Maja war kurz davor, zu explodieren. »Wir waren das.«

»Wir?«, fragte Tschanz.

»Du hast ja gesehen, was Rana Amidi geschrieben hat.«

Dornach wollte Google bitten, das letzte Bild zu schließen, als ihm etwas auffiel. »Machst du das mal größer bitte?«

»Was genau?«

»Die Häuser links im Hintergrund.«

Die hohe Auflösung machte jedes Detail sichtbar. Eine Gestalt im Schutzanzug stand im Schatten eines Hauseingangs. Die Haube mit Visier machte sie unkenntlich. Der Gegenstand in ihrer Hand war deutlich zu sehen.

»Das Ding da, größer bitte.«

Es bestand kein Zweifel mehr.

»Die gleichen Zylinder wie auf der Zeichnung«, sagte Karin.

»Davon gibt's mehr.« Google zog das Bild nach rechts, bis der linke Bildrand sichtbar wurde. Vor einem Haus am Boden lagen drei weitere Zylinder. Google zoomte sie heran, bis nur einer von ihnen die Projektionsfläche ausfüllte. »Seht euch das an.«

Der Schriftzug war gut zu entziffern.

»Jeger Industries«, las Dornach. Todbringer, Swiss made.

»Dreckschweine«, presste Maja hervor. »Welche Beweise brauchen wir noch?«

»Beweise wofür?«, fragte Dornach.

»Um Jeger, D'Amato und Co. dranzukriegen. Die haben das getan.«

»Vorsicht mit Kurzschlussthesen, Maja. Was wir sehen, sind Zylinder, die ›Jeger Industries‹ für das ›Jeger Kershah‹-Projekt entwickelt hat. Laut Jeger junior dienen sie dazu, Medikamente und Chemikalien zu transportieren. Erst muss bewiesen sein, dass der in Akbira eingesetzte Kampfstoff aus der ›Jeger Kershah‹-Fabrik stammt und dass das hiesige Jeger-Management von dieser Verwendung wusste.«

»Das liegt auf der Hand«, begehrte Maja auf. »Warum sonst hätte die Amidi den Text geschrieben?«

»Frau Amidis Bericht allein hat keine Beweiskraft«, sagte Casagrande. »Jemand könnte das aus einem x-beliebigen Grund geschrieben haben.«

»Ich habe das Netz, so gut ich konnte, durchforstet«, sagte Google. »Dieser Bericht oder ähnlich lautende Texte tauchen nirgends auf, auf keiner Plattform, in keinen Mainstream-Medien.«

»Ihr kennt die Regel«, sagte Casagrande. »Schuld ist nicht

der Hersteller der Waffe, sondern derjenige, der abdrückt.«
Sie wandte sich an Google. »Bist du auf Dokumente gestoßen,
die eine direkte Verbindung zwischen Jeger, Al Kershah und
diesem Akbira-Massaker beweisen?«

»Bis auf das, was ich bis anhin hingekriegt habe, nicht. Was
wir bisher belegen können, ist die Unterschlagung und Veruntreuung von Geldern.«

»Wie ist das vor sich gegangen?«

»Überfakturierungen. Jeger Horriwil verrechnete seine Lieferungen weit über dem Marktpreis an ›Jeger Kershah‹, in der
Regel circa zwanzig Prozent. Die Zahlungen liefen über die
Holding in Singapur, die genau diese zwanzig Prozent als Kommission einbehalten hat. Von dort aus liefen Überweisungen an
verschiedene Offshore-Konten, deren Inhaber wir identifizieren müssen.«

Unschwer zu erraten, wer das sein könnte, dachte Dornach.

»Sobald wir die Zahlungsströme und ihre Empfänger nachweisen können, gebe ich die Unterlagen an die Bundesanwaltschaft
weiter«, sagte Casagrande.

»Was uns tatsächlich fehlt, sind eindeutige Hinweise auf die
Kampfstoffherstellung in der ›Jeger Kershah‹-Produktionsan-
lage«, räumte Google ein.

»Was ist mit den anderen Dokumenten, die du erwähnt hast?«

»Factsheets und Studien. Keine Hinweise auf ›Jeger Kershah‹,
kein Logo, keine Unterschrift, nichts. Aus den Dokumenten ist
lediglich ersichtlich, dass es sich beim verwendeten Giftgas um
eine verbesserte Version des Kampfstoffes Sarin handelt. Ich will
nicht zynisch klingen, aber mir scheint, dass in Akbira lediglich
eine Art Feldversuch durchgeführt wurde, um die Substanz
zu testen. Ich kann das Ganze noch mal durchgehen, vielleicht
stoße ich auf was.«

»Ein Feldversuch mit Hunderten von Toten«, sagte Casagrande. Ihr Gesicht verriet, was Dornach und wohl alle im
Raum dachten: Wie grausam und krank musste jemand sein,
damit er zu so was fähig war?

»Al Kershah befindet sich innerhalb der panarabischen Allianz im Krieg mit dem Jemen«, sagte Maja. »Waffenexporte aus der Schweiz an kriegführende Staaten sind nicht erlaubt. Diese Zylinder dürften gar nicht ausgeführt werden.«

»Das ist nicht klar«, sagte Dornach. »Die Zylinder sind eine Neuentwicklung. Ihr Zweck war klar spezifiziert nicht militärisch. Ein Dual-Use war bisher nicht bekannt.«

»Dual-Use?«

»Die Verwendung sowohl für militärische als auch für zivile Zwecke. ›Jeger Kershah‹ ist eine zivile Einrichtung, mindestens bis zum Beweis des Gegenteils. Die Tatsache, dass Al Kershah an der Seite seiner Verbündeten gegen die jemenitischen Rebellen Krieg führt, dürfte für eine Anklage nicht ausreichen. Es braucht eindeutige Belege, dass die Fabrik den Kampfstoff herstellte, der in Akbira verwendet wurde.«

»Das heißt, wir können gar nichts ausrichten«, sagte Maja.

»Nicht von hier aus. Wie Angela sagte, wir müssen das Dossier dem Fedpol und der Bundesanwaltschaft übergeben.«

Maja schnaubte. »Die werden es so lange in einer Ecke Staub ansetzen lassen, bis es verjährt ist. Wäre nicht das erste Mal.«

»Konzentrieren wir uns auf das, was wir tun können«, sagte Dornach. Der Zeitpunkt war gekommen, den Kollegen das Treffen auf der MS »Siesta« zu schildern.

»Der Akbira-Text lässt vermuten, dass Rana Amidi die Dokumente und Daten eher nicht für Spionagezwecke auf dem Rechner von ›EmmaWatch‹ hinterlegte. Sie wollte das Ganze aufdecken.«

»Und jetzt?«, fragte Maja. »Die Bürohengste aus Bern heimsen die Lorbeeren ein, und die Provinzpolizei kümmert sich um die Miststockkriminalität, oder wie?«

»Nein, die Provinzpolizei respektiert die Zuständigkeiten«, antwortete Dornach. »Uns bleibt, den Mord an Grüniger aufzuklären.«

»Mit angezogener Handbremse? Urner dürfen wir ja nicht auf die Zehen treten.«

»Dann sucht nach weiteren Ansatzpunkten«, fuhr Dornach sie an.

»Wo denn?«, kam es im selben Tonfall zurück.
Dornach zählte langsam bis fünf. Wenn sie anfingen, sich
anzubrüllen, kamen sie nirgends mehr hin. »Google hat eine
ganze Menge Unterlagen zusammen. Er kann bei der Einord-
nung und Durchsicht sicher eure Hilfe gebrauchen. Wünsche
viel Spaß.«
Karin knuffte Maja in die Seite, bevor diese eine weitere Be-
merkung machen konnte. »An die Arbeit, Kollegin, ich bestelle
uns Pizza. Was willst du?«
»Viel Salami, Schinken und Käse, alles außer vegetarisch.«
Das brachte ihr einen weiteren freundschaftlichen Klaps von
Google ein. »Wenigstens eine hier, die weiß, was gut ist.«
Zu dritt schwatzend verließen sie das Büro.
»Ich bin auch mal weg«, sagte Tschanz.
»Denkst du an meine Anfrage?«, sagte Dornach.
»Läuft, dauert leider ein wenig.« Er tippte sich grüßend an
die Stirn.
»Was für eine Equipe«, sagte Casagrande. »Welche Anfrage
meint Tschanz? Etwas, das ich wissen müsste?«
»Sage ich dir, wenn ich es selbst weiß.«
»Okay.«
»Hast du einen Moment?«, fragte Dornach.
»Klar, gehen wir in dein Büro.«

⁂

Den Kuss hatte sie gebraucht. Casagrande löste sich von ihm.
»Kannst du mir Janas Akte beschaffen?«, fragte Dornach.
Ihr Magen zog sich zusammen. »Wozu?«
»Ich will etwas nachprüfen.«
»Was nachprüfen?«
»Ich hatte heute ein merkwürdiges Zusammentreffen.« Er
erzählte ihr von der Begegnung mit der Journalistin auf dem
Schiffsteg. »Es war wie ein Déjà-vu. Für einen Moment dachte
ich, es sei Jana.«
»Das ist verrückt, Dominik.«

»Ich weiß, dass es verrückt ist. Trotzdem möchte ich einen Blick in ihre Akte werfen.«

»Was versprichst du dir davon?«

»Hast du sie eingesehen?«

»Hofmann hat sie mir gezeigt, bevor sie der NDB unter Verschluss nahm.«

»Mir hat man sie vorenthalten.«

»Mit gutem Grund. Wolltest du Bilder ihres verstümmelten Leichnams sehen, den man aus der Ruine der Hütte geborgen hatte? Das war nicht mehr Jana.« Casagrande legte ihren Arm um Dornach. »Lass sie gehen.«

»Die Frau, der ich begegnet bin, heißt angeblich Gabrielle de Montmorency, eine Journalistin aus Frankreich.«

»Hast du sie überprüft?«

»Sie hat eine eigene Internetseite mit einer Bibliografie ihrer Artikel, die sie für verschiedene renommierte Magazine und Zeitschriften verfasste.«

»Weshalb glaubst du, sie könnte Jana sein?«

»Keine Ahnung, ihr Ausdruck und ihre Haltung erinnerten mich an sie. Ich habe sie nur kurz gesehen. Sie hat etwas gesagt und …«

»Was?«

»Es war …«, begann Dornach. Er zögerte und winkte schließlich ab. »Ich weiß es nicht.«

»Der Autopsiebericht war eindeutig, mit Zahnstatus und DNA. Es macht keinen Sinn, wenn du dich damit quälst.«

Er straffte sich. »Vermutlich hast du recht. Vergiss die Akte.«

Sie umarmte ihn. »Ich hätte da noch was«, hauchte sie in sein Ohr.

»Was denn?«

Sie löste sich von ihm und packte ihn am Hemdkragen.

»Wenn du mich das nächste Mal vor versammelter Truppe vor vollendete Tatsachen stellst, dann …«

»Was dann?«

»Lass ich mir was ganz Spezielles für dich einfallen. Es wird dir wehtun.«

»Ich freue mich drauf.«

»Im Ernst, warum hast du mir nicht vorher von deinem Treffen mit dem Staatssekretär und Châtelain erzählt?«

»Ging nicht, tut mir leid. Außerdem dachte ich, dein Busenfreund von der BKP habe dich ins Bild gesetzt.«

»Châtelain? Höre ich da Eifersucht heraus? Dann hat sich diese Szene ja gelohnt.«

»Wenigstens eine von uns beiden, die glücklich ist.« Dornach löste ihre Hand von seinem Hemd. »Ich muss nach Hause, mich umziehen.«

»Hast du noch was vor?«

»Ja, Empfang im ›La Couronne‹.«

»Was willst du dort?«

»Jemandem auf den Busch klopfen.«

17

Der Mann vom Bundessicherheitsdienst musterte Dornachs Dienstausweis, den dieser ihm in Ermangelung einer offiziellen Einladung unter die Nase gehalten hatte. Nach einer kurzen Rücksprache per Funk winkte er ihn durch.

Kaum hatte er den Festsaal des »La Couronne« betreten, wurde er von zwei Regierungs- und einem halben Dutzend Kantonsräten begrüßt. Die Sahnehaube nationaler und lokaler Wirtschafts- und Finanzgrößen hatte der Einladung des Staatssekretärs Folge geleistet. Dornach schätzte das versammelte Vermögen der Gäste im Milliardenbereich. Man zelebrierte einen Zusammenarbeitsvertrag mit einem Staat, den vor Jahren niemand mit einer Zange angefasst hätte, weil er weit unten auf der Weltrangliste der Menschenrechte und politischen Freiheiten lag. Der Zuckerguss astronomischer Profite kaschiert die Blutlachen skrupelloser Regimes wie Neuschnee eine öde Winterlandschaft.

Ein Quintett, bestehend aus drei jungen Frauen und zwei Männern in dunklen Hosenanzügen und weißen Hemden, spielte Kammermusik. Dornach fühlte sich in eine Szene im Film »Titanic« versetzt. Wallace Hartley und seine Musiker spielten so lange auf, bis sie das Schiff in ihr eisiges Grab im Nordatlantik riss.

Das Empfangskomitee bildeten vier Personen. Als Gastgeber begrüßte Staatssekretär Hammer seine Gäste als Erster. Er zeigte sich überrascht, als Dornach vor ihm stand. »Dominik, hätte ich gewusst, dass du dieser Art Lustbarkeiten etwas abgewinnen kannst, hätte ich dir eine Einladung beschafft.«

»Hat auch so geklappt. Ich muss dich unbedingt sprechen. Es ist wichtig.«

»Kein Problem. Nach dem offiziellen Teil und der Ansprache komme ich zu dir.«

Hammer wandte sich dem nächsten Gast in der Reihe zu.

Dornach reichte einer attraktiven, nicht viel über dreißigjährigen Asiatin die Hand. Ein interessiertes Leuchten in ihren Augen löste ihren gelangweilten Blick ab. Dornach erinnerte sich vage an die Berichte über Hammers Scheidung nach fünfundzwanzig Ehejahren, die vor einigen Monaten in den Medien kursierten. Der Grund dafür stand vermutlich vor ihm. Nach ein paar belanglosen, freundlichen Worten ging er weiter.

Der kershanische Botschafter hieß Dornach kurz und knapp willkommen. Auch bei Jeger junior und Francesco D'Amato einschließlich Gattinnen ging die Formalität schnell und schweigend vonstatten.

Er entdeckte Souad Ramani, der das Treiben aus dem Hintergrund wachsam verfolgte. Dornach erwiderte dessen ausdruckslosen Blick. Ihre Kommunikation war stumm, gegenseitig und vielsagend.

»Dominik, du hier?« Ines Degonda schnappte sich zwei Gläser Champagner vom Tablett einer Kellnerin und gab eines davon ihm. »Ich dachte, du hältst nichts von Mondänitäten. Oder hat mich Angie falsch informiert?«

»Selbst ich muss mich ab und an der großen Welt stellen. Ihr redet über mich?«

»Kommt vor, gelegentlich, nur das Wichtigste.« Ihr Lächeln sprach Bände.

»Und du?«, fragte er. »In offizieller Mission hier?«

»Wie man's nimmt.«

»Hat es mit deinem Job als administrative Direktorin der SDPP-Holding zu tun?«

»Alle Achtung, du bist gut informiert.«

»Ist so ein Ermittlerding. Schwer abzulegen.«

»Verstehe, Angie hat mich schon befragt.«

»Hat sie das?« Interessant. So viel zum Informationsaustausch zwischen Ermittler und Staatsanwältin. Gut zu wissen und Munition gegen zukünftige Rüffel.

Degonda legte ihre aufgesetzte Heiterkeit ab. »Ich treffe mich nachher mit ihr.«

»Weswegen?«

»Soll sie dir selbst sagen.« Sie warf einen verstohlenen Blick nach vorne, wo sich Hammer, Jeger und Ramani unterhielten. »Ich muss ein paar Takte mit Jeger junior sprechen.« Sie umarmte Dornach und hauchte ihm flüchtig drei Küsse auf die Wangen.

Die Musik verstummte. Zwei Angestellte des Hotels bauten ein Rednerpult auf. Hammer stellte sich dahinter und begann seine Ansprache.

Derweil richtete sich Dornachs Aufmerksamkeit auf Degonda und Jeger, die sich in eine Ecke verzogen. Es machte nicht den Eindruck, dass sie sich einig waren. Bald darauf verließ Degonda den Saal. Jeger drehte sich nach Ramani um und gab ihm ein Zeichen. Ramani nickte und verschwand nach draußen.

Das sah nicht gut aus.

Dornach fischte sein Handy aus der Brusttasche. Casagrande antwortete nicht. Er hinterließ eine Nachricht. Sie solle das Treffen mit Degonda verschieben und ihn zurückrufen.

Dass er sie nicht erreichen konnte, ließ ihm keine Ruhe mehr. Casagrande war entweder in ihrer Wohnung oder in der Villa. Warum antwortete sie nicht?

Er wollte sich in Bewegung setzen. Etwas hielt ihn davon ab und ließ ihn den Kopf nach links drehen.

Gabrielle de Montmorency stand vor dem Durchgang zum Foyer des Festsaales, wo sich die Bar befand. Diesmal trug sie keine Sonnenbrille. Ihr Blick traf ihn wie ein eiskalter Strahl. Für den Bruchteil einer Sekunde sahen sie einander in die Augen. Dann wandte sie sich ab und trat den Rückzug an.

Was Dornach gesehen hatte, war nicht die französische Journalistin.

Jana!

Ein Schrei, stumm, sein Echo hallte in seinem Innern.

Dieser Blick, kühl und distanziert. Er war das Letzte gewesen, was er von Jana gesehen hatte, bevor die Explosion sie und sein Leben auseinandergerissen hatte.

Dornach begann zu laufen, so gut es das Gedränge erlaubte. Draußen im Foyer sah er, wie sie die Treppe nach unten eilte.

Mit hastigen Entschuldigungen schob er die Menschen an der Bar zur Seite. Kaum hatte er die Treppe erreicht, legte sich eine Hand auf seine Schulter. Hammer.

»Du willst uns schon verlassen? Wollten wir nicht reden?«

Von der Balustrade auf der Südseite der Kathedrale blickten sie über die Dächer der Altstadt. Sie waren nicht allein. Beamte des Bundessicherheitsdienstes überwachten die Umgebung der Kathedrale. Sie sorgten dafür, dass sich von dieser Seite niemand dem »La Couronne« näherte. Von dort, wo Dornach mit Hammer stand, hatte man freie Sicht durch die erleuchteten Fenster des Festsaales. Ein Kinderspiel für einen Scharfschützen.

Dornach lehnte die Cohiba ab, die Hammer ihm anbot. Dieser ließ sich Zeit mit dem Ritual des Anzündens.

»Laut meinem Arzt müsste ich es sein lassen«, sagte er nach dem ersten genießerischen Zug. »Wenn ich zu Hause rauche, macht mir Ming die Hölle heiß.«

»Das Leben schenkt einem nichts.«

»Wem sagst du das.« Hammer zog ein weiteres Mal an der Zigarre. »Man verspottet uns als alte weiße Männer. Dabei sind wir zu einer gefährdeten Spezies geworden.« Er grinste Dornach verschwörerisch an. »Macht auch bald keinen Spaß mehr mit den Weibern. Seit #MeToo schreien sie schon Vergewaltigung, wenn du bloß einen schrägen Blick auf ihre Möpse wirfst, die sie mit ihren Dekolletés vor dir ausbreiten. Zu allem Überfluss kommen die Baum- und Krötenstreichlerinnen dazu. Wenn das so weitergeht, gehen wir bald nur noch zu Fuß und essen Steaks, in denen kein einziges Gramm Fleisch mehr drinsteckt.« Die Glut der Zigarre im Dunkeln erhellte sein Gesicht. »Welches Vergnügen bleibt einem ehrlichen Mann?«

»Wir stehen auf der Schwelle einer neuen Welt«, entgegnete Dornach. In jeder Hinsicht eine bessere, auch wenn der Weg dahin hart und steinig bleiben wird, fügte er stumm hinzu.

»Deswegen muss man die alte Ordnung nicht gleich auf den Kopf stellen. Was wolltest du mit mir besprechen?«

»Die Sache mit der Prinzessin und den Unterlagen, die wir bei ihr gefunden haben.«

»Hatten wir das nicht geklärt? Der Fall liegt bei der BKP.«

Dornach zog einen Umschlag aus der Innentasche seines Jacketts.

Hammer nahm ihn entgegen. »Was ist da drin?«

»Sieh's dir an.«

Dornach leuchtete ihm mit der Taschenlampenfunktion seines Handys, während Hammer den Umschlag öffnete und die Fotos ansah. Seine Reaktion unterschied sich deutlich von derjenigen von Dornachs Kollegen, mehr Unmut und Ärger als Betroffenheit. »Was soll das?«

»Ich bin sicher, dass ich dir das nicht erklären muss. Ich wette, der Name Akbira ist dir ein Begriff.«

Die Zigarre schien Hammer nicht mehr zu schmecken. »Nie davon gehört. Was willst du?«

»Nichts weiter. Dir klarmachen, dass wir Bescheid wissen.«

»Ich warne dich, Dominik. Das geht dich nichts mehr an. Du hast keine Ahnung, worauf du dich einlässt.«

»Ich glaube schon, dass ich das tue.«

»Dominik, ich rate dir als Freund, die Beine stillzuhalten, sonst ...«

»Sonst was? Hetzt du Ramani und seine Kumpel *mir* auf den Hals anstatt meiner Tochter?« Dornach deutete auf Hammers Zigarre. »Lass sie nicht kalt werden.«

Auf der St.-Ursen-Treppe versuchte er es ein weiteres Mal bei Casagrande. Wieder nur die Combox.

Sein Handy kündigte eine Nachricht an.

Schütze, was du liebst. G.

Zu Hause war Casagrande nicht.

Konnte sie bei Ines Degonda sein?

Auf dem Weg dorthin vermischten sich seine Sorge um Casagrande und die Begegnung mit Gabrielle.

Konnte es Jana gewesen sein?

Die Vernunft tat es als Gespinst seines übermüdeten Gehirns ab. Die vielen Menschen, die Musik, der Alkohol. Er hatte drei Gläser Champagner auf fast nüchternen Magen getrunken. Bauch und Herz erhoben Einspruch. Nicht der Sekundenbruchteil, in dem sie ihn angesehen hatte, war es gewesen, der bei ihm das Unterste zuoberst gekehrt hatte, sondern was er dabei gefühlt hatte. Es war wie eine Berührung gewesen. Dann die Nachricht. *Schütze, was du liebst. G.* Eine anonyme Nummer als Absender. Er hatte zurückgerufen. Der Anruf war ins Leere gegangen.

Schütze, was du liebst.

Den Menschen, den er neben seiner Tochter am meisten geliebt hatte, hatte er nicht zu schützen vermocht. Sie hatte es nicht zugelassen.

Wer war diese Gabrielle?

Jemand, der Jana gekannt hatte? Weshalb war sie in Solothurn? Für wen arbeitete sie? Stand sie in Verbindung mit dem »Jeger Kershah«-Projekt? Konnte sie etwas mit Rana Amidi und ihrem Verschwinden zu tun haben?

Eine entfernte Stimme holte ihn in die Gegenwart zurück. Er war gerade in die Barfüßergasse eingebogen. Vor ihm trat Casagrande aus einem Hauseingang ins Freie. Degondas Wohnung. Sie hatte ihr Handy am Ohr. Sie sprach eindringlich, den Blick zu Boden gesenkt. »Hören Sie. Er ahnt etwas. Ich weiß nicht, wie lange –«

»Angie?«

Sie sah erschrocken hoch. »Ich … ich rufe Sie zurück.« Sie hängte ein. »Dominik, was tust du hier? Ich dachte, du bist beim Empfang.«

»War ich auch. Ich habe dich gesucht, weil ich mir Sorgen machte.«

»Ich habe mich mit Ines getroffen, das heißt, ich wollte es.«

»Ich weiß.«

»Was? Woher?«

»Ich arbeite bei der Polizei, du erinnerst dich? Bei Gelegenheit sollten wir unsere Auffassung über Informationsaustausch abgleichen. Was wolltest du von Ines oder sie von dir?

»Wir waren auf dem Parkplatz des Sportzentrums in Zuchwil verabredet. Ich komme gerade von da. Sie hat mich versetzt. Deshalb schaute ich in ihrer Wohnung nach. Sie wollte mir etwas übergeben.«

»Informationen über ›Jeger Kershah‹?«

»Ich gehe stark davon aus.«

Er bot ihr seinen Arm an. »Soll ich dich heimbringen?«

»Danke.« Sie hakte sich ein.

»Wer war das vorhin?«

»Was meinst du?« Casagrandes Hand an seinem Arm versteifte sich.

»Wer ahnt was? Du hast es am Telefon gesagt.«

»Ach das? Das war wegen ... ähm ... Mosimann. Er hat bald sein Dienstjubiläum. Es geht um ein Geschenk.«

»Um diese Uhrzeit?«

Sie zuckte mit den Achseln. »Unsere Arbeitszeiten, du weißt schon.«

»Ja klar. Soll ich ihr Handy orten lassen?«

»Was?«

»Ines. Ihr Handy, soll ich es orten lassen?«

Sie entspannte sich. »Vielleicht eine gute Idee.«

Per Handy gab Dornach die Anweisung durch.

Vor Casagrandes Wohnung verabschiedeten sie sich. »Wenn ich mich am Geschenk beteiligen kann.«

»Was für ein Geschenk?«

»Mosimann? Das Jubiläum?«

»Ach so, ja. Ich ... ähm ... ich bringe dir die Karte mit, zum Unterschreiben.«

Er sah ihr zu, wie sie umständlich ihre Hausschlüssel aus der Handtasche fischte.

Casagrande war nie eine gute Lügnerin gewesen.

***

Sie rollte immer schneller den Hang hinunter – auf den Abgrund zu. Aus dem Rollen wurde ein Rütteln.

»Wach auf!«

Pia setzte sich mit einem Ruck auf. »Was ist –«

Nadal legte die Hand auf ihren Mund. »Nicht so laut.« Sie saß auf Pias Bettrand und hielt den schlafenden Mirio im Arm.

»Was ist mit ihm?« Pia wollte Licht machen.

»Kein Licht«, flüsterte Nadal hektisch. »Es ist jemand im Haus.«

»Wie, jemand?«

»Ich habe Geräusche gehört.«

Pia schwang sich aus dem Bett. »Sicher ist Paps nach Hause gekommen. Lass uns nachsehen.«

Nadal hielt sie zurück. »Das habe ich schon. Er ist nicht da. Es sind Fremde im Garten, vielleicht auch im Haus.« Sie deutete auf das Fenster. »Sieh selbst.«

Pia stellte sich ans Fenster und spähte durch einen Vorhangspalt. Nichts zu sehen als schwarze Nacht.

»Da war jemand, ich schwöre.« Nadal stand dicht neben ihr. Pia spürte, wie sie zusammenzuckte. »Da unten, geradeaus. Der Schatten.«

Inzwischen hatten sich Pias Augen an die Dunkelheit gewöhnt. Ein schwarzer Fleck vor einem schwärzeren Hintergrund, mit katzenhaften Bewegungen kam er auf das Haus zu. Pia erschrak. Das Gesicht, es sah aus wie das von einem Monster aus einem billigen Horrorfilm. Es dauerte ein, zwei, drei Sekunden, bis sie erkannte, dass es ein Nachtsichtgerät war.

Auf der Treppe zur Terrasse blieb die Person stehen und sah hoch. Pia machte einen Schritt zurück. Hatte sie sie gesehen?

Die Gestalt setzte ihren Marsch fort. Vor dem Hintergrund, der hellen Steintreppe, zeichneten sich typische Rundungen unter dem eng anliegenden schwarzen Dress ab.

»Eine Frau«, flüsterte Nadal.

Egal, ob Frau oder Mann, die Person bewegte sich wie ein Profi. Kein gutes Zeichen. »Du meinst, da ist jemand im Haus?«, fragte Pia.

»Ich habe vorhin etwas gehört. Es kam von unten.«

Pia dachte nach. Das waren keine gewöhnlichen Einbrecher. Es musste ihnen gelungen sein, die Alarmanlage außer Gefecht zu setzen. Ein eiskalter Schauer lief ihr den Rücken hinunter. Wäre Nadal nicht gewesen, hätten sie sie im Schlaf überrascht. »Wir müssen weg hier.«

»Wie? Über die Treppe können wir nicht. Die sind schon unten. Vielleicht sind sie bewaffnet. Was sind das überhaupt für Leute?«

Pia hatte eine leise Ahnung, keine gute. Es hatte keinen Sinn, Nadal mehr zu verängstigen. »Wir dürfen uns eben nicht erwischen lassen.« Sie öffnete die Tür zum Badezimmer, das sie früher mit ihrem Vater geteilt hatte. An der Stirnseite der Außenwand stand ein hässlicher, dreiteiliger Holzschrank. Das Ding war gefühlt Hunderte von Jahren alt. Ihr Vater meinte, es sei eine Antiquität. Pia hatte in ihm nie was anderes gesehen als eine stille Brennholzreserve. Sie hatte das Möbel gehasst, bis ihr Vater ihr erklärt hatte, was dahintersteckte.

Sie öffnete den mittleren Teil. Mit einem Schwung schob sie einige Kleidungsstücke und Kleiderbügel auf der Stange zur Seite.

»Willst du etwa ausgerechnet jetzt das alte Teil aufräumen?«, zischte Nadal.

»Goldrichtig.« Mit der flachen Hand drückte Pia gegen die freigelegte Rückwand.

»Was soll das?« Nadal wiegte den sich regenden Mirio zurück in den Schlaf.

Ein metallisches Klicken lieferte die Antwort. Die Rückwand schwang auf. Dahinter gähnte ihnen ein dunkles Loch entgegen. Pia langte hindurch und tastete die Wand ab, bis eine Kellerleuchte einen schmalen Treppengang in diffuses Licht tauchte. »Voilà.«

»Was ist das?«

»Unser Fluchtweg. Frag mich nicht, welche meiner Vorfahren diesen Geheimgang zu welchem Zweck gebaut haben. Paps hat ihn renoviert, für einen Fall wie diesen.« Pia streckte die Hand nach Mirio aus. »Gib ihn mir mal, er wird zu schwer für dich.«

»Nicht so schlimm. Geh du lieber voraus.«

»Na gut.« Pia öffnete eine der Schrankschubladen und nahm eine Taschenlampe und eine Dose Pfefferspray heraus. Früher hatte auch eine Pistole darin gelegen. Sie hatte sie ihrem Vater zurückgegeben. Sie wollte in der Nähe von Mirio keine Schusswaffen haben. Sie gab Nadal den Pfefferspray. »Du weißt, wie das funktioniert?«

Nadal nickte.

Bevor sie die Rückwand mit Hilfe eines Hebels von der anderen Seite einrasten ließ, verteilte sie die Kleiderbügel wieder auf der Stange.

»Wohin führt der Gang?«, flüsterte Nadal.

»In den Keller.« Pia hoffte, Mirio würde nicht plötzlich aufwachen. Behutsam, aber so schnell, wie sie konnten, stiegen sie die schmale steinerne Wendeltreppe hinunter.

Pia blieb abrupt stehen und zog ihr Handy aus der Tasche.

»Was ist los?«, raunte Nadal.

»Ich hab vergessen, Paps eine Nachricht zu schicken.« Sie hoffte, hier drin Verbindung zu haben. Ihr Stoßgebet wurde erhört. Die Feldstärke war sogar recht gut.

»Wir sind gleich unten.«

»Und dann?«

»Hoffen wir, dass der Weg nach draußen frei ist.«

»Durch den Garten? Dort sind sie auch.«

»Nicht durch den Garten. Den anderen Weg kennt keiner.« Hoffentlich.

Vor ihnen tauchte eine Stahltür auf. »Die führt in den Weinkeller«, flüsterte Pia. »Lass uns sehen, ob die Luft rein ist. Ich lösche das Licht und öffne die Tür. Kein Mucks, klar?«

Nadal sah sie mit zusammengepressten Lippen an. Pia warf einen Blick auf Mirio, der immer noch tief und fest schlief. »Geht's mit ihm?«

»Mit dem Knirps im Arm gehe ich bis ans Ende der Welt, wenn es sein muss.«

Pia drückte auf den Lichtschalter neben der Tür. Augenblicklich standen sie in pechschwarzer Dunkelheit. Fast auf Anhieb fand sie die Verriegelung. Vorsichtig drehte sie den kleinen Hebel. Von der anderen Seite war die Tür nur mit einem Schlüssel zu öffnen.

Sie standen vor Weinregalen. Pia machte die Taschenlampe an. Der Lichtstrahl glitt über die Reihen von Flaschen, die das Licht schwach reflektierten.

Schritt für Schritt tasteten sie sich durch den Weinkeller bis zu einer Holztür. »Gleich nach der Tür ist ein Korridor«, sagte Pia. »Wir wenden uns nach links. Weiter vorne ist ein Durchgang. Der Weg bis dorthin sollte freigeräumt sein. Sei trotzdem vorsichtig, nichts umzustoßen. Wir wissen nicht, wo die Kerle gerade stecken.«

»Wann kommen wir hier raus?« Nadals Stimme hatte einen panischen Unterton. Pia musste selbst gegen die lähmende Angst ankämpfen.

»Hinter dem Durchgang ist ein Tunnel. Er führt unter unserem Vorplatz und dem Grafenfelsweg hindurch ins Freie, eine Geländevertiefung zwischen dem Grafenfelsweg und der Oberen Steingrubenstraße. Vermutlich stammt sie aus der Zeit der alten Steinbrüche. Von dort aus können wir Hilfe bei den Nachbarn holen.«

Pia öffnete die Holztür und wandte sich sofort nach links. Nadal folgte ihr auf dem Fuß. Die Taschenlampe war auf den Boden gerichtet.

»Geht's?«, fragte Pia.

»Alles okay.«

Nur ein paar Schritte.

Pia stoppte abrupt, als der Lichtkegel auf ein Hindernis stieß, ein Paar schlanker Beine in schwarzen Lederstiefeln. Nadal prallte beinahe in sie hinein. Sie konnten beide knapp einen Sturz verhindern. Der Aufprall weckte Mirio. Er fing an zu weinen.

Pia hob die Taschenlampe. Es war die Person, die sie im Garten gesehen hatte. Aus der Nähe bestätigte es sich, was sie vermutet hatte. Es war eine Frau. Sie hatte das Nachtsichtgerät hochgeschoben. Durch den Sichtschlitz war ein helles Augenpaar zu erkennen.

Die Frau hob die Pistole mit Schalldämpfer und zielte auf sie.

Mirio! Es war der einzige Gedanke, der Pia durch den Kopf ging.

Hinter ihr kauerte Nadal auf dem Boden. Mirios Weinen klang gedämpft. Nadal musste sich schützend über ihn gebeugt haben.

»Bitte.« Pia hob die Hand. »Nicht das Kind, verschonen Sie meinen Sohn, er hat nichts getan.«

Der Abstand zwischen ihr und der Frau betrug knapp einen Meter. Pia hörte sie atmen.

Bitte nicht Mirio, lieber Gott, lass ihn leben.

Pia schloss die Augen.

Die Frau drückte ab.

18

Casagrande setzte sich auf den Beifahrersitz. Dornach hatte den Finger am Starterknopf. »Du kannst nicht mitkommen.«

»Ich sitze hier, wie du siehst. Fahr los.«

Einen Fluch unterdrückend, startete er den Motor. »Wir wissen nicht, wie viele es sind oder ob sie bewaffnet sind. Es ist zu gefährlich.«

»Danke für die Ansprache. Gut, dass ich ein großes Mädchen bin, das gelernt hat, auf sich aufzupassen.«

Er deutete mit dem Daumen zur Rückbank. »Da liegt eine schusssichere Weste.«

Casagrande langte nach der Weste. »Ist ›Falk‹ unterwegs?«

»Die brauchen zwanzig Minuten, so lange warte ich nicht.«

Casagrande war noch nicht durch ihre Haustür gewesen, als er Pias SMS bekommen hatte. Maja und Karin waren schon unterwegs zur Villa Dornach, ebenso mehrere Patrouillen, die in der Gegend waren.

Dornach war zum Zerreißen angespannt. Casagrande legte ihre Hand auf seinen Arm. »Den dreien wird nichts geschehen. Dort, wo sie sind, befinden sie sich in Sicherheit.«

Casagrande kannte den geheimen Fluchtweg. Dornach hatte ihn ihr gezeigt, nachdem er ihn erneuert hatte. Neben ihr wusste nur Frau Reinhard Bescheid. Auch Jana hatte ihn gekannt.

Wenn es den Eindringlingen trotz allem gelungen war, Pia, Nadal und Mirio in ihre Gewalt zu bringen?

An Dornachs mahlenden Kieferknochen konnte sie erkennen, dass er das Gleiche dachte. Was würden diese Leute mit Pia, Mirio und Nadal anstellen?

»Du hältst dich zurück, klar?«, sagte er. »Du bleibst immer hinter uns.«

»Ich weiß, was ich zu tun habe.« Es klang schärfer, als sie beabsichtigt hatte.

Die Fahrt von der Schanzmühle zur Villa Dornach dauerte

knapp zwei Minuten, ohne Blaulicht und Musik. Am Sälirain bei der Verzweigung zum Grafenfelsweg standen zwei Patrouillenwagen. Dornach hielt dahinter an. Ein Polizist kam auf sie zu. »Lage?«, fragte er, nachdem sie ausgestiegen waren.

»Bisher ruhig. Zwei Kollegen sichern die Zufahrt zur Villa von der Kreuzenstraße her. Ein weiteres Team steht an der Grundstücksgrenze im Süden beim Museum Blumenstein, falls sie durch den Garten abhauen wollen.«

Karin und Maja stießen zu ihnen. Sie hatten die Lage vor dem Haus ausgekundschaftet.

»Niemand zu sehen«, sagte Maja.

»Wir gehen rein«, sagte Dornach zu ihnen. »Ihr kennt das Haus.« Er trug dem uniformierten Kollegen auf, weiterhin die Aus- und Zugänge zu sichern und die Leute von »Falk« einzuweisen, sobald sie eintrafen.

»Achtet auf Eigensicherung. Los geht's.« Er wandte sich an Casagrande. »Du bleibst da, hast du verstanden?«

»Schon beim ersten Mal.«

Mit gezogenen Waffen legten Dornach, Maja und Karin die kurze Strecke auf dem Grafenfelsweg bis zur Villa zurück. Casagrande folgte ihnen, bis er sich zu ihr umdrehte. »Bei welchem Teil von ›Du bleibst da‹ habe ich mich nicht klar ausgedrückt?«

»Ich sagte doch, ich hab dich verstanden. Aber ich sitze sicher nicht dahinten herum, wenn ihr da vorne Hilfe brauchen könnt.«

Ihre Blicke verhakten sich ineinander.

»Also gut, großes Mädchen. Du wartest beim Kollegen an der Zufahrt, bis ich sage, dass es sicher ist.«

Casagrande winkte mit der Hand nach vorne. »Geht schon, los.«

Dornach ging als Erster auf das Haus zu. Maja und Karin folgten ihm. Nebst den Waffen hatten sie tragbare Funkgeräte dabei. Casagrande kauerte neben dem uniformierten Beamten hinter der Grundstücksmauer. »Habt ihr was gehört oder gesehen?«

»Nicht, seit wir hier sind.«

War das ein gutes oder ein schlechtes Zeichen? Dornach, Maja und Karin verschwanden durch die Haustür. Alles in Casagrande drängte sie, ihnen zu folgen. Dazu war es zu spät. Wenn sie ins Haus eindrang, ohne zu wissen, wo sich die anderen befanden, würde sie sich oder die anderen gefährden. Dumpfe Knalle im Innern des Hauses peitschten die Gedanken weg.

»Was war das?«

»Klingt wie Schüsse«, sagte der Beamte.

»Funken Sie sie an, ob alles in Ordnung ist.«

»Keine Antwort«, sagte er nach einer Weile.

Casagrande und der Polizist sahen sich an.

»Gehen wir rein?«, fragte sie.

Die Antwort wartete sie nicht ab.

***

Pia glaubte, den Luftzug des Projektils an ihrem Ohr zu spüren. Hatte die Frau absichtlich danebengeschossen?

Hinter ihr erklang der Aufschrei eines Mannes. Ein dumpfes Klatschen, als er zu Boden sackte. Die Frau hatte ihr Ziel nicht verfehlt. Pia wollte sich umdrehen. Bevor sie sehen konnte, was passiert war, wurde sie zu Boden gepresst.

»Runter!« Die Frau kauerte neben ihr hinter einer ausrangierten Schrankkommode. Nadal hatte sich mit Mirio in eine Nische verkrochen. Ihr Körper deckte den weinenden Buben.

Ihre Gegenspieler hatten sich aus ihrer Schockstarre gelöst. Offenbar hatten sie nicht mit Widerstand gerechnet. Ein hastiger Wortwechsel, fremdländisch. Pia meinte, ein oder zwei Worte zu verstehen. Zwei Pistolenschüsse krachten. Die Projektile schlugen im massiven Holz der Kommode ein. Die Frau erwiderte das Feuer.

Pia nahm das Gefecht wie durch Watte wahr. Die Stimme der Frau. Sie hatte sie erkannt. Aber das konnte nicht sein.

Nachdem sie den zweiten Feuerstoß abgegeben hatte, herrschte auf der anderen Seite Stille. Pia spähte vorsichtig hinter der Kommode hervor und leuchtete mit der Taschenlampe auf die Stelle. Bis auf eine reglose Person am Boden neben der Tür zum Weinkeller war niemand mehr zu sehen.

»Wer sind Sie?«, fragte Pia die Frau.

Diese ging nicht auf die Frage ein. Stattdessen prüfte sie ihr Magazin. »Ich weiß nicht, wie lange ich die Männer zurückhalten kann. Ihr müsst verschwinden.« Sie zeigte auf den Durchgang. »Dahinter liegt der Tunnel nach draußen, nicht wahr?«

»Ja, woher wissen Sie –«

»Keine Zeit für Small Talk. Macht, dass ihr wegkommt, bevor es denen einfällt, zurückzukommen.« Sie zeigte auf Nadal. »Sie und der Kleine zuerst.« Sie zog eine Pistole aus einer Seitentasche und gab sie Pia. »Du deckst sie von hinten. Ihr verschwindet durch den Korridor nach draußen. Dort versteckt ihr euch im Unterholz, bis die Polizei kommt und euch holt.«

»Und Sie?«

Der Blick der Frau war ausdruckslos.

Nadal kam mit Mirio zu ihnen vor. Mit einer behandschuhten Hand streichelte die Frau Mirios Kopf. Er hörte augenblicklich auf zu weinen.

»Deiner?«, fragte sie Pia.

»Ja, er heißt Mirio.«

»Mirio.« Ihre Stimme wurde weicher. »Pass gut auf deine Mutter auf, kleiner Mann.«

Pia fiel es wie Schuppen von den Augen. »Sie sind … du bist. Das kann nicht sein … Du bist … tot.«

Aus der Richtung, in die sich ihre Gegner zurückgezogen hatten, ertönte ein Schuss.

Die Frau gab Pia einen unsanften Schubs. »Verschwindet, schnell!«

Wie angewiesen rannte Nadal zuerst los, dicht gefolgt von Pia. Sie trieb Nadal voran zum Durchgang.

Der Riegel ließ sich zur Seite schieben wie geschmiert. Sie rannten den leicht abschüssigen Tunnel entlang. Die Tür nach draußen ließ sich widerstandslos öffnen. Pia wusste, wo sie sich befanden. Trotzdem musste sie sich in der Dunkelheit erst zurechtfinden. Hinter ihr stieg eine mit Buschwerk und Bäumen bewachsene Böschung steil zum Grafenfelsweg an. Vor ihr lagen Wohnhäuser im Dunkeln. Zwischen ihnen leuchteten die Straßenlampen der Oberen Steingrubenstraße. Das Tälchen lief über einen Pfad in östlicher Richtung zur Straße aus.

»Was machen wir jetzt?«, fragte Nadal.

Pia nahm ihr Mirio ab. »Du rufst Paps an und sagst ihm, wo wir sind.«

***

Die Schüsse kamen eindeutig von unten.

»Der Keller«, sagte Dornach. »Ich gehe runter. Karin, du sicherst das Erdgeschoss. Maja, du schaust oben nach.«

»Sei vorsichtig, Chef«, sagte Maja.

Dornach öffnete die Kellertür. Die Treppe lag im Dunkeln. Er machte Licht und gleichzeitig die Taschenlampe an. Die Treppe führte in einer Schlaufe nach unten. Schweißperlen bildeten sich auf seiner Stirn. Die eigene Angst, die Sorge um Pia, Nadal und Mirio, der angelernte Drill verschweißten sich zu höchster Konzentration.

In einem Vorraum des Kellers hingen Arbeitskleider an einer Garderobe. Daneben lagen Kisten, an deren Inhalt er sich nicht erinnern konnte. Er müsste mal aufräumen. Welche Ecke des Gehirns produzierte in diesen Momenten solche unnötigen Gedanken?

Der Vorraum war sicher. Hinter der nächsten Tür lagen der Wein- und Vorratskeller sowie die Waschküche. Er näherte sich der Tür, als sich die Klinke bewegte. Dornach presste sich gegen die Wand neben der Garderobe. Der Wust aufgehängter Arbeitskleider und Mäntel bot keine wirksame Deckung, aber er war von der Tür her nicht gleich zu sehen. Eine Armlänge von ihm entfernt befand sich ein Lichtschalter. Er löschte das Licht und machte die Taschenlampe aus.

Die Tür zum Vorratskeller öffnete sich einen Spaltbreit. Licht drang herein. Eine stoßweise atmende Gestalt streckte den Kopf herein, bevor sie die Tür ganz öffnete, ein Mann. Im Gegenlicht war er nicht zu erkennen. Dem ersten folgte ein zweiter. Er stöhnte und hielt sich den Arm, offenbar war er verletzt. Pia hatte keine Schusswaffe. Hatten die sich in der Dunkelheit etwa gegenseitig beschossen? Der erste hielt eine Pistole in der Hand. Der andere trug keine sichtbare Waffe. Dornach glaubte für einen Moment, Stimmen im Hintergrund zu vernehmen, weibliche Stimmen. Pia und Nadal. Weshalb zogen sich die Männer zurück? Dornach wartete, bis der erste die Tür hinter sich geschlossen hatte. In schneller Abfolge betätigte er den Leuchtknopf seiner Taschenlampe. Das LED-Licht flammte in voller Stärke auf. Die geblendeten Männer hoben schützend die Hände.

»Polizei! Waffen zu Boden, umdrehen und Kopf gegen die Wand.«

Die Aufforderung wurde mit einem heftigen Fluch in einer fremden Sprache quittiert, wahrscheinlich Arabisch. Dornach wiederholte die Aufforderung in Englisch.

Er hatte den Mann mit der Waffe erkannt. »Legen Sie die Waffe nieder, Ramani. Ich warne Sie, tun Sie mir nicht den Gefallen einer falschen Bewegung.«

Ramani hob die Pistole. Wollte er es darauf ankommen lassen?

Dornach schoss.

Der Aufprall des Projektils schleuderte Ramani mit voller Wucht gegen die Tür.

»Idiot.«

Dornachs Reaktion hielt Ramanis Gefolgsmann davon ab, ihn nachzuahmen. Er ließ sich trotz Schmerzen Handschellen anlegen.

»Dominik?«, rief Karin von oben. »Bist du in Ordnung?«

»Alles sicher. Komm runter und hilf mir.«

»Wow«, sagte sie, als sie die beiden Männer am Boden sah. »Zwei auf einen Streich, gratuliere.«

»Machst du sie versandfertig? Ich sehe nach Pia und Nadal.«

Er betrat den Durchgang mit der Waffe im Anschlag. Der

wandernde Lichtstrahl und die plötzliche Ruhe spannten die Atmosphäre an. Dornach ging auf den Weinkeller zu. Die Türe war offen. Er ließ den taghellen Lichtstrahl über die Regale schweifen. Niemand. Er ging weiter.

Geradeaus war der Durchgang zum Tunnel. Dessen Tür stand weit offen.

Sein Handy vibrierte.

∗∗

Bis auf eines hatte Casagrande alle Zimmer im zweiten Stock abgesucht. Nur Dornachs Schlafzimmer blieb übrig. Sie stieß die angelehnte Tür auf und betrat das Zimmer.

Sie war jenseits jeder Angst. Die Vorstellung, dass sich einer der Einbrecher hier drin verschanzte, machte sie eher wütend. Von Gesprächen mit Betroffenen wusste sie, welche Traumata Einbrecher mit ihrem Eindringen in die intimsten Sphären anderer Menschen anrichten konnten, selbst wenn sich Opfer und Täter in den meisten Fällen nicht physisch begegneten.

Was sie tun würde, wenn sie mit einer Waffe in der Hand einem Einbrecher in ihrer Wohnung begegnete, beantwortete sie unterschiedlich, je nachdem, ob sie als Staatsanwältin oder als Frau gefragt wurde.

Das Zimmer aufgeräumt, das Bett unberührt, keiner hatte Frau Reinhards gewissenhafte Arbeit hier zunichtegemacht. Im ersten und zweiten Stockwerk war niemand. Wahrscheinlich hatten sich die Eindringlinge auf die Kellerräume konzentriert. Kurz zuvor hatte sie von dort einen Schuss gehört.

Aus dem Erdgeschoss drangen Stimmen zu ihr, unverständliche knappe Anweisungen. Sie hatte kein Funkgerät. Sie erkannte die Stimmen der Polizisten. Es hörte sich an, als ob sie die Situation unter Kontrolle hatten. Konnte sich Pia mit Mirio und Nadal in Sicherheit bringen? Sie ging in den ersten Stock hinunter.

Auf dem Treppenabsatz überblickte sie den Gang, der zu den Zimmern führte. Sie stutzte. Die Tür zu Pias Zimmer war geschlossen. Ganz bestimmt hatte Casagrande sie offen gelassen, nachdem sie vorhin im Zimmer gewesen war.

Langsam ging sie darauf zu. Sie legte ihr Ohr an die Füllung. Erst war nichts zu hören, bis auf ein leises Klirren. Es war jemand im Zimmer. Woher war die Person gekommen? Sicher nicht über die Treppe. Unten wimmelte es von Polizisten.

Der geheime Treppengang.

Natürlich.

Der Fluchtweg funktionierte auch von unten nach oben.

Sie ging zurück zu Dornachs ehemaligem Schlafzimmer und betrat das Badezimmer von dieser Seite her.

Als sie vorhin nachgeschaut hatte, war die Tür des hölzernen Badeschranks zu gewesen. Jetzt stand er sperrangelweit offen, die Kleider auf der Stange waren zur Seite geschoben. Die Luke zum Treppengang lag frei. Sie spürte den Hauch eines Luftzuges. Die Verbindungstür zu Pias Zimmer war nur angelehnt. Jemand musste in der Zwischenzeit ein Fenster geöffnet haben.

Als sie nachgeschaut hatte, war alles zu gewesen.

Casagrande stieß die Verbindungstür zu Pias Zimmer vollends auf. Die Balkontür war geöffnet worden. Am Geländer hing eine Vorrichtung, an der sich ein Seil befestigen ließ. Casagrande trat auf den Balkon. Sie musste Dornach alarmieren.

Ein metallischer Gegenstand wurde in ihren Nacken gepresst.

»Rühr dich nicht von der Stelle.«

***

Eine Ambulanzcrew nahm Pia, Mirio und Nadal in Empfang. Ihre Gesichter waren gezeichnet von Anspannung und Erschöpfung.

Als Dornach sah, dass sie in guten Händen waren, wandte er sich ab. Pia hielt ihn zurück. »Paps, ich muss dir was sagen. Die Frau, die —«

»Später, Pia. Ich habe was zu erledigen.«

Maja und Karin kamen hinzu. Die Erleichterung, als sie Pia,

Mirio und Nadal begrüßten, war ihnen anzusehen. Dornach ging zu einem weiteren Ambulanzfahrzeug. Bewacht von zwei Polizisten lag Ramani auf einer Bahre. Ein Sanitäter versorgte ihn. Außerhalb des Fahrzeuges verband seine Kollegin eine Wunde am Arm von Ramanis Gefährten.

»Wie geht's ihm?«

»Nur ein Streifschuss, der wird schon wieder.«

»Und der andere?« Dornach deutete ins Innere.

»Armdurchschuss. Wir bringen ihn ins Bürgerspital.«

»Der dritte Mann, im Keller?«

Die Frau schüttelte den Kopf. »Schuss in die Brust, sofort tödlich.«

Dornach deutete auf Ramani. »Ich muss mit ihm reden.«

»Aber nur kurz, wir fahren gleich.«

Dornach setzte sich neben die Bahre. Ramani drehte den Kopf auf die andere Seite.

»Was sollte das, Ramani? Sie dringen in mein Haus ein, bedrohen meine Tochter und meinen Enkel. Wollten Sie sie umbringen? Wer hat Sie beauftragt?«

Keine Reaktion.

Dornach rang um seine Selbstbeherrschung. Am liebsten hätte er mit der Faust auf Ramanis Verletzung eingeschlagen. Er packte Ramani am Kragen und zog ihn hoch, bis dieser vor Schmerzen aufschrie. »Unschuldige Frauen und Kinder heimtückisch massakrieren, das könnt ihr. Aber ihr seid zu feige, euch zu stellen.«

Eine Hand legte sich auf seine Schulter. »Dominik.« Maja stand hinter ihm. »Das bringt's nicht, lass ihn los.«

Dornach ließ Ramani auf die Bahre zurückfallen und ging weg. Maja folgte ihm.

»Das werden Sie bereuen, Mr. Dornach«, rief ihm Ramani hinterher. »Sie wissen nicht, mit wem Sie es zu tun haben. Es ist noch lange nicht vorbei.«

Dornach wirbelte herum. Maja hielt ihn zurück. »Komm schon. Sonst bist du derjenige, der mich bremst.«

Er machte sich von ihr los. »Er kann froh sein, ist Pia, Nadal und dem Kleinen nichts passiert. Sonst könnte ich für nichts garantieren.«

Maja hielt ihm eine Plastiktüte hin. »Du weißt, wie's geht.« Dornach zog seine Pistole aus dem Holster und legte sie in die Tüte.

»Der Tote im Kellerdurchgang. Hast du ihn erschossen?«, fragte sie.

»Ich habe nur einmal auf Ramani geschossen. Keine Ahnung, wer den einen getötet und den anderen verletzt hat.«

»Wir haben das ganze Haus durchsucht. Keiner mehr da. Die dürften nur zu dritt gewesen sein.«

»Ich habe Ramani beim Empfang im ›La Couronne‹ gesehen. Er verschwand, bevor ich gegangen bin. Hammer hat mich aufgehalten. Meine Schuld, denn ich wollte mit ihm reden.«

»Glaubst du, der Staatssekretär steckt dahinter?«

»Keine Ahnung. Kann sein, dass ich zu heftig an seinem Käfig gerüttelt habe. ›Jeger Kershah‹ ist ein einziger Morast. An jedem, der darin involviert ist, bleibt ein Haufen Dreck hängen.«

»Und denen, die am meisten stinken, gelingt es am Schluss, sich reinzuwaschen.«

»Das spielt keine Rolle, solange alle darum herum gleichzeitig an verstopfter Nase leiden.«

»Scheißspiel.«

Dornach sah sich suchend nach allen Seiten um. »Hast du Angie gesehen?«

»Nicht, seit wir rausgekommen sind. Ich dachte, sie ist bei dir.«

»Kann es sein, dass sie allein rein ist?«

Dornach winkte den uniformierten Kollegen heran, bei dem er Casagrande zurückgelassen hatte. Ja, die Staatsanwältin sei plötzlich ins Haus gestürmt.

»Ich habe ihr ausdrücklich gesagt, draußen zu bleiben.«

»Muss sie ungemein beeindruckt haben.« Maja biss sich auf die Lippen, als sie Dornachs Blick sah.

»Ich gehe zurück ins Haus«, sagte er.

Zwei schwarze Vans und eine zivile Limousine mit Blaulicht

fuhren auf dem Grafenfelsweg vor, die Einsatzfahrzeuge der Sondereinheit »Falk«.

»Schau an, die Kavallerie.« Maja sah auf ihre Uhr. »Zweiundzwanzig Minuten, fast pünktlich.« Sie zeigte auf das Haus. »Sieh nach Angela. Ich bringe den Kollegen schonend bei, dass wir die bösen Indianer ganz allein besiegt haben.«

Solange sich der Pulverdampf nicht verzogen hatte, brauchte man Maja nicht mit politischer Korrektheit zu kommen.

***

Eine Hand tastete sie ab.

»Was ist?«, fragte Casagrande. »Willst du mich erschießen?« Der Druck in ihrem Nacken löste sich. Sie drehte sich um. Die Frau nahm die Haube ab und schüttelte ihre blonden Haare zurecht.

»Schön, dich zu sehen, Angela.«

»Jana.«

Casagrande hatte tausend Fragen. Ein anderer Impuls war stärker. Sie umarmte sie so lange, bis Jana es zögernd erwiderte.

»Weshalb bist du hier? Wenn Dominik dich sieht …«

Jana machte sich los. »Pia und ihr Sohn waren in Gefahr. Ich musste schnell handeln.«

»Warum bist du überhaupt in Solothurn?«

»Auftrag. Ich sollte Dominik und Pia beobachten und ihnen, wenn nötig, zu Hilfe kommen.«

»Weshalb?«

»Das habt ihr sicher schon selbst rausgefunden.«

»Der ›Jeger Kershah‹-Deal?«

»Jeger hat sich mit ein paar unappetitlichen Leuten ins Bett gelegt, mit Unterstützung von ein paar hohen Tieren in eurer Regierung. Wir, das heißt meine Auftraggeber, beobachten das seit Jahren.«

»Wer ist ›wir‹?«

»Wieso fragst du das? Du wurdest damals gebrieft, oder nicht?«

Das stimmte. Casagrande hatte die Geheimhaltungsvereinbarung unterschrieben. Wie oft hatte sie sich seither gewünscht, man hätte sie im Dunkeln gelassen? Nachdem sie und Dornach in Wien zusammen gewesen waren, hatte sie ihn einweihen wollen. Liebe auf dem Fundament der Lüge war auf Dauer nicht überlebensfähig. Sie hatte es nicht fertiggebracht. Seither war sie immer wieder nahe daran gewesen, es ihm zu sagen. Jedes Mal hatte das Pflichtgefühl ihr einen Strich durch die Rechnung gemacht. Sie brachte es nicht über sich, obwohl es oft unerträglich gewesen war, den Schmerz des Mannes, der ihr am meisten bedeutete, aus nächster Nähe anzusehen. Sie hatte Angst, ihn zu verlieren. Erst recht, wenn er je dahinterkäme, dass sie Teil des Komplotts war.

Jana lebte. Doch sie hatte aufgehört zu existieren, damit sie die Aufgabe als Spezialagentin für besondere Operationen im Interesse der öffentlichen Sicherheit erfüllen konnte. Das war die politisch korrekte Stellenbeschreibung für eine von demokratischen Regierungen bezahlte Killerin, die Urteile jenseits von Gesetz und Rechtsstaatlichkeit zu vollstrecken hatte.

»Das Flugunglück, dem Jeger senior zum Opfer gefallen ist. Warst du das?«

Jana zog ein schmales Seil aus einer Halterung an ihrem Gürtel und befestigte es an der Vorrichtung am Balkongeländer.

»Jeger hat die Menschen von Akbira auf dem Gewissen.«

»Wenn ihr das wisst, warum habt ihr ihn nicht verhaften und vor Gericht stellen lassen?«

Jana unterbrach ihre Arbeit. »Du bist eine aufrichtige Kämpferin für Recht und Gesetz, Angela. Wann hast du jemals erlebt, dass Leute wie Jeger und seine Hintermänner sich vor einem Gericht verantworten mussten? Solche Menschen umgibt ein Schutzschild aus Machtgier, Geld und Arroganz.«

»Was ist mit den Beweisen? Wir haben –«

»Die haben wir auch. Was diese Leute haben, ist eine Armee von Anwälten, die sie herausboxen werden. Im besten Fall dauert es Jahre, bis sie angeklagt werden, oder sie entziehen sich der Justiz. Du weißt es so gut wie ich.«

Rücksichtslose Unternehmer, Oligarchen, korrupte, mörderische Politiker, hohe Bosse der Organisierten Kriminalität schafften es immer wieder, sich der weltlichen Gerichtsbarkeit zu entziehen. Im Kampf gegen Feinde der Demokratie, Massenmörder und Schlächter der Menschlichkeit war Jana zur letzten Instanz geworden, Rekurs ausgeschlossen.

Wie lange konnte man in den Abgrund blicken, bevor man selbst abstürzte?

Stimmen im Innern des Hauses wurden lauter.

»Du musst dich beeilen«, drängte Casagrande. »Dominik darf dich hier nicht finden.«

»Er hat mich schon gesehen.«

»Er hat dich nicht erkannt, aber er stellt Fragen. Früher oder später kommt er dahinter. Was dann passiert …« Die Aussicht schnürte Casagrande die Kehle zu. »Er wird es mir nie verzeihen.«

Jana spähte in den Garten hinaus. Es regte sich nichts. »Sieh zu, dass er nicht dahinterkommt.«

»Er hat nie aufgehört, dich zu lieben, Jana.«

»Das ist eine Illusion. Was glaubst du, weshalb ich meinen Tod inszenieren ließ? Er soll mich vergessen.« Jana legte die flache Hand auf Casagrandes Brust. »Ich habe euch beide in den letzten Tagen oft und lange genug beobachtet. Ihr gehört zusammen.«

»Dominik kann dich nicht vergessen. Er glaubt, dich gestern erkannt zu haben. Jetzt will er deine Akte sehen. Du bist unter seiner Haut, Jana.«

»Mein Leben gehört dem Tod. Er wurde mein Freund, als das, seit sie …«

Casagrande wusste, was Jana nicht aussprechen konnte. Dieser furchtbare Krieg vor über zwanzig Jahren, als die Männer kamen und wie wilde Tiere über ihre Mutter und ihren kleinen Cousin herfielen und sie grausam ermordeten. Die damals neunjährige Jana musste zusehen. Es hatte sie zu dem gemacht, was sie heute war. Dornach hatte versucht, sie davon zu befreien, vergeblich.

»Du wirst es ihm nicht sagen«, sagte Jana eindringlich. »Du hast die Vereinbarung unterschrieben.«

Casagrande antwortete nicht. Die Vereinbarung, mit der man sie in ein grenzüberschreitendes Staatsgeheimnis eingeweiht hatte, war nur ein Stück Papier. Trotzdem würde sie schweigen. Schon zu lange hatte sie es getan und Dornach im Glauben gelassen, Jana habe sich selbst in die Luft gesprengt.

Die Inszenierung war perfekt gewesen. Jana hatte Casagrande als Geisel genommen und ihr Anweisungen ins Ohr geflüstert. Dann hatte sie sie weggestoßen und war ins Haus geflüchtet. Casagrande musste alle vor der Explosion warnen, damit sie in Deckung gehen konnten. Im Haus hatte Jana die Gasflaschen in der Küche geöffnet und die Handgranaten gezündet, bevor sie durch ein Fenster auf der Rückseite des Hauses geflüchtet war. Dort wurde sie von Tigris-Leuten in Empfang genommen. Im Chaos nach der Explosion hatte niemand bemerkt, dass man sie zum bereitstehenden Helikopter gebracht hatte. Mit Hilfe falscher Obduktionspapiere war die verkohlte Leiche einer Obdachlosen als Jana Cranach für die Nachwelt als tot erklärt worden. Seither lag der Leichnam einer Unbekannten gemeinsam mit den sterblichen Überresten ihrer Adoptiveltern im Familiengrab des Wiener Zentralfriedhofes. Es war eine ungeheuerliche Lüge, die sie, die gewissenhafte Staatsanwältin, ihrem Geliebten auftischte.

»Angela.« Jana drückte die Stirn gegen ihre. »Es ist, wie es ist. Du und Dominik, ihr beide gehört zusammen. Manchmal war ich deswegen eifersüchtig auf dich. Das mit ihm und mir, es ist … es hat keine Zukunft.« Sie küsste Casagrande auf beide Wangen. »Du hast mir sehr geholfen. Danke.«

Casagrande räusperte sich. »Geh jetzt.«

Jana zog die Haube über ihren Kopf.

Im Gang draußen rief jemand nach Casagrande.

»Dominik«, sagte Casagrande. »Schnell, schlag mich nieder.«

»Wie?«

»Es soll aussehen, als hätte ich dich zurückhalten wollen. Mach schon.«

»Leb wohl, Angela.«
Jana schlug zu.

✳✳✳

Casagrande lag reglos am Boden.
Eine schwarze Gestalt, weiblich, saß auf dem Balkongeländer.
Sie ließ ihn nicht aus den Augen.
»Polizei!« Sein Griff zum Holster ging ins Leere. Er rannte
durch das Zimmer.
Ohne den Blick von ihm abzuwenden, ließ sich die Frau nach
hinten fallen.
Am Geländer angelangt, sah er nach unten. Fünf Meter unter
ihm löste die Frau das Seil vom Gürtel. Sie schaute nach oben,
deutete mit der Hand einen militärischen Gruß an und rannte
den Garten hinunter zu den Bäumen.
Hinter ihm stöhnte Casagrande.
Dornach beugte sich über sie. »Bist du verletzt?«
»Nur mein Stolz, *maledetta puttana.*« Sie rieb sich die Wange.
»Tja, das gibt eine ›Bläuele‹.«
Er drehte behutsam ihren Kopf.
»Aua, was machst du?«
»Ich sehe mir die andere Wange an. Hast du sie nicht hin-
gehalten?«
»Willst du wissen, wie so was bei dir aussieht? Ich bin gerade
in Stimmung.«
Dornach ging zurück auf den Balkon. Zwischen den Bäu-
men, die den Garten südlich begrenzten, verschwand ein Schat-
ten.
Casagrande stellte sich neben ihn. »Sind Pia, Nadal und Mirio
in Sicherheit?«
»Ja.«
»*Grazie Dio.*« Sie bekreuzigte sich.
Dornach zeigte auf den Garten. »Bedank dich bei ihr. Die
Mädchen haben sie gesehen, im Keller. Pia sagt, sie habe einen
der Kerle erschossen, im Halbdunkel des Kellers auf mehrere

Meter Entfernung, mitten in die Brust.« Er drehte sich zu Casagrande um. »Hast du sie erkannt?«

»Nein, aber sie hat einen ganz schönen Schlag.«

»Hat sie etwas gesagt?«

»Sie hat sich mir nicht vorgestellt, bevor sie mir eins übergebraten hat, falls du das meinst. Was soll die Fragerei?«

»Sie gibt sich als französische Journalistin aus. Gabrielle de Montmorency.«

»Die Frau, der du gestern begegnet bist?«

»Zweimal. Ihre Augen, ihre Statur, der Blick. Wie sie sich bewegt, ihre Treffsicherheit. Wenn ich nicht mit eigenen Augen gesehen hätte, wie sie gestorben ist, könnte ich schwören, es ist Jana.«

»Dominik –«

»Selbst Pia schwört Stein und Bein, sie an der Stimme erkannt zu haben. Sie sagt, sie habe ihre Flucht gedeckt.«

Casagrande legte ihren Arm um ihn. »Vielleicht ist bei Pia der Wunsch Vater des Gedankens. Sie hat stark an Jana gehangen.«

»Wahrscheinlich. Aber wer ist diese Frau, und warum hat sie uns geholfen?«

»Das finden wir früher oder später heraus. Lass uns runtergehen.«

»Wir müssen uns noch mal über das Befolgen von Anweisungen unterhalten«, sagte er. »Das hätte schiefgehen können.«

»Ist es aber nicht.«

19

»Gabrielle?«

»Pass 118, erkannt.«

»Neuer Marschbefehl ›Bernstein‹ ist ›Go‹.«

»Wann?«

»Morgen Nacht. Dislozieren Sie unverzüglich nach ZHI. Taxi in Warteposition. Weitere Instruktionen an Bord, ETD: eine Stunde ab jetzt.«

»Erkannt.«

Sie beendete das Gespräch und stellte den Code für die neue Verschlüsselung ein. Sie hatte eine Stunde, bis ihr Flieger in Grenchen abhob.

***

Friis saß am Kopfende des Besprechungstisches in ihrem Büro. Dornach war nicht überrascht, sie nicht allein anzutreffen. »Guten Morgen, Dominik. Du kennst Marius Châtelain vom Fedpol, nehme ich an.«

»Marius.«

»Dominik.«

Der Mann, der neben Châtelain saß, war ihm ebenfalls nicht mehr fremd. »Herr Pfeuti. Befasst sich der Geheimdienst neuerdings mit Einbruchsdelikten?«

»Herr Pfeuti ist hier in einer mehr oder weniger beobachtenden Funktion«, sagte Friis. »Politisch ist die Angelegenheit nicht ganz unproblematisch.«

»Das ist akkurat ausgedrückt, Frau Friis«, sagte Pfeuti.

»Das erklären Sie mir mal.« Dornachs Blick blieb auf ihm haften. »Eine Bande von Verbrechern dringt in mein Haus ein. Sie bedroht meine Tochter, meinen Enkel und seine Tante. Einem glücklichen Umstand ist es zu verdanken, dass sie nicht verletzt oder sogar getötet wurden.«

Pfeuti blätterte in einem Notizbuch. »Die Tante Ihres Enkels heißt Nadal Mousavi, nicht wahr?« Ohne eine Antwort abzuwarten, fuhr er fort. »Sie ist bei uns aktenkundig. Wenn ich mich nicht täusche, ging es um Terrorismusverdacht.«

Was sollte das Theater? War es ein Ablenkungsmanöver? »Ein Verdacht, der sich als unbegründet erwies und geklärt wurde. Nadal Mousavi ist die Schwester von Rafik Mousavi, dem Freund meiner Tochter und Vater ihres Sohnes. Er wurde vor über zwei Jahren bei einem Anschlag im Irak getötet.«

»Richtig, ich erinnere mich«, sagte Pfeuti. »Tragische Geschichte. Ihre Tochter wurde schwer verwundet.«

Pfeuti sprach mit dem Gleichmut eines Nachrichtensprechers. Dornach ballte die Fäuste unter dem Tisch. »Was wollen –«

Die Tür öffnete sich, Casagrande kam herein. »Entschuldigen Sie die Verspätung«, sagte sie zwischen zwei Atemzügen. »Ich wurde aufgehalten.«

Friis nickte gnädig. »Kein Problem. Wir haben gerade erst angefangen.«

Casagrande setzte sich auf den Stuhl gegenüber Friis am anderen Kopfende des Tisches. Sie begrüßte die Besucher mit einem Kopfnicken. Mit Dornach tauschte sie einen kurzen Blick aus. Den blauen Fleck hatte sie überschminkt.

»Herr Pfeuti«, wandte sich Friis an den Geheimdienstler. »Mir geht es wie Herrn Dornach. Worauf wollen Sie mit der Geschichte über Frau Mousavi hinaus? Die Absicht der Einbrecher richtete sich offensichtlich gegen Herrn Dornach und seine Familie. Könnte da nicht ein Zusammenhang bestehen mit unseren Ermittlungen im Fall Rana Amidi alias Prinzessin Mayssoun Al Mansouri, einer kershanischen Staatsbürgerin?«

»Bitte, Frau Friis«, schaltete sich Châtelain ein. »Ich sage es noch mal ganz deutlich: Als ausländische Würdenträgerin fällt die Prinzessin in die Zuständigkeit des Bundes. Staatssekretär Hammer vom SAWI hat Herrn Dornach persönlich ausdrücklich angewiesen, uns die Aufklärung ihres Verschwindens zu überlassen. Es geht um die zukünftigen guten Beziehungen zwischen unseren beiden Ländern.«

Friis ließ sich nicht von ihrem Kurs abbringen. »Das ist mir bekannt, Herr Châtelain. Jedoch sehe ich nicht die Verbindung zu gestern.«

»Nun ja … Staatssekretär Hammer informierte mich, dass Herr Dornach ihn gestern beim Empfang aufgesucht hat.« Kunstpause.

»Ja und?« Friis richtete ihren Laserblick auf Dornach. Er hatte es in seinem mündlichen Bericht über den gestrigen Abend nicht erwähnt. »Fahren Sie fort, Herr Châtelain.«

»Herr Hammer beschwerte sich bei mir, von Herrn Dornach mit abenteuerlichen Anschuldigungen konfrontiert worden zu sein.«

»Was für Anschuldigungen waren das?« Die Frage ging an Dornach.

»Ich habe Herrn Hammer einige Fakten vorgelegt, auf die wir im Zuge unserer Ermittlungen gestoßen sind.«

»Wie kommt es, dass ich darüber nicht Bescheid weiß?«, fragte sie schneidend.

»Herr Dornach hat mich darüber ins Bild gesetzt«, antwortete Casagrande an Dornachs Stelle. Das war nicht mal gelogen, solange Friis keine Einzelheiten wissen wollte und wann Dornach sie informiert hatte.

»Es ist nicht mehr Ihr Fall«, begehrte Châtelain auf.

»Herr Châtelain, bitte«, rief Friis. »Wir können uns gern über Zuständigkeiten unterhalten. Ich verstehe nach wie vor nicht, was das Ganze mit dem Überfall auf Herrn Dornachs Familie zu tun haben soll. – Oder wollen Sie andeuten, dass Herr Hammer die Aktion angeordnet hat als Revanche für Herrn Dornachs Intervention beim Empfang?«

Während mindestens fünf Sekunden hätte man eine Fliege hören können. So lange brauchte Châtelain, bis er die Fassung zurückgewonnen hatte. »Das ist absurd, Frau Friis, ich –«

»Das denke ich allerdings auch«, unterbrach sie ihn. »Könnten wir zur Sache kommen? Ich muss gleich zu meiner nächsten Sitzung.«

»Wenn Ihre Leute nicht tagelang unkontrolliert in Dingen

herumgeschnüffelt hätten, wäre das alles nicht passiert«, insistierte Châtelain.

»Ich verbitte mir das, Herr Châtelain. Meine Leute schnüffeln nicht, sie ermitteln, gewissenhaft. Die Zuständigkeiten sind vielleicht nicht so klar, wie es auf den ersten Blick den Anschein macht. Wir haben einen Brandanschlag und ein Attentat mit einer Autobombe aufzuklären. Dazu kommen ein Mord und eine mutmaßliche Entführung. Die Erkenntnis, dass die Fälle zusammenhängen, ist das Verdienst von Herrn Dornach und seinem Team. Meines Wissens haben Sie mit ihm gestern darüber gesprochen und vereinbart, dass das Fedpol sich lediglich um die verschwundene Prinzessin kümmert.«

Sie machte eine Pause, um Platz für Einwände zu lassen. Stattdessen bekundeten Châtelain und Pfeuti lediglich ein vertieftes Interesse für ihre Hände auf der Tischplatte.

»Ihnen, meine Herren«, damit meinte Friis eindeutig die Berner, »musste die Gefährlichkeit gewisser kershanischer Individuen bekannt gewesen sein.« Sie ignorierte Pfeutis erhobene Hand. »Erst recht Ihnen, Herr Pfeuti. Stattdessen kommen Sie her und behaupten, Herr Dornach habe den Vorfall letzte Nacht wegen seiner ›Schnüffelei‹ provoziert.«

Bevor Châtelain zu einer Entgegnung ansetzen konnte, beugte sich Pfeuti zu ihm hinüber und flüsterte ihm etwas ins Ohr. Dornach tauschte schweigend einen Blick mit Casagrande aus. Sie schürzte die Lippen und schüttelte fast unmerklich den Kopf. Besser jetzt nichts sagen, hieß es. Friis hatte die Situation im Griff.

Châtelain schlug einen versöhnlicheren Ton an. »Selbstverständlich bedauern wir, was Frau Zenklusen, ihrem Sohn und Frau Mousavi zugestoßen ist. Dem Fedpol ist ebenso wie Ihnen daran gelegen, den Vorfall aufzuklären. Leider sind uns dabei die Hände gebunden.«

»Inwiefern?«, fragte Casagrande.

»Es hat ein Todesopfer und zwei Verletzte gegeben.«

»Ja und«, sagte Dornach. »Meine Tochter wurde von Herrn Ramani und seinen Komplizen mit einer Waffe bedroht. Ohne die Intervention einer Person, die wir bisher nicht identifizieren konnten, hätte es tragisch enden können.«

»Da haben wir ein Problem. Der Mann hatte keine Waffe in der Hand, als er gefunden wurde. Sie steckte in seinem Schulterhalfter. Daraus wurde nicht gefeuert. Die unbekannte Person hat auf ihn geschossen, ohne dass er eine unmittelbare Bedrohung darstellte.«

»Was hätte denn passieren müssen? Dass Ramani Pia, meinen Enkel und Nadal erschießt? Wer sagt uns, dass seine Gefährten die Pistole danach nicht in sein Holster gesteckt haben? Ihr könnt denken, was ihr wollt. Wer immer es ist, ich bin dem Unbekannten zutiefst dankbar für seine Intervention.«

»Als Familienvater verstehe ich Herrn Dornach vollkommen«, sagte Châtelain. »Leider verhält sich die Sache so: Der Tote war im Besitz eines Diplomatenpasses, ausgestellt vom Emirat Al Kershah.«

»Ja und? Berechtigt ihn das, straflos in mein Haus einzudringen?«

»Nein, aber es verkompliziert die Angelegenheit. Umso mehr, als der Mann, den du angeschossen hast, ebenfalls Diplomatenstatus hat.«

»Ramani? Er hatte seine Waffe auf mich gerichtet. Ich habe mich gewehrt, weil ich um mein Leben fürchten musste. So steht es in meinem Bericht.«

»Der leider nicht mit der Aussage von Herrn Ramani übereinstimmt. Er ist bereit, alle Eide zu schwören, dass er zwar bewaffnet war, seine Waffe aber nicht in der Hand hatte, als er dir gegenüberstand. Wir haben an ihm keine Schmauchspuren gefunden. Die Waffe steckte in seinem Holster.«

»Er hatte sie in der Hand, als wir uns gegenüberstanden. Und er hat auf mich gezielt. Wenn er was anderes sagt, lügt er.«

Pfeuti hob die Hand und ließ sich von Friis das Wort erteilen. »Herr Ramani wurde noch in der Nacht von Herrn Châtelain und mir befragt. Er beteuerte, dass sie keinerlei Absicht hegten, Frau Zenklusen, ihren Sohn oder Frau Mousavi zu bedrohen.«

»Sondern?«, fragte Friis.

Pfeuti druckste herum, bevor er antwortete.»Es mag merkwürdig anmuten: Sie wollten Frau Zenklusen zu ihrem illegalen Eindringen in die kershanische Botschaft befragen.«

Dornach glaubte, sich verhört zu haben.»Das ist nicht Ihr Ernst. Bewaffnete ausländische Agenten dringen zu nachtschlafender Zeit in ein Privathaus ihres Gaststaates ein, um die Bewohner zu befragen? Das glauben Sie ja selbst nicht.«

»Meine Herren«, wandte sich Friis an die beiden Bundesbeamten.»Wollen Sie uns damit allen Ernstes weismachen, dass Sie die Aktion dieser … Männer mit dieser Begründung billigen?«

»Keineswegs, Frau Friis«, beeilte sich Châtelain zu antworten.»Das war unbestritten ein nicht tolerierbarer Übergriff. Botschafter Sadr ist gern bereit, sich in aller Form bei Herrn Dornach, Frau Zenklusen und Frau Mousavi zu entschuldigen. Er bittet aber auch um Verständnis. Er meinte, nachdem Frau Zenklusen illegal in die Botschaft eindringen wollte, hätten sie überreagiert.«

Friis war die Überraschung anzusehen. Auch darüber hatte Dornach sie nicht informiert.

Ihm platzte der Kragen.»Das ist Unsinn, Marius, und das weißt du ganz genau. Meine Tochter hat sich ordnungsgemäß bei der Botschaft angemeldet und ausgewiesen.«

»Es ist zu einem Kampf gekommen, bei dem Frau Zenklusen einen Sicherheitsmann verletzt hat.«

»Weil sie sich gegen Ramani und den Mann zur Wehr setzte. Die beiden wollten sie widerrechtlich festhalten und verhören.«

»Was hat deine Tochter überhaupt dort gesucht?«, fragte Châtelain.

Friis hob die Hand.»Was auch immer Frau Zenklusen vorgeworfen wird, es rechtfertigt in keiner Weise das Vorgehen von Herrn Ramani und seinen Männern. Ich muss Ihnen ja wohl nicht das ordentliche Verfahren für solche Vorfälle schildern.«

»Ganz bestimmt nicht«, schaltete sich Pfeuti erneut ein.»Wie gesagt, Botschafter Sadr bedauert die Angelegenheit zutiefst. Herr Ramani und seine Kollegen wurden bereits gerügt und nach Al Kershah zurückgerufen, wo sie sich für ihre Verfehlungen zu verantworten haben.«

Das war keine Überraschung, aber deswegen nicht weniger frustrierend. Ramani und seine Gehilfen wurden aus der Schusslinie genommen.

»Das ändert nichts an der Tatsache«, sagte Pfeuti, »dass zwei Diplomaten eines befreundeten Staates bei einer Auseinandersetzung mit unseren Sicherheitsbehörden getötet respektive verletzt wurden. Ich habe heute Morgen mit meinen Vorgesetzten, dem EDA und dem SAWI Rücksprache genommen. Ich muss Sie nicht an die strategische Wichtigkeit der wirtschaftlichen Zusammenarbeit zwischen der Eidgenossenschaft und Al Kershah erinnern. Das Emirat verfügt über Erdgasvorkommen, die zu den weltweit bedeutendsten gehören. Diese sind für die Umsetzung unserer Energiepolitik der nächsten Jahre von eminenter Wichtigkeit.«

Dornach schüttelte innerlich den Kopf. Die Austreibung des Teufels mit Beelzebub. Sobald ein Tyrann nicht mehr salonfähig war, legte man sich halt mit dem nächsten ins Bett. Verständlich, was soll man machen, wenn man im Winter weiterhin im T-Shirt in den Stuben fläzen wollte.

»Was schlagen Sie vor?«, fragte Friis.

»Es gibt nichts vorzuschlagen, Frau Friis«, erwiderte Pfeuti. »Die Vorsteher des EDA, des VBS, des Departements für Verteidigung, Bevölkerungsschutz und Sport, und des WBF, des Departements für Wirtschaft, Bildung und Forschung, sowie Staatssekretär Hammer vom SAWI verlangen ausdrücklich, dass das Fedpol mit Unterstützung des NDB zeitverzugslos, heißt ab sofort, die Ermittlungen übernimmt. Sie haben uns unverzüglich sämtliche Unterlagen und Daten zu Ihren bisherigen Ermittlungen zu übergeben und sich aus den weiteren Untersuchungen herauszuhalten.«

»Das ist nicht so einfach«, warf Casagrande ein. »Wir haben den Brandanschlag auf die Niederlassung von ›EmmaWatch‹, den Bombenanschlag und den Mord an Leo Grüniger in Olten aufzuklären. Wollen Sie das ebenfalls übernehmen?«

»Ihr dürft in diesen Fällen gerne weiterermitteln«, sagte Châtelain, »vorausgesetzt, ihr haltet uns regelmäßig auf dem Laufenden. Mit regelmäßig meine ich täglich.«

Friis sah Casagrande an.

»Ist bereits in die Wege geleitet«, sagte diese. »Die Informationen laufen über mich.«

»Gut, das wäre geklärt«, sagte Friis.

»Da ist noch ein Punkt«, sagte Châtelain. Er vermied tunlichst, Dornach anzusehen. »Im Interesse einer reibungslosen Aufklärung und als Geste des guten Willens gegenüber dem Emirat Al Kershah legen wir Ihnen nahe, Herrn Dornach bis zum Abschluss der Bundesermittlungen vom Fall zu entbinden. Wir schlagen eine Suspendierung vor.«

Bis zum Ende der Bundesermittlung? Bei dem Tempo, das die bei ihrer Arbeit an den Tag legten, konnte er sich ab sofort frühpensionieren lassen.

Friis stand auf.

»Ihre Anregung ist zur Kenntnis genommen, Herr Châtelain. Ich denke darüber nach und werde Sie meinen Entscheid wissen lassen.«

Friis und Dornach standen mit ihren Tassen in der Hand am Fenster seines Büros.

»Wie viel Resturlaub hast du?«, fragte sie.

»Weiß nicht, muss nachschauen.«

»Habe ich bereits. Es sind achtzehn Tage.«

»Im Oktober wollte ich mit Pia und Mirio eine Woche ins Wallis fahren.«

»Passt doch.« Friis leerte ihre Tasse. »Du übergibst an deine Stellvertreterin und trittst deinen Urlaub sofort an. Ab morgen genießt du die Walliser Sonne mit deiner Tochter und deinem Enkel.«

Nicht unerwartet und trotzdem enttäuschend. »Du kuschst vor dem Fedpol, Katrin? Hätte ich nicht unbedingt von dir gedacht.«

»Hör zu. Würde ich vor denen kuschen, müsste ich deinen

Dienstausweis und deine Waffe einziehen. Ich nehme dich für eine Weile aus der Schusslinie. Das ist im Sinne unserer Ermittlungen. Versetze dich in Châtelains und Pfeutis Lage. Mir persönlich ist lieber, wenn denen ständig drei Bundesräte und ein Staatssekretär im Nacken sitzen als uns. Mir reicht es schon, wenn ich nachher mit Oberst Wille im Innendepartement der Regierungsrätin Rede und Antwort stehen muss.«

Es hatte auch sein Gutes, dachte Dornach. Zu Hause wartete eine lange Liste von Arbeiten. Und warum nicht ein paar Tage mit Pia und dem Kleinen im Walliser Chalet verbringen, das Laure ihrer Tochter geschenkt hatte?

»Wie weit seid ihr im Fall Leo Grüniger?«, wollte Friis wissen.

Dornach nahm eine Akte von seinem Schreibtisch, die man ihm am frühen Morgen hingelegt hatte. Er hatte keine Zeit gehabt reinzuschauen und überflog den Inhalt. »Schönen Gruß von Sebi Tschanz. Die zweite DNA auf Grünigers Leiche konnte noch nicht zugeordnet werden. Es handelt sich aber um einen Mann.«

»Die andere gehört Frau Amidi oder vielmehr der Prinzessin?«, fragte Friis.

»Exakt. Das macht Sinn, sie war Grünigers Freundin.«

»Denke ich auch, noch was?«

»Die Kollegen von der Oltner Regionalpolizei haben Spaziergänger befragt und tatsächlich einen Treffer gelandet. Ungefähr zur Tatzeit hat ein Ehepaar vor dem Schlafengehen seinen Hund ausgeführt. Dabei sind ihnen zwei Personen aufgefallen, die etwas Schweres durch den Wald getragen haben.« Er zeigte Friis das Blatt mit dem Bericht.

»Beschreibung?«

»Wenig. Beide waren dunkel angezogen. Eine Person soll kleiner gewesen sein. So wie sie sich bewegt habe, könnte es eine Frau gewesen sein. Insofern decken sich die Zeugenaussagen mit der DNA.«

Dornach zog zwei Fotos aus der Mappe. »Das sind Bilder von Überwachungskameras im Bahnhof Olten.« Sie zeigten zwei Männer auf dem Bahnsteig.»Der eine ist Grüniger. Den zweiten kennen wir mittlerweile auch.«

»Ich brauche bald eine Brille.« Friis kniff die Augen zusammen. »Der Mann, den du gestern angeschossen hast?«

»Ramani, der Sicherheitschef der kershanischen Botschaft mit Diplomatenstatus.«

»Was hat er mit Grüniger zu tun?« Friis betrachtete das zweite Foto.

»Ramani übergibt Grüniger einen Umschlag, vermutlich Geld.«

»Wofür?«

»Gute Frage. Für geleistete Dienste, würde ich sagen. Nur konnte sich Grüniger nicht lange daran freuen. Wenige Stunden später war er tot.«

»Das Geld?«

»Wir haben es nicht bei ihm gefunden.«

»Könnte es ein Raubmord gewesen sein?«

»Möglich«, sagte Dornach. »Kann auch sein, dass jemand uns genau das glauben machen will.«

»Ja. Sonst noch was?«

»Allerdings. Sebi Tschanz schreibt, an Grünigers Händen und Armen wurden Spuren von Sprengstoff gefunden, exakt dieselbe Zusammensetzung, die bei den Briefkastenbomben und dem Sprengsatz in Frau Büttikers Auto verwendet wurde.«

»Umso besser«, sagte Friis aufgeräumt. »Sieht so aus, als ob wir diese Fälle bald zu den Akten legen können. Haben wir eine Spur von Rana Amidi?«

»Nichts, leider. Sie bleibt wie vom Erdboden verschluckt. Gut möglich, dass sie nach Al Kershah verschleppt wurde, obschon weder das Fedpol noch der NDB davon etwas wissen wollen.«

»Die arme Frau«, sagte Friis. »Der Ball ist beim Fedpol. Sollten deine Leute zufälligerweise auf etwas stoßen, will ich unverzüglich darüber ins Bild gesetzt werden.« Sie wandte sich zur Tür. »Und mit unverzüglich meine ich sofort. Schönen Urlaub.«

Der Posten am Absperrband grüßte und ließ Dornach passieren. Er parkte den Volvo hinter dem Van der KT beim Wendeplatz für Linienbusse. Die Bushaltestelle war provisorisch weiter nach vorne verlegt worden. Die Busse mussten über den Parkplatz des Zuchwiler Sportzentrums wenden. Uniformierte Polizisten waren damit beschäftigt, Schaulustige und Besucher zügig an der Absperrung vorbeizulotsen.

Ein schmaler Fußweg durch ein Waldstück verband die temporär stillgelegte eigentliche Bushaltestelle mit dem Sportzentrum. Dornach trat in den Wald. Das Licht des Spätsommertages spielte mit den unterschiedlichen Grünbrauntönen des Waldes. Abseits des Weges, wenige Meter vom Waldrand entfernt, begrenzte eine Zeltwand den Fundort im Unterholz als Sichtschutz.

Kurz nachdem Friis sein Büro verlassen hatte, war die Nachricht reingekommen. In der Widi, im Areal am Aareufer nördlich von Zuchwil, hatte man eine tote Frau gefunden.

Karin und Maja kamen Dornach entgegen.

»Die Tote ist Ines Degonda«, sagte Maja. »Sie hat alle ihre Ausweise auf sich.«

»Todesursache?«

»Den Verletzungen zufolge wurde sie zuerst überfahren, wahrscheinlich mit hoher Geschwindigkeit. Sie ist furchtbar zugerichtet.« Maja zeigte in Richtung Waldrand. »Am Trottoirrand beim Parkplatz wurden Blut- und Schleifspuren sichergestellt.«

»Man hat sie zuerst überfahren und danach hierhergebracht?«

»Sieht so aus. Zu diesem Zeitpunkt dürfte sie noch gelebt haben. Sie weist erhebliche Kopfverletzungen auf. Ob diese tödlich waren, muss die Obduktion ergeben. Wenn nicht, dürften es die Schusswunden gewesen sein.«

»Sie wurde auch noch erschossen?«

»Kopf und Brust, Exekutionsstil.«

»Profiarbeit.« Was Dornach befürchtet hatte. »Kann der Todeszeitpunkt eingegrenzt werden?«

»Die grobe Schätzung liegt bei gestern zwischen zweiundzwanzig und ein Uhr.« Dornach begann zu rechnen. »Zeugen?«

»Fehlanzeige.«

»Angela ist da«, sagte Karin.

Casagrande stand am Waldeingang und starrte zu ihnen herüber, das versteinerte Gesicht hob sich fahl gegen die Blätter und Bäume ab.

Dornach ging ihr entgegen. »Du solltest das nicht sehen.«

»Ist sie es?« Sie sprach die Worte nüchtern aus. Die zuckenden Mundwinkel und die rot geränderten Augen verrieten ihre Gefühle.

»Es tut mir leid, Angie.«

»Ich will zu ihr.« Sie trat neben den Pfad und ging auf die Zeltplane zu. Maja versperrte ihr den Weg. »Angela, erspar dir das, bitte. Es sieht nicht schön aus.«

»Lass mich durch.« Casagrande schob sie zur Seite. Sie steuerte auf die Plane zu, als wäre sie eine rettende Insel und nicht eine Maske, die den Schrecken verhüllte. Dornach folgte ihr.

Eine am Boden kauernde Person verdeckte teilweise den leblosen Körper. Ein Paar nackte, geschundene, durch mehrere Brüche merkwürdig abgewinkelte Beine war sichtbar. Das blaue Kleid, in dem sie am Vorabend perfekt ausgesehen hatte, war verdreckt und zerschlissen.

Tschanz merkte, dass Casagrande neben ihm stand. Er richtete sich schnell auf. Seine Worte des Bedauerns perlten an ihr ab. Stumm streckte sie die Hand nach ihr aus, als wollte sie ihr Gesicht streicheln. Dornach hielt sie zurück. »Später.«

Sie sah durch ihn hindurch. Dann stieß sie ihn weg und eilte quer durch den Wald zum Parkplatz. Dornach bedeutete Karin und Maja, ihr zu folgen. Sie erreichten Casagrande gerade rechtzeitig, als sie anfing zu schwanken.

Tschanz trat neben Dornach. »Karin hat mir gesagt, dass Angela die Tote kannte. War sie eine gute Freundin?«

»Eine sehr gute Freundin«, sagte Dornach. Manchmal verfluchte er diesen Job.

Tschanz deutete auf eine mit Absperrband markierte Spur, die direkt zum Waldrand führte. »Der oder die Täter haben sie direkt hergebracht. Es gibt Schleifspuren und Blutflecken. Und das da.« Er zeigte Dornach einen Beutel. Er enthielt zwei Patronenhülsen. »Sie wurde an Ort und Stelle erschossen. Wahrscheinlich war es zu dunkel, um die Hülsen einzusammeln. Die Projektile stecken im Körper.«

»Oder sie hatten keine Zeit«, sagte Dornach.

»Warum meinst du?«

»Gestern Abend bin ich Ines auf einem Empfang im ›La Couronne‹ begegnet. Etwa um Viertel nach zehn ist sie gegangen. Wenn sie gleich hierhergefahren ist, brauchte sie um diese Uhrzeit von der Stadt nicht länger als zehn Minuten. Todeszeit wäre also –«

Tschanz gab Dornach eine weitere Tüte. Sie enthielt eine goldene Damenarmbanduhr mit zerbrochenem Glas. »Sie ist um dreiundzwanzig Uhr einundzwanzig stehen geblieben.«

»Kommt hin.«

»Was kommt hin?«

»Pias Notruf erreichte mich um null Uhr vierunddreißig. Um Ines Degonda zu töten und hierherzuschaffen, brauchten die Täter vielleicht fünfzehn, zwanzig Minuten. Spätestens um Mitternacht konnten sie bei mir zu Hause sein.«

»Du meinst, dieselben Kerle, die Frau Degonda umgebracht haben …«

»… sind bei mir eingebrochen, genau. Dieser Ramani und seine beiden Kumpane.«

»Wie kommst du darauf?«

Der stumme Dialog zwischen Jeger junior und Ramani spielte sich vor Dornachs innerem Auge ab. War es Degondas Todesurteil gewesen? »Nur so eine Idee. Haben wir die Waffen von Ramani und Co. konfisziert?«

»Haben wir. Ach ja, die Kollegen vom Fedpol haben sich schon danach erkundigt. Was wollen die mit dem Schrott?«

Dornach sagte es ihm. »Wir geben den Fall ab«, schloss er.

»Mist. Immer wenn's spannend wird.« Tschanz öffnete den Reißverschluss seines Schutzanzuges. »Wenigstens eine Pendenz weniger. Das heißt vielleicht mal früher Feierabend.«

»Hör zu, Sebi.« Dornach tippte Tschanz auf die Hemdbrust. »Bevor du die Waffen an die Berner abgibst, machst du eine Projektilvergleichsanalyse.«

»Können sie das beim Fedpol nicht?«

»Das ist mir egal. Ich will ein Resultat aus verlässlicher Quelle. Du machst das selbst, kein anderer, klar?«

»Klar, Chef.«

»Danke, wenn du durch bist, können die Berner mit den Waffen machen, was sie wollen. Die Resultate gibst du nur Maja.«

»Maja? Warum nicht dir?«

»Ich bin kaltgestellt für den Moment. Maja arbeitet Friis zu, offiziell.«

»Hab schon verstanden.«

»Okay, sag mal, das Ding, das ich dir am Mittwoch gegeben habe.«

»Das Ding?« Tschanz runzelte die Stirn, bis sich seine Miene erhellte. »Du meinst die DNA-Analyse auf dem Kaffeebecher. Ich mache noch mal Dampf.«

»Die geht auch nur an Maja.«

Als er aus dem Wald heraustrat, standen Maja und Karin bei Casagrandes Beetle. Casagrande lehnte mit dem Rücken am Wagen und nippte aus einer Wasserflasche.

Dornach winkte Maja zu sich. »Wie geht es ihr?«

»Vollkommen fertig, aber gefasst.«

»Ich fahre sie gleich nach Hause.« Er nahm Maja beim Arm und entfernte sich ein paar Schritte mit ihr. »Friis hat mich vom Fall abgezogen.«

»Was? Warum das?«

Dornach fasste die Gespräche zusammen. »Du übernimmst die Ermittlungen im Fall Grüniger und berichtest direkt an Friis.«

»Was ist mit ihr?« Sie deutete mit dem Daumen diskret nach hinten.

»Angie leitet nach wie vor die Ermittlung.«

»Kann sie das in ihrem Zustand?«

»Lass ihr ein wenig Zeit. Angela und Ines, sie waren ...«

»Sie haben zusammen geschlafen, meinst du.«

»Woher weißt du das schon wieder?«

»Nenn es weibliche Intuition. Außerdem haben sie sich in der Öffentlichkeit nicht wirklich verstellt, jedenfalls Ines nicht. In Solothurn spricht sich so was schnell rum, das solltest du am besten wissen.«

»Schon gut. Sie wird sich die Ermittlung nicht aus der Hand nehmen lassen. Ihr unterstützt sie dabei.«

»Kannst dich auf uns verlassen, Chef. Was machst du in der Zwischenzeit?«

»Mal sehen. Jedenfalls hältst du mich auf dem Laufenden.«

»Geht klar.«

Dornach stellte eine Tasse vor Casagrande auf den Tisch. Für sich hatte er einen Kaffee zubereitet. Auf der Rückfahrt hatte Casagrande kein Wort gesagt. Ihre nach innen gekehrte Trauer bedrückte Dornach. Über die Jahre hatte er gelernt, mit einer heulenden und tobenden Casagrande umzugehen. Eine, die sich selbst verzehrte, war ihm unheimlich.

»Es ist meine Schuld«, sagte sie.

»Was?«

Sie richtete die geröteten Augen gegen die Decke und atmete tief ein. »Ines. Hätte ich sie nicht unter Druck gesetzt ... ich habe sie getötet.«

»Das ist Unsinn. Du hast sie nicht über den Haufen gefahren und ihr in den Kopf geschossen. Das war Ramani.«

»Woher willst du das wissen?«

Er erzählte ihr von seiner Begegnung mit Degonda im »La Couronne« und seinen Beobachtungen. »Man wollte sie daran hindern, mit uns zu reden. Deshalb musste sie sterben.«

»Sie hatte nichts bei sich.« Casagrande sagte es so leise, dass er sie beinahe nicht verstand.

»Was meinst du?«

»Ines wollte mir Informationen geben. Ich habe Karin gefragt. Auf ihr oder in ihrem Auto haben sie weder Papiere noch Datenstick oder sonst was gefunden.«

»Informationen, die Hammer, Jeger und Urner eindeutig implizieren?«

»Denke schon.« Sie fuhr mit beiden Händen über ihr Gesicht. »Ich war dort, verstehst du, auf dem Parkplatz, ein paar Minuten zu spät. Wahrscheinlich war sie da schon …« Die Tränen begannen zu fließen. »Wenn ich nur früher … vielleicht würde sie noch leben.«

»Oder du würdest jetzt neben ihr liegen.« Er fasste ihre beiden Hände. »Ich bin froh, dass du stattdessen hier sitzt.« Er wollte sie fragen, warum sie sich mitten in der Nacht ausgerechnet an diesem verlassenen Ort verabredet hatten. Was änderte das?

Casagrande antwortete, ohne die Frage gehört zu haben. »Es war ihre Idee. Sie hatte Angst, mit mir zusammen gesehen zu werden. Ich habe ihr gesagt, dass ein Treffpunkt in der Öffentlichkeit sicherer sei, sie wollte nicht hören. Du kennst sie auch.«

Dornach rief sich die wenigen Gelegenheiten in Erinnerung, bei denen er mit Degonda zu tun gehabt hatte. Sie waren sich etwa fünf Jahre zuvor zum ersten Mal vor Casagrandes Wohnung begegnet. Die Sympathie war auf Anhieb gegenseitig gewesen. Kurz zuvor hatte er mitbekommen, dass sie und Casagrande ein Liebespaar waren.

»Ich habe sie geliebt«, sagte Casagrande leise. »Wir waren nicht mehr zusammen, aber in ihrer Nähe habe ich mich wohlgefühlt. Ines war alles, was ich nicht sein konnte, lustig, sexy, unkonventionell.«

Was davon traf nicht auch auf Casagrande zu? Wenn sie es zuließ? Es war nicht der Moment, ihr zu widersprechen.

Casagrande trank einen Schluck Tee. Sie verzog das Gesicht und schob die Tasse zur Seite. »Ich brauche was Stärkeres.« Sie zeigte zur Anrichte mit den Spirituosen. »Ines hat mir eine Flasche Gin aus Singapur mitgebracht.«

Dornach sah nach. Hendrick's Lunar Gin. Konnte man den

auch trinken, wenn gerade nicht Vollmond war? »Hast du eine Gurke im Haus?«

Der Hendrick's war ihm eine Spur zu gewürzlastig gewesen. Wenn er alle Schaltjahre mal Gin trank, war es »Bombay Sapphire« oder »Tanqueray«. Das war kein Hinderungsgrund gewesen, die Flasche innerhalb einer Stunde zu zwei Dritteln zu leeren. Dem Wacholderdestillat hielt er zugute, Casagrandes Schleusen geöffnet zu haben. Sie hatte geweint und ihre Wut an ihm und den Futonkissen ausgelassen. Einmal hatte sie ihn mit feurigen Augen angeblitzt und von ihm verlangt, sie mit den Tätern allein zu lassen, sobald sie erwischt würden, nur fünf Minuten. In diesem Moment hatte er sie so lange in den Arm genommen, bis sie keine Tränen mehr zu vergießen hatte und in dieser Position einschlief. Daraufhin war auch er mit ihr im Arm kurz eingenickt.

Gegen Abend meldete sich der Hunger. Vorsichtig löste er sich aus der Umarmung und ging in die Küche. Das Angebot des Kühlschrankes war deprimierend. Nicht zum ersten Mal fragte er sich, wovon sie sich ernährte, wenn sie nicht bei ihm zu Besuch war. Er musste wohl oder übel kurz einkaufen gehen, bevor die Läden schlossen.

»Dominik? Wo steckst du?«, murmelte Casagrande im Halbschlaf.

»In der Küche, Essen suchen.«

»Komm her.«

Kaum war er bei ihr, zog sie ihn zu sich herunter. Sie küsste ihn. Ihr Atem schmeckte nach Gin, vermischt mit der Tabaknote ihrer Zigarillos.

»Hast du keinen Hunger?«, fragte er, als sie ihm erlaubte, einmal Luft zu holen.

»Wir lassen uns später was kommen, mach ich oft so.« Sie drückte ihren Leib an ihn. »Ich will mit dir schlafen. Auf der Stelle.«

20

Mit einer großen Tasse Kaffee in der Hand sah Dornach von der Terrasse aus zu, wie Pia und Mirio zusammen spielten. Der Kleine kreischte vergnügt, während er seiner Mutter nachjagte, die ihn ständig mit einem Ball lockte. In wenigen Wochen war Semesterbeginn. Dann würde sie weniger Zeit für ihren Sohn haben.

»G'oßpapi.« Mirio rannte zu ihm hoch und klammerte sich an seine Beine.

Von wegen Großvater. Hinter ihm lag eine Nacht, in der er und Casagrande sich dreimal geliebt hatten, bevor sie erschöpft eingeschlafen waren.

Er hob Mirio hoch. »Na, du Held, hast du dein Mami gut beschützt?«

»Mami da.« Mirio zeigte auf Pia.

Sie gab ihrem Vater zur Begrüßung einen Kuss auf die stoppelige Wange. »Warum küsse ich nicht einfach Schmirgelpapier? Wo bist du die Nacht gewesen? Bei Angela?«

»Warum fragst du?«

»Weil ich's riechen kann.« Sie kräuselte die Nase. »Eine Dusche und ein frisches Hemd wären nicht übertrieben. Wo ist sie?«

»Zu Hause. Sie schläft, ich gehe gleich zurück zu ihr. Will nur ein paar Unterlagen holen.« Er erzählte ihr von Ines' Tod.

Pia reagierte betroffen. »Mann, ich habe Ines nicht so gut gekannt. Wie geht's Angela?«

»Gestern stand sie unter Schock.«

»Du hast sie hoffentlich gebührend getröstet.«

»Ja, schon.«

Pia sah ihn schräg an. »Okaaay.« Sie nahm seine Tasse vom Geländer und trank daraus.

»Soll ich dir einen frischen machen?«

»Nein danke, ist gerade trinkwarm.«

Nachdem sie Dornachs Tasse geleert hatte, nahm sie ihm Mirio ab und wippte ihn auf ihrem Arm auf und ab. »Wir beide gehen in die Badi, hopp, hopp.«

»Badi 'opp, 'opp.«

»Wie geht es dir eigentlich?«, fragte Dornach. Er hatte ein schlechtes Gewissen, weil er Pia am Vorabend nur am Telefon gesprochen hatte.

»Uns geht's gut, nicht wahr, Mirio?«, sagte sie und begann mit ihm am Ort zu hüpfen, bis er vor Vergnügen quietschte.

»Nadal ist über Nacht geblieben. Du hast sie vorhin verpasst.«

»Du klingst erstaunlich gelassen.«

»Soweit es mich betrifft. Wenn ich daran denke, was Mirio hätte passieren können, würde ich den Kerlen am liebsten die Eier abschneiden, ohne Narkose.«

Sie hatte leise gesprochen, vergebens.

»Eie' wääh!« Mirio hasste alles, was in irgendeiner Form Ei enthielt. Schokoladeneier bildeten die Ausnahme. Pia machte eine Grimasse mit spitzem Mund und rollenden Augen, was erneute Heiterkeit auslöste. »Was passiert mit den Kerlen?«, fragte sie nebenbei.

Dornach erzählte ihr vom Treffen mit Châtelain und Pfeuti vom Vortag.

»Die werden abgeschoben?«

»Sieht so aus, Diplomatenstatus ist Diplomatenstatus.«

»So ein Mist. Jana hätte sie gleich alle drei erschießen sollen.« Mirio versuchte, sie am Ohr zu kitzeln. Sie rollte seine Hand zu einer Faust und blies hinein.

»Was sagst du?«

»Was?«

»Du hast gesagt, Jana hätte sie erschießen sollen.«

»Habe ich das. Muss mir rausgerutscht sein. Es ist wegen der Stimme. Sie klang wie Janas.«

»Das ist unmöglich, Pia.«

Sie zuckte mit den Achseln. »Vielleicht war es auch nur der Stress, die Panik. Das Ganze im Keller, es war schrecklich. Aber die Frau, sie war mir … vertraut, irgendwie.«

Was sollte er ihr sagen? Dass er dasselbe gespürt hatte? Die Begegnung auf dem Schiffsteg und später auf dem Empfang. Was er dabei empfunden hatte? Alte Wunden neu aufreißen?

»Ich habe sie nicht reden hören.«

»Ich muss was falsch assoziiert haben.« Pia stellte Mirio, der langsam unruhig wurde, auf den Boden. »Komm mit in die Badi. Als Zwangsurlauber hast du jetzt viel Zeit. Bring Angela mit, schließlich ist Sonntag. Nadal wird auch dort sein.«

»Vielleicht später. Ich muss ein paar Dinge erledigen, damit ich sie Maja übergeben kann.«

»Okay, schickt eine Nachricht, wenn ihr so weit seid.« Sie ließ sich von Mirio an der Hand ins Haus ziehen. »Bevor ich es vergesse.« Sie hielt sich am Türrahmen fest. »Da kam ein Anruf für dich, auf dem Festnetz.«

»Auf dem Festnetz? Wer?«

»Er sprach hochdeutsch. Ich habe ihn gefragt, ob er deine Handynummer kenne. Er meinte, er habe es mehrmals ohne Erfolg versucht.«

Dornach zog sein Handy hervor. Seit er aufgewacht war, hatte er nicht mehr draufgeschaut. »Akku leer.«

»Aber hallo, das muss ja eine stürmische Nacht gewesen sein.«

»Geht dich nichts an. Sag mir lieber den Namen.«

»Wollte er nicht nennen, dafür die Nummer, die du zurückrufen sollst, was Ausländisches. Zettel liegt auf deinem Schreibtisch.«

Eine belgische Rufnummer. Er verband sein Handy mit dem Ladegerät und wählte.

»Horacek.«

»Stephan, lang ist's her. Du hast mich gesucht?« Es war über ein Jahr her, seit er Janas ehemaligen Assistenten und Leibwächter aus der Europol-Zeit das letzte Mal am Telefon gehabt hatte.

»Schön, dich wieder mal am Draht zu haben. Ein Vögelchen hat mir gepfiffen, dass du im Moment viel Zeit hast.«

Wo um alles in der Welt hatte er diese Information her? »Das hat sich aber schnell bis zu euch herumgesprochen.«

»Nicht wahr? Ich hätte da einen Vorschlag für einen interessanten Zeitvertreib, hör zu.«

***

»Idiot!« Casagrande knallte den Hörer auf die Basisstation. Karin, die am Besprechungstisch ihr Notebook hochfuhr, sah erschrocken auf.

Casagrande hob beschwichtigend die Hände. »Entschuldige, war nicht gegen dich.«

»Alles klar«, sagte Karin vorsichtig. »War das Dominik?«

»Hm.«

»Okay.« Karins Kopf ging hinter dem aufgeklappten Notebook in Deckung.

Casagrande war es nicht recht. In letzter Zeit reagierte Karin empfindlich auf Dissonanzen im Team. Die Situation zehrte an den Nerven aller. Alle Unterlagen der Ermittlungen zum »Jeger Kershah«-Deal an das Fedpol abgeben zu müssen hatte keinen überrascht. Trotzdem schlug es auf die Moral. Karin hatte es gefasst aufgenommen. Maja hatte ihrer Wut Luft gemacht, als Casagrande sie informiert hatte. Ihr Ehrgeiz vertrug solche Rückschläge schlecht. Dornachs Beurlaubung war ein weiterer Tiefpunkt.

Dornach. Letzte Nacht noch hatte sie mit ihm die schönsten Stunden seit Langem verbracht. Umso größer war die Enttäuschung gewesen, am Morgen allein aufzuwachen. Auf seinem Kissen hatte ein Zettel gelegen. Er würde bald zurück sein, hatte er geschrieben. Er war einfach abgeschlichen.

Und von wegen zurück sein. Eben hatte er ihr am Telefon eröffnet, dass er am späten Nachmittag nach Brüssel fliegen würde. Was zum Teufel er dort wollte, hatte er ihr nicht sagen können oder wollen. Er würde einen alten Bekannten treffen. Nach seiner Rückkehr würde er alles erklären.

So was machte er nicht aus einer Laune heraus. Dafür kannte sie ihn gut genug. Weshalb ließ er sie im Regen stehen? Warum hatte er kein Vertrauen zu ihr? Die Angst nagte an ihren Eingeweiden wie ein Tumor, der zu neuem Leben erwachte. Ein Ungeheuer, das seinen Kopf erneut erhoben hatte, seit sie wusste, dass Jana zurück war.

Er reiste nach Brüssel. Nahe bei ihr. Was würde passieren, wenn er jemals erfuhr, dass Casagrande von Anfang an in diese Farce eingeweiht war, ja sich sogar daran beteiligt hatte?

»*Merda!*«

»Was hast du gesagt?« Karin tauchte hinter ihrem Bildschirm auf.

Hatte sie das gerade laut ausgesprochen? »Nichts, ich rede mit mir selbst.«

»Passiert mir in letzter Zeit auch öfter.«

Selbstgespräche, ein Merkmal einsamer oder verlassener Frauen? Das Klingeln ihres Handys war willkommen. Maja.

»Wir sind da.«

»Kommt gleich hoch.«

Wäre Urner in der Lage gewesen, nur mit seinem Blick scharfe Munition zu verschießen, hätte sie eine kugelsichere Weste gebraucht. »Was soll das, Frau Staatsanwältin? Sie schicken Ihre Politesse, die mich an einem Sonntag aus einer Parteisitzung holt wie einen Verbrecher?«

Casagrande sah fragend zu Maja.

»Herr Urner hatte Gäste zu Hause. Die Herren waren gerade daran, sich zu verabschieden.«

»Erstens, Herr Urner, Feldweibel Hartmann hatte von mir den Auftrag, Sie hierher in den Franziskanerhof zu begleiten, weil Sie meine Anrufe nicht beantwortet haben.«

Urner wollte aufbegehren.

Sie schnitt ihm das Wort ab. »Zweitens akzeptiere ich die erniedrigende Art und Weise nicht, wie Sie meine Kolleginnen behandeln. Wir sind hier nicht im Altherrenclub.«

Urner lief rot an. »Was erlauben Sie sich? So können Sie nicht mit mir –«

»Was ich kann und was nicht, überlassen Sie gefälligst mir, Herr Urner.«

Karin hob ihre Hand. In ihren Wangen hatten sich zwei tiefe Grübchen gebildet. »Soll ich das alles so protokollieren?« Majas Mundwinkel zuckten ebenfalls.

»Ich glaube, wir können diesen Part weglassen, er tut nichts zur Sache, zu der ich Herrn Urner befragen werde. Außer er besteht darauf.«

»Schon gut, machen Sie endlich voran.«

Nachdem Casagrande ihn darauf aufmerksam gemacht hatte, ihn als Zeugen zu befragen und dass er keinen Rechtsbeistand benötige, fragte er: »Und wenn ich trotzdem auf die Gegenwart meines Anwalts bestehe?«

»Es steht Ihnen frei, Dr. Kohler anzurufen. Sie warten dann so lange hier, bis er kommt.«

»Was wollen Sie eigentlich von mir, Frau Staatsanwältin? Glauben Sie, ich weiß nicht, dass die Bundespolizei für die Ermittlungen zuständig ist? Wo steckt denn Ihr Bluthund Dornach? Wenn der auch noch auftaucht, wird's hier aber mächtig eng.«

»Da Sie so gut im Bild sind, sollten Sie wissen, dass Hauptmann Dornach beurlaubt ist.«

»Beurlaubt. Hat man ihn nicht …?« Er verschluckte die Worte.

»Ja, was wollten Sie sagen?«

»Er wurde suspendiert.«

»Da hat man Sie leider falsch informiert. Er bezieht seinen Resturlaub, um sich um seine Familie zu kümmern.«

Sie gab Karin ein Zeichen. »Kommen wir zum Gegenstand dieser Befragung: der Mord an Leo Grüniger. Bevor Sie fragen: Dieser Fall liegt nach wie vor in unserem Zuständigkeitsbereich.«

Urner verschränkte die Arme. »Dazu habe ich Ihnen nichts mehr zu sagen.«

»Schauen wir mal.« Casagrande öffnete die Akte, die Maja ihr zugeschoben hatte. »Es geht um den Freitagabend, bevor Herr Grüniger getötet wurde. Herr Dornach und ich hatten Sie am darauffolgenden Montag dazu befragt. Insbesondere hat uns interessiert, wann Sie Herrn Grüniger zuletzt gesehen hatten. Wissen Sie, was Sie damals geantwortet haben?«

»Wenn ich mich recht erinnere, war es eine Woche vorher gewesen, während einer Parteisitzung im Schwarzbubenland.«

»Sie bleiben dabei?«

»Selbstverständlich.«

Casagrande blätterte weiter. »Ich wiederhole meine Frage, wo Sie von Samstagvormittag bis Sonntagmittag an diesem Wochenende waren.«

Urner deutete auf die Akte. »Das wissen Sie doch. Wahrscheinlich steht es da drin.«

»Sie haben an einer Fraktionssitzung Ihrer Partei in Bern teilgenommen. Am Abend fuhren Sie mit dem Zug nach St. Gallen zu einem weiteren Parteianlass. Dort übernachteten Sie im Hotel Einstein und reisten am Sonntagmittag zurück.«

»Besser hätte ich es nicht sagen können.«

»Sie nahmen den Zug, nicht wahr?«

»Es mag Sie verwundern, Frau Staatsanwältin, das Klima liegt auch unserer Partei am Herzen.«

»Das freut mich aufrichtig. Die Fahrt ging via Olten nach St. Gallen?«

»Bekannterweise der schnellste Weg.«

Casagrande schloss die Akte. »Das hätten wir geklärt. Könnten Sie mir sagen, um wie viel Uhr der Zug auf der Hinreise in Olten angekommen ist?«

»Gar nicht, es war ein Direktzug ab Bern. Der erste Halt war in Zürich.«

Damit war eine Möglichkeit vom Tisch. Casagrande ließ sich nichts anmerken. Einen Trumpf hatte sie noch. Maja schob ihr ein paar Blätter zu. Casagrande überflog sie kurz und gab sie Urner weiter.

»Was ist das?«

»Eine Funkzellenabfrage und Verbindungsnachweise des Handys von Leo Grüniger. Es gab technische Schwierigkeiten. Deshalb hat es länger gedauert.«

»Was für Schwierigkeiten?«

»Zum Beispiel hatte das Handy, das wir bei Herrn Grünigers Leichnam gefunden haben, eine Prepaidkarte. Es kostete Zeit, bis wir merkten, dass Herr Grüniger diese Nummer zuvor gar nicht benutzt haben konnte.«

»Weshalb nicht?«

»Die Prepaidkarte war erst am Freitagabend vor seinem Tod aktiviert worden. Er hatte vorher eine andere besessen.«

»Ja und? Was geht das mich an?«

»Das wird sich herausstellen, Herr Urner. Herr Grüniger hat nicht zufälligerweise bei Ihnen die SIM-Karte ausgewechselt?«

Urner stand auf. »Sie verschwenden meine Zeit, Frau Staatsanwältin. Ich habe klar gesagt, dass –«

»Setzen Sie sich bitte«, sagte Maja energisch.

Urner ließ sich in seinen Stuhl zurückfallen.

»Ich weiß, was Sie gesagt haben«, fuhr Casagrande fort. »Es ist nur so, dass Herr Grüniger mit seiner ursprünglichen Nummer an besagtem Freitag in derselben Funkzelle eingeloggt war wie Ihr Handy, und zwar bei Ihnen zu Hause.«

Urners Augen wurden kugelrund. »Wie? Woher …?«

»Woher wir das wissen? Polizeiarbeit. Ist Ihnen bekannt, dass Herr Grüniger und die verschwundene Rana Amidi ein Verhältnis hatten?«

»Die kleine Araberin?« Urner spuckte das Wort regelrecht aus. Wie brachte dieser Mann es fertig, mit Menschen aus dem Mittleren Osten zusammenzuarbeiten und sie gleichzeitig zu verachten?

»Genau. Wir haben Frau Amidis Telefonverbindungen überprüft, vor allem diejenigen, mit denen sie besonders häufig und lange verbunden war. So kamen wir auf die Nummer von Herrn Grüniger. Aus seinem Bewegungsprofil ist ersichtlich, dass er am vorletzten Freitag in der Funkzelle eingeloggt war, in der sich Ihr Haus in Hessigkofen befindet. Seither ist seine Nummer vom Radar verschwunden.«

»Das will nichts heißen. Reiner Zufall, er kann das Handy dort in der Gegend verloren haben.«

»Sie bleiben dabei, Herrn Grüniger kurz vor seinem Tod nicht getroffen zu haben?«

»Natürlich.«

Casagrande tauschte einen Blick mit Maja aus. Sie zog ein Foto aus einer Plastikmappe. »Das ist ein Screenshot der Videoüberwachung in der Martin-Disteli-Unterführung im Bahnhof Olten. Erkennen Sie die beiden Männer auf dem Bild?«

Demonstrativ umständlich setzte Urner seine Lesebrille auf, bevor er das Bild minutiös betrachtete. »Der eine könnte tatsächlich Leo sein.«

Maja legte eine hochaufgelöste Vergrößerung nach. »Es ist Herr Grüniger, da besteht kein Zweifel. Kennen Sie die andere Person?«

»Bedaure.« Urner schob das Bild zurück. »Nie gesehen.«

»Das ist Suad Ramani, Sicherheitchef der Botschaft von Al Kershah in Bern.« Maja legte ein drittes Bild auf den Tisch. »Hier übergibt Herr Ramani Herrn Grüniger einen Umschlag. Sind Sie sicher, Herrn Ramani nicht zu kennen?«

»Ich hatte nie mit ihm zu tun.«

»Okay.« Maja lehnte sich zurück.

Casagrande übernahm wieder. »Nach dem Vorfall in der Villa Dornach in der Nacht von Freitag auf Samstag haben wir das Telefon von Herrn Ramani sichergestellt.«

»Dazu hatten Sie kein Recht«, sagte Urner schroff. »Herr Ramani steht unter diplomatischem Schutz.«

»Dafür, dass Sie ihn nicht kennen, wissen Sie gut über ihn Bescheid.«

»Sie sagten selbst, dass er Sicherheitchef der Botschaft ist. Ich nahm an, dass er Diplomatenstatus hat.«

»Woher sollten wir das wissen?«, fragte Casagrande achselzuckend. »Zum Zeitpunkt seiner Festnahme trug Herr Ramani keine Ausweispapiere bei sich. Er wurde festgenommen, weil er Herrn Dornachs Tochter, seinen Enkel und dessen Tante in ihrem Haus bedrohte. Sein Handy wurde ordnungsgemäß beschlagnahmt und überprüft. Sobald Herr Ramanis Diplomatenstatus bestätigt war, erhielt er das Handy zurück. Bei den Verbindungen sind wir auf die eine Nummer gestoßen, die Herr Ramani mehrere Male gewählt hatte. Erkennen Sie sie?« Casagrande hielt ihm ein Papier mit einer Reihe von Telefonnummern hin. Eine davon war markiert.

Urners Blick wurde unstet. »Das ist meine Nummer. Ich habe mit ihm telefoniert, na und?«

»Die Funkzellenabfrage weist darauf hin, dass Sie sich mit Herrn Ramani in Bern getroffen haben. Sie sind zur selben Zeit auf dem Bundesplatz in Bern eingeloggt. Nur wenig später trifft sich Ramani mit Grüniger in Olten. Kurz danach ist Grüniger tot.«

»Was wollen Sie damit sagen?«

»Mich interessiert, was Sie mit Herrn Ramani besprochen haben. Was befand sich im Umschlag, den er Grüniger übergeben hatte?«

»Woher soll ich das wissen? Außerdem haben Sie gar nichts gegen mich in der Hand. Sie sind widerrechtlich an die Daten aus Ramanis Handy gekommen.«

»Das werden wir sehen.« Casagrande wischte sich einen imaginären Krümel vom Ärmel. »Ich helfe Ihnen auf die Sprünge. Leo Grüniger hat in Ihrem Auftrag die Anschläge auf ›Emma-Watch‹ und Gerda Büttiker verübt. Vielleicht war er sogar an den Anschlägen auf die Solothurner Kantonsrätinnen beteiligt. Das finden wir heraus. Sicher hatte er diese Aktionen nicht von sich aus verübt.«

»Wollen Sie etwa andeuten, dass er in meinem Auftrag gehandelt hat?«

»Sie haben uns in Bezug auf Herrn Grüniger mehrfach angelogen. Was liegt näher als die Annahme, dass Sie uns etwas verschweigen oder sogar vertuschen wollen?«

»Das reicht. Ihre Vorwürfe sind ungeheuerlich. Sie dürfen mit einer Dienstaufsichtsbeschwerde rechnen. Ich genieße parlamentarische Immunität.«

»Das ist richtig, im Rahmen Ihrer parlamentarischen Tätigkeit und für Handlungen, die in unmittelbarem Zusammenhang mit dieser stehen. Während der Herbstsession der eidgenössischen Räte sind Sie unter der Sessionsteilnahmegarantie vor Strafverfolgung geschützt, sofern sie aufgrund erheblicher Straftatbestände nicht aufgehoben wird.« Wenn sich Casagrande nicht täuschte, sank Urner ein klein wenig in sich zusammen. »Die Herbstsession beginnt erst in zwei Wochen, bis dahin fließt viel Wasser die Aare runter.«

»Wenden Sie sich an meinen Anwalt. Kann ich gehen?«

»Bitte.« Casagrande machte eine einladende Geste zur Tür. »Schönen Gruß an Dr. Kohler. Wir werden mit weiteren Fragen auf ihn zukommen.«

***

Karin packte ihr Sandwich aus. »Angela war ganz schön geladen. So habe ich sie selten bei einer Befragung erlebt.«

»Ich fand's toll, wie sie dem braunen Idioten die Leviten gelesen hat«, sagte Maja.

Während sie schweigend ihre Brote verdrückten, ließen sie sich die Sonne über dem Stadtpark ins Gesicht scheinen.

»Ich glaube, sie hat Knatsch mit ihm«, sagte Karin unvermittelt.

»Angela und Urner? Klar haben die Knatsch, und das wird sicher nicht besser.«

»Quatsch, ich meine Angela und Dominik.«

»Na und? Zwischen den beiden kracht es öfter mal. Dafür versöhnen sie sich wahrscheinlich umso heftiger.«

»Sag mal, bist du notgeil? Kannst du auch mal an was anderes denken?« Das Thema war für Karin zu privat. »Jedenfalls hat sie Dominik vorhin am Telefon ganz schön zur Schnecke gemacht, vor mir, stell dir vor.«

»Wie das?«

»Zuerst haben sie ganz friedlich geredet. Sie hat ihn darüber informiert, was wir über Urner herausgefunden haben. Dann fragt sie ihn, ob sie sich am Abend sehen können. Er muss ihr gesagt haben, dass er verreisen will, und sie ist ausgetickt.«

»Dominik verreist? Wohin?«

»Ich hab's nicht so richtig verstanden. Von Brüssel war die Rede, glaub ich.«

»Brüssel? Was will er dort?«

»Keine Ahnung, ihr wollte er es auch nicht sagen. Das hat sie erst recht auf die Palme gebracht.«

»Was soll's«, sagte Maja kauend und zuckte mit den Achseln.

»Wenn's wichtig ist, werden wir's früher oder später erfahren. – Apropos Knatsch. Wie sieht's zwischen dir und deinem Andi aus? Ist die junge Liebe klinisch tot oder besteht Hoffnung?«

Karins Ohren wurden warm. »Ich habe mich mit ihm getroffen.«

»Halleluja!« Maja hob beide Hände gegen den Himmel.

***

Nadal wurde ungeduldig. Was trieb Pia so lange in der Umkleide?

Mirio spielte im Sandkasten des Kinderbereiches beim Kabinentrakt des Freibades. Er war eifrig dabei, mit Hilfe eines Förmchens Sandkuchen zu backen. Der Gedanke an Essen brachte ihren Magen zum Knurren. Bis kurz zuvor hatten sie vergebens auf Dornach und Casagrande gewartet. Pia war enttäuscht. Wenn sie ihrem Vater am Telefon die Leviten las, konnte es dauern.

Zu ihrer Erleichterung kam Pia nach wenigen Minuten aus dem Kabinentrakt. Sie hatte das Handy am Ohr. Mit wem sie sprach und was sie sagte, konnte Nadal nicht hören, aber es klang heftig. Dazu machte sie ein Gesicht wie sieben Tage Regenwetter.

»Paps kann manchmal so ein Pflock sein«, sagte Pia ungehalten, nachdem sie das Gespräch beendet hatte.

»Wieso? Was hat er angestellt?«

»Vorhin habe ich Angela angerufen, ob sie mit uns zu Abend essen will. Ich hätte was gekocht. Sie war völlig niedergeschlagen.«

»Wirklich? So schlimm sind deine Kochkünste doch gar nicht.«

»Ich lache später, wenn's recht ist. Gerade habe ich mit Paps gesprochen.«

»Und?«

»Das glaubst du nicht, echt. Erst lässt er sie heute Morgen hängen. Nun fällt ihm plötzlich ein, dass er verreisen will, allein.«

»Wohin?«

»Nach Brüssel.«

»Was will er in Brüssel?«

»Das habe ich ihn auch gefragt. Er dürfe nichts sagen, meint er. Ich soll warten, bis er zurück ist.«

Pia ließ sich von Mirio an der Hand nehmen, damit sie seine Sandkuchen begutachten konnte. »Wow, die sind aber schön. Machst du noch ein paar?« Sie richtete sich auf. »Angela hat er das Gleiche gesagt.«

»Wegen der Sandkuchen?«

Pias Blick verdunkelte sich. »Machst du dich über mich lustig, oder was?«

»Wie käme ich dazu? Im Ernst, du kennst Dominik. Der macht immer Sachen, die man erst im Nachhinein begreift. Muss man mit leben. Und überhaupt«, Nadal zeigte auf Pia, »fällt die Birne nicht weit vom Baum.«

»Apfel.«

»Von mir aus auch der.«

»Willst du damit sagen, dass ich gleich bin wie mein Paps?«

»Nö. Mal abgesehen von illegalem Eindringen in eine ausländische Botschaft und anderen Kleinigkeiten bist du im Gegensatz zu ihm ganz vernünftig.«

Pia nahm Mirio bei der Hand. »Komm, wir gehen nach Hause, mit deiner Tante kann man nicht diskutieren. Die redet heute nur Blödsinn.«

Sie waren schon fast beim Auto, als Pias Handy eine Nachricht ankündigte.

»Unbekannte Nummer.« Sie öffnete die Nachricht. Nadal setzte Mirio in den Kindersitz. Pias Aufschrei erschreckte sie beide.

»Was ist los?«

»Sieh mal.« Pia hielt ihr das Handy hin. »Das ist von Rana.«

»Rana?« Nadal las die Nachricht:

Pia. Muss dich sehen. Wichtig. Kommst du? Rana.

Nadal gab Pia das Handy zurück. »Das kann nicht sein. Jemand erlaubt sich einen schlechten Scherz.«

»Die Nachricht wurde nicht von Ranas Handy geschickt.«

»Sag ich doch, ein schlechter Scherz.«

»Keine Ahnung. Vielleicht hat sie ihr Handy verloren, kein Akku mehr, was weiß ich, und sie hat sich eins geborgt.«

»Vielleicht ist es auch nur eine Falle.«

»Eine Falle?«

»Ja, eine Falle. Darf ich dich daran erinnern, dass uns vorgestern jemand umbringen wollte?«

»Weshalb sollte uns Rana eine Falle stellen?«

Nadal fuchtelte mit den Händen vor Pias Kopf. »Bist du so naiv oder tust du nur so? Wer sagt denn, dass die SMS von Rana kommt?«

»Das haben wir gleich.« Pia hielt ihr Handy ans Ohr. »Ich rufe sie an.«

»Wen? Rana?«

»Klar.« Unvermittelt zuckte Pia zusammen, als hätte sie ein Insekt gestochen. »Rana? Geht's dir gut, was –« Sie hörte zu. »Ja, okay, ich warte.« Sie hängte ein und starrte auf ihr Handy, als würde es ihr demnächst die Formel für die Herstellung von Gold verraten.

»Du hast nicht wirklich mit Rana gesprochen«, sagte Nadal.

»Doch.«

»Und?«

Pia erwachte aus ihrer tranceähnlichen Starrheit. »Ich … sie … es scheint ihr gut zu gehen. Sie will mich wirklich treffen und alles erklären. Sie schickt mir später die Koordinaten.«

»Du gehst da nicht echt hin, oder?«

»Warum nicht?«

»Hallo? Entführer, Killer, Falle und so.«

»Ach was, Paps hat die Typen gestern alle verhaftet.«

»Ist Rana allein? Hat sie gesagt, wo sie steckt?«

»Nein, dafür schickt sie mir ja die Koordinaten.«

Nadal gingen die Argumente aus. Eine Wand zeigte größere Dialogbereitschaft. »Du solltest es Dominik sagen.«

»Was soll das bitte schön bringen? Außerdem ist er bereits auf dem Weg nach Brüssel.« Pia steckte ihr Handy in den Rucksack und setzte sich ans Steuer. »Wir nehmen das selbst in die Hand. Ich habe auch schon einen Plan. Komm.«

Ratlos blickte Nadal zu Mirio in seinem Kindersitz. Er musterte sie mit großen Augen. »Schau mich nicht so an. Es ist deine Mutter.«

21

Dornach hatte nicht mit dem Empfangskomitee am Ankunftsgate des Brüsseler Flughafens Zaventem gerechnet. Das frische Lächeln der sportlich-schlanken Frau mit der schlichten rotblonden Hochsteckfrisur erstreckte sich bis zu ihren grünen Augen. Sie stellte sich als Lotte Cornelis vor, Hauptkommissarin bei der belgischen Flughafenpolizei. *»Bienvenue à Bruxelles, Capitaine Dornach.«* In flämisch gefärbtem Französisch erklärte sie ihm, dass Stephan Horacek ihn im VIP-Bereich erwartete und sie ihn dorthin führen würde. »Stephan ist ein sehr guter Freund von mir.«

Was bedeutete sehr guter Freund? Hatte sich der in Bezug auf Frauen zurückhaltende Horacek endlich auf eine Beziehung eingelassen?

Cornelis führte Dornach zur VIP-Lounge, wo Horacek ihn erwartete. Die beiden umarmten sich herzlich zur Begrüßung. Lotte Cornelis verabschiedete sich höflich mit der Entschuldigung, sie müsse zurück zum Dienst. Der Blickwechsel mit Horacek und die diskrete Berührung ihrer Hände blieben Dornach nicht verborgen.

»Ich hätte sie gerne zum Nachtessen eingeladen, leider muss sie heute bis spät arbeiten«, sagte Horacek.

»Charmant, deine Freundin, Glückwunsch.«

Horacek lächelte bescheiden. »Es ist ganz frisch. Wir haben uns vor sechs Wochen kennengelernt, ein gemeinsamer Fall. Sie ist toll, nicht?«

»Unbestritten, optisch passt ihr schon mal gut zusammen. Hast du mich kommen lassen, damit ich sie begutachte?«

»Natürlich nicht. Lass uns erst was essen gehen.«

Angesichts mangelnder Vergleichsmöglichkeiten glaubte Dornach Horacek aufs Wort, der ihm versicherte, dass die Brasserie Grimbergen an der Place Sainte-Catherine in der Nähe des

Fischmarktes die besten Moules et frites in Brüssel servierte. Was konnte man bei Miesmuscheln und frittierten Kartoffeln falsch machen, sofern alles frisch war?

Was immer Horacek mit ihm vorhatte, Dornach war froh, es nicht mit nüchternem Magen durchstehen zu müssen. Die belgische Hauptstadt ließ sich in vielerlei Hinsicht mit derjenigen Frankreichs vergleichen. Obwohl hier die Durchschnittstemperatur im Schnitt rund drei Grad tiefer war als in Paris, waren die Brüsseler nicht weniger lebensfroh als ihre französischen Pendants. Sie liebten es, die Abende in den unzähligen Restaurants und auf Bistroterrassen ihrer Stadt zu verbringen.

Moules et frites waren die ideale Unterlage für das dreifach gegärte Tripel-Bier, das wegen seines hohen Alkoholgehaltes den Ruf genoss, hinterhältig zu sein.

»Du schuldest mir eine Erklärung. Wie hast du von meiner Beurlaubung erfahren?«, fragte Dornach, nachdem das letzte Schalentier vertilgt war.

Horacek tauchte seine Finger in eine stark nach Zitrone duftende Schale Wasser und trocknete sie umständlich mit der Serviette ab. Er wartete darauf, dass die Bedienung den Tisch fertig abgeräumt hatte. »Sagen wir so, mein Arbeitgeber ist Teil eines Netzwerkes, das gewisse Vorgänge bei euch mit Interesse verfolgt. Mit ›euch‹ meine ich die Schweiz.«

»Das schließt meine Beurlaubung mit ein?«

»Insofern sie mit dem ›Jeger Kershah‹-Joint-Venture zusammenhängt, schon.«

»Aha. Seit wann interessiert sich Europol dafür?«

»Gute Frage. Das kannst du nicht wissen. Ich arbeite nicht mehr für Europol.«

Horacek wartete, bis die Bedienung sich nach ihren Wünschen für den Nachtisch erkundigt hatte. Beide verzichteten. Stattdessen orderten sie zwei doppelte Espresso.

Horacek nahm den Faden wieder auf. »Seit knapp einem Jahr arbeite ich beim EEAS, dem ›European Union External Action Service‹.«

»Beim Europäischen Auswärtigen Dienst? Gratuliere, deshalb hast du mich hergebeten?«

Erneute Pause, bis die Espressi serviert waren.

»Natürlich nicht, wobei dieser Umstand deine Anwesenheit begünstigt.«

»Inwiefern?«

»Ohne dass ich dir Einzelheiten verraten kann, sollst du wissen, dass wir eure Ermittlungen im Zusammenhang mit der Firma ›Jeger Industries‹ mit einer gewissen Genugtuung verfolgt haben. Wir hätten uns gewünscht, es wäre früher passiert.«

»Wer ist ›wir‹?«

Horacek trank seine Tasse in einem Zug leer. »Meine Vorgesetzten und ich. Der EEAS ist nur bedingt mit einem Bundesaußenministerium oder eurem Departement für auswärtige Angelegenheiten vergleichbar. Einer unserer größten Aufgabenbereiche ist die Verteidigungs- und Sicherheitspolitik in Europa. Die EU verfügt über keine eigene Armee. So existiert auch kein EU-Verteidigungsministerium. Diese Aufgabe fällt dem EU-Außenbeauftragten zu, der gleichzeitig Vizepräsident der EU-Kommission ist – und mein oberster Dienstherr.«

»Demnach bin ich hier, weil unsere Arbeit auf eure Zustimmung gestoßen ist, oder wie?«

»Ja, und weil ich es vorgeschlagen habe. Darüber können wir uns nachher unterhalten.«

»Nachher?«

»Heute Abend findet etwas statt, über das ich im Vorfeld nicht sprechen kann.«

»Danach aber schon?«

»Wart's ab. Du wirst es bald wissen.«

Was sollte die Geheimnistuerei? Wie konnten Horacek und seine Organisation über die Ermittlungen in Solothurn Bescheid wissen? Kurz erwog Dornach, aufzustehen und zu gehen. Was ihn zurückhielt, war Horacek. Wenn der loyale und aufrichtige Österreicher und Janas Vertrauter ihn gerufen hatte, musste er einen triftigen Grund haben. »Ich bin sicher, du kannst mir schon jetzt was sagen.«

Horacek überlegte einen Moment. »Ich brauche dir nicht zu erklären, wie es nach den jüngsten Ereignissen um die Sicherheit in Europa steht.«

»Der Bezug zu Al Kershah würde mich schon interessieren.« Horacek bestellte zwei weitere Espresso, bevor er endlich loslegte. »Ich bin Mitglied einer ›Special Taskforce‹, einer Sondereinsatzgruppe innerhalb des EEAS. Unsere Aufgabe ist es, konkrete und potenzielle Bedrohungsszenarien für die Europäische Union zu evaluieren, analysieren und, wenn möglich, mit geeigneten Mitteln frühzeitig zu, sagen wir mal, neutralisieren.«

»Mit anderen Worten, ihr seid die Truppe fürs Grobe.«

»Wenn du willst. Sofern alle anderen Mittel ausgeschöpft sind. Unsere Arbeit stimmen wir mit befreundeten europäischen Nachrichtendiensten, mit dem deutschen BND, der französischen DGSE, der italienischen AISE und der schwedischen Säpo ab. Sogar die Briten sind mit dem MI6 im Boot. Es versteht sich von selbst, dass wir eine intensive Kooperation mit der NATO aufgebaut haben. Davon später.«

Die Bedienung brachte die Espressi.

»Ach ja«, sagte Horacek. »Mit eurem NDB tauschen wir uns auch gelegentlich aus.«

»Gelegentlich? Über Al Kershah?«

»Nicht mehr.«

»Weshalb?«

Horacek schob die bereits geleerte zweite Tasse von sich.

»Der Name Akbira ist dir ein Begriff, sehe ich das richtig?«

»Sollte es?«

Horacek lächelte. »Ich will dich nicht zu Aussagen verleiten, die man dir im schlimmsten Fall als Geheimnisverrat auslegen könnte. Die Taskforce weiß mit hundertprozentiger Gewissheit, dass die kershanische Regierung, mit Unterstützung ihrer Verbündeten innerhalb der panarabischen Allianz, einen groß angelegten Versuch mit chemischen Waffen durchgeführt hat. Ein neuer Kampfstoff auf der Basis von Sarin wurde im jemenitischen Dorf Akbira getestet, mit erschreckendem Resultat. Das Dorf wurde innerhalb von Minuten ausgelöscht.«

Dornach verdrängte die Bilder in seiner Erinnerung. »Weiter?«

»Der Kampfstoff heißt ›Neosarin‹. Er wirkt rasch und ist äußerst tödlich, wenn er mit Hochdruck über einem Zielgebiet versprüht wird, von tieffliegenden Drohnen zum Beispiel. Er hat den Vorteil, sich rascher zu verflüchtigen als herkömmliche Kampfstoffe. Das verringert das Risiko des Angreifers, eigene Verbände in Mitleidenschaft zu ziehen. Diese Eigenschaft ist einem neuartigen Transportbehälter zu verdanken.«

Dornach schluckte zweimal leer. »Die Behälter sind für den Transport von Impfstoffen und Medikamenten gedacht.«

»Das ist uns bekannt«, sagte Horacek. »Die Solothurner Firma ›Jeger Industries‹ und euer Staatssekretär für Außenwirtschaft haben gegenüber dem EU-Außenbeauftragten versichert, dass die Behälter ausschließlich zivilen Zwecken dienen.«

»Ihr glaubt, in der ›Jeger Kershah‹-Fabrik wird chemischer Kampfstoff produziert?«

»Wir glauben es nicht, wir wissen es. Vor Kurzem sind Unterlagen in unseren Besitz gelangt, die eindeutig beweisen, dass der kürzlich verstorbene Firmeninhaber Jean-Jacques Jeger diese Zylinder wissentlich für den Transport chemischer Kampfstoffe entwickelt hat.«

»Woher habt ihr die? Wir haben bei den sichergestellten Dokumenten und Daten keine Hinweise auf Jeger senior gefunden.«

Die Bedienung brachte die Rechnung. Horacek prüfte sie kurz und tauschte sie gegen einen Hundert-Euro-Schein aus. Mit einem knappen Kopfnicken bedeutete er der jungen Frau, dass es so stimmte. »Einer unserer Spezialagenten ist bei, wie soll ich sagen, bei aktiven Nachforschungen im Feld auf Informationen gestoßen, die Jegers Beteiligung eindeutig nachweisen. Inwiefern sein Sohn und weitere Mitglieder des Managements direkt involviert sind, ist nicht ganz klar. Komplett ahnungslos dürften sie nicht sein.«

»Gehe ich richtig in der Annahme, dass Jean-Jacques Jeger im Zuge dieser ›aktiven Nachforschungen‹ ums Leben kam?«

Horacek nahm sich Zeit, den Quittungsbeleg umständlich zu falten und einzustecken. »Wenn diplomatische Vorstöße nichts mehr fruchten, ist der Griff zu gröberem Besteck oft unerlässlich, eine Art Notwehr auf Staatsebene.«

Ein eiskalter Schauer lief Dornach über den Rücken. »Ihr habt Jeger senior liquidieren lassen? Ohne einen rechtsstaatlichen Prozess?«

»Seine Beteiligung am Massaker von Akbira stellte ihn für uns auf die Ebene eines Terroristen. Das senkt die Hemmschwelle für außerordentliche Maßnahmen.«

Dornach fühlte die beiden Seelen, die sich in seiner Brust duellierten. Diejenige der Wut, wenn er an die Bilder der toten Menschen von Akbira dachte, und diejenige von Recht und Respekt, für die er Polizist geworden war. »Weißt du, Stephan, ich bin der Letzte, der einem gewissenlosen Massenmörder eine Träne nachweint. Aber hätte es nicht andere Mittel gegeben, mit denen man den Tod Hunderter Unschuldiger von vornherein hätte vermeiden können?«

»Natürlich gab es die. Glaub nicht, dass wir es nicht versucht haben. Leider liefen unsere diplomatischen Vorstöße ins Leere. ›Jeger Industries‹ genießt bei euch die Protektion höchster politischer Ebenen. Das Staatssekretariat für Außenwirtschaft hat unsere Bedenken in den Wind geschlagen. Die Indizien seien nichtssagend, hieß es. Dies, obwohl wir Verbindungen zwischen dem ›Jeger Kershah‹-Projekt und einschlägig bekannten Herstellern chemischer Kampfstoffe eindeutig belegen konnten. Man verwies uns auf die CWK.«

»CWK?«

»›Chemiewaffenkonvention‹ heißt das ›Übereinkommen über das Verbot chemischer Waffen‹ von 1993. Sie ist seit 1997 in Kraft. Lediglich vier Staaten haben es nicht unterzeichnet, darunter Al Kershah. Die Schweiz hat es 1995 ratifiziert, gemeinsam mit meinem Land, Österreich. Immerhin wurde auf unser Ersuchen hin eure nationale Überwachungsbehörde eingeschaltet.«

»Das Labor Spiez?«

»Richtig. Auf die eine oder andere Art brachte es ›Jeger Industries‹ fertig, den friedlichen Einsatz ihrer Behälter glaubwürdig darzulegen. Bei anderen Zulieferfirmen eurer einheimischen chemischen Industrie wurden keine Unregelmäßigkeiten festgestellt. Eine UNO-Inspektion in Al Kershah kam zum gleichen Ergebnis. Wir sind überzeugt, dass die Inspektoren getäuscht wurden.«

»Was heißt überzeugt, habt ihr Beweise?«

»Gut, dass du das ansprichst.« Horaceks Hand verschwand in der Innenseite seines Jacketts und kam mit einem gefalteten Stück Papier zum Vorschein. »Lies das durch.«

»Was ist das?«

»Eine Geheimhaltungsvereinbarung. Beachte die Konsequenzen im Falle einer Indiskretion deinerseits.« Horacek hielt ihm einen Kugelschreiber hin. »Wenn du einverstanden bist, muss ich dich bitten, es zu unterschreiben. Dann können wir los.«

***

Zweiundzwanzig Uhr vierunddreißig.

Pia schaute auf ihr Handydisplay, als könnte sie so die Zeit vor- oder zurückdrehen, je nachdem, was nötig war, damit Rana endlich auftauchte. Sicher zum zehnten Mal hatte sie die Nummer angerufen, die ihr Rana in der Nachricht angegeben hatte. Keine Antwort. Mehr als eine halbe Stunde über der vereinbarten Zeit wartete sie auf dem Parkplatz der Autobahnraststätte Gunzgen-Süd an der A 1. Dreimal hatte sie die angegebenen Koordinaten geprüft. Sie stimmten exakt mit ihrem Standort überein.

»Komm schon, melde dich.«

Alles wird gut. Seit sie Nadal und Mirio zu Hause zurückgelassen hatte, hörte sie nicht auf, sich das einzureden.

Und wenn nicht?

Je länger sie auf der zu dieser Tageszeit ungastlichen Asphalt- und Glasinsel ausharren musste, desto mehr zweifelte sie.

Nadals Versuche, sie davon abzubringen, und ihre Standpauken waren bei ihr nicht auf taube Ohren gestoßen. Was, wenn sie tatsächlich blindlings in eine Falle tappte? Andererseits, warum sollte Rana das tun? Pia würde jederzeit die Hand dafür ins Feuer legen, dass es Rana gewesen war, mit der sie gesprochen hatte. Dabei hatte sie keine Anzeichen gemacht, unter Druck oder Zwang zu stehen. Pia wollte Klarheit, auch wenn Nadal und ihr Vater es nie begreifen würden.

Was konnte ihr hier passieren? Am Sonntagabend herrschte in der Raststätte kein großer Andrang, trotzdem fuhren ständig Autos auf den Parkplatz des hell erleuchteten Restaurants, vor dem sie stand. Ihr gegenüber parkten eine Anzahl internationaler Lastwagen, die auf das Ende des Sonntagsfahrverbots warteten.

Sie hatte Durst. Nadals auf die Schnelle zubereitete und hastig runtergeschlungene Spaghetti waren eine Spur zu salzig gewesen. Dummerweise hatte Pia vergessen, etwas zu trinken. Sie traute sich nicht, ihren Standort zu verlassen und im Shop eine Flasche Wasser zu kaufen. Die Anweisung war eindeutig gewesen. Sie hatte draußen zu warten. Wenn Rana sie bei ihrer Ankunft nicht sehen konnte, würde sie weiterfahren. Bei jedem ankommenden Fahrzeug hatte Pia sich erwartungsvoll gestrafft. Jedes Mal Fehlanzeige. Erstaunlich, was für Menschen sich hier zufällig oder absichtlich begegneten, besonders in den Nachtstunden. Die Raststätte war der Ort, wo sich das Biotop Autobahn offenbarte, wenn die rasenden Individualisten sich für kurze Zeit ihres Blechkokons entledigten und zu einer von Basisbedürfnissen getriebenen Masse verschmolzen.

Ein weiteres Scheinwerferpaar wechselte von der Normalfahrspur auf den Einfahrtsstreifen. Im Leuchtkreis der Kandelaber wurde aus dem Schemen ein roter Alfa Romeo. Der Fahrer saß allein im Fahrzeug. Frau oder Mann, Pia konnte es nicht erkennen. Der Alfa verlangsamte die Fahrt, bis er neben Pia stoppte. Sie hielt den Atem an.

Das Seitenfenster auf der Beifahrerseite glitt hinunter. Auf Abstand achtend, beugte sich Pia vor, bis sie in das Innere des

Wagens sehen konnte. Eine Mischung von Schweiß, Tabakrauch und fettigem Essen schlug ihr entgegen. Ein unrasierter Kerl im fleckigen T-Shirt mit fettigem Haar, struppigem Bart und Doppelkinn grinste sie an. »Na, Kleine, du bist ja ein heißer Feger. Wie wär's mit uns beiden?«

»Danke, kein Bedarf.«

»Hey, du weißt nicht, was du verpasst.«

»Tut mir trotzdem leid, ich habe schon ein Date.«

»Macht nichts, ich teile gerne.«

»Schön für dich, mein Freund aber nicht. Wenn ich du wäre, würde ich eine Fliege machen. Mein Freund sticht gern zu, mit einem Fünfzehn-Zentimeter-Stiletto. Wenn er dich mit mir sieht, macht er dich um deine paar mickrigen Zentimeter kürzer.«

Sein langes Gesicht bescherte dem Kerl eine zusätzliche Kinnfalte. »Nutte! Bist nicht besser als die anderen, die alles tun, um Männer zu erniedrigen. Aber bald werden wir zusammenstehen. Dann geht's euch Fotzen an den Kragen.« Er drückte aufs Gas und fuhr mit röhrendem Motor zurück auf die Autobahn.

Pia atmete auf. Sie checkte erneut ihr Handy und überlegte, wie lange es Sinn machte, zu warten.

»Drehen Sie sich ganz langsam um, Frau Zenklusen.«

Pias Herz gefror.

Es war ein Mann.

✳✳✳

Horaceks luxuriös ausgestatteter weinroter Mercedes CLS war vermutlich ein Dienstwagen. Dornach ging nicht davon aus, dass man sich mit dem Gehalt eines EU-Beamten einen derartig noblen fahrbaren Untersatz leisten konnte, selbst in einer höheren Besoldungsklasse. Nach rund zwanzig Minuten Fahrzeit auf einer städtischen Autobahn wechselte Horacek auf die äußerste Spur. Auf der blauen Hinweistafel prangten zwei Namen, EUROCONTROL und NATO. Eurocontrol war die Europäische Organisation für Luftfahrtsicherung.

»NATO-Hauptquartier?«, fragte er.

»Exakt.«

»Okay.« Dornach schluckte die Frage runter. Früher oder später würde er erfahren, was sie im Hauptquartier des Nordatlantikpaktes wollten. Nach Abschluss seiner militärischen Grundausbildung hatte er die Zwangsbeförderung zum Unteroffizier über sich ergehen lassen, im Wissen, dass er bald mit dem Unsinn Schluss machen würde. Den anhaltenden Druck seiner Vorgesetzten und der Familie, eine Offizierslaufbahn einzuschlagen, hatte er mit dem Wechsel in den Polizeidienst verpuffen lassen. Während seiner Arbeit hatte er selten mit Militärs zu tun. Dass er sich jetzt in das Zentrum der militärischen Macht in der westlichen Hemisphäre begab, musste Ironie des Schicksals sein.

Horacek hielt vor einem Kontrollpunkt, wo er sich und Dornach auswies und ein paar Worte in Englisch mit dem Wachposten wechselte. Unter anderem schnappte Dornach den Ausdruck »Bernstein« auf. Der Wachposten verglich Personalien mit Daten auf seinem Tablet. Nach einem kurzen Telefonanruf gab er die Ausweisdokumente plus zwei Besucherpässe Horacek zurück mit der Anweisung, wohin er zu fahren habe.

Dornach hatte gehofft, den spektakulären Gebäudekomplex zu Gesicht zu bekommen, der vier Jahre zuvor eröffnet worden war. Vier lang gezogene Gebäudetrakte in nachempfundenen flachen Wasserwellen, die sich in Form von Bögen an eine zentrale Achse reihten. Stattdessen stoppte Horacek vor einem unscheinbaren zweigeschossigen Seitenbau, dessen Eingang von zwei Wachposten flankiert wurde. Dornach sah sich den Besucherpass an. Er zeigte lediglich den weißen Kompass auf blauem Grund, das Logo der NATO. Darunter war gelb auf grün das Wort »Bernstein« gedruckt.

»Können wir?«, fragte Horacek.

»Bin bereit.«

Sie betraten einen spartanisch ausgestatteten Empfangsraum. Gegenüber der Eingangstür befand sich ein Lift, auf den Horacek zusteuerte. Ein dritter Wachposten begrüßte sie und hielt die Hand auf. »Ihre Telefone, bitte.«

Sie händigten dem Sicherheitsmann ihre Handys aus. Der Wachposten drückte auf den Rufknopf. »U3«, sagte er, bevor sie den Aufzug betraten.

Sie waren mit hoher Geschwindigkeit unterwegs nach unten. Hoffentlich vermochten sich die Moules et frites im Magen zu halten.

»Was tun wir hier?«

»›U3‹ ist ein Kommandobunker«, sagte Horacek beiläufig, als würde er die Speisekarte in seinem Lieblingscafé erklären. »Die NATO gewährt uns Gastrecht.«

»Wobei?«

»Lass dich überraschen.«

»Was soll das, Stephan? Ich fühle mich wie in einer real gewordenen Verschwörungstheorie.«

»Geduld. Du wirst es gleich erfahren. Ich muss dich an die Vertraulichkeitsvereinbarung erinnern. Du darfst mit keinem Menschen darüber reden, was du hier gleich sehen wirst. Ich habe für dich gebürgt.«

Der Lift verlangsamte seine Fahrt und kam zum Stillstand. Die Tür öffnete sich. Sie tauchten in bläulich schimmernde Dunkelheit ein.

22

Bevor sie die Schanzmühle betrat, wählte Casagrande Dornachs Nummer. Sie wurde auf die Combox umgeleitet.
»Hoi, Dominik, ich wollte mich bei dir entschuldigen. Was ich gesagt habe heute Morgen ... es war dumm von mir. Ruf mich bitte zurück, wenn du das hörst. Ich liebe dich.«
Sie fühlte sich ein wenig besser, auch wenn sie lieber mit ihm direkt gesprochen hätte.
Sie war den ganzen Tag wütend auf ihn gewesen. Sogar Pias gut gemeinte Einladung zum Nachtessen hatte sie ausgeschlagen. Anfangs hatte sie sich eingeredet, dass er es war, der sie wütend gemacht hatte.
Inzwischen machte sie sich Vorwürfe. Nicht mal Pia antwortete auf ihre Anrufe. Casagrande hätte sie fragen wollen, ob sie was tun konnte, sich mal um den Kleinen kümmern sollte. Es würde ihr die Gewissheit geben, Teil der Familie zu sein, sie das Gefühl vergessen lassen, eine Wand würde zwischen ihr und ihnen hochgezogen. Wo sie auch suchte, was sie auch unternahm, sie fand keinen Durchgang, nur eine glatte, kompakte Fläche.
Seit sie Dornach in Brüssel wusste, saß ihr die alte Furcht mit neuer Kraft im Nacken.
So verdammt gefährlich nahe an Jana.
Sie redete sich vergeblich ein, dass sich diese wahrscheinlich gar nicht in Belgien oder in Europa aufhielt.
Es war nicht mal die Bange, eine andere könnte ihr den Liebsten stehlen. Casagrandes Panik lag tiefer. Es war die Angst, er könnte ihren Verrat entdecken, die Schuld offenlegen, die sie aufzufressen drohte.
Ihr Handy klingelte.
Dominik.
Es war Maja.
»Ja?«
»Angela, wo steckst du?«

Sie schluckte die Enttäuschung hinunter. »Wurde aufgehalten.«

»Bist du okay? Wir können auch morgen –«

»Nein, wir machen das jetzt. Ich bin gleich oben.«

Sie rief den Lift. Auf der Toilette wusch sie mit kaltem Wasser die Spuren ihrer Tränen weg. Gegen gerötete Augenränder war nichts zu machen.

Maja, Karin und Tschanz warteten in Dornachs Büro auf sie. Sie sahen blass und übernächtigt aus. Das schlechte Gewissen meldete sich bei Casagrande. Seit Urners Vernehmung hatte sie die Ermittler angetrieben, irgendwas zu finden, womit sie ihn festnageln konnten. Diese Perversion eines Volksvertreters frei herumlaufen zu sehen war mittlerweile unerträglich.

»Sorry, dass ihr warten musstet. Ich war … ich hatte …« Was hatte sie eigentlich?

»Schon gut«, sagte Maja. »Es war auch für dich ein langer Tag. Wir dachten, du solltest das sehen.«

»Habt ihr was?«

»Und ob. Sebi?«

Tschanz, der den Eindruck machte, zu dösen, richtete sich kerzengerade in seinem Stuhl auf. »Bekanntlich haben wir in Rana Amidis Wohnung zwei DNA sichergestellt.«

»Eine davon wurde Frau Amidi zugeordnet«, sagte Casagrande.

»Wir haben einen Match für die zweite, diejenige des Mannes.«

Casagrande war mit einem Schlag hellwach. »Wer?«

Tschanz gab ihr ein Blatt Papier. »Sozusagen druckfrisch.«

Casagrande überflog die Seite. »Francesco D'Amato, der Produktionsleiter von ›Jeger Industries‹? Er und Frau Amidi haben miteinander geschlafen?«

»Der Fundort der DNA legt den Schluss nahe.«

»Habt ihr die Spuren nur in Frau Amidis Bett gefunden? Nirgends sonst?«

Tschanz räusperte sich. »In einer Wohnung gibt es Hunderte von Spuren. Wir sind gerade daran, neu abzugleichen. Bis morgen wissen wir es.«

»Euch ist klar, was das heißt?« Casagrande sah in die Runde.
»Francesco D'Amato könnte Rana Amidi entführt haben«, sagte Maja. »Aber warum?«
»Eifersucht auf den Nebenbuhler Grüniger, ein Streit. Vielleicht hat sie ihn unter Druck gesetzt, wollte es seiner Frau sagen, was weiß ich.«
»Noch was«, sagte Tschanz. »Die männliche DNA, die wir auf Grünigers Leiche gefunden haben, sie gehört ebenfalls D'Amato.«
»Wie bitte?«
»Kein Zweifel möglich. Dass die weibliche DNA bei Grüniger Rana Amidi gehört, haben wir bereits etabliert.«
»Ja, danke, aber ...« Casagrande massierte sich das Nasenjoch. »... wie sind wir an D'Amatos DNA gekommen? Ich kann mich nicht an einen diesbezüglichen Beschluss erinnern.«
»Es gibt keinen. Ich habe sie von Dominik.«
Casagrande schloss für einen Moment die Augen. Wollte sie das überhaupt wissen? »Was heißt das?«
»Ich sage nur Kaffeebecher.«
»Bitte sag mir, dass D'Amato ihm den Becher freiwillig ausgehändigt hat.«
»Das fragst du ihn am besten selbst.«
Casagrande schlug mit der Faust so heftig auf die Tischplatte, dass selbst Maja zusammenfuhr. »So ein ...«
Querulant.
»Die Indizien sind gerichtlich nicht verwertbar. Warum ist er damit nicht zu mir gekommen?«
»Angela, du weißt so gut wie wir, wie schwer es ist, einen Beschluss für eine DNA-Analyse ohne triftigen Tatverdacht zu erhalten. Und ein DNA-Massentest wäre –«
»Jaja.«
Zu teuer, zu langwierig.
Sie hatten nicht mal eine Leiche, nur eine Blutlache.
»Was schlagt ihr vor?«
»Wir brauchen gerichtsfähige Beweise gegen D'Amato«, sagte Karin. »Oder ein Geständnis.«

»Habt ihr ihn vorgeladen?«

»Unauffindbar«, erwiderte Maja. »Weder telefonisch noch an seinem Wohnort. Seine Frau scheint keine Ahnung zu haben. Er sei auf Geschäftsreise. Falls D'Amato und die Amidi tatsächlich ein Verhältnis oder eine Affäre haben, bezweifle ich, dass sie es weiß.«

»Löst eine Fahndung nach D'Amato aus«, sagte Casagrande.

»Schon im Gange«, sagte Maja.

»Gut, den Durchsuchungsbeschluss für seine Wohn- und Geschäftsräume habt ihr spätestens morgen früh. Zeit für Feierabend.«

»Jemand für ein Bier zu haben?«, fragte Maja sofort.

»Bin dabei«, sagte Karin.

Tschanz winkte ab.

»Ich gehe lieber nach Hause«, sagte Casagrande.

»Nein, das tust du nicht«, sagte Maja. »Jedenfalls nicht gleich.«

***

Die Einrichtung des Bunkers entsprach in ihrer Kargheit derjenigen des Einganges rund dreißig Meter über ihnen. Ein Konferenztisch und ein Dutzend Stühle beherrschten den Raum. An einer Seitenwand war ein kleines Buffet mit Sandwiches, Kaltgetränken, Kaffee und Tee aufgestellt worden, an dem sich eine Gruppe von sechs Männern und vier Frauen mit gedämpfter Stimme unterhielt, während sie sich verpflegten.

Die Deckenbeleuchtung war gedimmt. Die größte Lichtquelle war eine Wand aus sechs großen LED-Bildschirmen an der Stirnseite des Raumes. Alle zeigten das NATO-Logo.

»Wir sind nahezu vollzählig«, raunte Horacek.

»Wer sind diese Leute?«

»Operationsverantwortliche des BND, der DGSE, der Säpo und des NATO-Nachrichtendienstes.« Er deutete auf eine circa sechzigjährige Frau mit weißem Kurzhaarschnitt. »Lady Cheney vom MI6.«

Dornach musterte die Anwesenden. »Stellt man sich nicht vor?«

»Nicht nötig. Die meisten kennen sich, und alle wissen, wer du bist. Sie mussten ihr Einverständnis zu deiner Anwesenheit geben.«

»Ich fühle mich geehrt.« Dornach nahm die Flasche Mineralwasser, die Horacek ihm anbot. »Du hast mir noch immer nicht gesagt, woher ihr die Informationen über unsere Ermittlungen habt.«

Horacek sah ihn mit hochgezogenen Augenbrauen an.

Bei Dornach funkte es. »Diese Journalistin, Gabrielle de Montmorency, ist in Wirklichkeit gar keine Journalistin, habe ich recht?«

Horacek lächelte spitz. »Sie hatte den Auftrag, dich und deine Tochter im Auge zu behalten.«

»Pia? Weshalb sie?«

»Das erkläre ich dir später. Es fängt gleich an.«

»Ist Gabrielle auch hier?«

»In gewissem Sinn schon.«

»Was spielt die NATO für eine Rolle?«

»Sie stellen die Infrastrukturen zur Verfügung, über die wir beim EEAS nicht verfügen.«

Eine dunkelhäutige Frau mittleren Alters in Tarnuniform trat ein. Am Oberarm trug sie einen horizontal gestreiften Patch in den Farben Rot-Weiß-Blau, die Flagge der Niederlande. Wenn Dornach die Gradabzeichen an ihren Schulterklappen richtig interpretierte, handelte es sich um eine Stabsoffizierin. Sie war in Begleitung eines jungen Mannes in Uniform. Die Offizierin blickte in die Runde. Sie bemerkte Horacek und kam auf ihn zu. »Stephan, schön, dass du es einrichten konntest«, sagte sie auf Deutsch. Sie wandte sich Dornach zu. »*Kaptein* Dornach von der Schweizer Polizei, nehme ich an.«

Horacek machte die Vorstellung. »Dominik, Kolonel Lieke Dekker von den niederländischen Streitkräften. Sie gehört der Leitung der NCIA an, das ist die NATO-Kommunikations- und Informationsagentur. Sie ist heute unsere Gastgeberin.«

»Willkommen, Herr Dornach. Wir freuen uns, dass Sie hier sind.«

Er erwiderte ihren Händedruck. »Die Freude ist ganz meinerseits, Kolonel.«

Sie lächelte. Das Raumlicht ließ ihre Zähne blendend weiß aufleuchten. »Entschuldigt mich bitte.«

»Woher kennst du sie?«, fragte Dornach, während Kolonel Dekker weitere Anwesende begrüßte.

»Wir hatten mal den gleichen Arbeitsort. Die NCIA unterhält in Den Haag einen Standort. Wir trafen uns einige Male für die Vorbereitung des heutigen ... Anlasses. Ich warne dich«, sagte Horacek leiser. »Sie sieht streng und unnahbar aus. Aus eigener Erfahrung weiß ich, dass sie jeden und jede hier im Raum unter den Tisch trinken kann.« Er senkte den Blick. »Bisher kannte ich nur eine Frau, die so was fertigbrachte.«

Dornach wusste genau, wen er meinte. »Ich vermisse Jana auch.«

Kolonel Dekker stellte sich vor die Bildschirmwand. Ihre Silhouette hob sich dunkel vor den blau leuchtenden Bildschirmen ab. »*Ladies and Gentlemen*, herzlich willkommen, bitte nehmen Sie Platz. Ich erinnere Sie daran, dass die Bilder, die Sie gleich sehen werden, der strengsten Geheimhaltungsstufe unterliegen. Die Vorgänge werden in Echtzeit mit einigen Sekunden Verzögerung übertragen. Sie werden nicht kommentiert. Der Funkverkehr zwischen den Spezialkräften und der Einsatzzentrale ist meistens Englisch. Nötigenfalls wird Major David Yifrach hier«, Oberst Dekker zeigte auf den jungen Mann neben ihr, »den Funkverkehr übersetzen.«

»Übersetzen?«, fragte Dornach.

»Aus dem Hebräischen«, sagte Horacek. »Major Yifrach gehört den israelischen Verteidigungsstreitkräften an.«

Dornach nahm sich vor, sich für den Rest des Abends über nichts mehr zu wundern.

Das Testbild auf den Bildschirmen wurde durch eine Satellitenaufnahme ersetzt, die alle sechs Bildschirme ausfüllte. Ein grüner Küstenstreifen mit ockergelb eingefärbtem Hinterland.

Dornach erkannte sofort, was er sah. Er hatte es oft genug gegoogelt. »Das ist Al Kershah.«

»Stimmt«, sagte Horacek. »Diese Aufnahme ist nicht live. Dort ist es gerade dunkel. Die Aufnahme soll uns bei der geografischen Einordnung helfen.«

Das Bild wurde herangezoomt, bis ein Gebäudekomplex auf einer Landzunge zu sehen war. Der Ausschnitt wurde größer. Zufahrtsstraßen und einzelne Gebäude wurden erkennbar, eine Industrieanlage. »Ist es, was ich meine, dass es das ist?«, fragte Dornach.

»Ist es«, sagte Horacek. »Das ›Jeger Kershah‹-Projekt.«

Das Satellitenbild verschwand. Das nächste Luftbild beanspruchte einen Viererblock der Bildschirme. Eine Infrarotkamera übermittelte erstaunlich scharfe Live-Bilder. Die Grautöne ließen gewisse Konturen geringfügig verschwimmen. Dennoch war das weitläufige Gebäude der Fabrikanlage deutlich zu erkennen.

»Drohne mit hochsensibler Nachtsichtoptik«, wisperte Horacek. »Sie kreist während des Einsatzes über dem Gelände.«

Dornachs Magen zog sich zusammen. »Wird die Fabrik gestürmt?«

Die Antwort darauf lieferte eine in diesem Moment zugeschaltete Luftaufnahme auf den vier zu einem Bild verbundenen Bildschirmen. Eine Reihe gewaltiger Stichflammen unmittelbar vor dem Fabrikeingang zerriss die Dunkelheit.

»Weitere Drohnen«, erläuterte Horacek. »Mit lasergesteuerten Raketen setzen sie die Kommunikationsanlagen der Fabrik außer Gefecht.«

Die beiden verbleibenden Bildschirme schalteten verwackelte Aufnahmen aus der Luft auf, die offenbar von einer Bodycam stammten. Im Hintergrund war ein Rattern zu vernehmen, Helikopterrotoren. Die Bildunterschrift nannte Datum, Zeit und die Bezeichnung »BTF Leader«.

»Was bedeutet ›BTF‹?«, fragte Dornach.

»›Bernstein Taskforce‹. Die Bilder werden von der Bodycam des Gruppenführers übermittelt. Sämtliche Taskforce-Mitglieder sind mit einer Kamera ausgerüstet. Wir werden die Sequenzen sehen, auf denen sich jeweils das Wichtigste abspielt.«

Die Kamera näherte sich dem Boden, bis eine Erschütterung des Bildes anzeigte, dass der Helikopter mit dem Träger gelandet war. Eine blecherne Stimme ertönte aus den Lautsprecherboxen neben der Bildschirmwand. »*Bravo Tango Foxtrot Group Leader to Base, touch down, in position.*« Zwei Hände hielten ein Schnellfeuergewehr im Anschlag. Die Entfernung und atmosphärische Einflüsse verzerrten die Stimme. Dornach horchte auf. Es war eine Frau.

»*Base to Group Leader, deploy at your discretion, good luck!*« Es war die Freigabe für den Angriff. Im Hintergrund waren Wortfetzen in einer Sprache hörbar, die Dornach nicht verstand, vermutlich Hebräisch.

»Die Operationsbasis befindet sich auf dem Luftwaffenstützpunkt Palmachim, unweit von Tel Aviv«, erklärte Horacek.

Die »Group Leader« meldete sich erneut. »*Roger Base, thanks.*«

Diese Stimme, Dornach hätte sie unter Tausenden erkannt. Erinnerungen an eine glückliche Zeit aus einem vergangenen Leben kamen in ihm auf. Ein glockenhelles Lachen, Liebe und Zärtlichkeit.

»Diese ›Group Leader‹, es ist nicht zufällig Gabrielle?«

»Dir kann man nichts vormachen.«

Wahrscheinlich eben doch.

Gabrielles Stimme kam aus dem Lautsprecher. Auf ihr Kommando stürmten ihre Leute das Fabrikgelände. Lage, Aufbau und Struktur mussten im Vorfeld minutiös ausgekundschaftet worden sein. Die Spezialkräfte schienen genau zu wissen, wie sie wo vorgehen mussten. Der Widerstand der kershanischen Soldaten, die das Gebäude bewachten, war aussichtslos. Dornach musste mit ansehen, wie junge Männer erbarmungslos von den Angreifern niedergeschossen wurden. Horacek erläuterte ihm, dass die »Bernstein Taskforce« aus Soldaten der Spezialeinheit »Maglan«, zu Deutsch »Ibis«, zusammengestellt worden war, einer Fernaufklärer-Einheit, spezialisiert auf Einsätze hinter feindlichen Linien.

»Wie kommt es, dass sie eine Ausländerin als Chefin akzeptieren?«

»Gabrielle wurde vor über einem Jahr in die Einheit integriert und in verdeckter Kriegsführung sowie für Spezialeinsätze ausgebildet. Während drei Monaten hat sie buchstäblich Dreck gefressen. Am Schluss war sie eine der ihren.«

Auf den Bildschirmen nahm das Gefecht seinen Lauf. Bisher waren keine Zivilisten in die Konfrontation verwickelt worden. Offenbar wurde in der Fabrik nicht gearbeitet. Wahrscheinlich war das der Grund für den Angriff zu diesem Zeitpunkt.

Die kershanischen Soldaten waren gut ausgerüstet und bewaffnet. Trotzdem hatten sie gegen die agil vorgehenden Israelis keine Chance. Mobile Wachposten wurden mit tragbaren Raketenwerfern ausgeschaltet. Die Kommunikation der Angreifer untereinander lief in ruhigem, professionellem Ton ab. Die Autorität lag bei Gabrielle, die den zentralen Vorstoß befehligte.

Auf dem Hauptbildschirm lief eine Uhr mit. Bisher hatte der Angriff knapp drei Minuten gedauert.

»Wie lange können sie sich dort aufhalten?«, fragte Dornach.

»Insgesamt zwölf Minuten. So viel Zeit brauchen die Kershaner, um in voller Stärke anzurücken. Dann sollten sie besser weg sein. Es bleiben ihnen neun Minuten. Bis dahin müssen sie sie haben.«

»Was haben?«

»Die Beweise für die Herstellung chemischer Waffen.«

»Und wenn ihnen das nicht gelingt, oder wenn es keine Beweise gibt?«

»In diesem Fall hätten wir grundlos eine zivile Einrichtung eines fremden Staates militärisch angegriffen und zerstört.«

»Scheint dich nicht groß zu beunruhigen.«

»Tut es auch nicht, weil die Beweise dort sind. Wenn es eine gibt, die sie finden kann, ist es Gabrielle.«

Es gab nur eine Person, gegenüber welcher Horacek je dieses bestimmte, absolute Vertrauen gezeigt hatte.

Ein lauter Knall lenkte die Aufmerksamkeit zurück auf die Bildschirme.

»Sie sind zum Untergeschoss vorgedrungen«, kommentierte eine Frau im Raum. »Dort müssten die Chemiewaffen sein.«

»Knapp vier Minuten«, sagte Horacek.

»Ist das gut?«

»Ja, sofern sie die Beweise schnell finden, die Sprengsätze anbringen und auf dem Rückzug nicht auf allzu großen Widerstand stoßen.«

»Das sind viele Wenns.«

»Gehört zum Geschäft.«

Tausende Kilometer weiter östlich war man sich des Zeitdrucks bewusst. Gabrielle befahl ihren Männern, die Sprengsätze anzubringen. Sie steuerte auf einen Glaskubus in der Mitte des Raumes zu. Über den Lautsprecher war ihr Atem zu hören, gleichmäßig wie bei einem routinierten Jogger, der täglich seine zwanzig Kilometer am Stück lief. In ihrem Blickfeld tauchte eine Tür auf. Daneben befand sich ein Kästchen mit einem Zahlenfeld. Sie hielt sich nicht mit dem Code auf. Stattdessen befestigte sie zwei Sprengsätze am Türrahmen und entfernte sich. Eine Detonation hallte durch den Bunker. Die Tür war verschwunden. Im Raum stand eine Reihe robuster Metallschränke. Mit Hilfe eines ihrer Männer versah Gabrielle sie mit kleineren Sprengsätzen. Die Ladungen waren so dosiert, dass die Türen aus den Angeln geschleudert wurden. Einer der Schränke enthielt Unterlagen, Skizzen und Zeichnungen, die sogleich in einem Rucksack verstaut wurden. Ein anderer enthielt Chemieproben, die in einer stoßsicher ausgelegten und speziell gesicherten Metallkassette verschwanden.

»Done«, rief Gabrielle keine drei Minuten später. »Retreat to landing zone!« Sie befahl ihren Männern den Rückzug. »One minute thirty, go, go, go!«

»Was passiert in anderthalb Minuten?«, fragte Dornach.

»Vermutlich gehen die Ladungen in der Untergrundfabrik hoch.« Horacek deutete auf den Bildschirm. »Weitere neunzig

Sekunden später greifen die Drohnen an und machen das gesamte Gelände dem Erdboden gleich.«

»Die ganze Fabrik wird zerstört?«

»Vollständig.«

Einigen Leuten in der Schweiz stand ein böses Erwachen am Montagmorgen bevor. Zugegebenermaßen war das Dornachs allerkleinste Sorge. Über die Lautsprecher meldete sich die Basis. »*Base to Leader, pick up approaching landing zone. You've got seventy-five seconds.*«

Gabrielle quittierte die Information. In wenig mehr als einer Minute mussten sie in den Helikoptern sitzen.

Der Warnruf einer der Männer riss einige Anwesende von den Sitzen. »*Leader, watch out on your left!*« Gabrielles Bodycam zeichnete jedes Detail auf. Ihr blieb Zeit für eine halbe Drehung, bevor ein peitschender Laut gefolgt von ihrem Aufschrei ertönte. Sie ging zu Boden. Im Hintergrund hörte man laute Kommandos und mehrere Schüsse. Darauf folgte die Nachricht, dass der feindliche Schütze neutralisiert war. Einer der Männer war sofort bei ihr und fragte, ob sie getroffen worden sei.

Die Anwesenden im Raum, einschließlich Dornach, hielten den Atem an.

Einen unendlich langen Moment war nichts zu hören außer Gabrielles ächzendem, stoßweisem Atem. »*I'm alright. It's the vest.*«

»Sie wurde an der Schutzweste getroffen«, sagte Horacek.

Die Erleichterung war spürbar.

Sobald Gabrielle wieder auf den Beinen war, trieb sie ihre Männer an.

»Kann man den Drohnenangriff verzögern?«, fragte Dornach.

»Keine Chance. Sie sind exakt programmiert. Noch fünfundvierzig Sekunden.«

Gabrielle und die Männer der Taskforce kamen voran. Das von einem Trupp Israelis gesicherte Tor rückte ins Blickfeld. Durch die Lautsprecher dröhnte das Rattern der Rotoren.

»Sie schaffen es!«, rief ein Mann gegenüber Dornach.
Die wartenden Helikopter kamen in Sicht. Wenige Sekunden später saß die Taskforce vollzählig in den Helikoptern.
Sie hoben ab. Gabrielle saß an der offenen Tür der letzten Maschine. Neben ihr ragte der Lauf eines Maschinengewehrs in den Nachthimmel. In einiger Distanz war die erleuchtete »Jeger Kershah«-Fabrik zu sehen. Plötzlich schossen mehrere Lichtschweife auf sie zu. Die unsichtbaren Drohnen hatten ihre Raketen abgefeuert. Die Fabrik versank in einem Flammenmeer, dessen Detonationen nur dumpf durch die Lautsprecher drangen.

»*Leader to Base, mission accomplished.*« Gabrielles Meldung wurde im Brüsseler Bunker mit vereinzelten erleichterten Ausrufen und verhaltenem Applaus quittiert.

»Wohin fliegen sie?«, fragte Dornach. »Wohl kaum bis nach Israel?«

»Die Royal Navy war so freundlich, ihren Flugzeugträger HMS ›Prince of Wales‹ für den Einsatz zur Verfügung zu stellen. Er kreuzt im Golf von Oman. Dort sind auch die Drohnen gestartet. Von dort wird die Taskforce sukzessive nach Israel zurückgeflogen. Etwas teuer das Ganze, aber die Sache war es wert.«

Kolonel Dekker stellte sich erneut vor die Bildschirmwand. »Ich habe mit Palmachim gesprochen. Man hat mir bestätigt, dass die ›Group Leader‹ dank ihrer Schutzweste lediglich eine Prellung davongetragen hat.« Sie verabschiedete die Teilnehmer und wünschte ihnen eine sichere Rückreise.

Auf dem Buffet waren ein paar Früchte übrig. Dornach nahm sich einen Apfel.

Nach und nach verließen die Gäste den Raum. Kolonel Dekker reichte Dornach zum Abschied die Hand. »Schade, dass wir nur wenig Zeit hatten, uns kennenzulernen. Vielleicht ein andermal.«

»Unbedingt, melden Sie sich, wenn Sie mal in der Schweiz sind.«

Der Lift brachte Horacek und Dornach zurück an die Erdoberfläche. Sie ließen sich die Handys zurückgeben. Dornach schaltete seines sofort ein.

»Danke, dass du mich eingeladen hast«, sagte Dornach auf dem Weg zum Auto. »Wie wär's mit einem Drink in der Hotelbar?«

»Gute Idee.«

Dornach schaute auf sein Handy, das ihm mehrere eingegangene SMS und verpasste Anrufe ankündigte. Einer war von Casagrande, alle anderen von Nadal Mousavi, ebenso die SMS. Dornach öffnete die neueste Nachricht.

***

Maja presste das Handy ans Ohr.

»Machen wir, Dominik. Natürlich halten wir dich auf dem Laufenden. Gut, bis dann.« Sie beendete das Gespräch.

»Was sagt er?«, fragte Casagrande.

Sie waren im Grand Salon der Villa Dornach versammelt: Casagrande, Maja, Karin. Google war wie immer unzertrennlich verbunden mit seinem Notebook. Nadal bereitete in der Küche Kaffee für alle zu. Sie war es gewesen, die Dornach informiert hatte, nachdem Pia sich bis Mitternacht nicht gemeldet hatte. Daraufhin hatte er von Brüssel aus seine Kollegen kontaktiert.

»Dominik nimmt morgen den ersten Flug nach Zürich. Wir haben freie Hand, zu unternehmen, was wir als notwendig erachten«, sagte Maja.

Als ob sie das nicht ohnehin tun würden. Das bohrende Gefühl in Casagrande, er würde ihr entgleiten, hatte sich nicht abgeschwächt. Im Gegenteil, sie haderte damit, dass er zuerst Maja und nicht gleich sie angerufen hatte.

»Hat er gesagt, was er in Brüssel macht? Wie geht's ihm?«

Maja zuckte mit den Achseln. »Schwer zu sagen, er verlässt sich auf uns.«

Keine Erklärung, warum sein Handy während Stunden ausgeschaltet war, kein Grußwort für sie, kein Anruf, nichts. Pia hatte es wieder mal geschafft, seine Aufmerksamkeit auf sich zu lenken. Der kleine grüne Teufel in ihrem Bauch redete Casagrande ein, dass Pia es mit Absicht machte. Das Vernunftengelchen in ihrem Kopf dagegen tat es als Unsinn ab. Pia hatte das nicht nötig.

»Angela?« Das war Maja.

»Ja?«

»Alles in Ordnung mit dir?«

»Kein Problem, bin voll da.«

»Du bist totenblass. Warum gehst du nicht nach Hause oder versuchst, hier ein wenig zu schlafen? Wir haben alles im Griff. Google hat Pias Handy geortet, das heißt den letzten Standort, bevor es ausgeschaltet wurde. Autobahnraststätte Gunzgen-Süd. Eine Patrouille ist unterwegs.«

»Ich kann jetzt nicht schlafen«, erwiderte Casagrande schroff. Sie schämte sich, dass man ihr die Gefühle ansehen konnte. »Sobald Pia in Sicherheit ist, können wir uns alle hinlegen.«

Nadal kam herein. Sie stellte ein Tablett mit einer Kanne Kaffee, Wasser, Tassen und ein paar Broten auf den Tisch in der Mitte des Grand Salons. Mit dem Babyphone in der Hand ließ sie sich in einen Sessel sinken. Sie sah verloren aus. Alle hatten versucht, ihr die Vorwürfe auszureden, die sie sich gemacht hatte, zu spät reagiert zu haben.

Casagrande setzte sich zu ihr auf die Armlehne. »Geht's dir einigermaßen?«

»Ich habe solche Angst um Pia. Hätte ich euch doch eher angerufen.«

»Wir werden sie finden. Darf ich dich was fragen?«

Verzagtes Nicken.

»Bist du ganz sicher, dass Pia mit Rana Amidi gesprochen hat?«

»Sie hat es mir gesagt.«

»Du hast sie nicht selbst gesprochen?«

»Nein, Pia kennt sie so gut wie ich.«

Karins Handy klingelte.

»Die Patrouille?«, fragte Casagrande.

»Vermutlich«, sagte Maja.

Alle blickten auf Karin. Diese schüttelte den Kopf.»Okay, danke.« Sie hängte ein. »Sie haben Pias Auto auf dem Parkplatz Gunzgen-Süd gefunden. Das Handy lag ausgeschaltet auf dem Beifahrersitz. Die Kollegen suchen die Raststätte und die Umgebung ab. Sie befragen auch die Passanten.«

»Hueregopferdamisiech!«

Maja sprach aus, was alle in diesem Moment empfanden.

»Pia hätte nie freiwillig ihr Handy im Auto zurückgelassen«, sagte Karin. »Jemand muss sie dazu gezwungen haben.«

»Rana Amidis Entführer«, sagte Maja. »Was will er oder sie mit Pia? Sie auch –«

Casagrandes zischender Laut unterbrach sie. Sie hielt die schluchzende Nadal im Arm.

»Vielleicht ist es ganz anders.« Google tauchte aus den Tiefen seiner digitalen Welt auf.

»Anders als was?«, fragte Maja.

»Pia ist eine höhere Tochter, ihre Familie hat Geld wie Heu. Dominik würde jede Summe zahlen, um sie zurückzubekommen.«

Maja verdrehte die Augen. »Woher kommt das denn jetzt? Das macht keinen Sinn.«

»Ich wollte es nur gesagt haben.«

»Lass dir lieber was einfallen, wie wir Pia sonst orten könnten.«

»Schwierig. Aber ich hätte da vielleicht eine Idee«, fügte er seelenruhig hinzu.

»Mann, Google! Raus damit!«

»Vor mehr als zwei Jahren, als Pia verschleppt wurde, haben wir sie mit Hilfe eines Peilsenders gefunden, den sie um den Hals trug.«

»Das Medaillon mit dem Drachen«, sagte Maja. »Jana hatte es ihr geschenkt.«

»Trägt sie das Ding noch?«

»Nein«, sagte Nadal mit tränenerstickter Stimme. »Sie hat es auf Janas Grab abgelegt.«

»War nur so eine Idee«, sagte Google lapidar.

»Aber sie hat was anderes«, sagte Nadal.

Alle Blicke richteten sich auf sie.

»Eine Smartwatch. Geburtstagsgeschenk von ihrer Mutter. Sie wollte sie erst gar nicht benutzen. Sie trägt sie erst seit einer Woche.«

»Gut und schön, aber müssen diese schlauen Uhren nicht mit einem Handy gekoppelt sein, damit man sie finden kann?«, fragte Maja.

»Nicht zwingend«, erwiderte Google. »Besitzt Pia eine Smartwatch der neuesten Generation mit integrierter SIM-Karte?«

Nadal sah ihn ratlos an. »Ich kenne mich da nicht so aus. Pia hat gesagt, es sei der neuste heiße Scheiß.« Sie blickte entschuldigend in die Runde. »Ihre Worte, sorry.«

»Nehmen wir das mal als ein Ja.« Google tippte und redete gleichzeitig. »Ältere Smartwatches können nur zum Telefonieren verwendet werden, wenn sie mit einem Handy gekoppelt sind. Die neue Generation verfügt über eingebaute SIM-Karten. So kann die Uhr autonom zum Telefonieren und Surfen benutzt werden. Wenn Pias Modell dafür aktiviert ist, kann ich sie anpingen.«

»Trägt Pia die Uhr ganz sicher?«, fragte Maja.

»Keine Ahnung, denke schon«, antwortete Nadal.

»Sofern sie nicht gezwungen wurde, sie ebenfalls abzulegen«, sagte Karin.

»Dann hätten wir sie im Auto gefunden, oder nicht?«

»Vielleicht hatte ihr Entführer sie erst später bemerkt.«

»Wir werden es gleich wissen«, sagte Google. »Bewahrt Pia die Unterlagen der SIM-Karte und ihres Telefons auf? Hat sie ein Tablet, das mit der Smartwatch verbunden ist?«

Nadal sprang auf. »Ihr Tablet muss in ihrem Zimmer sein. Ich gehe nachsehen.«

Karins Handy klingelte erneut. »Die Kollegen in Gunzgen-Süd.« Sie antwortete.

Alle verfolgten jede Regung in Karins Gesicht. »Immerhin

etwas. Bleibt weiterhin dran, ja? Danke euch.« Sie sah in die Runde.

»Mach's nicht so spannend«, sagte Maja.

»Eine Angestellte hat vom Restaurant aus eine junge Frau gesehen, auf die Pias Beschreibung passt. Sie stand bei ihrem Auto, zusammen mit einem Mann. Später ist sie mit ihm weggegangen.«

»Kann die Zeugin den Mann beschreiben?«

»Vage. Sie meinte, dass er eine Mütze aufhatte. Darunter vermutete sie eine Fliegenrutsche.«

»Eine was?«, fragte Casagrande.

»So hat sie es gesagt. Sie meinte, der Mann habe eine Glatze.«

»D'Amato!« Das kam von Maja und Casagrande gleichzeitig.

»Er soll Pia entführt haben. Was verspricht er sich davon?«, fragte Casagrande.

»Möglicherweise ahnt er, dass wir ihm auf der Spur sind, und will sich mit ihr freikaufen«, sagte Maja.

Casagrande stand auf. »Maja, du holst dir Verstärkung und fährst zu D'Amato. Nötigenfalls stellst du das Haus auf den Kopf.«

»Um diese Zeit?«

»Sicher schon. Ich fahre zurück zum Franziskanerhof und kümmere mich um den Durchsuchungsbeschluss.«

23

Eine Dreiviertelstunde später erhielt Casagrande einen Anruf von Karin. »Google konnte Pias Smartwatch orten. Wir haben sie!«

Casagrande schickte ein Dankgebet zum Himmel. »Wo?«

»Engelberg.«

»In Engelberg? Kanton Obwalden?«

»Nein, auf dem Engelberg, ein südlicher Juraausläufer zwischen Aarau und Olten. Sie muss dort in einem Gebäude sein. Wir fahren hin.«

»Warte, erst holst du mich ab. Weiß Maja Bescheid?«

»Ist unterwegs.«

Trotz der Sorge um Pia schien Karin es zu genießen, mit hundertsechzig Stundenkilometern über die nächtliche Autobahn zu brausen. Bei der Einfahrt Wangen an der Aare hängte sich Majas Wagen, mit ihr und einem uniformierten Kollegen, an ihre Fersen.

»Ist die Sondereinheit alarmiert?«, fragte Casagrande.

»Sind auf dem Weg«, sagte Karin. »Sollten ein paar Minuten nach uns am Zielort eintreffen.«

Die Autos auf der Überholspur beeilten sich, den Weg für den kleinen Konvoi mit Blaulicht und Martinshorn frei zu machen.

»Ich habe soeben mit Maja gesprochen«, sagte Casagrande, um sich von Karins Fahrweise abzulenken. »Frau D'Amato ist anscheinend aus allen Wolken gefallen. Sie hat keine Ahnung, wo ihr Mann steckt, und weiß nichts von einem Haus auf dem Engelberg.«

»Dass er ein Verhältnis hatte, wusste sie auch nicht«, sagte Karin.

»Ich begreife nach wie vor nicht, wie das alles zusammenpasst. D'Amatos Firma baut chemische Waffen für einen Verbrecherfürsten im Mittleren Osten, zumindest liefert sie Bestandteile. Währenddessen geht er mit der Fürstentochter ins Bett und entführt sie anschließend.«

»Gewisse Dinge sind nicht dazu gedacht, von uns verstanden zu werden.«

»Ich wusste gar nicht, dass du eine philosophische Ader hast.«

»Wo die Liebe hinfällt, entsteht manchmal ein großer Krater.«

»Oje, Karin, das klingt nach Liebeskummer. Sorgen mit dem Liebsten?«

»Es renkt sich ein. Außerdem scheine ich damit nicht allein dazustehen.«

Touché. »Finden wir erst mal Pia.«

»Genau.« Karin blinkte für die Ausfahrt Oftringen und stellte das Martinshorn ab. Sie würden den Zielort von Süden her anfahren. Die Route führte sie über Aargauer Gebiet. Über Funk hörten sie, wie Maja die Kollegen der Aargauer Kantonspolizei über den Einsatz informierte. Man versicherte ihr, sie nötigenfalls zu unterstützen. Deutlich weniger schnell als auf der Autobahn, aber zügig, folgten sie der Hauptstraße parallel zur A 1, bis sie auf dem Gemeindegebiet von Walterswil erneut Solothurner Territorium erreichten. Im Dorf bogen sie nach der römisch-katholischen Kirche links ab und fuhren nördlich bergan auf der Gulachenstraße.

»Hätten wir nicht eine Straße vorher abbiegen sollen? Dort war die Engelbergstraße.«

»Laut Googles Ortung liegt unser Ziel an der Gulachenstraße.«

Sie durchfuhren ein Waldstück, vorbei an einem Rastplatz, den das Navi als Lothar-Platz anzeigte, vermutlich im Gedenken an das Sturmtief »Lothar«, welches an den Weihnachtstagen 1999 in der Region massive Waldschäden angerichtet hatte. Sie näherten sich dem Ziel aus östlicher Richtung. Kurz bevor sie den Waldrand erreichten, stoppte Karin und stellte das Blaulicht ab. Majas Wagen hielt hinter ihr.

»Sind wir da?«, fragte Casagrande.

»Ja, da vorne ist ein Weiler, zwei Bauernhöfe und ein paar Wohnhäuser. Das Zielobjekt ist ein allein stehendes Haus. Es befindet sich an der westlichen Begrenzung. Im Handschuhfach ist ein Fernglas.« Casagrande holte das Nachtsichtglas hervor und gab es Karin. Sie stiegen aus.

Maja und der uniformierte Kollege stießen zu ihnen. »›Falk‹ ist in drei Minuten hier«, sagte Maja. »Karin und ich gehen auf Erkundung. Angela, du wartest hier mit dem Kollegen und weist die Sondereinheit ein.« Die Autorität in ihrer Stimme ließ keinen Widerspruch zu.

Es konnten nicht mehr als zwei Minuten vergangen sein, die sich trotzdem wie eine Ewigkeit anfühlten, als näher kommende Motorengeräusche die Ankunft der Sondereinheit ankündigten.

Gleichzeitig ertönte Majas Stimme aus dem Funkgerät des Kollegen, die ihn anwies, die Sondereinheit bis zu ihrem neuen Standort vorziehen zu lassen. »Circa hundert Meter, Bauernhof rechte Straßenseite.«

Casagrande ging zu Fuß zum Bauernhof.

Karin deutete auf ein Hausdach schräg gegenüber hinter einer Wegbiegung auf der anderen Straßenseite. »Dort drüben ist es«, sagte sie.

»Ein Einfamilienhaus?«, fragte Casagrande.

»Es ist jemand drin. Hinter allen Fenstern ist Licht«, sagte Maja.

Sie besprach den Zugriff mit Karin und dem inzwischen eingetroffenen Einsatzleiter der Sondereinheit. Kurz darauf erging die Anweisung, die Positionen für den Zugriff zu beziehen. Der Befehl dazu würde von Maja kommen.

Maja und Karin zogen sich Schutzwesten über. Auch Casagrande bekam eine.

»Du bleibst hinter Karin, bis ich sage, dass es sicher ist, klar?«

»Klar.«

Das Anwesen verfügte über einen hinteren Eingang, den »Falk« sicherte. Ein weiterer Trupp rückte zur Vordertür vor.

Maja und Karin folgten ihnen mit gezogenen Waffen. Casagrande bildete das Schlusslicht.

»Merkwürdig«, sagte Maja unvermittelt.

»Was meinst du?«, fragte Karin.

»Etwas stimmt nicht.« Über Funk gab sie die Anweisung an »Falk«, die Fenster zu prüfen.

»Was soll das?«, fragte Karin.

»Wenn du jemanden nachts in einem Haus versteckst, würdest du es in Festbeleuchtung tauchen, sodass jeder rein-, aber keiner raussehen kann?«

»Hat was«, gestand Karin zu.

Sie beobachteten, wie zwei »Falk«-Leute die Fassade entlangschlichen. Es waren drei Fenster, eines davon vergittert, vermutlich das Bad. Mit Hilfe einer Kabelkamera spähten sie durch das größte. Kurz darauf winkte einer von ihnen Maja zu.

»Ihr bleibt hier.«

Casagrande und Karin beobachteten, wie Maja zu den Kollegen eilte. Sie beriet sich kurz mit ihnen. Dann erklang ihre Stimme über Funk.

»An alle, ich gehe allein rein. Zugriff nach wie vor auf mein Kommando.«

»Verstanden«, quittierte der »Falk«-Einsatzleiter.

»Was heißt, du gehst allein?«, fragte Karin gereizt.

»Wart's ab.«

Casagrande und Karin mussten zusehen, wie Maja zur Haustüre ging. Sie steckte ihre Pistole ins Holster, bevor sie klingelte.

»Was hat die Trulla vor?«, schimpfte Karin.

Im Vestibül ging das Licht an. Die Türe wurde geöffnet.

Casagrande hielt den Atem an.

»Das … das glaube ich nicht«, stotterte Karin.

***

Die Hotelbar war schon geschlossen. Sie hatten ein paar Getränke auf Vorrat bestellt. Bier für Dornach, Kaffee und Wasser für Horacek, der noch fahren musste.

»Warum die Israelis?«, fragte Dornach.

Horacek nippte an seinem Kaffee. »Der Emir hat Israel in der Vergangenheit mehrmals offen gedroht. Die Befürchtung, dass er einen Angriff oder ein Attentat mit Chemiewaffen ausführen könnte, war real. Die Israelis fackeln bei so was nicht lange. ›Tammuz 1‹ ist dir ein Begriff?«

Das war es. 1981 führte die israelische Luftwaffe einen Präventivschlag gegen den irakischen Atommeiler »Tammuz 1« aus und zerstörte die Anlage. Es war vermutet worden, dass Saddam Hussein dort Atomwaffen baute, die er gegen Israel einsetzen wollte.

»Bei ›Jeger Kershah‹ war ein reiner Luftschlag nicht möglich«, sagte Horacek. »Die Chemiewaffen werden … wurden in einer unterirdischen Fabrikhalle hergestellt. Den Kershanern ist es gelungen, diese Einrichtung vor den UN-Inspektoren zu verbergen.«

»Was ist mit politischen Implikationen? Al Kershah wird den Angriff nicht auf sich sitzen lassen. Die UNO –«

»Keiner, außer vielleicht Russland, China und die Schweiz, hat etwas für Al Kershah übrig. Ein Staat, der chemische Waffen herstellt und einsetzt, gehört nicht in die heutige Zeit.«

»Ihr werft die Schweizer Regierung in den gleichen Topf wie die Chinesen und die Russen?«

»Es ist leider so, dass es in deinem Land hochgestellte Persönlichkeiten in Wirtschaft, Politik und Gesellschaft gibt, die gern in der Öffentlichkeit mit Autokraten und Kriegsverbrechern schmusen, solange es ihren Zielen entgegenkommt und sie dabei gut verdienen. Das steht im Widerspruch zum Hochglanzimage, das die offizielle Schweiz sich gern selbst gibt, meinst du nicht?«

»Polit- und Finanzhuren gibt es nicht nur bei uns, Stephan.«

»Mag sein. Im Fall Al Kershah fällt uns auf, dass viele Leute bei euch wegsehen, ein paar aus Ignoranz, manche mit Absicht.«

Dornach zuckte mit den Achseln und trank einen Schluck.

***

Pia starrte Maja verblüfft an. »Wie kommst du hierher?«

»Och, ich dachte mir, ich schau mal vorbei, wie's Pia geht und so. Hab ein paar Leute mitgebracht, die sich ebenfalls Sorgen machten. Bist du okay?«

»Ja, warum?«

»Sicher?«

»Wenn ich's sage.«

»Kann ich reinkommen?«

»Klar.« Pia machte den Weg frei. Sie bemerkte die Polizisten in Kampfmontur. »Was macht die ›Falk‹ hier?«

»Deiner Meinung nach?« Mit der Hand an der geholsterten Waffe betrat Maja das Wohn-Esszimmer. Ein Mann und eine Frau saßen am Tisch, D'Amato und Rana Amidi. Vor ihnen ein paar Snacks und drei Gläser Wein. »Ihr habt's ja richtig gemütlich.« Sie wandte sich an die beiden am Tisch. »Frau Amidi, Herr D'Amato, behalten Sie Ihre Hände auf dem Tisch. Sind Sie bewaffnet?«

Beide schüttelten den Kopf.

»Ich glaube, ich spinne.« Maja drückte auf den Sendeknopf ihres Funkgerätes. »Einsatz abgebrochen, alles sicher. Angela und Karin, ihr könnt reinkommen.«

Casagrande ging auf Pia zu und verpasste ihr eine Ohrfeige.

»Bist du verrückt?«, rief Pia mit Tränen in den Augen.

»Ja, vor Angst.«

»Dazu hast du kein Recht, nur weil du …« Pia biss sich auf die Lippen.

»Zeig mich an, wenn du willst. Ist dir klar, wer alles in den vergangenen Stunden vor Angst um dich fast wahnsinnig wurde? Zu Hause dreht Nadal im Roten. Und du sitzt mit deinen Freunden hier und machst Party?«

»Ich mache keine Pa–«

»Sei still! Hast du dir mal überlegt, was du mit deinen Eskapaden anrichtest? Dein Vater –«

»Ihr habt nicht etwa Paps angerufen?«

»Was denkst du denn?«

»Mist, der lässt mich gleich noch mal verhaften. Ich wollte das alles nicht.«

»Warum hast du nicht angerufen?«

»Ich habe mein Handy im Auto liegen lassen.«

»Einfach so?«

Pia zuckte mit den Achseln. »Ich holte meinen Rucksack aus dem Auto und muss vor Aufregung vergessen haben, es einzupacken.«

Casagrande zeigte auf D'Amato und Rana Amidi. »Und deine Freunde, haben sie ihre Handys auch irgendwo liegen lassen?«

»Ich … wir …« Pia sah hilfesuchend zu den beiden.

»Wir haben Pia darum gebeten, Sie nicht gleich anzurufen«, sagte D'Amato. »Rana wollte zuerst mit Pia reden und sie um Rat fragen.«

»Rat worum?«

»Wie wir am besten aus dem Schlamassel rauskommen. Am Morgen hätten wir uns ohnehin gestellt.«

Casagrande sah Pia fragend an.

»Es stimmt. War vielleicht keine gute Idee, aber –«

»Das war es wirklich nicht, Frau angehende Juristin.« Sie drückte Pia an sich. »Ich bin froh, dass dir nichts passiert ist.«

»Ich wollte das wirklich nicht«, sagte Pia kleinlaut.

Es tat Casagrande gut, dass Pia die Umarmung erwiderte. Sie löste sich von ihr und wandte sich an D'Amato und Rana Amidi. »Trotzdem hätte ich gerne eine Erklärung für diesen Schlamassel, wie Sie es nennen, Herr D'Amato.«

❋❋❋

»Das war wirklich tolle Arbeit von euch«, sagte Dornach zu Maja am anderen Ende der Leitung. Seine Stimme war vor Rührung und Erleichterung heiser. »Ihr habt was gut bei mir.«

»Kein Ding, Chef. Wir sind froh, dass Pia safe ist – ebenso Frau Amidi. Angela wird sie gleich befragen.«

»Umarme Pia für mich und sag ihr … Nein, sag ihr nichts, umarme sie einfach.«

»Ich glaube, Angela wäscht ihr gerade den Kopf.«

»Auch gut.«

Er hörte, wie Maja scharf die Luft einsog.

»Maja? Ist was?«

»Ja, ich bekomme gerade eine Nachricht von Google. Er hat was im Internet aufgeschnappt. Angeblich soll vor ein paar Stunden die ›Jeger Kershah‹-Fabrik angegriffen und zerstört worden sein.«

»Ich weiß.«

»Wie, du weißt? Die Info ging nicht durch die offiziellen Medien. Warst du etwa dabei?«

»Quasi an vorderster Front.«

»Du machst Scherze, oder?«

»Natürlich, kennst mich doch. Bis morgen.«

»Pia?«, fragte Horacek, als Dornach zurückkam.

»Hat sich geklärt, Gott sei Dank. Was täte ich ohne meine Leute?«

»Irre ich mich, oder hat dein Fräulein Tochter mehr Glück als Verstand?«

»Wahrscheinlich einen Schutzengel, der auf die Überstunden angewiesen ist. Ich weiß nicht, was ich tun soll, damit sie endlich vernünftig wird.«

»Das wird schon. Sie scheint ein patentes Mädel zu sein. Auch die haben ihre Schwächen.«

»Darauf trinken wir.« Sie stießen an.

»Der Angriff auf die Fabrik in Al Kershah kursiert anscheinend bereits im Netz. Hast du was davon gehört?«, fragte Dornach.

»Hab's gesehen, während du telefoniert hast. Ein paar Internetforen haben wohl was mitbekommen. Spielt keine Rolle, es wird morgen eh in aller Munde sein.«

»Werdet ihr weitere Personen aus dem Weg räumen, denen ihr nicht anders beikommt?«

»Die Entscheidung liegt nicht bei mir. Gewisse Leute dürfen nicht davonkommen, nur weil sie die Macht dazu haben. Manchmal heiligt der Zweck eben doch die Mittel, meinst du nicht?«

War das nicht derselbe Wahlspruch, den die andere Seite jeweils auch für sich beanspruchte?»Als Polizist in einem Rechtsstaat sehe ich das anders.«

»Ich bin auch Polizist, Dominik. Was du vorhin im Bunker gesehen hast, war eine chirurgische Operation, zu einem Zeitpunkt, an dem sich kein ziviles Personal und Arbeiter in der Anlage befanden. Die Verantwortlichen des Massakers von Akbira scherten sich keinen Deut um den Tod unschuldiger Männer, Frauen und Kinder. Im Gegenteil, sie haben ihn absichtlich herbeigeführt, nur weil sie die Wirksamkeit einer neuen Waffe testen wollten.«

»Und die Soldaten, die bei dem Raid auf das Gebäude getötet wurden? Sind das nicht auch Söhne von Eltern, Väter, Brüder von jemandem?«

»Sie gehörten der Leibgarde des Emirs an. Sie leisteten einen Eid, ihr Leben für ihren Fürsten zu geben, und wurden bei ihrem Wort genommen. Du hast bestimmt mitbekommen, wie brutal sie gegen die friedlich protestierenden Studenten vorgegangen sind. Tut mir leid, aber mein Mitgefühl hält sich in Grenzen. Der Angriff war eine Botschaft an Scheich Abadin, die er hoffentlich verstehen wird. Das nächste Mal greifen wir ihn direkt an.« Horacek trank seinen Kaffee aus, der inzwischen kalt sein musste. »Die Leute, die sich mit uns im Bunker befanden, sind fast alles Angehörige von Staaten, deren Soldaten im Ersten Weltkrieg die Giftgasangriffe und ihre Auswirkungen erlebt haben. Einige von ihnen haben Urgroßväter oder Großväter, die vom Gift versehrt wurden. Ein Regelwerk internationaler Übereinkommen sollte dafür sorgen, dass so etwas nie mehr vorkommt. Was heute Abend geschehen ist, richtet sich nicht nur gegen die Machthaber in Al Kershah. Es geht an die Adresse aller, die meinen, sie können sich über die Normen des humanitären Völkerrechts hinwegsetzen. Wenn ihnen nicht mit politischen und diplomatischen Mitteln beizukommen ist, müssen die westlichen Demokratien ihnen die Zähne zeigen.«

»Ist das nicht Aufgabe des UNO-Sicherheitsrates?«

Horacek lachte trocken. »Dort wird gerade der Bock zum Gärtner gemacht. Solange Staaten wie China und Russland, die sich einen Dreck um das Völkerrecht und Menschenleben scheren, dieses Gremium mit ihrem Veto nach Belieben blockieren können, bleibt es ein zahnloser Tiger.«

»Müsste man sich nicht eher die Frage stellen, inwiefern man Unrecht mit einem weiteren Unrecht tilgen kann? Anders gesagt: Rechtfertigt eine Verletzung des Völkerrechts eine weitere?«

»Gute Frage.« Horacek hob sein Wasserglas und stieß mit Dornach an.

»Letzte Frage«, sagte Dornach.

»Klar.«

»Warum hast du mir jahrelang verheimlicht, dass Jana lebt?«

***

»Rekapitulieren wir«, sagte Casagrande. »Herr D'Amato, Sie sagen aus, dass die Entführung von Frau Amidi vorgetäuscht war.«

»Das ist richtig. Rana und ich, wir lieben uns. Seit sechs Monaten haben wir ein Verhältnis. Deswegen habe ich dieses Häuschen hier gemietet.« Er ergriff Ranas Hand. »Bevor Sie fragen: Meine Frau und ich werden uns scheiden lassen. Ich werde Rana heiraten.«

Casagrande hatte keinen Grund, daran zu zweifeln. »Wozu die Farce mit der Entführung?«

»Darf ich etwas dazu sagen?«, fragte Rana.

»Bitte.«

»Sie kennen inzwischen meine wirkliche Identität. Es tut mir sehr, sehr leid, dass ich dich und Nadal belogen habe«, sagte sie in Pias Richtung. »Das musst du mir glauben.«

»Geschenkt«, sagte Pia. »Du hattest gute Gründe. Hätte ich vielleicht genauso –«

Casagrande räusperte sich.

Pia presste die Lippen aufeinander.

Rana fuhr fort. »Ich war ›EmmaWatch‹ dankbar für das neue Leben, das sie mir hier ermöglichten, und bin es noch heute. Deshalb habe ich auch ehrenamtlich für ihr Büro in Olten gearbeitet.«

»Das erklärt die Entführung nicht«, warf Casagrande ein.

»Ich komme dazu. Später bekam ich den Job bei ›Jeger Industries‹. Francesco ... Herr D'Amato, hat sich von Anfang an um mich gekümmert. Die Arbeit hat mir Spaß gemacht, bis zu dem Tag, als ich herausfand, was tatsächlich hinter der Zusammenarbeit zwischen meinem Land und ›Jeger Industries‹ steckte.«

»Sie wussten nichts davon? Und Sie kannten auch die Herren Jeger senior und junior nicht?«

»Natürlich wusste ich, dass Jeger und mein Vater befreundet waren und eine Pharmafabrik bauen wollten. Sie müssen mir glauben, dass ich den Job in Horriwil per Zufall bekommen habe. Herrn Jeger senior habe ich einmal in Al Kershah bei einer Geburtstagsparade getroffen. Wir haben uns kurz begrüßt. Hier erkannte er mich wegen meines veränderten Äußeren nicht. Zudem habe ich darauf geachtet, ihm nicht zu oft über den Weg zu laufen.«

»Und Herr Jeger junior?«

»Ich bin ihm zuvor nie begegnet. Einzig bei diesem Dr. Azravi musste ich aufpassen. Er kannte mich. Glücklicherweise hielt er sich nur sehr selten in Horriwil auf. Er ist einer der schlimmsten Menschen, die ich kenne. Ich fing an, heimlich Nachforschungen anzustellen. Dabei stieß ich auf die Unterlagen für Zylinder, die einzig dazu dienen sollten, Giftgas zu transportieren.«

»Sie waren nicht darüber im Bilde, Herr D'Amato?«

»Nicht in vollem Umfang«, antwortete er. »Der Initiant des Projekts war Jean-Jacques Jeger. Nur sein Sohn war eingeweiht. Ich war für den Einkauf der Komponenten und die Produktion zuständig. Nach dem Tod von Jeger senior blieb dem Junior nichts anderes übrig, als mich teilweise einzuweihen, wenn das Projekt nicht scheitern sollte.«

»Sie waren damit nicht einverstanden?«

»Das ist eine Untertreibung. Ich war schockiert. In dieser Firma zu arbeiten war mein ganzer Stolz gewesen. Dann das. Beihilfe zum Massenmord. In der Zwischenzeit waren Rana und ich uns nähergekommen. Ich merkte, dass sie gegen das Projekt arbeitete. Wir wollten beide ›Jeger Kershah‹ sabotieren, es zum Scheitern bringen. Aber nicht nur das, nicht wahr, Rana?«

Sie nickte. »Ich wollte an die Hintermänner. Die Jegers sind politisch gut vernetzt. Sie hatten regelmäßig Besuch von einem ultrarechten Nationalrat.«

»Urner«, sagte Karin.

»Genau der. Er verschaffte den Jegers wichtige Kontakte mit einer der höchsten Stellen in eurer Bundesregierung, ein Staatssekretär namens Hammer«, sagte Rana.

»Warum wundert mich das nicht?«, murmelte Pia, was ihr einen weiteren warnenden Blick von Casagrande einbrachte. »Fahren Sie fort, Frau Amidi.«

»Dieser Urner kam oft in Begleitung eines jungen Mannes zu uns. Er war sein Leibwächter oder so.«

»Leo Grüniger?«

»Ja. Ich machte mich an ihn heran, weil ich mir von ihm Informationen über die Hintergründe erhoffte.«

»Sie fingen absichtlich ein Verhältnis mit ihm an?«

Rana warf einen Seitenblick zu D'Amato.

»Ich habe wichtige Kontakte in Brüssel«, sagte er. »Über einen davon lernte ich einen Beamten des Auswärtigen Dienstes der EU kennen. Ein Österreicher, dessen Namen ich Ihnen nicht nennen darf und der hier auch nichts zur Sache tut. Er hat sich sofort dafür interessiert, was Rana und ich taten, und Geld gegen Informationen geboten. Mit der Zeit brauchte er mehr Hintergründe. Ich habe Rana vorgeschlagen, sich auf Grüniger einzulassen.«

»Ein furchtbarer Kerl«, sagte diese. »Bis dahin dachte ich immer, in einem Land wie der Schweiz könne es keine solch grausamen, primitiven und dummen Menschen geben.« Rana sah zu Pia. »Damals war ich noch ganz schön naiv, nicht wahr?«

»Bitte fahren Sie fort«, sagte Casagrande, bevor Pia etwas sagen konnte.

»Eines Tages brüstete sich Leo damit, er würde kurzen Prozess mit Leuten machen, die ihm und seiner Partei nicht in den Kram passten. Er zeigte mir Pläne von Sprengsätzen, die er in die Briefkästen einiger Politikerinnen legen wollte. Nur um sie zu erschrecken, hat er gesagt. Ich habe nächtelang nicht geschlafen.« Rana schloss die Augen und schüttelte den Kopf.

»War Grüniger verantwortlich für den Anschlag auf ›EmmaWatch‹?«, fragte Karin.

»Ja, ich muss einen Fehler gemacht haben. Vielleicht habe ich eine Frage zu viel gestellt, oder etwas ist mir herausgerutscht. Jedenfalls hatte Leo Verdacht geschöpft. Kurz bevor es passierte, erzählte mir Anastasia Tomaso, sie werde verfolgt und beobachtet.«

»Und die Autobombe gegen Gerda Büttiker?«

»Das war auch Leo.«

»Er wollte ihr Angst machen?«

»Vermutlich schon. Wenn er sie hätte töten wollen, hätte er eine stärkere Bombe gelegt.«

»Woher wissen Sie das?«, fragte Casagrande. »Haben Sie Grüniger vor seinem Tod gesehen?«

»Dazu komme ich gleich. Vorher möchte ich meine Geschichte zu Ende erzählen, wenn Sie erlauben.«

»Bitte.«

»Nach dem Anschlag ist plötzlich Suad Ramani im Club aufgetaucht, wo ich mit Pia und Nadal war. Wir sind uns im Palast meines Vaters einige Male begegnet. Da wusste ich, dass ich schnell verschwinden musste.«

»Daher die vorgetäuschte Entführung.«

Ein scheues Lächeln erhellte Ranas Gesicht. »Als Prinzessin an einem orientalischen Hof hat man viel Zeit, und es eröffnen sich einem viele Möglichkeiten. Der Umgang mit Menschen interessiert mich. Neben meinem Studium habe ich mich zur Krankenpflegerin ausbilden lassen. Ich habe mir selbst Blut abgenommen und damit die Spuren in meinem Badezimmer gelegt. Bevor ich mit Francesco weg bin, haben wir so getan, als würden wir uns lautstark streiten. Es hat geklappt.«

»Bis Leo Grüniger dazwischengekommen ist, nicht wahr?«, sagte Casagrande.

»Er muss uns hierher gefolgt sein«, fuhr sie fort. »Plötzlich war er hier. Er hat uns erst erzählt, was er getan hatte, der Brandanschlag und die Autobombe und das alles. Dann fing er an, uns zu drohen, und wollte, dass wir ihm Geld geben, damit er verschwinden konnte. Wie ein Blitz aus heiterem Himmel ist er auf Francesco losgegangen. Grüniger ist viel stärker als er. Ich geriet in Panik und bin rausgelaufen. Da habe ich die Eisenstange gesehen. Ich nahm sie, kam zurück und schlug Grüniger damit nieder.«

»Er war sofort tot«, sagte D'Amato. »Wir haben seine Leiche in mein Auto verladen und fuhren auf Nebenstraßen bis zum Hardwald.«

»Die Tatwaffe?«, fragte Karin.

»Sie liegt dort, wo ich sie genommen habe.« Rana sah Pia flehend an.

»Das war Notwehr.« Diesmal ignorierte Pia Casagrandes missbilligende Miene. »Hättest du diesen Typ nicht umgebracht, wärt ihr beide tot.«

»Überlassen wir diese Entscheidung dem Richter«, sagte Casagrande scharf und wandte sich wieder an Rana Amidi. »Aus welchem Grund haben Sie ausgerechnet jetzt Pia angerufen. Das war ein großes Risiko.«

»Wir hielten es nicht mehr aus, die Ungewissheit und das ewige Versteckspiel. Auf Pia kann man zählen. Sie geht für andere durch dick und dünn.«

»Das tut sie in der Tat«, sagte Casagrande mit einem resignierten Seufzer. »Letzte Frage: Laut einem Bewegungsprofil Ihres Handys, Frau Amidi, befanden Sie sich kurz nach Ihrem Verschwinden in der Botschaft von Al Kershah in Bern. Wie kam das?«

»Das kann ich erklären«, sagte D'Amato. »Ich bin mit Ranas Handy zur Botschaft gefahren und habe es dort in ein Gebüsch an der Straße geworfen. Sie können hingehen und nachschauen, vielleicht liegt es noch dort.«

»Hatten Sie es eingeschaltet? Es war nur kurze Zeit zu orten.«

»Der Akku war fast leer. Es war ein Ablenkungsmanöver. Rana und ich wollten Sie glauben machen, dass die Kershaner sie haben.«

Maja trat herein und flüsterte Casagrande etwas ins Ohr. Diese nickte. »Sag du es ihnen.«

»Es sieht so aus, als wären Ihre Bemühungen nicht umsonst gewesen. Die Fabrik ›Jeger Kershah‹ wurde vor einigen Stunden dem Erdboden gleichgemacht.«

»Yes!«, rief Pia.

Rana brach in Tränen aus. »Hat es … sind viele Menschen getötet worden?«

»Das ist nicht bekannt. Bei den Toten scheint es sich nach inoffiziellen Quellen um Soldaten der Leibgarde Ihres Vaters zu handeln.«

»Mörderschweine«, sagte Rana verächtlich. »Nach dem, was sie den Studentinnen angetan haben, verdienen sie es nicht anders.«

Casagrande und Pia sahen zu, wie Rana und D'Amato in einen Patrouillenwagen einstiegen.

»Was geschieht mit ihnen?«, fragte Pia.

»Ein Gericht wird entscheiden müssen, ob Frau Amidi Grüniger in Notwehr getötet hat. Mindestens werden sich die beiden wegen Vertuschung und Vortäuschung einer Straftat verantworten müssen. Dazu kommt, dass ihr Asylantrag gefälscht war. Gegen Anastasia Tomaso und Gerda Büttiker werde ich ein Verfahren wegen Schlepperei in die Wege leiten müssen.«

»Das ist nicht fair. Sie wollten Rana … die Prinzessin aus den Fängen ihrer Familie befreien.«

»Das werden wir sehen. Wenn es humanitäre Beweggründe gibt, werde ich mich für ein mildes Urteil einsetzen.« Sie sah Pia aufmunternd an. »Gut für dich?«

»Hm, ja. Kann ich mit Rana mitfahren?«

»Besser nicht.« Casagrande winkte Maja herbei. »Du fährst mit mir und ihr. Wir müssen über deinen Alleingang reden.«

»Was habt ihr denn alle? Ist doch nichts passiert.«

24

Der Intercity 5 vom Flughafen Zürich fuhr bei strömendem Regen in Solothurn ein. Zu seiner Überraschung wurde Dornach bei seiner Ankunft im Bahnhof Solothurn erwartet.

»Katrin. Bist du hier, um mich abzuholen?«

»Das auch, vor allem müssen wir reden«, sagte Friis.

»Das heißt, ich bin nicht mehr beurlaubt?«

»Mit sofortiger Wirkung.«

»Schade. Reden wir bei mir zu Hause? Ich habe eine kurze Nacht hinter mir und das Frühstück im Flieger verschlafen.«

»Wie du willst.« Friis griff zu ihrem Telefon. »Ich gebe Angela Bescheid. Sie muss dabei sein.«

Vierzig Minuten später saßen sie zu dritt im Grand Salon der Villa. Frau Reinhard hatte für Dornach, der seit den Moules et frites in Brüssel nichts Richtiges mehr in den Magen bekommen hatte, eine große Portion seines Lieblingsfrühstücks zubereitet, Spiegeleier mit gebratenem Speck. Friis und Casagrande begnügten sich mit Kaffee.

»Heute Morgen um halb sieben hatte ich Besuch aus Bern«, begann Friis ohne Umschweife. »Châtelain von der BKP und dieser Meisterspion vom NDB, Pfeuti.«

»Ach ja?«, fragte Dornach.

Das böse Erwachen hatte stattgefunden.

»In der Nacht auf heute gab es einen Angriff auf die Fabrikanlage von ›Jeger Kershah‹. Eine israelische Spezialeinheit zerstörte Gebäude und Installationen komplett vom Boden und der Luft aus. Es gab mehrere Tote.«

»Oha!«

Friis blickte von einem zur anderen. »Das scheint euch nicht sonderlich zu überraschen. Wisst ihr schon davon?«

»Nur Gerüchte«, sagte Casagrande nonchalant. »Aus dem Internet, als wir letzte Nacht unterwegs waren.«

»Verstehe.« Friis war offensichtlich über den Einsatz auf dem Engelberg genaustens im Bild, auch wenn sie kein Wort darüber verlor.

»Jedenfalls herrscht in Bern seit den frühen Morgenstunden Aufruhr. Das EDA, das VBS und das WBF funktionieren im Krisenmodus«, sagte sie.

»Wegen eines Anschlags auf eine Fabrik im Mittleren Osten?«, fragte Casagrande.

»Nein, wegen eines Berichtes von Al Jazeera, den CNN und BBC sofort übernommen hatten. Darin wird angedeutet, dass die Anlage mit Schweizer Beteiligung chemische Kampfstoffe produzierte. Die Nachricht geht seit wenigen Stunden um die Welt.«

»Schau, schau«, sagte Dornach. Horacek hatte die notwendigen Hebel in Bewegung gesetzt.

»Köpfe werden rollen«, sagte Friis.

»Hoffentlich die richtigen«, meinte Casagrande.

Friis setzte ihre Tasse ab. »Nicht so, wie wir uns das vorstellen, fürchte ich.«

Dornach schwante Böses. »Die wollen die Affäre unter den Tisch kehren?«

»Ich musste Châtelain und Pfeuti sämtliche Unterlagen und Daten aushändigen.«

»Auch die Informationen auf der Festplatte von Rana Amidi?«

»Die auch. Bern nimmt alles unter Verschluss.«

»Was meinst du mit ›unter Verschluss‹?«

»Außer mir etwa ein Dutzend Mal den Begriff ›Nationale Sicherheit‹ um die Ohren zu schlagen, haben sie sich nicht weiter dazu geäußert.«

»Mit anderen Worten, die Beweise werden in einem Geheimbunker in den Alpen versenkt«, sagte Dornach.

»Heißt das, die Bundesanwaltschaft wird keine Ermittlungen gegen Jeger, Urner und Staatssekretär Hammer einleiten?«, fragte Casagrande.

»In etwa, ja«, sagte Friis. »Ganz unter den Tisch wischen

können sie das Ganze nicht. Al Kershah ist eine kriegführende Nation. In etwa einer Stunde wird der Bundesrat eine Pressekonferenz einberufen und eine ›umfassende und lückenlose‹ Untersuchung ankündigen.«

»Worin die münden wird, können wir uns denken«, sagte Casagrande. »Blutflecken auf einer weißen Weste machen keine *bella figura*.«

»›Jeger Industries‹ wird sich wegen Lieferungen von Dual-Use-Gütern verantworten müssen.«

»Da wird nicht viel mehr herauskommen als in ähnlichen früheren Fällen: ein Klaps auf den Hintern und eine saftige Buße«, sagte Dornach.

»Und die Hintermänner?«, wollte Casagrande wissen. »Urner und Hammer?«

Friis betrachtete die reich verzierte Stuckdecke, bevor sie zur Antwort ansetzte. »Urner wird heute Nachmittag seinen sofortigen Rückzug aus dem Nationalrat und aus seiner Partei bekannt geben. Morgen müsste Staatssekretär Hammer ankündigen, aus gesundheitlichen Gründen in Frühpension zu gehen. Er möchte sich seiner Familie und seinem Jagdhobby widmen.«

»Das ist die Höhe!« Casagrande schlug mit der geballten Faust auf die Sessellehne. »Diese Kerle sind mindestens Mitwisser des Massakers von Akbira. Zudem können wir ihnen Unterschlagung und Veruntreuung in Millionenhöhe nachweisen. Anstatt hinter Gitter zu wandern, lassen sie sich den Ruhestand vergolden.«

»Ich sehe, ihr wisst, wie der Hase läuft.« Friis erhob sich. »Ich muss weiter. Oberst Wille muss noch mal bei der Regierungsrätin vortraben, und er will mich natürlich wieder dabeihaben.« Friis blickte auf die Uhr. »In acht Minuten muss ich im Ambassadorenhof sein. Ich lasse unseren Kadi und die Regierungsrätin besser nicht warten.«

Dornach begleitete Friis zur Tür. Sie hielt seine Hand beim Abschied einen Moment länger. »Muss ich dich daran erinnern, dass wir zu strengstem Stillschweigen verdonnert sind?«

»Musst du nicht.«

»Kann ich auf dich zählen? Du hast bekanntlich gute Beziehungen zu den Medien.«

»Ich weiß, was ich tun kann und was nicht.«

»Schön, dass du zurück an Bord bist – Dominik.«

»Danke, Katrin.«

Er schloss die Tür hinter ihr.

Dornach holte einen Umschlag aus dem Arbeitszimmer, bevor er zurück in den Grand Salon ging.

Casagrande stand am Fenster.

»Übermorgen Nachmittag findet in der Jesuitenkirche eine Andacht für Ines statt. Ihre Familie hat es veranlasst.« Casagrande umfasste ihren Leib, als wäre ihr kalt. Der Schmerz war noch präsent.

»Ihr Leichnam?«, fragte Dornach.

»Die Rechtsmedizin gibt ihn morgen frei. Auf Wunsch der Familie soll Ines am Freitag in Silvaplana beigesetzt werden.« Casagrande tupfte sich mit einem Papiertaschentuch eine Träne ab. Es war ihr anzusehen, dass sie sich um Beherrschung bemühte. »Ihr Mörder wird nie zur Rechenschaft gezogen werden.«

»Ramani?«

»Die Kugel, die Ines getötet hatte, stammt aus der Waffe, die wir bei ihm sichergestellt haben. Daran besteht kein Zweifel. Ramani wurde in der gleichen Nacht per Privatjet nach Al Kershah ausgeflogen. Mir wird schlecht, wenn ich daran denke, dass dieser Dreckskerl in diesem Augenblick dort in der Sonne sitzt.«

Dornach gab ihr den Umschlag.

»Was ist das?«

»Geschenk für dich.«

Sie öffnete den Umschlag.

Er enthielt das Porträt eines Mannes.

»Ramani?«

Seine Augen starrten tot in die Kamera. An seinem Hals war eine klaffende Wunde zu erkennen. »Ist er tot?«

Dornach nickte.

»Wie?«

»Jana hat ihn gestern bei dem Angriff auf die Fabrik erschossen, nachdem es ihm fast gelungen wäre, sie zu töten.«

»Schade, dass sie nicht hier ist, ich hätte sie zu gern dafür umarmt.«

Dornach wartete.

Langsam löste sich ihr Blick von Ramanis Bild und richtete sich auf Dornach. »Dominik, ich ...«

»Wie lange weißt du Bescheid?«, fragte er.

Sie setzte sich in den Sessel, den Oberkörper vornübergebeugt, die gefalteten Hände zwischen die Knie geklemmt. »Von Anfang an, zweieinhalb Jahre«, flüsterte sie. Dornach wandte sich von ihr ab und trat ans Fenster. Da waren zu viele Gefühle, die gegeneinander ankämpften.

»Es tut mir leid.«

»Warum?« Sein Blick blieb auf dem Garten haften. »Warum hast du es mir nie gesagt?«

»Man hat mich gezwungen, Châtelain und diese Geheimdienstler. Glaub mir, ich wollte es dir sagen, aber ... Wie hast du es erfahren?«

»Horacek. Wir haben uns in Brüssel getroffen. Jana hat einen Codenamen, ›Gabrielle‹. Ich habe sie an der Stimme erkannt. Horacek hat zugegeben, dass sie es ist. Aber das weißt du sicher alles.« Er drehte sich zu Casagrande um. »Ich hätte beinahe ein zweites Mal mit ansehen müssen, wie sie stirbt.«

»Es tut mir leid.«

»Das hast du schon gesagt. Ich will wissen, weshalb du in all der Zeit geschwiegen hast. Weil du nicht durftest oder weil du die Gelegenheit nutzen wolltest?«

»Was für eine Gelegenheit?« Sie stellte sich zu ihm ans Fenster.

Er drehte sich zu ihr um. »Die Nebenbuhlerin war weg, und du hattest endlich freie Bahn. Du warst schon immer eifersüchtig auf Jana.«

»*Vaffanculo!*«

Er sah ihre flache Hand nicht kommen.

»Entschuldige ... das ... ich liebe dich, von Anfang an. Aber unsere Arbeit, du und ich ... Du hast selbst gesagt, es gehe nicht. In Wien ...«

»Hast du dir gedacht, du nützt die Gelegenheit?«

»Das ist unfair. Du weißt, dass es nicht stimmt. Es ist passiert, und es war gut, bis heute. Für dich wie für mich.«

Sie hatte recht. Er hatte es ebenso gewollt wie sie und es seither nie bereut. Ein Teil von ihm wollte ihr verzeihen, der andere brachte es nicht übers Herz.

»Du hast Jana gesehen, nicht wahr? Freitagnacht, in Pias Zimmer. Sie war es ... Gabrielle.«

»Sie hat mir eingebläut, dir nichts zu sagen. Für dich sei sie tot, sagte sie.«

So hatte es ihm Horacek auch gesagt. Dornach hatte Janas Tod akzeptiert, solange er nichts anderes wusste.

»Verzeih mir, Dominik, bitte. Entferne dich nicht von mir.«

»Angie, ich ...« Seine Liebe zu Casagrande war so stark wie ihre zu ihm. Er war ihr nicht einmal böse. Aber sie hatte ihn angelogen, ununterbrochen, über zwei Jahre lang. Plötzlich fühlte er die Kälte in sich. »Lass mich allein, bitte.«

»Dominik ...«

»Ich liebe dich auch, Angie. Aber ich muss das ... ich brauche Zeit. Bitte geh jetzt.«

Sie gab sich keine Mühe mehr, ihre Tränen zurückzuhalten. Sie drückte seine Hände. Dann ging sie. An der Türe drehte sie sich zu ihm um. »Übermorgen um fünf findet die Andacht für Ines statt. Es wäre schön, wenn du auch kommen könntest.«

25

Mit Ausnahme der hintersten Reihen war die Jesuitenkirche mit Trauergästen besetzt. Von der prächtigen Empore schwebten von der Otter-Orgel die Klänge des Kanons von Johann Pachelbel über der Trauergemeinde.

Sobald das Stück verklungen war, erhoben sich die Menschen in den vordersten Bankreihen. Manche bekreuzigten sich vor dem Sarg, auf dem das mit einem Trauerflor bekränzte Porträt einer herzlich lachenden Ines Degonda stand. Casagrande hatte es im Namen der Eltern ausgewählt. Andere erwiesen der Toten mit einem Kopfnicken die letzte Ehre. Die Beisetzung in ihrer Oberengadiner Heimat würde im Kreis der engsten Familienmitglieder abgehalten werden.

In der hintersten Bankreihe nahm Dornach Abschied von Ines, bevor er aufstand. Über den Mittelgang kam Casagrande auf ihn zu. Die losen langen Haare fielen in Wellen über ihre Schultern und das schwarze Kostüm. Sie kontrastierten mit dem blass leuchtenden Gesicht. Ihre dunklen Augen, die seinen begegneten, schienen größer. Sie öffnete ihren dezent in beigerosa geschminkten Mund.

Alles in ihm brüllte ihn an, sie in die Arme zu nehmen, zu vergessen, was gewesen war.

Er blieb stumm.

Ihr Mund schloss sich. Mit gesenktem Blick ging sie an ihm vorbei, zurück ins Leben.

Kurz darauf stand auch er draußen und blickte sich nach Casagrande um. Sie war nicht mehr zu sehen. Das allabendliche Kommen und Gehen auf der Hauptgasse hatte sie verschluckt wie der Fluss einen Wassertropfen.

»Sei nicht zu hart mit ihr.«

Die Stimme war hinter ihm.

Er schloss für eine Sekunde die Augen.

»Jana.«

Eine blonde Pagenfrisur. Während der Andacht hatte er sie einige Reihen vor ihm gesehen und nicht erkannt. In ihren Augen, die er nur strahlend in Erinnerung hatte, verbargen sich Abgründe. Unter dem offenen, leichten Regenmantel in Schwarz trug sie ein Deuxpièces in der Farbe dunklen Karamells. Der rechte Arm steckte in einer Schlinge. »Servus, Dominik.« Vor drei Tagen hatte er sie im Hexenkessel von Al Kershah gesehen. »Wie bist du hergekommen?«

»Freundschaftsdienst der Royal Air Force, Taxidienst mit einer F-35 nach Tel Aviv und von dort mit einem Dienstjet nach Grenchen.«

Angesichts dessen, was sie erlebt haben musste, sah sie aus wie aus dem Ei gepellt. Nur unter den Augen schimmerten dunkle Augenringe unter dem Concealer hervor.

Jana deutete mit dem Kopf zum Marktplatz. »Sie ist in diese Richtung weggegangen.«

»Bist du gekommen, um mir das zu sagen?«

»Unter anderem. Ich habe erfahren, dass du dich am Montag mit Stephan unterhalten hast.«

»Er hat mir alles gesagt.«

»Das hätte er nicht tun dürfen. Ich bin ein Teil deiner Vergangenheit, tot und begraben.«

»Ich hatte gehofft, wir könnten …«

Trotz des trüben Wetters setzte Jana ihre Sonnenbrille auf. »Falsche Hoffnungen sind wie Illusionen. Je länger man sie hegt, desto schmerzhafter sind sie, wenn sie platzen. Die Jana, die du kennst, gibt es nicht mehr. Ich bin kein Mensch mehr. Ich bin Gabrielle, eine tödliche Waffe.«

»Eine gedungene Killerin von Regierungen.«

»Jemand muss es tun. Diejenigen, die hinter dieser Fabrik stecken, haben den hundertfachen Tod Unschuldiger verursacht. Niemand wird sie je dafür belangen.«

»Warum nicht?«

»Weil nicht sein darf, was nicht sein kann. Hinter diesen Menschen stehen zu viel Wissen und Macht. Und vor allem die Angst, beides zu verlieren.«

»Ich glaube das nicht. Wir sind ein Rechtsstaat und …«
Sie umarmte ihn und schmiegte ihr Gesicht an seine Wange.
»Du und deine Ideale, dafür liebe ich dich.« Sie küsste ihn auf
den Mund. Für diese eine kurze Sekunde, in der er die samtene
Wärme ihrer Lippen auf seinen fühlte, blieb die Welt stehen.
Sie löste sich von ihm. »Gib mir deine Hand.«
Er fühlte das dünne Leder ihrer Handschuhe auf seiner
Handfläche. Sie legte einen Stick hinein.
»Was ist das?«
»Ein Geschenk für den aufrichtigen Polizisten. Ihr musstet
alle Unterlagen eurem Geheimdienst übergeben, nicht wahr?«
»Ja, aber …«
Sie legte den Zeigefinger auf seine Lippen. »Du weißt be-
stimmt, davon Gebrauch zu machen.«
Er steckte den Stick in die Innentasche seines Jacketts.
»Was hast du vor?«
»Das spielt keine Rolle. Ich bin hier, um dich zu sehen und
dir alles Gute zu wünschen, und …«
Sie zeigte zum Marktplatz.
»Lass sie nicht ziehen. Angela liebt dich aufrichtig.«
»Liebe, die auf einer Lüge gebaut ist?«
»Sie wollte dich schützen, aus Liebe. Erinnerst du dich, was
du zu Beginn alles für mich getan hast?«
Daran brauchte sie ihn nicht zu erinnern. Es war ihm selbst
zu oft durch den Kopf gegangen.
»In der Liebe und im Krieg«, sagte sie.
»Sind alle Mittel erlaubt, ich weiß.«
»Wie geht es Pia?«
»Gestern schimpfte sie mich einen hoffnungslosen Depp,
wegen Angela.«
»Sie ist halt ein gescheites Dirndl.« Jana küsste ihn auf die
Wangen. »Gib ihr das von mir.«
»Willst du das nicht selber tun? Sie ist zu Hause. Ich könnte
für uns kochen.«
»Nein.« Es klang endgültig. »Ich habe Pia und den Kleinen in
den letzten Wochen oft gesehen. Es ist gut so, wie's ist. Außer-

dem erwartet man mich. Mach's gut.« Sie wandte sich zum Kronenplatz. Vor der St.-Ursen-Treppe stand eine schwarze Limousine. Jana stieg ein, ohne sich umzudrehen. Der Wagen fuhr in Richtung Baseltor davon.

***

Casagrande sah zu, wie sie sich vor der Jesuitenkirche küssten und verabschiedeten. Sie stand an der Hausecke des »Mezzogiorno«-Bioladens am Marktplatz. Eine Klammer legte sich um ihre Brust. Schwindel packte sie. Nach Luft ringend lehnte sie sich an den Erdbebenpfeiler.

»Geht es Ihnen nicht gut?«, fragte eine besorgte Passantin.

»Setzen Sie sich hin.« Eine Sitzbank neben Casagrande war frei.

Sie atmete durch und straffte sich. »Danke, es geht schon.« Sie bedankte sich mit einem krampfhaften Lächeln und setzte ihren Weg fort. Bevor sie in die Friedhofsgasse einbog, klingelte ihr Telefon.

»Casagrande.«

Sie hörte zu.

»Danke für den Rückruf, Herr Dr. Keller. Ja, natürlich bin ich noch interessiert, sehr sogar. Wann können wir uns treffen?«

Epilog

Eine Woche später

EILMELDUNG – The News Agency

Schweizer an Chemiewaffenproduktion beteiligt

London/Genf – »Diener der Wahrheit«, ein internationales Netzwerk investigativer Journalisten, hat weitere bisher geheime Dokumente ins Netz gestellt, die eine Schweizer Beteiligung an der Herstellung chemischer Kampfstoffe im Golfemirat Al Kershah belegen. Die Produktionsanlage für pharmazeutische Erzeugnisse »Jeger Kershah«, ein Joint Venture zwischen der Schweizer Firma »Jeger Industries« und dem kershanischen Staatsfonds, wurde in der Nacht vom 28. August von einem Spezialkommando der israelischen Armee zerstört. Der israelische Ministerpräsident bezeichnete den Angriff als einen Akt der Notwehr, nachdem Emir Abadin Al Mansouri wiederholt explizite Drohungen in Richtung Jerusalem geäußert hatte. Im Zuge der Kommandoaktion waren diverse Beweise sichergestellt worden, Proben des in der Fabrik produzierten chemischen Kampfstoffes sowie Unterlagen, die eindeutig die Schweizer Beteiligung belegen. Zur Stunde dementiert die Schweizer Regierung jegliche Involvierung schweizerischer Institutionen oder Privatpersonen. Eine vom eidgenössischen Parlament eingesetzte Untersuchungskommission kam bisher zu keinem nennenswerten Ergebnis. Ein Sprecher des Netzwerkes fordert die Schweizer Behörden auf, den Vorfall seriös zu untersuchen und der Öffentlichkeit die Wahrheit zu sagen. Die Rede ist von einem Ultimatum. Sollte die Schweiz nicht binnen einer Woche neue Untersuchun-

gen in die Wege leiten, werden weitere Dokumente ver-
öffentlicht. Das Netzwerk werde nicht davor zurück-
schrecken, Namen zu nennen. Es moniert, bisher seien
Persönlichkeiten bis in die höchsten politischen Kreise des
Landes verschont worden. Der Sprecher betonte, das
Netzwerk verfüge über konkrete Beweise und Unter-
lagen zum kürzlich aufgedeckten tragischen Vorfall vor
knapp zwei Monaten, der nach Bekanntwerden als »Mas-
saker von Akbira« Stürme weltweiter Empörung aus-
löste. – DdW.

***

Anwalt Dr. Kohler erwartete Hofmann in der Lobby des Hotels
Schweizerhof. »Martin, schön dich zu sehen. Wie läuft's im
neuen Job als Bundesanwalt?«
   »Hervorragend, vorausgesetzt, ich habe nicht mehr Fälle wie
deine Mandanten. Bei dir?«
   »Im grünen Bereich, abgesehen davon, dass deine Nachfol-
gerin bei der Staatsanwaltschaft Solothurn ganz schön kratz-
bürstig ist.«
   Hofmann nahm es mit Genugtuung zur Kenntnis. Erst hatten
gewisse Leute es kaum erwarten können, bis er endlich nach
Bern wechselte, und nun jammerten sie über die mangelnde
Flexibilität der neuen Leitenden Staatsanwältin.
   »Sind deine Mandanten oben?«, fragte er.
   »Sie warten in der Suite. Wir können gleich rauf.« Kohler
rief den Lift.
   Auf dem Stockwerk ging Kohler voraus. »Ich habe übrigens
einen Imbiss kommen lassen. Ich hoffe, es ist in deinem Sinn.«
   Es war Hofmann recht. Es würde eine lange Besprechung
werden. Er hoffte, bis am Mittag einen Vergleich zu erzielen.
   Auf dem Korridor kam Ihnen eine Serviceangestellte ent-
gegen. Als sie sich kreuzten, grüßte sie die beiden mit einem
warmen Lächeln. »*Bonjour, Messieurs, vous êtes servis.*«
   Sie hatte offenbar bereits den Imbiss in der Suite serviert.

Hofmann wandte sich nach ihr um. Die Frau mit der blonden Kurzhaarfrisur und der zierlichen Figur strahlte Dynamik und Kompetenz aus, eine geeignete Botschafterin für die Schweizer Tourismuswerbung, dachte er.

Kohler öffnete die Suite mit seiner Schlüsselkarte.

Hofmann fand die Ruhe merkwürdig. Er kannte Kohlers Mandanten. Die drei waren nicht das, was man vom ruhigen Schlag nennen würde. Üblicherweise konnte man sie schon von Weitem hören, wenn sie diskutierten.

Er folgte Kohler durch das Vestibül in den Wohnraum. Er stieß mit ihm zusammen, als dieser plötzlich wie gelähmt stehen blieb.

»Pardon.«

Jetzt sah er es auch. Er blinzelte ein paarmal in der Hoffnung, das alptraumhafte Bild würde sich auflösen.

Diese verdammten Idioten.

Urner lag fast in seinem Sessel und blickte mit leeren Augen an die Decke. In der Mitte seiner weißen Hemdbrust breiteten sich kreisrunde Blutflecken um zwei Einschusslöcher aus. Neben ihm hatte der Tod Jeger junior fast in der gleichen Stellung und mit denselben Wunden verharren lassen.

Hammer war weit weniger ansehnlich. Er hatte sich unter dem Kinn durch den Kopf geschossen. Die Wand hinter ihm würde eine neue Tapete benötigen. Hammer hielt die Pistole in der Hand, mit der er Urner und Jeger junior, dann sich selbst erschossen hatte.

Allmählich löste sich Kohler aus seiner Starre. Er griff zu seinem Handy. »Notarzt ... Polizei«, stotterte er, während er versuchte, mit seinen zitternden Fingern die Nummer zu tippen.

Hofmann sah sofort, dass hier kein Arzt mehr half.

»Verfluchte Schweinerei!«

***

Gegenüber dem Hoteleingang sah die Frau auf dem Motorrad zu, wie die Bestatter drei Zinksärge in die bereitstehenden

Leichenwagen verluden. Sie nahm ihr Smartphone hervor und rief über die verschlüsselte Linie die vereinbarte Nummer an.

»Pass 118 bitte.«

»Gabrielle?«

»Operation ›Bernstein‹ abgeschlossen.«

»Komplett?«

»Komplett. Instruktionen?«

»Verschieben Sie zurück nach BRX.«

»Erkannt. Ende.«

Sie setzte den Helm auf und startete das Motorrad.

Glossar

Ambassadorenhof – Sitz des Departementes des Innern des Kantons Solothurn (Landesinnenministerium)

Außenwirtschaftskommission – parlamentarischer Ausschuss für Außenwirtschaft

Bipperlisi (Volksmund) – Bahnlinie (Meterspur) von Solothurn nach Langenthal (früher: Solothurn-Niederbipp-Bahn)

Bläuele (Mundart) – blauer Fleck, Bluterguss

Bundeskriminalpolizei (BKP) – Abteilung des Fedpol, zuständig für Kriminaldelikte

Bundesrat – Bundesregierung bzw. Mitglied der Bundesregierung

Bundessicherheitsdienst (BSD) – Abteilung der Bundespolizei, zuständig für Personen- und Gebäudeschutz

Chara (rätoromanisch, [tschara]) – Liebling

Departementsvorsteher – Chef eines eidgenössischen oder kantonalen Departementes/Direktion, i.d.R. Bundesräte oder Regierungsräte (Deutschland: Bundes- oder Landesminister)

Falk – Sondereinheit der Solothurner Kantonspolizei

Fedpol – Bundesamt für Polizei

Fleischmaudi (Mundart) – jemand, der gern und viel Fleisch isst

Gipfeli (Mundart) – Hörnchen, Croissant

Glacé (Mundart) – Speiseeis

Gung (kindlich, Mundart) – Sirup, Limonade

Hueregopferdamisiech (Mundart) – starkes Fluchwort

IRM – Institut für Rechtsmedizin

Kadi (Mundart) – Kommandant (hier: Polizeikommandant)

Konkordatskantone – Kantone, die vertraglich zusammenarbeiten

Kronenstutz (Mundart) – bezeichnet die steil ansteigende Kronengasse in der Solothurner Altstadt

Mythen – Bergmassiv (Großer und Kleiner Mythen) über dem Kantonshauptort Schwyz

Nationalrat – große Kammer des eidgenössischen Parlaments bzw. Mitglied der solchen (Volksvertretung)

Niederämter – aus den Bezirken Olten und Gösgen im Kanton Solothurn stammend

nonno (italienisch) – Großvater

Pflock (Mundart) – sturer, unsensibler Mann

Pikett – Bereitschaft

Regierungsrat – Kantonsregierung bzw. Mitglied einer solchen (Deutschland: Regierung eines Bundeslandes)

Roger-Staub-Mütze – vom Schweizer Skirennfahrer und Eishockeyspieler entwickelte Wollmütze, die den ganzen Kopf außer die Augen bedeckt

speditiv (Umgangssprache) – rasch, zeitnah

SVP – Schweizerische Volkspartei

Tagsatzung – bis 1848 Versammlung der Abgesandten der eidgenössischen Orte (Kantone)

taubentänzig (Mundart) – nervös

Temporärbüro – Zeitarbeitsfirma

Tigris – Spezialeinheit der Bundeskriminalpolizei

Trucke (Mundart) – (alte) Schachtel

über die Gasse (Umgangssprache) – zum Mitnehmen, Takeaway

Verwaltungsrat – Aufsichtsrat

Anmerkungen und Dank

Seit 1995 gehört die Schweiz dem Übereinkommen über das Verbot chemischer Waffen der Vereinten Nationen (CWK) an. Dennoch berichteten die Medien in der Vergangenheit immer wieder von namhaften Schweizer Firmen, die mutmaßlich in die Lieferung von Bestandteilen zur Herstellung chemischer Waffen und Giftgas involviert waren. Nachstehend zwei Beispiele:
– Neue Zürcher Zeitung vom 25. April 2018: »Das sind die Hintergründe der Lieferung eines potenziellen Sarin-Bestandteils nach Syrien«
– Basler Zeitung vom 5. Juli 2021: »Syrischer General: Schweizer Exporte wurden für Chemiewaffen verwendet«
Die in der Handlung geschilderte Solothurner Firma »Jeger Industries« existiert nicht. Ihre Beteiligung an der Herstellung chemischer Waffen ist von mir frei erfunden. In diesem Zusammenhang genannte Personen, weitere Institutionen und Firmen sind fiktiv. Dasselbe gilt für das Golfemirat Al Kershah und sein Regime sowie für das jemenitische Dorf Akbira und das von mir dort verortete Ereignis.

Im Weiteren sind folgende im Buch genannten politischen Institutionen und staatlichen Verwaltungseinheiten erfunden:
– die Frauenrechtsorganisation »EmmaWatch«
– die Schweizer Fortschrittspartei
– die Außenwirtschaftliche Kommission des Nationalrates
– das Staatssekretariat für Außenwirtschaft (SAWI)
– der Global Mercy Fund sowie die Human Protectors
– die Boulevardzeitung »Der Neue Tag«
– die Presseagentur »The News Agency«
– das investigative Journalistennetzwerk »Diener der Wahrheit«
Zur ebenfalls von mir erdachten Geschichte der Prinzessin Mayssoun Al Mansouri von Al Kershah inspirierten mich Medienberichte über Prinzessin Latifa bint Muhammad Al

Maktum, die ihr Vater, der Emir von Dubai, nach mehreren Fluchtversuchen entführen und foltern ließ. Nach letzten Erkenntnissen wird sie seit Jahren gefangen gehalten. Die NZZ am Sonntag berichtete am 20. Februar 2021 darüber: »Prinzessin Unzerstörbar: Die Tochter des Emirs von Dubai kämpft seit Jahren für ihre Freiheit«. Im Internet finden sich zahlreiche Berichte und Videos zu Prinzessin Latifa.

Über Geheimagenten und Killer, die im Auftrag von Regierungen unliebsame Individuen außerhalb von Recht und Gesetz beseitigen, wird oft spekuliert. In Literatur und Film sind sie zuhauf anzutreffen. Der Prominenteste unter ihnen dürfte der britische Agent James Bond 007 sein. Eine solche Rolle habe ich der ominösen Spezialagentin »Gabrielle« zugedacht. Sie und ihre Auftraggeber handeln einzig und allein im Namen meiner Phantasie.

Wiederum durfte ich auf die Hilfe der Polizei Kanton Solothurn und der Solothurner Staatsanwaltschaft zählen, die mir mit Hinweisen und Ratschlägen zur Seite standen. Dafür danke ich Major Niklaus Büttiker und Staatsanwalt Martin Schneider für ihr immerwährendes Verständnis für eigenartige Fragen und die offenen Türen.

Des Weiteren bin ich Herrn Fabio Tortoli von der Solothurner Kantonsarchäologie dankbar, der mich über mögliche Kavernen oder Höhlen in den Solothurner Steingruben aufklärte. Die Geheimgänge und Tunnel in und um die Villa Dornach sind frei erfunden.

An dieser Stelle wie immer der Hinweis, dass bewusste oder irrtümliche Fehlhandlungen und -darstellungen meiner Protagonisten ausschließlich mir zugeschrieben werden können.

Ich danke den folgenden Personen für ihre Unterstützung, Geduld und ihr Verständnis:
– Hejo Emons, Christel Steinmetz, Stefanie Rahnfeld, Hannah Naumann, Sophie Olk, Jana Budde, Inka Stirnagel, Nina Schäfer, Dominic Hettgen, Leslie Schmidt, Ingeborg Simandi, Mike Jauss vom Emons Verlag in Köln
– meiner Lektorin Irène Kost in Biel

– meinem Agenten Dr. Michael Wenzel von Editio Dialog
  Literary Agency in Lille

Was wäre ich ohne meine geliebte Catherine, die wie ein guter Geist für mein leibliches und für mein moralisches Wohl vor allem immer dann sorgte, wenn der Schreiber in mir eine temporäre Barriere zu überwinden hatte.

Ihnen liebe Leserin, lieber Leser bin ich einmal mehr dankbar für Ihre unerschöpfliche Lesetreue. Ich hoffe, dass Ihnen der neue Fall mit Dominik, Angela, Pia, ihren Freunden und Kolleginnen gefallen hat, und freue mich auf Ihre Anregungen und Kommentare.

Christof Gasser

Die Erfolgsserie des Bestsellerautors Christof Gasser
Alle Titel sind auch als eBook erhältlich.

Bücher mit Dominik Dornach und Angela Casagrande:

Solothurn trägt Schwarz
ISBN 978-3-95451-783-1

Solothurn streut Asche
ISBN 978-3-7408-0050-5

Solothurn spielt mit dem Feuer
ISBN 978-3-7408-0305-6

Solothurn tanzt mit dem Teufel
ISBN 978-3-7408-0624-8

Bücher mit Cora Johannis:

Schwarzbubenland
ISBN 978-3-7408-0178-6

Blutlauenen
ISBN 978-3-7408-0508-1

Weitere:

Wenn die Schatten sterben
ISBN 978-3-7408-1208-9

www.emons-verlag.de